EVA ALMSTÄDT

Ostseefinsternis

Weitere Titel der Autorin:

Akte Nordsee – Am dunklen Wasser
Akte Nordsee – Der Teufelshof

Kalter Grund
Engelsgrube
Blaues Gift
Grablichter
Tödliche Mitgift
Ostseeblut
Düsterbruch
Ostseefluch
Ostseesühne
Ostseefeuer
Ostseetod
Ostseejagd
Ostseerache
Ostseeangst
Ostseegruft
Ostseefalle
Ostseekreuz
Ostseenebel

Ostseemorde
Ostseelüge

Dornteufel

Titel auch als Hörbuch und E-Book erhältlich

Über die Autorin:

Eva Almstädt absolvierte eine Ausbildung in den Fernsehproduktionsanstalten der Studio Hamburg GmbH und studierte Innenarchitektur in Hannover. Ihr erster Roman KALTER GRUND wurde zum Auftakt der erfolgreichen Bestseller-Serie um die Lübecker Kommissarin Pia Korittki. Eva Almstädt lebt in Hamburg.

EVA ALMSTÄDT

OSTSEEFINSTERNIS

PIA KORITTKIS NEUNZEHNTER FALL

Lübbe

NACHHALTIG PRODUZIERT

Die Bastei Lübbe AG verfolgt eine nachhaltige Buchproduktion. Wir verwenden Papiere aus nachhaltiger Forstwirtschaft und verzichten darauf, Bücher einzeln in Folie zu verpacken. Wir stellen unsere Bücher in Deutschland und Europa (EU) her und arbeiten mit den Druckereien kontinuierlich an einer positiven Ökobilanz.

FSC www.fsc.org
MIX
Papier | Fördert gute Waldnutzung
FSC® C014496

Originalausgabe

Dieses Werk wurde vermittelt durch die
Thomas Schlück GmbH, 30161 Hannover

Textredaktion: Dorothee Cabras, Grevenbroich
Umschlaggestaltung: Christin Wilhelm, www.grafic4u.de
Einband-/Umschlagmotiv: © Axel jahnke /shutterstock;
Pitroviz /shutterstock (2); © Werner Dieterich / Westend61 / Adobe Stock
Satz: hanseatenSatz-bremen, Bremen
Gesetzt aus der Stempel Garamond
Druck und Verarbeitung: GGP Media GmbH, Pößneck

Printed in Germany
ISBN 978-3-404-19317-2

2 4 5 3 1

Sie finden uns im Internet unter
luebbe.de
Bitte beachten Sie auch: lesejury.de

Prolog

Heute Nacht würde sie wohl zu Fuß nach Hause gehen müssen. Stella Böttcher schaute die schwach beleuchtete Straße hinunter. Von Benno und seinem mattgrauen Audi, den er stets in unmittelbarer Nähe des Restaurants parkte, war nichts mehr zu sehen. Das hatte sie erwartet. Doch die Enttäuschung über sein Verhalten brannte ihr noch bitter in der Kehle. Sie atmete tief die feuchte Nachtluft ein und versuchte, sich nach dem Streit zu beruhigen.

Eine Spätschicht am Samstagabend im Restaurant *Gödeke Michels* war anstrengend. Da brauchte sie nicht zusätzlich noch einen Geliebten, der unangekündigt dort aufkreuzte und sie von der Bar aus mit seinem Hundeblick verfolgte. Benno hatte sich so auffällig verhalten, dass jeder im Gastraum es mitbekommen hatte, einschließlich ihrer Chefin. Der halbe Ort würde morgen darüber tratschen.

Doch was danach passiert war, war noch schlimmer. Es war beschämend! Eine Böttcher lief keinem Mann hinterher. Schon gar nicht, wenn er verheiratet war. Stella hatte gewusst, worauf sie sich bei Benno Hagendorf einließ. Herrgott, wie hatte sie sich ausgerechnet in ihn verlieben können?

Die Erinnerung daran, wie sie ihn eben noch bedrängt hatte, seiner Frau Linda endlich reinen Wein einzuschenken, trieb ihr wieder die Schamesröte ins Gesicht. Als er nicht darauf eingegangen war, sondern ihr gesagt hatte, dass er nur kurz, auf eine Stunde, mit zu ihr nach Hause kommen wollte, hatte sie ihn zum Teufel gejagt. Und als wäre das alles noch nicht genug Pech für einen einzigen Samstagabend, wehte nun ein eiskalter Wind vom Meer herüber und trieb einen feinen Landregen vor sich her.

Stella überlegte, ob sie sich nicht doch ein Taxi rufen sollte. Nach sechs Stunden kellnern taten ihr die Füße weh – und Benno würde sie ja nun gewiss nicht mit seinem Auto nach Hause kutschieren. Doch ihr sauer verdientes Geld gleich wieder für eine Taxifahrt auszugeben widerstrebte ihr. Stella hatte die sparsamen Gene der Böttchers geerbt. Außerdem, und das gab den Ausschlag, standen die Chancen gut, dass der Fahrer sie kannte und ihren verzweifelten Zustand bemerkte. Das würde dem Klatsch und Tratsch im Ort nur noch weitere Nahrung geben.

Es stand also eine kleine Nachtwanderung an. Stella straffte die Schultern und wandte sich in Richtung der Kaltenbroder Seebrücke. Auf der neu angelegten Promenade bog sie nach rechts und nahm den breiten Weg am Dünengürtel entlang in Richtung Mole. An einem späten Samstagabend in den Herbstferien war Kaltenbrode menschenleer. Vor dem Kai bog sie nochmals nach rechts, ging an den Bootsstegen, der Surfschule und der Werft vorbei. Nachdem Stella den hohen Schiffskran passiert hatte, gelangte sie ins Naturschutzgebiet. Zu Fuß war dies der schnellste Weg zu ihr nach Hause. Hinter den Allfim-Werken, die zwischen dem Schutzgebiet und den Wohnhäusern an der Marina Kaltenbrode lagen, gab es einen schmalen Fußweg. Wenn sie dort entlangging, musste sie weder die Straße noch die Bahnlinie überqueren. Es hatte nur einen Nachteil: Im Naturschutzgebiet war es bis auf die wenigen versprengten Laternen entlang des Hauptweges stockdunkel.

Stella aktivierte die Taschenlampenfunktion ihres Handys und leuchtete den Weg aus. Sie kannte ihn so gut, dass sie ihn beinahe blind gefunden hätte. Wie ihre Großmutter Helmgard, die immer behauptete, trotz ihrer Blindheit mit den Ohren, dem Tastsinn und der Vorstellungskraft »sehen« zu können.

Helmgard war ein Schatz. Stella beschloss, ihre Großmutter am nächsten Tag endlich mal wieder auf einen Kaffee zu besuchen. Etwas Aufregendes hatte sie nach dem Streit mit Benno und aufgrund der Tatsache, dass sie seinetwegen alle anderen Männer abgewiesen hatte, sowieso nicht vor.

Hin und wieder sah sie durch die Bäume linker Hand die Ostsee schimmern. Am Ufer lagen einige Hausboote vor Anker. Hauptsächlich waren sie für Urlauber bestimmt, doch auch Arne Freiwald, der neue Arzt in Kaltenbrode, logierte dort, bis er etwas Passendes gefunden hatte. Sie hatte ihn nicht gerade nett behandelt. Bei der Erinnerung daran schämte Stella sich ein wenig. Sie ging schnell weiter, als sie auf Höhe seines Hausboots anlangte.

Der kühle Wind, der vom Meer herüberpfiff, durchdrang ihren schicken roten Mantel so mühelos, als wäre er eine Tüllgardine. Stella zitterte vor Kälte. Doch die frische Luft vertrieb auch den Ärger über Benno. Sie würde ihn ein paar Tage schmoren lassen und ihn dann wieder mit der Ehre ihrer Gegenwart beglücken …

Dort vorn, rechts neben dem Weg, stand die alte Kopfweide. Stella atmete auf. Sie hatte schon ungefähr die Hälfte des Heimweges geschafft. Plötzlich jedoch veränderte der Stamm der Weide seine Form. Stella schrie auf, als jemand mit seltsam abgehackten, statischen Bewegungen direkt vor ihr auf den Weg trat. Es war ein sehr großer Mann, wie es aussah, größer sogar noch als Benno, und irgendwie unproportioniert. Doch sie konnte nicht erkennen, wer es war, denn er trug eine Gesichtsmaske.

Sie war vor Schreck wie gelähmt. Lauf weg, solange du es noch kannst!, hallte es in ihrem Kopf. Los! Doch Stella konnte sich nicht rühren. Umzudrehen und den weiten Weg zurückzulaufen war keine aussichtsreiche Option. Also die Flucht in das undurchdringliche Dickicht? Zurück zu den Hausbooten? Erst als die Gestalt vor ihr den Arm hob und dabei einen länglichen Gegenstand in der Hand hielt, der aussah wie ein Holzhammer mit langem Stiel, drehte Stella sich um, um zu fliehen.

Der erste Schlag traf sie so hart auf die Schulter, dass sie zu Boden ging. Ihr Handgelenk knackte, als sie versuchte, sich abzufangen. Der zweite Hieb erwischte sie am Hinterkopf. Ein greller Schmerz durchzuckte sie. Das konnte unmöglich wahr sein! Das passierte doch nicht ihr! Sie musste bei Bewusstsein bleiben. Stella wollte den Schmerz und die Panik aushalten. Sie musste sich wehren!

Sie hörte ihren eigenen, schluchzenden Atem und etwas Metallisches, das sie nicht deuten konnte. Der nächste Schlag traf sie in den Bauch. Als sie die Arme vor dem Körper verschränkte und sich zur Seite rollte, attackierte der Unbekannte ihre Arme und ihren Rücken. An Gegenwehr war nicht zu denken. Der Schmerz war höllisch. Sie stöhnte nur noch, versuchte, sich klein zu machen und ihren Körper irgendwie vor den Attacken zu schützen. Was wollte der Kerl? Er brachte sie ja um!

1. Kapitel

»Was machst du da, Felix?«

»Gar nichts.«

Pia Korittki runzelte die Stirn. Sie stand in der Küche am Herd und bereitete das Abendbrot für ihren siebenjährigen Sohn Felix und sich zu. Durch den Türspalt hindurch sah sie, wie er weiter verstohlen in seinem bereits gepackten Koffer herumwühlte.

Im Flur ihrer Lübecker Wohnung stand das Gepäck für zwei Wochen Urlaub bereit. Pia war nach einem Arbeitstag im Kommissariat schnell nach Hause gefahren und hatte alles für Felix und sich zusammengepackt. Nun wollte sie zügig das Abendessen auf den Tisch und danach Felix rechtzeitig ins Bett bringen. Der Plan war, am nächsten Morgen in aller Frühe loszufahren, um der Reisewelle aus dem Süden ein kleines bisschen voraus zu sein. Doch was zum Teufel machte ihr Sohn da? Er interessierte sich doch sonst nicht für Kofferinhalte.

Sie nahm den Topf von der Kochstelle und trat zu ihm in den Flur. »Suchst du etwas? Du kannst mich fragen. Ich weiß, was ich alles für dich eingepackt habe.«

Felix zog den Arm aus dem Koffer. »Ich suche aber gar nichts.« Er senkte den Blick.

»Und warum ist dein Koffer dann wieder offen?«

»Ich will da was rausnehmen«, gab er leise zu.

Oh! »Und was?«

»Ist doch egal!« Er gab dem Kofferdeckel einen kleinen Schubs, sodass er zufiel, und schaute sie herausfordernd an.

»Was ist denn los, Felix?«, fragte Pia. »Du kannst mit mir doch über alles reden.«

»Nee, das verstehst du nicht.« Sein Mund verzog sich. Ein sicheres Zeichen dafür, dass er mit den Tränen kämpfte.

Sie ging in die Hocke, um auf Augenhöhe mit ihm zu sprechen. »Versuch es einfach mal. Geht es um unseren Urlaub?«, wollte sie mit sanfter Stimme wissen.

Er nickte.

»Hat es mit Marten zu tun?« Pia wurde ein wenig flau bei diesem Gedanken. Marten war ihr Freund und neuer Lebenspartner, wenn sich weiterhin alles gut entwickelte. Sie war davon ausgegangen, dass Felix sich auf die Ferien zu dritt in Martens neuem Haus an der Ostsee freute. Sonst war er immer begeistert, wenn sie Zeit mit Marten verbrachten. Und sie selbst war heilfroh, dass es mit diesem Urlaub überhaupt geklappt hatte.

Seitdem ein Kollege in den Ruhestand gegangen war, war das K1 der Lübecker Bezirkskriminalinspektion chronisch unterbesetzt. Alle im Team hatten reichlich Überstunden angesammelt, und an einen längeren Urlaub war eigentlich nicht zu denken gewesen. Doch überraschend war nun doch ein neuer Kollege zu ihnen zum K1 gestoßen: Louis Schramm hieß er, war zweiunddreißig, ehrgeizig, dynamisch … und Pia schon deshalb höchst willkommen, weil sie nicht wieder während der Schulferien ihres Sohnes arbeiten musste. Doch kaum war die eine Schwierigkeit überwunden, drohte nun wohl eine neue …

»Nein, es ist nicht wegen Marten«, sagte Felix zu Pias Erleichterung.

»Okay. Kommst du mit mir in die Küche? Sonst brennt uns das Essen noch an.«

Felix warf einen letzten Blick auf seinen Koffer und nickte

dann gnädig. Als er auf der Küchenbank saß und sie im Topf rührte, meinte er: »Die anderen Kinder fliegen alle in den Urlaub. Nach Spanien und in die Türkei und so …«

»Alle Kinder?«

Felix schob den Salzstreuer auf der Tischplatte hin und her. »Die, mit denen ich meistens zusammen bin.«

»Und du fährst an die Ostsee in ein Ferienhaus. Findest du das denn schlechter?«

»Ich nicht … Aber die anderen finden das, glaube ich, langweilig.«

Pia unterdrückte einen Seufzer. »Du würdest auch lieber erzählen können, dass du weit wegfliegst?«

Felix nickte, ohne aufzusehen.

»Du bist letztes Jahr mit deinem Vater in den Urlaub geflogen.« Hinnerk war mit ihm, seiner Frau Mascha und dem gemeinsamen Kind Rieke nach Spanien geflogen. Doch Pias Gefühl nach hatte sich Felix' Begeisterung damals für diese Art von Urlaub in Grenzen gehalten.

»Aber das mit Spanien weiß doch jetzt keiner mehr«, maulte er.

»Geht es denn bei den Ferien darum, wie die anderen sie finden, oder darum, dass man selbst eine schöne Zeit und viel Spaß hat?«

»Du verstehst das nicht …«

»Doch, ich kenne das. Jeder möchte nach seinen Ferien seinen Freunden etwas besonders Tolles zu erzählen haben.«

Er nickte.

»Du könntest von dem Haus an der Ostsee erzählen, das Marten renoviert, von unseren gemeinsamen Ausflügen – vielleicht in den Hansa-Park? – und davon, dass du erfolgreich dein Bronzeschwimmabzeichen gemacht hast.«

Felix' Gesicht verzog sich. Sie hatte offensichtlich etwas

Falsches gesagt. Oder sie stieß langsam zum Kern des Problems vor, je nachdem. »Geht es um den Schwimmkurs?«

Ihr Sohn starrte vor sich auf die Tischplatte.

»Ich hatte dich so verstanden, dass du den Kurs für dein Bronzeabzeichen machen willst. In den Ferien hast du viel Zeit dazu.«

Nun kullerten erste Tränen. »Nein!«, stieß er hervor.

Schon das Seepferdchen zu machen war ein riesengroßer Angang für Felix gewesen. Doch Pia hatte gedacht, dass er am Ende des Kurses seine Angst vor dem Wasser überwunden hatte. Der Seepferdchenkurs lag allerdings auch schon wieder einige Zeit zurück. Ich bin seitdem nicht gerade oft mit ihm schwimmen gewesen, dachte sie reumütig. Wie sollte sich da seine neu gewonnene Zuversicht gefestigt haben? Es war in den letzten Wochen einfach zu viel los gewesen. Trotzdem. Sie hätte sich die Zeit dafür nehmen müssen!

»Was magst du denn an einem Schwimmkurs nicht?« Pia goss den Reis ab und gab ihn in eine bereitstehende Schüssel, die sie auf den Tisch stellte.

»Ich mag nicht, wenn mir immer so kalt ist.«

»Aber diesmal findet der Kurs im Hallenbad statt, nicht im Freibad. Es ist ein großes Spaßbad mit Rutschen und so. Sie nennen es ›Tropisches Badeparadies‹, und in den Tropen ist es doch warm.«

Felix sah nicht überzeugt aus. Pia stellte die Pfanne mit dem Geschnetzelten mit Gemüse auf den Tisch. Sie setzte sich zu ihrem Sohn. »Aber dass dir zu kalt sein könnte, ist noch nicht alles, was dir Sorgen bereitet, oder?«

»Ich …« Er schluchzte nun. »Ich hab solche Angst vor tiefem Wasser! Und bei Bronze muss man *tauchen!*«

Pia nahm ihn in den Arm. »Die Angst kann nur weggehen,

wenn du es noch mal ausprobierst. Besonders, wenn dann jemand dabei ist, dem du vertraust. Wenn du magst, können wir es ja vor Kursbeginn schon mal ausprobieren.«

»Ich will aber nicht, dass Marten weiß, dass ich Angst habe.« Felix bewunderte Pias Freund und wollte also vor ihm gut dastehen. Was er nicht wusste, war, dass Marten ihn liebend gerne unterstützen würde. Ihm würde es gewiss nichts ausmachen, wenn Felix mal Angst hatte.

Wie sich herausgestellt hatte, war Marten Felix' biologischer Vater. Nicht Hinnerk, wie sie alle lange Zeit angenommen hatten ... Doch der richtige Zeitpunkt, es Felix zu erzählen, war noch nicht gekommen. Pia wurde noch mulmiger zumute, wenn sie daran dachte, dass es irgendwann so weit sein würde.

»Möchtest du, dass erst mal nur ich mitkomme, bis du dich traust zu tauchen?«, fragte sie ihn.

Er vergrub den Arm an ihrer Schulter. »Ich will da nicht hin, Mama!«

»Warst du deshalb an deinem Koffer?«

»Jaaaa. Ich wollte meine Badehose wieder rausholen.«

Pia unterdrückte ein Lächeln. »Keine schlechte Idee. Aber ich glaube, du würdest dich am Ende der Ferien ärgern, wenn du es nicht versucht hättest. Und stell dir mal vor, wie stolz du bist, wenn du dann dein Bronzeabzeichen hast.«

»Ich muss da nicht hin, wenn ich nicht will. Oder, Mama?«

»Nein, ich zwinge dich nicht dazu. Du schaust dir den Kurs einfach mal an, machst probeweise einmal mit, während ich dabei bin, und dann entscheidest du dich.«

»Versprochen?«

»Ja, ich verspreche es dir. Versuchst du es dann?«

»Na guuuut.«

»Das freut mich. Und nun lass mich deinen Teller füllen.

Ich habe mir echt Mühe beim Kochen gegeben.« Sie zwinkerte ihm aufmunternd zu. Ihre nicht gerade überbordenden häuslichen Fähigkeiten, insbesondere was das Kochen betraf, waren eine Art Running Gag zwischen ihnen.

»Na gut. Ich krieg es schon irgendwie runter«, sagte er mit einem spitzbübischen Lächeln.

Pia war erleichtert, dass er sich wieder gefangen hatte. »Kröte«, gab sie liebevoll zurück.

»Krötenmutter!«

Hanjo Hagendorf stellte das benutzte Abendbrotgeschirr der Mädchen auf der Arbeitsplatte über dem Geschirrspüler ab. Damit hatte er seinen Haushaltpflichten Genüge getan. Die Babysitterin, die heute Abend kam, würde sich hoffentlich die Mühe machen, das Geschirr einzusortieren, bevor seine Frau sich wieder aufregte.

Pamela war nach oben gegangen, um sich umzuziehen und zu schminken. Die siebenjährigen Zwillinge Melia und Livia saßen nebenan vor dem Fernseher, wo sie ihre allabendliche Folge *Turtle Valley* schauen durften. Hanjo freute sich auf das Essen, zu dem sie an diesem Freitagabend eingeladen waren. Er könnte sich noch schnell einen Drink machen, um sich darauf einzustimmen. Im Kühlschrank standen noch Rum und Cola, und er mixte sich mit Limettenspalten, Rohrzucker und Crushed Ice einen Cuba Libre.

Selbst wenn nachher die anderen Leute allesamt langweilig waren – und er langweilte sich schnell –, würde es guten Wein geben und wahrscheinlich auch Grappa. Und einige der Frauen würden High Heels, Kleider mit tiefem Ausschnitt und roten Lippenstift tragen. Und sie dufteten gut.

So war das immer bei Pamelas Clique. Sie bestand hauptsächlich aus Leuten, die im IT-Bereich oder als Berater für sonst irgendetwas arbeiteten. Es lohnte kaum die Zeit und Mühe, ihnen zuzuhören, wenn sie von ihren »Jobs« und »Deals« und »Coachings« erzählten.

Hanjo war in der Runde mit seiner Hoch- und Tiefbaufirma ein Außenseiter. Ein Mann, der notfalls noch selbst mit anpackte und sein Geld mit echter Arbeit verdiente. Er wusste, wie der Hase lief, und ließ sich von keinem aus Pamelas Clique ein X für ein U vormachen.

Es klingelte an der Haustür. Hanjo stand mit seinem Glas in der Hand an die Arbeitsplatte gelehnt da und lauschte, ob jemand öffnen würde. Doch er hörte weder Pamelas klackernde Schritte auf der Treppe, noch stürzten seine Kinder zur Tür. Hanjo verzog das Gesicht und machte sich selbst auf den Weg.

»Vivien!«, stieß er amüsiert hervor. Die kleine, resolute Gestalt auf der Schwelle seines Hauses war seine Nichte zweiten Grades. Sie würde also mal wieder bei ihnen »babysitten«. Der ausdauernde Landregen hatte ihr die kurzen braunen Locken in die Stirn geklatscht. Ihre kräftige Gestalt steckte in Parka, Ringelpulli und einer hellen Jeans.

Vivien Hagendorf war die Tochter seines Cousins Robert, aber so genau nahm man es in der Familie mit den Verwandtschaftsgraden nicht. Er bezeichnet sie der Einfachheit halber meistens als seine Nichte und sie ihn als ihren Onkel. Alle mit dem Namen Hagendorf, die in Kaltenbrode und Umgebung wohnten, gehörten irgendwie zusammen.

»Hi Hanjo, ich habe gehört, bei euch ist Not am Mann«, sagte sie.

Er hob die Hände. »Ich weiß nur, dass Pamela und ich heute Abend ausgehen. Um alles andere kümmert sich meine Frau.«

»Wie schön für dich«, antwortete Vivien mit leisem Spott. »Nun, ich passe derweil auf eure Zwillinge auf.« Sie streifte sich die matschigen Stiefel von den Füßen und reichte ihm den Parka.

Er warf das nasse Ding über einen Stuhl neben der Garderobe. »Die Kinder sind schon im Wohnzimmer.«

Pamela kam in einem roten Hosenanzug die Treppe hinunter. Ihr schwarzer Pagenkopf glänzte im Licht des modernen Kronleuchters, den Hanjo ihr zu ihrem Vierzigsten geschenkt und der gefühlt ein Vermögen gekostet hatte. Auch jetzt, sieben Jahre später, und nach der Geburt der Zwillinge, sah sie immer noch atemberaubend aus.

»Schön, dass du da bist, Viv«, sagte seine Frau. »Lisa, die eigentlich heute Abend kommen sollte, hat mir nämlich am späten Nachmittag noch kurz vor knapp abgesagt«, fügte sie an Hanjo gewandt hinzu.

»Dann kannst du ja froh sein, dass Vivien kurzfristig einspringt, Pamela«, erwiderte er. »Sonst müsste ich allein zu Franziska und Gerold gehen, und das wäre doch wirklich schade, so hübsch, wie du dich gemacht hast.«

Sie musterte seine Jeans und den grauen Pullover. »Und du willst so gehen?«

»Es ist doch nur ein Abendessen unter *Freunden.*« Er betonte das Wort »Freunde« mit hochgezogener Augenbraue, weil er der Ansicht war, dass Menschen wie Franziska und Gerold niemals seine Freunde sein konnten.

»Wenn du das so empfindest …« Sie befestigte einen funkelnden Ohrring an ihrem rechten Ohrläppchen.

»Ich sag schon mal den Kindern Hallo.« Vivien ging rasch in Richtung Wohnzimmer.

»Du weißt doch, dass die Zwillinge sie nicht mögen. Vor allem Livia nicht«, raunte Hanjo seiner Frau zu, nachdem seine Nichte im Nebenraum verschwunden war. Die Geräusche des Fernsehers wurden von zweistimmigem Gemaule übertönt. Er grinste vielsagend.

»Sie kommt schon klar«, sagte Pamela fest. »Vivien lässt den beiden halt nicht alles durchgehen. Was ja auch mal ganz gut ist.«

»Letztes Mal hat Livia geblökt, sie will eine *hübsche* Babysitterin!«

»Wirklich? Wie peinlich! Was haben die beiden denn gegen Vivien?«

»Sie hat keine langen blonden Haare und keine Modelfigur wie Barbie«, antwortete Hanjo.

»Aber so oberflächlich sind unsere Töchter doch nicht«, protestierte Pamela.

Hanjo hob die Schultern.

Vivien kam mit roten Wangen aus dem Wohnzimmer zurück.

»Alles in Ordnung?«, erkundigte sich Pamela rasch.

»Ja, ja«, antwortete Vivien. »Um wie viel Uhr sollen die Mädchen denn im Bett sein?«

Sie würde sie pünktlich zu Bett schicken. Die Rache folgt auf dem Fuße, dachte Hanjo.

»Spätestens um neun«, antwortete seine Frau.

»Viel Spaß und gutes Gelingen«, raunte er Vivien zu.

»Den werde ich haben«, erklärte sie entschlossen. »Euch auch viel Spaß!«

Pamela hatte unterdessen ihren langen cremefarbenen Mantel übergezogen. Sie drehte sich zu Hanjo um. »Apropos ›Spaß‹: Ich habe Vivien versprochen, dass du sie heute Nacht nach Hause fährst. Du kannst also nicht so viel trinken wie sonst.«

»Aber ich kann das kurze Stück auch wirklich zu Fuß gehen«, protestierte Vivien, die offensichtlich nicht der Grund für Hanjos erzwungene Abstinenz sein wollte.

»Du kannst doch nachts nicht mehr allein durch die Gegend laufen! Nicht nach dem, was am letzten Samstag passiert ist«, entgegnete Pamela.

»Du meinst diesen sogenannten ›Überfall‹ auf Stella Böttcher?«, fragte Hanjo. »Herrgott, die Frau arbeitet in einem Minirock in einer Kneipe, und danach läuft sie in diesem Aufzug mitten in der Nacht allein durch den Wald nach Hause ...«

»Durchs Naturschutzgebiet.«

»Das ist doch so gut wie das Gleiche. Wundern muss sie sich da nicht, wenn irgend so ein Kerl denkt, er könne sich einfach mal bedienen.«

»Hanjo!«, rief Pamela aus. »Rede heute Abend bloß nicht so einen Mist! Es steht wohl auch noch gar nicht fest, ob sie überhaupt vergewaltigt worden ist.«

»Was für ein Motiv sollte denn sonst dahinterstecken?«, erwiderte Hanjo.

»Wer weiß? Und was soll das überhaupt heißen? Von wegen: Sie müsse sich nicht wundern. Findest du etwa, dass Stella Böttcher es nicht anders verdient hat, weil sie da in einem kurzen Rock langgelaufen ist?«, gab Pamela in schneidendem Ton zurück.

»Natürlich nicht«, räumte er rasch ein. »Was mit Stella geschehen ist, tut mir leid. Selbst einer Böttcher darf so etwas in Kaltenbrode nicht passieren. Da kommt gleich die ganze Gegend in Verruf. Wenn ich den Kerl erwische, der sie überfallen hat, dann wird der sein blaues Wunder erleben. Das weißt du auch, Pam. Ich meinte eben nur, dass Vivien sich keine Sorgen machen muss. Sie hat kaum achthundert Meter bis zu ihrem Haus zu gehen. Aber wenn du denkst, dass das zu gefährlich für sie ist, kannst du sie ja selbst nachher heimfahren.«

»Das ist wirklich nicht notwendig«, murmelte Vivien.

»Doch, das ist es«, gab Pamela ärgerlich zurück.

Hanjo zwinkerte Vivien zu und folgte seiner Frau nach draußen. Er warf einen letzten Blick zurück. Seine Nichte wirkte trotz ihrer fünfunddreißig Jahre nicht mehr ganz so selbstsicher wie bei ihrem Eintreffen. Der Gedanke an das, was Stella Böttcher in Kaltenbrode passiert war, ging offensichtlich nicht spurlos an ihr vorbei.

»Ich fahre hin, du zurück.« Pamela öffnete die Fahrertür.

»Nein. Die Regel besagt: Wer hinfährt, muss auch zurückfahren.«

Seine Frau stieg ein und legte vorsichtig den Gurt über ihren Mantel. »Diese Regel ist mir neu.«

»Oder was hältst du hiervon: Wer schneller trinkt, muss nicht mehr fahren.«

»Hanjo – raub mir nicht den letzten Nerv!«

2. Kapitel

Obwohl es nur einen knappen Kilometer entfernt war, fuhr Stella neuerdings mit dem Auto zu ihrer Großmutter. Helmgard Böttcher wohnte am Ortsrand von Kaltenbrode auf einem kleinen Gutshof. Das dazugehörige Land war verpachtet, die Ställe standen leer, doch ihre Großmutter hing an dem hundertjährigen Wohnhaus mit den Sprossenfenstern und vor allem an dem ausgedehnten Garten mit den Gewächshäusern.

Stella parkte auf dem Innenhof zwischen den u-förmig errichteten Gutsgebäuden, sah sich nach allen Seiten um und stieg aus. Es war bereits dunkel, doch das Haus wurde von zahlreichen Scheinwerfern angestrahlt. Seitdem sie aus dem Krankenhaus entlassen worden war, hatte sie es vermieden, sich allein draußen aufzuhalten. Bisher war sie nur am helllichten Tag kurz zum Supermarkt gefahren, um Lebensmittel einzukaufen, oder zur Apotheke. Einen Besuch bei sich zu Hause erlaubte sie ausschließlich einer sehr engen Freundin, ihrem Vater und ihrem Bruder Carl. Alles andere war ihr noch zu viel.

Körperlich würde alles gut heilen, hatten ihr die Ärzte versichert. Was der kürzliche Angriff auf sie mit ihrer Psyche machte, stand auf einem anderen Blatt.

Stella klingelte, wartete einen Moment und wurde von Eduard Seiler, Helmgards langjährigem Lebensgefährten, eingelassen. Eddie war ein kleiner, wendiger Mann Anfang siebzig mit silbergrauen Haaren und einem Dreitagebart.

Stella war froh, dass er den »Vorfall« nicht erwähnte, sondern sie einfach begrüßte, als wäre dies ein Tag wie jeder andere. Er begleitete sie zu Helmgard ins Wohnzimmer.

Ihre Großmutter saß im Schein einer beige-grünen Stehlampe in ihrem Sessel und zog sich, als Eduard und sie näher kamen, die Kopfhörer von den Ohren, mit denen sie ihre geliebten Hörbücher hörte. Sie fühlte die alten Holzdielen unter ihren Füßen vibrieren, wenn sich jemand näherte, hatte sie ihrer Enkeltochter einmal erklärt. Ein weiterer Grund für Helmgard, in dem alten Bauernhaus wohnen zu bleiben.

»Hallo Stella. Wie schön, dass du dir die Zeit nimmst, mich zu besuchen!«, bemerkte sie und deutete auf das gegenüberliegende Sofa. »Setz dich doch.«

»Soll ich euch eine Flasche Wein aufmachen, Helmgard?«, schlug Eduard vor, nachdem Stella ihre Großmutter begrüßt hatte.

»Seit wann trinke ich abends noch Wein, Eduard?« Helmgard Böttcher sah mit ihrem starren Blick fragend in seine Richtung. Ihre scharfen Gesichtszüge und das modisch frisierte graue Haar ließen sie elegant und auch ein wenig unnahbar erscheinen.

»Ich habe eher an deine Enkelin gedacht«, entgegnete er. »Möchtest du vielleicht ein Glas Wein, Stella?«

»Nein, danke, Eddie«, antwortete sie. »Ich darf wegen der Medikamente, die ich noch nehme, keinen Alkohol trinken. Und ich bin heute auch mit dem Auto da.«

»Aber so 'n kleiner winziger Schluck ist doch Medizin und fällt schon nicht ins Gewicht!«

»Du kannst jetzt unbesorgt zu deinem Skatabend gehen, Eddie.« Helmgard hob vage eine kräftige, von Altersflecken überzogene Hand. »Wir kommen bestens klar.«

»Ich verstehe, ein Frauenabend.« Er verabschiedete sich

mit einer kleinen, galanten Verbeugung von Stella, die in wirkungsvollem Kontrast zu seinem Outfit stand: ausgebeulte Lederhose, kariertes Flanellhemd und ein dicker, mehrfach um den Hals gewundener Schal.

Es hatte etwas gedauert, bis die Böttchers sich an einen Altrocker mit Dreitagebart und einer zweifelhaften Vergangenheit als Helmgards neuen Lebensgefährten gewöhnt hatten. Inzwischen akzeptierten sie ihn. Er war ein wortgewandter, humorvoller Zeitgenosse, und vor allem war er Helmgard treu ergeben. Und das Familienoberhaupt der Böttchers ließ sich sowieso von niemandem etwas vorschreiben, schon gar nicht, mit wem es seine Zeit verbrachte.

Stella fragte sich, ob sie selbst je so eine liebvolle und dauerhafte Partnerschaft erleben würde wie ihre dreiundsiebzigjährige Großmutter. Bisher sah es jedenfalls nicht danach aus.

»Der Überfall auf dich macht auch Eduard schwer zu schaffen, Kind«, bemerkte Helmgard jetzt, da sie allein waren. »Als er gehört hat, was dir passiert ist, ist er wutentbrannt in die Scheune gelaufen. Ich dachte, er will noch einmal auf seine alte Güllepumpe steigen und mit hundertsechzig Sachen über die Autobahn rasen – wie damals, als unsere Hündin Laika vergiftet worden ist. Ich befürchte immer noch, dass er sich persönlich an dem Übeltäter rächen will.«

Stella wusste, dass mit der »Güllepumpe« Eduards betagte Honda gemeint war. »Fährt sein altes Motorrad denn noch?«

»Ich habe deinen Bruder Carl vor ein paar Jahren gebeten, irgendein unverzichtbares Teil des Motorrads unauffällig zu entfernen. Also: nein. Die Maschine springt nicht mehr an.«

»Listig warst du ja schon immer, Großmutter.«

»Das ist reine Fürsorge, Schätzchen. Und dir geht es wirklich wieder einigermaßen gut? Du kommst allein klar?«

»Das komme ich. Mach dir bitte keine Sorgen. Ich habe

nur ein paar Prellungen und eine leichte Gehirnerschütterung. Und ein verstauchtes Handgelenk.« Sie tastete nach ihrem bandagierten Arm. Es hatte keinen Sinn, ihrer Großmutter etwas vorzumachen. Selbst wenn sie sie nicht sehen konnte, hörte Helmgard bestimmt, wie sie bei jeder falschen Bewegung auf dem Sofa scharf die Luft einsog.

»›Nur‹? Du solltest das nicht herunterspielen, Stella. Du musst dir erlauben, wütend zu sein. Wütend ist besser als traurig oder ängstlich zu sein. Die werden den Kerl finden, der dich überfallen hat. Das hat der nicht umsonst gemacht!«

»Ich hoffe es. Aber sicher ist das nicht. Die Polizei scheint noch keine Ahnung zu haben, wer das war. Und ich habe sein Gesicht ja wegen der Maske nicht sehen können. Es ging alles so schnell. Es war nur ein großer Schatten, der plötzlich auf mich zugesprungen ist. Er hat mit einer Art Holzhammer auf mich eingeschlagen, und ich bin zu Boden gegangen. Kurze Zeit später habe ich das Bewusstsein verloren.«

»Haben sie nicht irgendwelche nützlichen Spuren vom Täter sichergestellt, Fasern oder Hautschuppen oder so etwas? Davon reden sie doch immer im Fernsehen.«

»Sie haben es zumindest versucht.«

»Bist du denn auch richtig von einem Arzt untersucht worden?«, fragte Helmgard vorsichtig.

»Du meinst, hinsichtlich einer möglichen Vergewaltigung?«, erwiderte Stella gepresst. Sie wollte es unbedingt vermeiden, über Einzelheiten zu sprechen. Meistens gelang es ihr, die Gedanken darüber abzublocken, obwohl sich die Erinnerungen natürlich nicht so leicht ausschalten ließen, wie sie ein Gespräch abwürgen konnte. »Ich glaube nicht, dass es eine Vergewaltigung war«, sagte Stella mit fester Stimme.

»Darüber bin ich sehr froh, mein Kind.« Doch Helmgard klang nicht überzeugt.

»Ich finde es grauenhaft, darüber nachzudenken, was die Leute jetzt so reden …«

Helmgard nickte. »Menschen vermuten meistens das Schlechteste. Daran kann man schwer etwas ändern. Aber du darfst dich davon nicht unterkriegen lassen.«

»Ich versuch's. Das Problem ist nur, dass es vollkommen unverständlich ist, was der Täter sonst mit seinem Angriff auf mich bezweckt haben soll. Es war ja offensichtlich kein Raubüberfall. Feinde habe ich auch nicht … Zumindest nicht, dass ich wüsste.«

»Könnte es nicht ein Mann gewesen sein, den du mal abgewiesen hast? Es gibt Leute, die können keinerlei Zurückweisung ertragen. Besonders nicht von einer Frau.«

»Das kann ich mir eigentlich nicht vorstellen. Meine Freunde und Bekannten sind doch alle ganz vernünftig.«

»Du weißt nie, was in den Menschen so vor sich geht.«

»Es sieht ganz danach aus«, bestätigte Stella matt.

Helmgard legte die Hand mit den hervortretenden Adern erst tastend, dann sanft auf Stellas Arm. »Du weißt, dass du jederzeit mit mir reden kannst. Über alles. Ich verstehe mehr von alldem, als man mir in meinem Alter vielleicht zutraut.«

Stella schmunzelte trotz der Anspannung. »Ich traue dir alles zu, Großmutter.«

»Daran tust du recht.« Nun flammte auch in ihrem Gesicht ein schwaches Lächeln auf.

»Die Polizei denkt, dass der Täter vielleicht durch irgendwas gestört worden ist und von mir abgelassen hat, bevor es zu einer Vergewaltigung gekommen ist«, fügte Stella nach einer kleinen Pause leise hinzu. »Doch was sollte das für eine Störung gewesen sein, mitten im Naturschutzgebiet? Jemand, der zu der Zeit auch dort draußen war und den Überfall bemerkt hat, hätte mir doch sicher geholfen oder die Polizei verständigt. Das ist aber nicht passiert.«

»Vielleicht ist der Täter auch von einem Hund gestört worden, der frei herumgelaufen ist?«

»Oder er hat es nicht gekonnt«, sagte Stella grimmig. Das jedenfalls war die Hoffnung, an der sie festhielt. Als sie wieder zu sich gekommen war, war der Angreifer verschwunden gewesen. Sie hatte ihr Handy gesucht, mit dem sie ja geleuchtet hatte, es aber nicht gefunden. Dann hatte Stella sich mühsam aufgerappelt und war nach Hause gehumpelt, die ganze Zeit voller Angst, ihr Angreifer könnte noch irgendwo in der Nähe sein. Ihr Haus war vom Ort des Überfalls aus eines der nächstgelegenen gewesen. Erst von dort hatte sie die Polizei alarmiert.

Bei der Untersuchung, zu der man ihr dringend geraten hatte, waren allerdings Spuren von Sperma in ihr sichergestellt worden. Doch das war keine Überraschung. Stella hatte am Tag zuvor mit Benno geschlafen. Aufgrund der Spurenlage hatte sie das auch der Polizei erzählen müssen. Sie hasste es, gegenüber Fremden solch intime Dinge preiszugeben, während der Täter irgendwo unbehelligt saß, vielleicht ein Bier kippte und sich seines Lebens freute.

Mit ihrer Großmutter darüber zu reden stellte zu ihrer Überraschung beinahe eine Erleichterung dar. Bei Helmgard hatte Stella das Gefühl, dass sie sie verstand und sie niemals verurteilen würde. Und es tat gut, beim Reden keine mitleidigen Blicke auf sich zu spüren.

Ihre Großmutter schien konzentriert an ihr vorbeizustarren, in Richtung der Blumenvase schräg hinter ihr auf dem Tisch. »Die ärztliche Untersuchung hat also nichts ergeben, was auf eine Vergewaltigung hindeutet?«, hakte sie mit zusammengezogenen Augenbrauen nach.

»Nichts so richtig Eindeutiges. Nur die allgemeinen Verletzungen und meine kaputte Kleidung. Der Täter hat meinen Mantel und die Bluse aufgerissen, die ich immer zum Kellnern trage. Mein Rock war nach dem Überfall hochgeschoben, die Strumpfhose zerfetzt. Aber das war alles. Wie sollte der da …«

»Du kannst mir alles sagen, Stella.«

»Bei der Untersuchung wurden Spermaspuren in meiner Vagina sichergestellt. Ich bin mir aber ziemlich sicher, dass die nicht vom Täter stammen. Ich hatte am Tag zuvor Sex mit …« Stella brach ab, trotz ihres Vertrauens zu ihrer Großmutter unsicher, ob sie darüber sprechen sollte.

»Stella, ich weiß, dass die jungen Frauen damit heute nicht mehr bis zur Ehe warten.« Helmgard verzog spöttisch das Gesicht. »Haben sie das je?«

»Es wird dir aber nicht gefallen.«

»Ach, was …«

»Ich habe eine Beziehung mit Benno. Wir schlafen schon seit ein paar Wochen miteinander.«

Helmgard zog die Hand weg. »Du meinst aber nicht Benno Hagendorf?«

»Wie viele Männer mit diesem Vornamen kennst du?«, entgegnete Stella schärfer, als sie es beabsichtigt hatte. »Natürlich Benno Hagendorf.«

»Wenn ich dir etwas fürs Leben mitgegeben habe, dann war das der Rat, dich von den Hagendorfs fernzuhalten.«

Stella schnaubte. »Das ist aber gar nicht so leicht. Die sind in Kaltenbrode einfach überall.«

»Deshalb muss man sich trotzdem noch lange nicht mit dem Feind verbrüdern und mit ihm ins Bett steigen!«, erwiderte Helmgard ungewohnt hart.

»Siehst du denn nicht, dass sich die Dinge ändern?«

»Wie du weißt, Stella, sehe ich so gut wie gar nichts. Doch das heißt nicht, dass ich keine Ahnung habe von dem, was in Kaltenbrode vor sich geht. Im Gegenteil. Ich werde nicht von dem Offensichtlichen geblendet. Und ich rate dir, den Hagendorfs fernzubleiben. Sie bringen nichts als Unheil über uns.«

»Du glaubst doch nicht, dass mich einer von denen …« Stella brach kopfschüttelnd ab. Das ging ihr jetzt zu weit.

»Wir werden es herausfinden«, sagte Helmgard.

»Lasst Benno in Ruhe, hörst du?« Stella erhob sich. »Er hat damit nichts zu tun!«

»Warte, Stella! Wenn du dir so sicher bist, dann ist Benno vielleicht eine Ausnahme. Ich war nur so … überrascht und enttäuscht.«

»Enttäuscht?«

»Du bist ein gescheites Mädchen. Du bist mein ganzer Stolz. Und du hast doch die Wahl. Warum ausgerechnet einer von den Hagendorfs?«

»Benno ist anders als die anderen aus der Sippe«, behauptete Stella. »Nicht so ein Arsch wie Wolfgang oder so ein Angeber wie Hanjo.«

»Es freut mich, dass du wenigstens diese Einschätzungen mit mir teilst.«

»Diese Fehde zwischen den Böttchers und den Hagendorfs … Das geht nun schon mein Leben lang. Und ich weiß nicht einmal, wie es ursprünglich dazu gekommen ist.«

»Glaubst du, ich würde die ganze Familie Hagendorf meiden – wegen nichts?«

»Ich weiß es einfach nicht, Großmutter.«

»Vertrau mir bitte. Es gibt Gründe.«

»Ich liebe Benno«, sagte Stella.

Helmgard kniff die Augen zusammen. »Schätzchen. Neben allem anderen, allen Zweifeln an seiner Herkunft und seinem Charakter ... Benno ist ein verheirateter Mann. Sein Schwiegervater ist gleichzeitig sein Chef. Er ist auch deshalb mit Linda zusammen, weil er scharf auf die Firma ist. Glaubst du, er gibt sein gesamtes Leben für dich auf?«

Stumm schüttelte Stella den Kopf. Als ihr klar wurde, dass ihre Großmutter das ja nicht sehen konnte, antwortete sie: »Das verlange ich ja auch gar nicht von ihm. An dem Abend vor dem Überfall hatte ich sowieso Schluss mit ihm gemacht. Es ist vorbei.«

»Und wie hat er es aufgenommen?«, fragte Helmgard.

»Na, wie wohl? Benno war sauer und ist davongebraust. Das ist alles.«

Helmgard wiegte langsam den Kopf. »Wenn du meinst, Kind.«

3. Kapitel

Auf der Fahrt in Richtung Norden hatte sich der Himmel immer weiter zugezogen. In Lübeck war es noch leicht bewölkt gewesen, mit vereinzelten, sonnigen Momenten, doch nun hingen dunkle Regenwolken über ihnen. Felix, der auf der Rückbank auf seiner Sitzerhöhung saß, blätterte in einem Buch und sah so gut wie gar nicht hinaus. Als Pia endlich in die schmale Straße einbog, die zu Martens Haus führte, begann es zu regnen, und als sie auf das immer noch zugewucherte Grundstück fuhr, ging ein prasselnder Regenschauer nieder.

Pia hielt vor dem Haus und schaltete den Motor aus. Sie drehte sich zu ihrem Sohn um. »Ich schätze, wir müssen zum Eingang rennen.«

»Ist Marten schon da?« Felix legte das Buch zur Seite und löste den Gurt.

»Bestimmt. Da vorn steht sein Auto.«

»Auf die Plätze, fertig …« Felix riss die Tür auf und sprang aus dem Wagen. »Los!« Er flitzte in Richtung Eingang.

Bei diesem Wetter sah das alte Bauernhaus immer noch ein wenig desolat aus. Die Eingangstür hatte Marten durch eine neue dunkelgraue Tür ersetzt, doch von den Fensterrahmen blätterte die Farbe ab, und aus der Regenrinne pladderte an verschiedenen Stellen Wasser. Wollte Marten das alles renovieren lassen? Das würde doch ein Vermögen kosten. Wenn Pia nicht gewusst hätte, dass man von der Terrasse aus bei klarer Sicht jenseits der Hügel die Ostsee schimmern sah, hätte sie das Projekt glatt als zu aufwendig verworfen. Doch ihr Freund war so begeistert ... und immerhin war es sein neues Zuhause. Felix und sie waren hier nur zu Gast.

Pia lief ihrem Sohn hinterher. Das Gepäck konnte warten, bis der Regen aufgehört hatte. Marten öffnete ihnen, nahm Felix in den Arm und half ihm, die feuchte Jacke und die Schuhe auszuziehen. Auch Pias Haare und Jacke trieften nach dem kurzen Stück durch den Regen vor Nässe.

»Endlich!«, flüsterte er ihr ins Ohr, als er sie in die Arme zog. »Ich hatte schon befürchtet, dass ihr bei diesem Wetter lieber auf die Malediven fliegt ...«

»Ich lasse mir doch nicht entgehen, wie du dich hier abrackerst.« Schon in der Diele sah man eklatante Veränderungen zu ihrem letzten Besuch. Die alten Teppichböden und Tapeten waren verschwunden, die Wände verputzt und hell gestrichen, die Dielen abgeschliffen und versiegelt.

Pia und Marten küssten sich, doch Felix zog schon an Martens Arm. »Wo ist mein neues Zimmer, Marten?«

Widerstrebend lösten sie sich voneinander. Ihr letztes Zusammensein lag schon wieder eine Woche zurück. So war das eben mit einer Wochenendbeziehung. Pia redete sich ein, dass die Sehnsucht nacheinander die Liebe frisch hielt. Doch sie vermisste Marten unter der Woche, vor allem wenn es im Beruf besonders stressig zuging. Der Idealzustand war das nicht. Immerhin hatte sie jetzt endlich zwei Wochen Urlaub und Felix Schulferien ... Ungestörte Zeit, in der sie sich als Paar, als Familie und als frischgebackene Hausbewohner einander annähern konnten.

Felix' Zimmer befand sich im ersten Stockwerk, wie auch ein großes, neues Badezimmer, ein Schlafzimmer für sie beide und ein Gästezimmer. Ihr Sohn nahm freudestrahlend sein neues Reich in Besitz. Es gab eine bunte Kletterwand mit einer dicken Matratze darunter, einen Schreibtisch am Fenster und ein Bett, das an eine Schiffskoje erinnerte.

»Das hast du richtig toll hinbekommen«, sagte Pia. »Ich bin begeistert.«

Marten lächelte erfreut. »Ach, ich hatte ein bisschen Hilfe.«

»Von wem denn?«

»Das verrate ich doch nicht.«

Ein Anflug von Eifersucht durchzuckte Pia. Wen hatte er um Einrichtungstipps gebeten? Eine Frau? Die Farbzusammenstellungen waren durchaus gekonnt und nicht unbedingt minimalistisch männlich. Modern, aber auch zu dem alten Haus passend … Selbst bei dem trüben Wetter wirkten die Räume hell und gemütlich.

»Ich habe mir nur ein paar Einrichtungsbücher und DIY-Videos angeschaut«, räumte er ein.

»Du hättest mich fragen können«, murmelte sie.

»Das habe ich. Mehrmals. Du hattest zu viel zu tun. Was ich gut verstehe, so unterbesetzt, wie das K1 in letzter Zeit immer war. Und ich wollte es für die Ferien mit euch hier schön haben. Glaubst du, ich hätte euch auf eine Baustelle eingeladen?«

»Der- oder diejenige hat dich aber gut beraten«, sagte sie, um sich ihre Gefühle nicht anmerken zu lassen. Er hatte doch nicht etwa eine Innenarchitektin engagiert?

»Keine Sorge, Pia. Für dich ist noch genug zum Planen und Aussuchen da. Wir brauchen noch eine neue Küche. Außerdem habe ich eine spezielle Überraschung für dich …«

»Was denn für eine?«, rief Felix und sprang auf der Matratze unter der Kletterwand auf und ab wie ein Flummi. Das Wort »Überraschung« war ihm natürlich nicht entgangen.

»Lass uns deine Mutter noch ein wenig auf die Folter spannen«, schlug Marten ihm vor, als wäre Pia gar nicht da. »Sie tut immer so cool, doch sie kann die Anspannung kaum aushalten. Wir trinken erst mal mit ihr gemütlich Kaffee, oder?«

Felix grinste. »Ich muss das Weihnachten ja auch immer aushalten. Ihr könnt doch Kaffee trinken, und ich guck mir Mamas Überraschung an.«

»Guter Versuch. Aber nein. Wir trinken erst unten zusammen einen Kaffee und du einen Kakao oder Saft. Ich habe uns auch Franzbrötchen besorgt.«

»Müssen wir heute eigentlich noch einkaufen fahren?«, fragte Pia.

»Nein. Heute Abend gehen wir essen. Und für morgen habe ich alles da. Du hast doch Urlaub.«

»Das ist aber ungewohnt.« Pia folgte ihren beiden Männern die frisch gewachste Holztreppe hinunter ins Erdgeschoss. »Ungewohnt, doch nicht schlecht, wenn mal jemand anders die Planungen übernimmt.«

Marten hatte recht, stellte sie im Erdgeschoss fest. Hier unten gab es noch einiges zu tun.

Nachdem sie Kaffee und Saft getrunken hatten und jeder ein Franzbrötchen verspeist hatte, brach die Sonne durch die Wolken und ließ die Regentropfen auf Blättern und Grashalmen draußen glitzern. Sie holten das Gepäck ins Haus.

»Und jetzt Mamas Überraschung!«, jubelte Felix. »Sie ist schon total gespannt. Oder, Mama? Wie geht es dir? Jetzt weißt du mal, wie das ist, wenn man sich so ewig gedulden muss!«

»Oh, mir geht es großartig.« Pias zurückhaltende Miene war eher der Tatsache geschuldet, dass sie Überraschungen nicht so sehr mochte. Sie wusste nicht, ob es ihr gefallen würde, musste jedoch in jedem Fall irgendwie freudig erregt reagieren, wenn sie den Erwartungen entsprechen und den Urlaub nicht gleich mit einem Missklang beginnen wollte.

Was hatte Marten sich nur für sie ausgedacht?

Er verband ihr die Augen mit einem Tuch. Was kam denn nun? Als er sie an der Hand aus dem Haus führte, ohne dass sie etwas sehen konnte, spürte sie ein gewisses Unbehagen in sich aufsteigen. Eine Panikattacke war das Letzte, was sie jetzt gebrauchen konnte. Sie zwang sich, länger aus- als einzuatmen. Eine Polizistin, die vor einer Situation mit einer Augenbinde Beklemmungen bekam – das war ja lächerlich! Wie schon so oft wünschte Pia sich ihr altes, unkompliziertes Selbst zurück. Das aus der Zeit vor ihrer Entführung, als sie diese Situation einfach auf sich hätte zukommen lassen oder vielleicht sogar genossen hätte.

Sie verließen das Haus durch die Terrassentür und stapften über den Kies, der unter ihren Füßen knirschte. Der Wind war frisch, doch der Regen hatte aufgehört. Sie mussten einige Meter gehen. Es gab ein Nebengebäude, erinnerte Pia sich, in das sie bisher nur einmal kurz hineingeschaut hatte.

Marten entriegelte eine Tür und zog sie mit sich in einen Raum. Felix stieß einen überraschten Ausruf aus, gefolgt von einem anerkennenden »Oh!«. Es hallte ein wenig, und die Luft war hier wärmer. Immerhin, bei ihrem Sohn war die Überraschung wohl gut angekommen. Pia hatte erwartet, dass das Licht, das durch das Tuch drang, im Gebäude schwächer sein würde, doch es blieb beinahe genauso hell wie draußen. Was war hier passiert?

»Moment! Gleich ist es so weit.« Marten fasste sie an den Schultern und drehte sie im Kreis. Seine Stimme klang vergnügt. Auch Felix juchzte vor Freude. Bei Martens festem, warmem Händedruck auf ihren Oberarmen entspannte sie sich ein bisschen. Er löste den Knoten am Hinterkopf und zog das Tuch von ihren Augen weg.

Pia blinzelte. Es war tatsächlich ein heller Raum. Das

Licht kam von oben. Ein großzügiges mehrteiliges Dachflächenfenster zwischen alten weiß gestrichenen Balken. Durch die schrägen, regennassen Scheiben war ein Stück blauer Himmel zu sehen. Sie befanden sich in dem ehemaligen Schuppen, doch er war komplett verwandelt. In einem neuen, gusseisernen Ofen an einem Stützbalken in der Mitte des Zimmers brannte ein Feuer. Unter dem Fenster stand eine Staffelei mit einem großen, mit Malerleinen bespannten Keilrahmen darauf. Daneben befanden sich ein Servierwagen aus Metall und ein alter Holzhocker. In einer Ecke stand ein Sofa mit Beistelltisch und darauf ein großer Wiesenblumenstrauß in einem Krug.

»Wow!«, sagte Pia ehrlich beeindruckt.

»Es ist noch ziemlich provisorisch. Immerhin habe ich es rechtzeitig geschafft, das mit dem Ofen und den Dachfenstern zu organisieren. Der Fensterbauer muss zwar noch mal kommen, weil sie sich jetzt noch nicht fernsteuern lassen. Da oben reicht ja niemand heran. Aber es ist dein neues Atelier, Pia.«

»*Mein* Atelier?«

»Ich will hier auch malen!« Felix hüpfte auf und ab. »Oder meine Eisenbahn aufbauen.«

»Ich habe doch seit Ewigkeiten nicht mehr gemalt, Marten.« Pia hatte plötzlich einen Kloß im Hals. »Aber es ist wunderschön!« Sie umarmte und küsste ihn. Doch der große Aufwand, den er nur für sie betrieben hatte, machte sie beklommen.

»Darf ich wieder rüber in mein neues Zimmer gehen?« Felix spürte offensichtlich, dass seine Mutter und Marten einen Moment zu zweit haben sollten.

»Ja, klar. Wir kommen gleich nach«, antwortete Pia.

»Echt cool, Marten!« Felix nickte weltmännisch und verließ den Schuppen oder das Atelier, je nach Betrachtungsweise.

Marten grinste. »Zumindest Felix konnte ich hiermit ein bisschen beeindrucken.«

»Ich bin auch beeindruckt. Es ist wunderschön geworden. Mit diesem tollen Raum kann man einiges anfangen …«

»Er ist nur für dich zum Malen, Pia.«

»Aber ich weiß nicht, ob ich je wieder malen werde«, wandte sie mit einem flauen Gefühl im Magen ein.

»Ich kenne doch deine Bilder von früher. Die waren gut! Wo sind die überhaupt?«

»Auf dem Dachboden in Lübeck hinter allerlei Gerümpel.«

»Dann holen wir sie her!«

»Marten, erinnerst du dich nicht mehr daran, was ich im Wesentlichen gemalt habe?«, fragte Pia.

»Es waren Motive, die mit deinem Beruf zu tun hatten«, antwortete er, ohne zu zögern.

»Genau. Die Bilder waren nur für mich. Die waren nicht zum Anschauen oder Ausstellen …«

»Das kann ja auch so bleiben. Felix muss hier keinen Zutritt haben.«

Pia kniff die Augen zusammen. »Du hast ein Atelier ausgestattet, damit ich darin meine Albtraumbilder male?«

Nun blickte er doch etwas verlegen drein. »Das kann sich ja irgendwann ändern. Dann malst du vielleicht Rapsfelder und die Ostsee?«

»Irgendwann. Du fürchtest doch, dass ich erst mal so weitermachen werde wie damals?«

»Es hat dir geholfen, oder etwa nicht?«

»Darum geht es also«, sagte Pia.

»Was hast du denn?«

»Du hoffst, dass es mir besser gehen wird, wenn ich ein bisschen male«, brach es aus ihr hervor. »Du willst mir hiermit zu verstehen geben, dass ich etwas tun sollte.«

Marten starrte sie an. »Ich will dir gar nichts ›zu verstehen geben‹. Ich wollte dir eine Freude machen mit dem Atelier. Wenn du es nicht willst, kann ich hier genauso gut mit Felix die Modelleisenbahn aufbauen oder an einem alten Auto schrauben.«

Pias Gedanken flogen zu ihrem alten Landrover, der bereits in einer kleinen Remise auf Martens Grundstück stand. Er hatte ihrem ehemaligen Verlobten Lars gehört, der vor über drei Jahren bei einem Unfall ums Leben gekommen war. Aus Sentimentalität behielt sie das Auto. Sie konnte sich nicht von ihm trennen, auch wenn sie es nur selten fuhr. Sie tat Marten hier gerade gewaltig unrecht. Doch die Trauer und die Scham darüber, dass sie nach ihrer zwölf Monate zurückliegenden Entführung immer noch nicht wieder vollkommen gesund war, wogen zu schwer.

»Du musst mir hier keinen Therapieplatz einrichten. Ich mag alte Autos!« Pia drehte sich von ihm weg. Er sollte ihre Verzweiflung nicht sehen. Die stets im Hintergrund ihres Bewusstseins lauernde Panik war durch Martens Überraschung für sie, das Atelier und seine Anspielung auf ihre Probleme wieder aufgeflammt. Festen Schrittes und mit roten Wangen verließ Pia den Schuppen.

Das Foyer der Schulaula war voller Menschen. Benno Hagendorf ließ den Blick suchend über die Anwesenden schweifen. Seinen Vater, der mit seinen eins siebenundneunzig noch etwas größer war als er selbst und bestimmt auch vierzig Kilo schwerer, müsste er doch leicht ausmachen können.

An diesem Abend gab Bennos jüngste Schwester Grit ein Klavier- und Gesangskonzert, und seine Mutter hatte die gesamte Familie herbeordert. Grit tat Benno ein wenig leid. Sie würde heute nach längerer Zeit wieder vor Publikum spielen und singen. Das war sicher aufregend genug. Aber das auch noch unter dem gestrengen Blick der Eltern tun zu müssen … Benno beneidete sie nicht.

Er erblickte seine älteste Schwester Insa, die mit einem Tablett mit Gläsern und kleinen Flaschen auf den Saal zusteuerte. Seine Mutter hatte sie wahrscheinlich Getränke holen geschickt. Das war so ihre Art, die drei Töchter herumzukommandieren. Immerhin wusste er nun, wo er sie alle finden würde.

Nichtsdestotrotz freute Benno sich auf das Konzert. Grit war seine Lieblingsschwester. Vor allem aber freute er sich über die Ablenkung und darüber, dass er seiner Frau Linda wenigstens für einen Abend mit einer guten Ausrede entkommen war. Linda machte sich nichts aus der »Hausmusik« seiner Familie, wie sie es nannte. Und vor allem machte sie sich nichts aus seiner Familie. Einzig mit seinem Vater verstand sie sich erstaunlich gut. Vielleicht, weil er in seiner tyrannischen Art ihrem eigenen Vater glich.

Diese Woche hatte Linda ihn quasi noch keinen Moment aus den Augen gelassen. Doch hier wusste sie ihn ja unter anderweitiger Beobachtung.

Ich sollte ein schlechtes Gewissen meiner Ehefrau gegenüber haben, dachte Benno, als er zwischen den Leuten hindurch in Richtung Saal ging. Die anerkennenden und neugierigen Blicke einiger Frauen streiften ihn. Das kannte er schon. Er sah gut aus, und wenn er angespannt war, hielten ihn die Leute für arrogant, was bei manchen Damen offenbar gut ankam.

Vor dem Eingang zum Saal zeigte er seine Eintrittskarte vor, die Grit ihm hatte zukommen lassen. Wenig später fand er seine Familie, die neben der zweiten Reihe stand, wo sie mit ihren Jacken Plätze reserviert hatten. Auch Grit war noch unter ihnen, anstatt sich in der »Künstlergarderobe« auf ihren Auftritt vorzubereiten. Gab es so etwas an einer Schule?

Seine Mutter redete eindringlich auf ihre Jüngste ein. Wahrscheinlich würde sie Grit mit ihren Ermahnungen noch bis hinter die Bühne verfolgen.

Die Vierundzwanzigjährige nickte ergeben und strich sich hin und wieder die lange dunkelblonde Mähne nach hinten. Schwer vorstellbar, dass Grit in dreißig Jahren vielleicht wie ihre Mutter aussehen würde. Sie war nur fünf Jahre jünger als Stella, fiel ihm dabei ein. Doch sie hatte seines Wissens noch keinen Freund gehabt, zumindest nicht offiziell. Wahrscheinlich nahm jeder Aspirant bei dem Gedanken, durch eine Beziehung mit Grit über kurz oder lang ihrem Vater, Wolfgang Hagendorf, gegenüberzustehen, sofort Reißaus.

Wolfgang Hagendorf trug wie fast immer ein kariertes Hemd und eine Lederweste darüber. Sein großes, kantiges Gesicht war gerötet. Grits ältere Schwestern, Paula und Insa, standen nun neben ihm. Sie sahen ihm recht ähnlich. Alle waren schwer gebaut, mit breitem Gesicht und kleinen Augen, die glatten Haare zu einem Pferdeschwanz zusammengebunden. Beide Schwestern waren verheiratet und gerade schwanger, Paula bereits zum zweiten Mal.

Benno war froh, dass er und Grit eher ihrer feingliedrigen Mutter ähnelten.

Er begrüßte sie kurz und versuchte, mit unbeteiligter Miene an seinem Vater vorbeizukommen.

»Warte mal.« Wolfgang Hagendorf zog ihn ein Stück zur Seite. »Warum bist du so spät dran?«

»Wieso spät? Das Konzert hat doch noch nicht angefangen. Außerdem komme ich direkt von der Arbeit«, erwiderte Benno gereizt. Sein Vater arbeitete im Bauamt und ließ mittlerweile anscheinend den Griffel fallen, wann immer es ihm passte. Was wusste er schon von unzufriedenen Kunden, unzuverlässigen Handwerkern und einem anspruchsvollen Chef, der zugleich der Schwiegervater war?

»Ich habe heute zufällig Volker getroffen.«

»Ja und?« Benno schwante nichts Gutes. Volker, einer der Cousins seines Vaters, mischte sich in alles ein.

»Er war letzte Woche samstagabends mit seiner Frau im *Gödeke Michels.*«

»Schön für ihn.«

Das Gesicht seines Vaters verzog sich unheilvoll. Es war unklug, ihn auch noch zu reizen, doch Benno konnte nicht anders. Er hoffte, dass Grits Konzert nun beginnen und ihn vielleicht retten würde, wenn er diese Unterhaltung nur noch etwas länger hinauszögerte.

»Du weißt, dass Stella Böttcher an dem Abend, an dem sie überfallen wurde, im *Gödeke* gekellnert hat.«

Es wäre unklug, das zu verneinen. »Was man so hört, ist sie auf dem Heimweg durch das Naturschutzgebiet überfallen worden.«

»Was man so hört?« Sein Vater trat einen Schritt näher. Benno konnte seinen Atem riechen. Zwiebeln, Bier und noch etwas anderes …

Benno wandte sich zur Seite und blickte angestrengt zur Bühne. Grit war aus dem Zuschauerbereich verschwunden. Sie musste jetzt jeden Moment hinter dem Vorhang auftauchen. »Ganz Kaltenbrode spricht von nichts anderem als von dem Überfall. Selbst bei mir im Architekturbüro in Eutin …«, sagte er.

»Weich mir nicht aus, Benno. Volker meint, du warst an dem Abend auch in dem Restaurant.«

Es war naiv gewesen zu hoffen, seiner Familie käme das nicht zu Ohren. Selbst die Polizei hatte ihn deswegen bereits befragt. Doch den hässlichen Streit hatten Stella und er weitestgehend draußen hinter dem Restaurant geführt. Davon wussten nur sie beide … Ob sie Stillschweigen bewahren würde? Auch wenn der Druck durch die Polizei, die den Täter finden wollte, zunahm?

Benno hatte noch keine Gelegenheit gehabt, mit Stella darüber zu sprechen. Die Übereinkunft, die sie zu Beginn ihrer Beziehung getroffen hatten, musste unbedingt weiter bestehen. Wenn seine Affäre mit Stella herauskäme … Ihm brach der Schweiß aus.

»Ich war nur kurz auf ein, zwei Bier im *Gödeke Michels*. In Kaltenbrode gibt es außerhalb der Saison nicht gerade viele Möglichkeiten.«

»Du solltest samstagabends zu Hause bei deiner Ehefrau sein.«

»Das war ich anschließend auch.« Er schaute wieder Hilfe suchend zur Bühne. Von Grit immer noch keine Spur.

»Stimmt es, dass du was mit der kleinen Böttcher hast?«, fuhr sein Vater ihn viel zu laut an. Ein paar Konzertbesucher auf den Randplätzen blickten neugierig zu ihnen herüber. Applaus erklang.

Seine Mutter Meike, die wie bei jedem Konzert ihrer Tochter einen Stehplatz direkt neben der Bühne bezogen hatte, um hinterher besser Manöverkritik üben zu können, winkte ihnen hektisch, sich endlich hinzusetzen. Wolfgang verzog wütend das Gesicht, zwängte sich dann aber an den Beinen der anderen Konzertbesucher vorbei zu seinem Stuhl. Benno hatte sich wohlweislich ein paar Plätze entfernt einen Sitz reserviert.

Seine beiden anderen Schwestern saßen wie ein Schutzwall zwischen seinem zornigen Vater und ihm. Doch auch sie sahen so aus, als wären sie lieber einhundert Kilometer entfernt. Mindestens eine von ihnen würde heute Abend noch in Tränen ausbrechen. Das war immer so, wenn sein Vater anwesend war.

4. Kapitel

Für einen Montagabend war es im *Gödeke Michels* ungewöhnlich voll. Arne Freiwald rechnete nicht damit, dass Stella an diesem Abend hier arbeitete. Nicht nach dem, was ihr neulich Nacht passiert war. Und der Montag war sowieso nicht ihr Tag. Trotzdem ertappte er sich dabei, wie er hoffnungsvoll nach ihr Ausschau hielt.

»He, Doktor, darf ich mich zu dir setzen?« Oliver Behr, der Bürgermeister von Kaltenbrode, trat mit einem frisch gezapften Pils zu ihm.

»Hallo, Oliver. Ja, klar.« Arne Freiwald wies andeutungsweise auf den freien Barhocker, der neben ihm stand. Er saß am Tresen und hatte Mühe, die langen Beine irgendwo unterzubringen.

Behr war klein und kompakt gebaut. Als er auf den Hocker geklettert war, erreichten seine Füße kaum den Boden.

Nach einem langen Tag in seiner Hausarztpraxis war Arne nicht unbedingt nach Gesellschaft zumute. Er war nur hungrig und durstig gewesen, und sein Kühlschrank, der am Morgen leer gewesen war, würde es heute Abend immer noch sein. Andererseits war etwas Ablenkung auch nicht schlecht. Er lebte zwar seit einem halben Jahr in Kaltenbrode, doch er kannte privat noch nicht sehr viele Leute. Als neuer niedergelassener Arzt lernte er die meisten aus der Gegend als Patienten in seiner Praxis kennen. Und das war selten der Beginn einer »wunderbaren Freundschaft«.

Mit Oliver Behr hingegen hatte er sich schon vor ein paar

Jahren beim Segeln angefreundet. Der alte Quasselkopf hatte ihn quasi überredet, die frei werdende Hausarztpraxis zu übernehmen, als Arnes Vorgänger in den Ruhestand gegangen war.

»Wie läuft's in der Praxis?«, fragte Behr auch sogleich.

»Ich kann nicht klagen. Die Grippesaison beginnt. Die Leute rennen mir die Tür ein.« Arne lächelte etwas gequält.

»Ich habe dir ja gesagt, dass das gut wird in Kaltenbrode. Eine Win-win-Situation für alle.« Zufrieden nahm Behr einen großen Schluck Bier und leckte sich den Schaum von der Oberlippe. »Wohnst du immer noch auf diesem Hausboot, oder hast du inzwischen was Richtiges gefunden?«

»Mir gefällt es auf dem Boot eigentlich ganz gut. Es gibt mir bei den Frauen den Nimbus, nicht der Langweiler zu sein, der ich in Wahrheit bin.«

»Ah, daher weht der Wind!« Oliver Behr lachte auf. »Ich wusste, du würdest hier nicht lange allein bleiben. Ein erfolgreicher und gut aussehender Kerl wie du! Wird doch auch Zeit, dass du nach deiner Scheidung wieder zu leben anfängst. Wie geht es deiner Freundin? Vivien Hagendorf, nicht wahr? Ich kenne sie nur vom Sehen. Kommt aber aus einer guten, alt eingesessenen Familie …«

»Vivien und ich sind nicht mehr zusammen«, antwortete Arne knapp.

»Was? Wieso? Ich dachte, bei euch läuten bald die Hochzeitsglocken. Entschuldigung.« Er blickte nun etwas verlegen drein. Wahrscheinlich hatte er schon mit allen möglichen Leuten darüber gesprochen. »Ist natürlich allein eure Privatsache.«

Gab es in Kaltenbrode so etwas wie eine Privatsache überhaupt? »Wir haben festgestellt, dass wir doch nicht so gut zusammenpassen«, erklärte Arne diplomatisch. In Wahrheit hatte nur er das festgestellt, nachdem er sich Hals über Kopf in Stella Böttcher verliebt hatte. Was sich dann jedoch ebenfalls als verhängnisvoller Fehler herausgestellt hatte …

»Tut mir leid. Aber was soll's? Andere Mütter haben auch schöne Töchter.«

»Sicher.« Arne schob seinen noch nicht ganz leeren Teller beiseite. Der Appetit war ihm vergangen.

»Ich habe gerade auch so meine Sorgen. Hast du das von dem Überfall im Naturschutzgebiet gehört?«

»Ja, natürlich«, antwortete Arne zurückhaltend.

»Die Frau, die überfallen wurde, hat übrigens hier gearbeitet.«

»Ich weiß. Als Servicekraft. In meiner Praxis gab es tagelang kein anderes Thema.«

»Der Frau geht es inzwischen wieder einigermaßen gut. Aber sie steht natürlich noch unter Schock. Und viele Mitbürger sind äußerst besorgt. Leider hat die Polizei noch keine heiße Spur vom Täter. Sie haben mit so einigen Männern aus Kaltenbrode und Umgebung gesprochen. Auch mit mir. Mit dir sicher ebenfalls …« Behr klang beiläufig, doch sein sonst so freundliches, rundes Gesicht hatte einen lauernden Ausdruck angenommen.

»Ja, das haben sie«, bestätigte Arne.

Oliver Behr musterte ihn aus zusammengekniffenen Augen. »Ich gehe ja davon aus, dass es ein Außenstehender war. Ein Fremder. Andererseits …« Er blickte sich stirnrunzelnd im Gastraum um. »Wie kann man sich da heute noch sicher sein? Zu viele Zugezogene …«

»Du lebst schon dein Leben lang in Kaltenbrode, oder?«

»Ohne Unterbrechung.«

»Ist etwas Derartiges schon mal vorgekommen? Vielleicht in abgeschwächter Form?«, erkundigte sich Arne.

»Abgeschwächt? Wieso fragst du?«

»Manchmal probieren die Täter vorher schon mal an ihrem ersten Opfer oder an jemand anderem aus, wie weit sie gehen können. Sie testen eine geplante Tat sozusagen erst einmal an, ohne gleich richtig zuzuschlagen. Männer, die Frauen angreifen, wollen aus Sicht der Psychologen ja keinen Kampf, sondern einen leichten Sieg.«

»Mag sein.« Oliver Behrs Blick wurde noch misstrauischer. »Mir war jedenfalls bisher noch nichts Derartiges zu Ohren gekommen.« Der Bürgermeister sah sich im Gastraum um. Arne hatte seine ungeteilte Aufmerksamkeit verloren.

»Ich werde dann mal aufbrechen.« Arne winkte dem Kellner, dass er zahlen wollte. »Morgen ist wieder ein langer Tag.«

Der Bürgermeister nickte. »Alles klar. War schön, mit dir zu plaudern. Ich bin froh, dass alles so gut läuft mit dir und der Praxis. Du bist ein Glücksfall für uns.« Der Bürgermeister stand auf und ging mit seinem halb vollen Bierglas zu einem der Tische, wo er zwei Männer ansprach und sich zu ihnen setzte.

Einer von ihnen war Stellas Vater, erkannte Arne nun. Simon Böttcher. Der Mann mit den silbergrauen Schläfen blickte nicht gerade erfreut drein, als der Bürgermeister neben ihm Platz nahm. Böttcher besaß eine Autowerkstatt im Nachbarort, wusste Arne. Stellas Vater war einmal ganz zu Anfang als Notfall zu ihm in die Praxis gekommen, weil er sich einen Metallsplitter in die Hand gerammt hatte. Üble Sache. Arne hatte sich jedoch beim Ziehen des Splitters und beim Nähen über ein bisschen handwerkliche ärztliche Arbeit gefreut.

Im Gegenzug hatte er dann seinen Toyota in Böttchers Werkstatt zur Inspektion gebracht. In kompletter Unwissenheit der unausgesprochenen Regel, dass man sich in Kaltenbrode entscheiden sollte, ob man Geschäfte mit den Böttchers oder mit den Hagendorfs machen wollte.

Der Kellner hatte immer noch keine Zeit zum Kassieren. Simon Böttcher gab dem Bürgermeister nur kurz angebundene Antworten, und auch der junge Mann am Tisch verhielt sich abweisend, beobachtete Arne. Politiker hatten es auch nicht leicht. So etwas wäre nichts für einen eher introvertierten Menschen wie mich, dachte Arne. Für all dieses Geplauder mit den unterschiedlichsten Leuten musste man wohl geboren sein.

Als Arne eine Viertelstunde später das Restaurant verließ, war es draußen stockdunkel. Dabei war es noch früh am Abend. Er würde denselben Weg nehmen wie Stella an dem verhängnisvollen Samstag vor etwas mehr als einer Woche. Arne hatte jedoch keinerlei Bedenken, was seine Sicherheit anbelangte. Einer der Vorteile, als Mann geboren zu sein. Noch dazu als einer mit einer Körperlänge von knapp zwei Metern.

Die Polizei hatte ihm gesagt, dass Stella kurz vor dem Überfall an dem Steg zu seinem Hausboot vorbeigegangen war. Wäre sie doch lieber zu ihm gekommen! Hätte sie ihm nur nicht den Laufpass gegeben …

Die Sonne tauchte aus dem Meer auf und ließ die Schleierwolken am Himmel, das Wasser und den Sand rotgolden aufleuchten. Der Strand war naturbelassen, durchsetzt von Steinen, vertrockneten Algen und Treibholz. Linker Hand erhob sich das Steilufer. Dahinter lagen nur Wiesen und Weiden. Noch war kein Mensch zu sehen, sie hatte das alles für sich allein.

Astrid Lindemann beglückwünschte sich zu ihrer Disziplin, tatsächlich mal vor Sonnenaufgang aufgebrochen zu sein. Es würde ein kalter, klarer Oktobermorgen werden. Genau das Richtige für einen Ausritt auf Medusa.

Astrid ließ ihre Stute im Schritt am Wassersaum entlanggehen, genoss die Wärme des Tieres und den typischen Geruch nach Pferd. Das Sattelzeug knirschte, und die gleichmäßigen Bewegungen lockerten ihren verkrampften Rücken. Es war beinahe windstill. Die Ostsee schwappte in winzigen Wellen an den wilden Küstenstreifen zwischen Kaltenbrode und der Fehmarnsundbrücke.

Dieser Morgen war beinahe perfekt. Medusa, ihre Stute, war keine Schönheit, nicht mal von oben besehen, mit ihrem riesigen Schädel und der breiten, gespaltenen Kruppe. Doch Astrid konnte sich ein Leben ohne sie nur schwer vorstellen. Sie hatte ihr erstes Pferd, oder eher ein Pony, als Mädchen bekommen; ihr Vater Fritz hatte es ihr noch geschenkt. Das war kurz vor seinem Tod gewesen. Ihre Mutter, Helmgard Böttcher, hatte sich danach zunächst allein um ihren Bruder Simon und sie gekümmert. Einige Jahre später hatte sie ihnen ihren neuen Partner vorgestellt. Eduard Seiler, mit dem ihre Mutter auch heute noch zusammen war.

Astrids Trost war das Pony namens Bonito gewesen. Für das zierliche Reittier war Astrid jedoch schon bald zu groß und schwer geworden. Sie hatte vor Kummer über den Tod ihres Vaters damals so zugelegt, dass die Mitschüler sie »Doppelpony« genannt hatten. Dann war da noch Holly gewesen, eine Trakehnerstute, die ab und zu mit ihr durchgegangen war. »Immer noch auf der Flucht«, wie man sagte. Doch gerannt war Holly so schnell wie der Teufel, und gesprungen war sie wie ein Gummiball.

Und nun gehörte ihr eine Stute namens Medusa, die Astrid mit vierzig Jahren erstmals von ihrem eigenen Geld, mühsam zusammengesparten viertausend Euro, einem Reitstall mit Schulbetrieb abgekauft hatte. Medusa war damals sieben Jahre alt gewesen, dementsprechend nun, nach knapp dreizehn Jahren, schon beinahe zwanzig. Eine ziemlich alte Dame also.

Ihr Mann Karsten hatte neulich beinahe beiläufig gesagt, ein Pferd, das man nicht mehr reiten könne, wolle er später auch nicht durchfüttern. Ihr stand irgendwann eine schwere Entscheidung bevor. Was sollte sie nur tun, wenn es Medusa nicht mehr gab?

Der Gedanke daran nahm dem Sonnenaufgang alle Schönheit. Astrids Herz zog sich zusammen. Eine Lösung musste her. Wenn Karsten nun auch noch seinen Job verlor … Er hatte neulich wieder erzählt, wie ätzend sich Benno Hagendorf, der Schwiegersohn seines Chefs Thomas Unger, ihm gegenüber aufführte. Und Benno hatte einen nicht zu unterschätzenden Einfluss auf die Personalplanungen. Wenn nicht bald wieder größere Aufträge reinkämen, wäre Karsten wohl der Erste, dem gekündigt werden würde.

Hier oben, am äußersten Zipfel Ostholsteins, gab es nur wenige Jobs für einen Bauingenieur. Doch wenn sie wegzögen, hätte sie auch nicht mehr die Möglichkeit, ihr Pferd zu einem Freundschaftspreis im Stall eines Bekannten unterzustellen. Hier bestand zudem das Angebot ihrer Mutter, ein altes Stallgebäude auf dem Gutshof für Medusa umzunutzen. Lebten Karsten und sie in einer anderen Stadt, würde die Pferdehaltung teuer werden. Es hing doch immer alles am Geld.

Astrid seufzte. Sie musste dringend etwas dazuverdienen. Sich als Goldschmiedin selbstständig zu machen war nicht gerade ihre beste Idee gewesen. Wenn sie mehr Geld hätte, könnte sie einfach selbst über ihr Leben bestimmen und zur Not allein für Medusas Unterhalt aufkommen.

Wie war sie nur in diese verzweifelte Lage geraten? Und hatte ihre Mutter es nicht mal wieder vorausgesehen? Immer wusste Helmgard alles besser!

Aufgebracht trieb Astrid Medusa an, die bereitwillig in einen schwerfälligen Galopp verfiel. Nach kurzer Zeit wurden ihre Galoppsprünge regelmäßiger und schneller. Das wilde Steilufer und der Strand sausten an ihnen vorbei. Astrid staunte, wozu ihr Pferd immer noch fähig war. Medusas Hufe schlugen regelmäßig wie ein Uhrwerk auf den Boden, Sand spritzte auf, und die frische Meeresluft pfiff an ihnen vorbei. Astrid juchzte vor Freude. Für einen Moment war sie glücklich.

Bis sie die Möwen sah. Natürlich waren am Strand immer ein paar von ihnen. Doch Medusa hasste alles, was sich vor ihren Augen plötzlich in die Luft erhob: Vögel, Plastiktüten, Drachen, Regenschirme … Astrid parierte die Stute durch zum Schritt. Das waren aber viele Vögel. Sollte sie besser umkehren?

Nein, sie wollte die ganze Runde reiten. Und Medusa musste lernen, nicht immer gleich die Nerven zu verlieren. Beruhigend klopfte sie den Hals ihrer Stute. »Alles fein, meine Gute. Einfach weitergehen.«

Die Möwen wurden von etwas Dunklem angezogen, das nahe der Klippe im Sand lag. Es war ganz schön groß. Hoffentlich war das kein verendetes Tier! Astrid trieb Medusa weiter in Richtung Wassersaum, doch der Strand zwischen Steilküste und Meer war hier so schmal, dass sie recht dicht an dem Ding vorbeimussten.

Das Pferd schnaubte und warf den Kopf in den Nacken. »Ruhig, Medusa. Alles gut. Ruuhiig!« Der Satz ihres Reittiers kam trotz allem unerwartet. Einige Möwen erhoben sich schreiend in die Luft. Die Stute buckelte wie ein junges Pferd.

Astrid verlor den Halt. Sie hatte gerade noch Zeit zu denken: Oh nein, bloß nicht runterfallen!, da flog sie auch schon durch die Luft. Strand und Meer drehten sich um sie, und sie landete unsanft auf dem harten Sand. Sie war zuerst auf dem Po aufgekommen, doch dann noch nach hinten aufgeschlagen. Einen Moment lag Astrid einfach da, bewegungsunfähig und ohne Luft zu bekommen.

Nicht so schlimm!, sagte sie sich. Ein- und ausatmen! Es wird schon gehen. Nach einem unangenehm langen Moment gelang es ihr, wieder Luft in ihre Lungen zu saugen. Sie bewegte vorsichtig Arme und Beine, setzte sich sehr langsam auf. Der Sturz schien aber gerade noch mal glimpflich ausgegangen zu sein. Bis auf ein paar blaue Flecken war sie hoffentlich mit dem Schrecken davongekommen.

Astrid war seit Jahren nicht mehr vom Pferd gefallen. Ein Ereignis, das man als über Fünfzigjährige auch tunlichst vermeiden sollte. Eine weitergehende Bestandsaufnahme konnte sie erst vornehmen, wenn sie sich ein wenig beruhigt hatte. Solange sie so voll Adrenalin war, spürte sie zu wenig.

Über ihr kreisten die Möwen und schrien klagend, segelten aber schon wieder neben ihr herab. Die Verursacherin dieses Vorfalls stand etwa zwanzig Meter entfernt mit gesenktem Kopf und hängenden Zügeln und blickte unschlüssig zu ihr zurück.

»Medusa!«, rief Astrid, obwohl sie wusste, dass es sinnlos war. Die Stute würde sich nicht näher an die Vögel herantrauen. Nun musste sie auch noch ihr Pferd einfangen!

Zwischen dem Strand und Medusas Stall befand sich eine Straße. Die war zwar wenig befahren, doch trotzdem wollte Astrid nicht riskieren, dass ihr Pferd sich allein auf den Heimweg machte. Nicht auszudenken, wenn sie vor ein Auto sprang oder in die Zügel trat, stürzte und sich ein Bein brach!

Warum nur hatte sie sie nicht festgehalten? Doch das Buckeln war so plötzlich gekommen. Sie hatte die Vögel ja vorher gesehen … Es war ihre Schuld.

Astrid erhob sich langsam und unter ausgiebigem Jammern. Hier hörte sie ja niemand. Sie rieb sich Steißbein und Rücken. Und dabei hieß es doch, Reiten sei gut gegen Rückenschmerzen. Aber nicht so!

Sie humpelte in Medusas Richtung. Die Stute hatte nun den Kopf wieder gehoben und die Ohren gespitzt. Anscheinend war sie unentschlossen, ob sie warten oder lieber die Flucht ergreifen sollte. Astrid blickte zur Seite, auf die verdammten Möwen. Hoffentlich machten sie ihr nicht schon wieder einen Strich durch die Rechnung und verscheuchten Medusa! Doch was taten die Vögel da?

Astrid sah es zunächst nur aus dem Augenwinkel. Da lag kein Tier. Dafür war es zu groß, zu lang. Es wirkte eher wie ein Haufen nasser Kleider. Nein. Da war … O Gott, da war ein Kopf, ein übel zugerichtetes Gesicht … Das war ein Mensch! Ein Mann mit kurzem dunkelblondem Haar, einer gesteppten blauen Jacke, Jeans … Da lag ein toter Mann am Strand! Und sie kannte ihn!

Astrids Beine knickten unter ihr ein. Sie sank auf die Knie, schluchzte auf und erbrach sich in den weißen Sand.

5. Kapitel

Nachdem Marten und Felix gegangen waren, wurde es still im Haus. Pia hatte jetzt mindestens drei, wenn nicht gar vier oder fünf Stunden Zeit, die ihr Sohn und ihr Freund in dem »Tropischen Badeparadies« verbringen würden.

Marten hatte Felix vorgeschlagen, den heutigen Tag zu nutzen, um vor dem Schwimmkurs schon mal ohne Zwang das Schwimmbad samt Wasserrutschen, »Waterworld« und Gastronomie zu erkunden. Ihr Sohn war einverstanden gewesen und tatsächlich unternehmungslustig mit Marten abgezogen.

So weit, so großartig.

Beide hatten ihr erklärt, dass sie nicht mitkommen musste, wenn sie nicht wollte, und dabei durchblicken lassen, dass sie die Zeit gerne zu zweit verbringen würden.

Pia hatte zugestimmt. Sie hatte immer noch ein schlechtes Gewissen Marten gegenüber, weil sie so wenig begeistert auf das Malatelier reagiert hatte. Als sie abends allein vor dem Kamin zusammengesessen hatten, hatte sie ihn um Verzeihung gebeten und versucht, ihm ihre vollkommen abstrusen Gefühle zu erklären. Denn nachdem sie seine Idee ein paar Stunden lang auf sich hatte wirken lassen, hatte sie plötzlich Lust zu malen verspürt.

Daraufhin war Pia am vergangenen Tag nach Oldenburg gefahren und hatte sich mit Farben, Pinseln und Leinwand eingedeckt, um der Sache eine Chance zu geben. Was ihr früher geholfen hatte, unschöne Erlebnisse zu verarbeiten, würde sie vielleicht wieder auf den richtigen Weg bringen. Und wenn nicht, hatte sie es wenigstens versucht.

Nachdem sie den Frühstückstisch abgeräumt hatte, stand Pia voll unruhiger Energie im Wohnzimmer. Sie blickte auf ihr Telefon und war versucht, ihren Kollegen Heinz Broders in Lübeck anzurufen, um ihn zu fragen, ob im K1 alles gut lief. Eine fantastische Idee, die damit enden würde, dass Broders ihr verbal den Kopf abriss, weil sie es nicht schaffte, wenigstens ein paar Tage lang nicht an die Arbeit zu denken.

Sie ging in die Küche, um sich noch einen Kaffee zu kochen und ihn mit ins Atelier zu nehmen. Zwischendurch lief sie nach oben und zog sich ein altes Hemd über, wie sie es früher beim Malen gemacht hatte. Sie hatte es eigentlich mitgebracht, um es beim Renovieren zu tragen. Dann kontrollierte sie nochmals ihr Telefon, lud einen Becher mit Kaffee, ein paar Kekse und eine Flasche Mineralwasser auf ein Tablett und ging in ihr neues Reich hinüber.

Alles stand bereit. Die Leinwand war groß und weiß, beleuchtet von dem klaren, hellen Morgenlicht, das durch das Dachfenster fiel. Dahinter war blauer Oktoberhimmel zu sehen, über den ein paar weiße Wolkenfetzen jagten. War nicht viel zu schönes Wetter, um hier drinnen zu hocken?

Pia öffnete ein paar Farbtuben und mischte sich Farbe an, ohne so recht zu wissen, was sie malen wollte. Mit gerunzelter Stirn blickte sie anschließend auf die Palette mit den unterschiedlichen Nuancen von … Grau. Hatte sie wirklich nur den einen Farbton angemischt? Was sollte das überhaupt sein? Containergrau? Die Farbe ihres Gefängnisses? Sie schüttelte den Kopf. So ging das nicht.

Also besser erst mal nach draußen gehen, Fotos von möglichen Motiven machen und dann noch einmal von vorne beginnen. Als sie auf dem Weg zur Tür war, läutete ihr Telefon. »Korittki?«

»Pia, gut, dass ich dich erwische«, sagte ihr Chef Manfred Rist.

»Was ist denn los?«

»Ein Leichenfund, ganz bei dir in der Nähe. Du bist doch in einem Ort unweit von Kaltenbrode, oder?«

»Das liegt rund zwanzig Kilometer von hier entfernt.« Und woher wusste er überhaupt, wo sie ihren Urlaub verbrachte?

»Das passt. Ich will dich auch nicht lange stören. Aber ich habe gerade niemanden, den ich da hinschicken kann, außer dem Neuen. Die anderen sind alle vollauf beschäftigt.«

»Und was ist mit der hiesigen Polizei?«

»Die kommen auch beziehungsweise sind schon dort. Aber es sieht nach einem Tötungsdelikt aus. Das könnte was für uns werden.«

»Ein Tötungsdelikt«, wiederholte Pia.

»Fährst du eben schnell hin? Nur, um den Neuen zu unterstützen. Du kannst dich dort mit Louis treffen. Ich gebe dir den genauen Fundort durch.«

Pia sah Felix vor sich, der sich auf die Ferien mit ihr freute. »Moment mal, Rist. Ich habe noch nicht zugesagt.«

»Das ist aber ein Notfall. Und es dauert nur ein paar Stunden. Morgen kannst du deinen wohlverdienten Urlaub fortsetzen.«

»Wie kommt es, dass ich das nicht ganz glauben kann?«, fragte Pia resigniert. Sie wusste, sie hatte bereits verloren.

»Keine Ahnung. Wie gesagt, ich schicke dir die Koordinaten des Fundorts gleich aufs Handy. Es ist an einem Strand, einer Art Steilküste bei Kaltenbrode.«

»Am Strand – ausgerechnet. Eine Wasserleiche?«

»Du wirst es ja sehen.«

Auf dem Weg zum Fundort des Toten kämpfte Pia mit widersprüchlichen Gefühlen. Sie wollte die nächsten zwei Wochen mit Felix und Marten verbringen und, wenn möglich, nicht einen Tag mit ihnen aus beruflichen Gründen versäumen.

Andererseits schien Felix heute bei der Aussicht, Marten auch mal ganz für sich allein zu haben, überglücklich gewesen zu sein, und das, obwohl die beiden zu dem von Felix gefürchteten Schwimmkurs fuhren. Und, verdammt, sie waren Vater und Sohn, auch wenn Felix das noch nicht wusste. Sollte sie ihnen dann nicht die Chance geben, sich in aller Ruhe besser kennenzulernen? Oder redete sie sich das nur ein, weil sie die altbekannte Aufregung spürte, die sie jedes Mal ergriff, wenn es einen neuen Mordfall in ihrem Zuständigkeitsbereich gab?

Wenn es sich tatsächlich um ein Tötungsdelikt handelte, würde es mehr als ein paar Stunden in Anspruch nehmen, den neuen Kollegen auf den Weg zu bringen. Außerdem konnte Louis Schramm unmöglich allein daran arbeiten. Und weitere Mitarbeiter vom K1 waren gerade nicht verfügbar, hatte Rist gesagt.

Pia seufzte. Sie würde gegebenenfalls verdammt gut verhandeln müssen, damit Kollegen von anderen Fällen abgezogen wurden. Denn wenn sie erst mal vor Ort war, dann fühlte sie sich mit verantwortlich. So viel war jetzt schon klar. Wie geschickt von Rist, seine Karten so auszuspielen, dass er ihr notfalls den Schwarzen Peter zuschieben konnte!

Mit diesen Gedanken stellte Pia ihren Wagen zu den anderen, die am Ende der schmalen Asphaltstraße auf dem grünen Randstreifen parkten. Vor ihr lagen nur noch die Abbruchkante einer flachen Steilküste, der Strand und das Meer, wie sie von einem früheren Spaziergang mit Marten wusste.

Die Kollegen von der Spurensicherung waren bereits da, ebenso ein Streifenwagen und zwei Zivilfahrzeuge der Polizei. Das war gut. Der dunkelblaue Mercedes gehörte zu ihren Pool-Fahrzeugen. Damit war ihr neuer Kollege Louis Schramm wahrscheinlich hierhergefahren. Er arbeitete erst seit ein paar Tagen bei ihnen im Morddezernat. Pia hatte bisher nur wenige belanglose Worte mit ihm wechseln können.

Er war zweiunddreißig, sportlich, dunkelhaarig, und ihm eilte der Ruf voraus, alle Prüfungen an der FHVD, der Fachhochschule für Verwaltung und Dienstleistung, mit Bestnoten bestanden zu haben. Er hatte zuvor in der Bezirkskriminalinspektion in Itzehoe gearbeitet. Seine Mutter war Tunesierin, sein Vater Deutscher. Er sprach neben Deutsch und Englisch auch fließend Französisch und Arabisch. Pia war gespannt, wie sie zusammenarbeiten würden.

Ein Kollege von der Schutzpolizei begleitete sie auf einem bereits vorbereiteten Pfad in Richtung des Fundortes der Leiche. Pia ließ die Umgebung auf sich wirken. Der erste Eindruck eines Fundortes oder Tatortes war oftmals wichtig. Warum hier? Was machte diesen Ort besonders? Wer hatte einen Bezug zu diesem Ort? Für wen war er leicht zu erreichen?

Die schmale Straße endete abrupt, ein breiter Sandstreifen schloss sich an. Er wurde offensichtlich als kleiner, inoffizieller Parkplatz von Badegästen genutzt, denn die Asphaltstraße, die hierher zum Meer führte, war für den Autoverkehr gesperrt. Wahrscheinlich nutzten diesen Strandabschnitt mehr Einheimische als Touristen, vermutete Pia.

Leider hatte es nachts noch geregnet. Jetzt war der Himmel weitestgehend klar, doch nun blies ein scharfer Wind von Südost. Das unbeständige Wetter erschwerte sicherlich die Arbeit der Kollegen von der Spurensicherung.

Pia ging hinter dem Polizisten einen markierten Pfad entlang, der zum Strand hinabführte. Das nun hinter Pia liegende Steilufer war nicht hoch. Höchstens drei Meter. Zwischen dem Wassersaum und der Abbruchkante lag ein schmaler Streifen Naturstrand, durchsetzt mit grobem Kies, Treibholz und getrockneten Algen.

Der Tote lag am Fuße des Steilhangs. Die Stelle war etwas höher gelegen, sodass es unwahrscheinlich zu sein schien, dass er vom Meer angespült worden war. Eher sah es so aus, als wäre er den Hang hinuntergefallen. Selbst auf die Entfernung erkannte Pia, dass seine Glieder verrenkt waren. Die Totenstarre hatte vermutlich bereits eingesetzt. Das würde den Transport des Leichnams erschweren.

Den Schaden, den die Möwen an allen leicht zugänglichen Stellen des Körpers angerichtet hatten, wollte Pia sich vorerst lieber nicht vorstellen. Das Opfer war ein anscheinend nicht allzu alter Mann mit dunkelblonden Haaren. Er trug dunkle Jeans und eine gesteppte dunkelblaue Jacke, Socken, jedoch keine Schuhe. Vielleicht war er doch angespült worden? Was hatte ihn getötet, und wie zum Teufel war er bloß hierhergekommen?

Louis Schramm stapfte aus Richtung des Toten durch den Sand auf sie zu. Er hatte die Arme vor der Brust verschränkt, als wäre ihm kalt. Seine dunkelbraunen Locken waren vom Wind zerzaust, das Gesicht unter der Bräune blass.

»Hi Pia. Toll, dass du trotz deines Urlaubs gekommen bist. Der Rechtsmediziner besteht darauf, auch mit dir zu sprechen.«

Jetzt erst sah Pia, dass es Dr. Enno Kinneberg war, der sich über die Leiche beugte. Sie kannte den Rechtsmediziner bereits seit ihrer ersten Ermittlung für das K1. Bei ihrer letzten Mordermittlung war ein jüngerer Kollege von ihm namens Tom Tetzlaff zuständig gewesen. Kinneberg war recht speziell im Umgang, aber er hatte viel Erfahrung und ein gutes Urteilsvermögen. Er und Pia waren einander sympathisch, und sie arbeiteten gut und effizient zusammen. Mit Dr. Tetzlaff hingegen hätte Louis es sicher einfacher gehabt.

»Ich gehe gleich zu ihm. Wer hat die Leiche denn gefunden? Wer hat die Polizei informiert?«

»Eine Frau. Astrid Lindemann ist ihr Name.«

Pia blickte sich um. »Wo ist sie?«

»Sie bringt gerade ihr Pferd in den Stall. Frau Lindemann hat den Toten während ihres Morgenausritts gefunden.«

»Ihr habt sie gehen lassen?«

»Ich habe ihren Namen, die Adresse und alles Wichtige aufgeschrieben. Du kannst später mit ihr reden.«

»Es wäre einfacher gewesen, wenn sie noch einen Moment hiergeblieben wäre.«

»Sie hat darauf bestanden.«

»Hm.« Darüber sollten sie noch mal reden. »Gibt es schon einen Anhaltspunkt, wer der Tote ist?«

»Da haben wir Glück. Er hatte seine Brieftasche bei sich. Sein Name ist Benno Hagendorf. Wohnt in Kaltenbrode, nicht weit von hier entfernt.«

Pia nickte »Sehr gut. Und wer vom K6 ist alles vor Ort?«

»Schelling und ein Kollege namens Oesterberg.«

»Schelling kenne ich. Der ist gut. Und wer von der örtlichen Polizei ist hier?«

»Die beiden Kollegen dort.« Er wies mit dem Kopf zu zwei Männern, die ein wenig entfernt standen. »Soll ich dich vorstellen?«

»Das mache ich gleich selbst. Danke.« Pia musterte die Kriminalkommissare vom nächstgelegenen Polizeirevier. Bei einer ihrer Mordermittlungen hatte sich zu ihrer aller Entsetzen mal ein Kollege als der Täter erwiesen. Das war etwas,

was wohl jeder Polizist und jede Polizistin fürchtete: ein Verbrecher aus den eigenen Reihen. Auf die Kollegen musste allzeit Verlass sein, alles andere war ein Sakrileg.

Doch die beiden Beamten, die heute hier waren, hatten nichts mit diesem zurückliegenden Fall zu tun. Pia wollte nicht, dass irgendeine Art von Misstrauen oder Vorbehalt ihre Zusammenarbeit erschwerte. Sie nahm sich vor, besonders darauf zu achten.

»Ich freue mich, dass Sie heute hier sind, Dr. Kinneberg«, begrüßte Pia den Rechtsmediziner.

»Ich hatte mich eigentlich schon zurückgezogen, bin jedoch noch mal reaktiviert worden«, grummelte Enno Kinneberg, nachdem er sie ebenfalls begrüßt hatte.

Die schwarze Baskenmütze saß schräg auf seinem grauen Haarkranz. Kinnebergs Augen unter den borstigen dunklen Augenbrauen blickten durchdringend wie eh und je in die Welt.

»Ich bin auch gerade reaktiviert worden – aus dem Urlaub.«

»So ist es inzwischen leider überall. Personalmangel, wohin man schaut. Sie wollen sicher mal wieder wissen, was ich Ihnen über diesen Toten hier sagen kann.«

»Das wäre zauberhaft«, erwiderte Pia und lächelte.

Er funkelte sie amüsiert an. »Männliche Leiche, schätzungsweise zwischen dreißig und vierzig Jahren alt. Auf den ersten Blick war er in einem sehr guten Allgemeinzustand. Als würde ihm das jetzt noch etwas nützen … Die Todesursache ist aber noch unklar. Er hat eine Schädelverletzung, die tödlich gewesen sein könnte, doch ich habe auch Spuren von Erbrochenem auf seiner Kleidung gesehen. Der Körpertemperatur, den Totenflecken und der beginnenden Totenstarre nach zu urteilen, liegt der Todeszeitpunkt irgendwo zwischen gestern Abend um zwanzig Uhr und heute Morgen um vier Uhr. Als ich den Leichnam untersucht habe, waren die Totenflecken auf festen Druck noch wegdrückbar, verlagerten sich aber nicht mehr. Die Totenstarre ist voll ausgeprägt, doch die niedrigen Temperaturen in der Nacht müssen auch berücksichtigt werden …«

Pia blickte auf ihre Uhr. »Demnach ist es sieben bis maximal fünfzehn Stunden her, dass der Mann ums Leben gekommen ist. Ein Zeitfenster von acht Stunden also.«

»Sie sagen es. Aber nageln Sie mich noch nicht darauf fest. Es ist nur eine grobe Schätzung vorab.«

»Natürlich. Was könnte das Erbrochene bedeuten? Eine Vergiftung?«

»Es kann alles Mögliche bedeuten. Vielleicht hatte er nur zu viel getrunken. Ist ja auch eine Form von Vergiftung. Sie wissen, dass die toxikologische Untersuchung länger dauern wird, Frau Korittki. Die Labore sind ebenfalls überlastet.«

»Ich bin mir sicher, dass Sie mir bald mehr sagen können. Ich vertraue auf Ihre langjährige Erfahrung, Herr Dr. Kinneberg.«

»Wollen Sie mir schmeicheln, Frau Korittki? Damit ich die Sache weiterhin übernehme?«

»Ich hatte so etwas im Sinn«, gab sie zu.

»Sie sind wohl schon mal mit Dr. Tetzlaff aneinandergeraten?«, fragte er grinsend. »Haben Sie Geduld mit dem Jungspund. Der schleift sich schon noch ein.«

»Bestimmt. Das ist übrigens *mein* neuer Kollege.« Sie winkte Louis Schramm, näher zu kommen, und wiederholte für ihn kurz, was Dr. Kinneberg ihr mitgeteilt hatte.

Der Rechtsmediziner sah von einem zum anderen. »Noch

eine Kleinigkeit, bevor ich zur wichtigsten Amtshandlung komme …«

»Und zwar?«

»Der Tote wurde ein Stück über den Erdboden gezogen oder, besser, geschleift. Man kann es an seiner Kleidung sehen. Und die Haut an seinen Fersen ist stark abgerieben.«

»Aber es sieht doch so aus, als wäre er die Klippe heruntergefallen oder -gestoßen worden.« Louis Schramm blickte zur Abbruchkante.

»Das Schleifen kann ja durchaus vorher passiert sein. Jemand zieht das Opfer bis zum Rand der Klippe und wirft es hinunter.«

»Die Frage ist, wo seine Schuhe abgeblieben sind.« Pia wandte sich an Louis Schramm. »Hat die Spurensicherung die bereits gefunden?«

»Ich hörte so etwas, ja.«

Dr. Kinneberg zog andächtig einen Zigarillo aus einer Schachtel.

»Die Schuhe lagen wohl oberhalb der Klippe im Gras«, ergänzte Pias Kollege.

»Das passt. Er wurde wahrscheinlich bewusstlos oder tot zum Klippenrand gezogen. Dabei hat er die Schuhe verloren. Von dort wurde er hinuntergeworfen.« Der Rechtsmediziner schnupperte an dem Zigarillo, und seine Miene hellte sich auf.

»Immer noch das alte Ritual nach jeder Leiche?«, fragte Pia.

»Aber sicher doch.« Dr. Kinneberg nestelte an einem Feuerzeug herum, doch die Flamme erlosch sofort wieder. »Ohne Ziel ist alles sinnlos. Verdammter Wind!«, murmelte er und drehte ihnen den Rücken zu.

»Das war's«, erklärte Pia, nachdem Louis und sie sich ein

paar Meter entfernt hatten. »Alles Weitere erfahren wir erst nach der Obduktion.«

»Wie hast du es geschafft, dass er überhaupt mit dir gesprochen hat?«, wollte der Kollege wissen.

»Nach langjähriger, beständiger Zusammenarbeit taut er ein bisschen auf.«

Louis hob die Augenbrauen.

Pia grinste und stapfte durch den Sand davon.

Sie traf die anderen Kollegen oberhalb des Steilhangs. Sie standen im Windschutz eines VW Busses. Der jüngere goss gerade ein heißes Getränk aus einer Thermoskanne in zwei Becher.

Pia begrüßte sie und nannte ihren Namen und ihre Dienststelle.

»Du bist uns schon angekündigt worden«, sagte der ältere Beamte. Er stellte sich als Walter Lohe vor. »Eigentlich bist du im Urlaub, oder?«

»Stimmt. Es steht noch nicht fest, ob ich diese Ermittlung tatsächlich übernehme oder jemand anders vom K1. Wir haben zurzeit zu wenig Leute. Aber laut dem Rechtsmediziner wird es wohl auf eine Mordermittlung hinauslaufen.«

Die beiden nickten. Lohe pustete in seinen Becher, von dem heißer Dampf aufstieg.

»Louis Schramm wird auf jeden Fall mit von der Partie sein.« Pia wies auf ihren Kollegen, der noch etwas entfernt mit einem Uniformierten sprach. »Er ist erst kürzlich zu uns ins K1 gekommen. Aber er ist gut«, fügte sie hinzu, um ein paar Vorschusslorbeeren zu verteilen.

»Ich würde dir ja von meinem Tee anbieten, doch wir haben nur zwei Becher, bemerkte Boris Müller, der Jüngere der beiden.

»Danke. Ich hatte gerade einen Kaffee.« Sie blickte über die ausgedehnte, flache Landschaft. Windböen strichen über das sattgrüne Gras und bewegten die Zweige der niedrigen, windzerzausten Bäume. In der Ferne konnte Pia ein paar Häuser von Kaltenbrode erkennen. In der anderen Richtung gab es bis zur Insel Fehmarn nicht mehr viel zu sehen. »Laut seinen Papieren heißt der Tote Benno Hagendorf«, sagte sie. »Kennt oder kanntet ihr den Mann persönlich?«

»Nein.« Walter Lohe zögerte. »Aber die Hagendorfs sind eine angesehene Familie in Kaltenbrode. An denen kommt man in dieser Gegend nicht vorbei.«

»Was meinst du damit?«, fragte Pia.

Er runzelte die Stirn. »Wo du hier auch hinkommst, ein Hagendorf hat den Vorsitz, die besten Beziehungen, die Hand am Steuer ... So in etwa.«

»Ich verstehe. Hat die Frau, die ihn gefunden hat, den Mann eigentlich erkannt? Ich meine, wenn die Hagendorfs so berühmt sind ...«

»Sie war ziemlich von der Rolle und nicht sehr gesprächig«, antwortete Boris Müller. »Und ihr war angeblich schlecht. Ich meine, sie sah auch wirklich weiß wie ein Laken aus. Und sie musste dringend ihr Pferd einfangen.«

Pia nickte. Das hatte sie schon gehört.

»Sie war gerade ausreiten, als sie die Leiche gefunden hat«, erläuterte Lohe. »Der Gaul hatte sie abgeworfen und wollte wohl ausreißen.«

»Aber sie muss doch etwas gesagt haben, ob sie den Toten erkannt hat.«

»Ich habe eigentlich nicht damit gerechnet. Es war echt schwierig. Besonders viel vom Gesicht des Mannes war ja nicht zu erkennen.« Müller blickte vielsagend zu einer Möwe, die in der Nähe darauf lauerte, dass bei dem improvisierten Picknick am Auto mehr abfiel als ein paar Tropfen Tee.

»Wenn der Tote ein Hagendorf war und wir es mit einem Mord zu tun haben …«, setzte der ältere Beamte an.

»Was dann?«, hakte Pia nach.

»Dann könnte es unangenehm werden.«

6. Kapitel

Das Haus von Benno Hagendorf befand sich am Ortsrand von Kaltenbrode, in dem Bereich des Ortes nördlich der Bahnlinie. Pia und ihr neuer Kollege passierten den Dorfplatz und kamen in ein Gebiet, das hauptsächlich mit Einfamilienhäusern bebaut war.

»Das ist wohl der unangenehmste Teil einer Mordermittlung«, bemerkte Louis Schramm, als Pia und er vor der Haustür zusammentrafen. Sie waren mit zwei Autos hergekommen, damit sie später unterschiedliche Aufgaben wahrnehmen konnten.

»Ich werde mich nie daran gewöhnen, Todesnachrichten zu überbringen«, bekannte Pia mit gedämpfter Stimme. »Aber besser, die Angehörigen erfahren es von uns als über den Nachbarschaftstratsch.«

»Das baut mich auf.«

»Keine Sorge. Ich werde reden. Beobachte genau, wie die Ehefrau reagiert. Wenn sie überhaupt zu Hause ist …«

»Ist denn schon sicher, dass es eine Ehefrau gibt?«

»Benno Hagendorf trug einen Ehering.«

Louis Schramm kniff die Augen zusammen und nickte. Pia vermutete, dass er sich ärgerte, nicht darauf geachtet zu haben. Kleine Details konnten hilfreich sein.

Da in der offen stehenden Garage ein Auto abgestellt war und in der Zufahrt daneben ein Mini Cooper parkte, standen die Chancen gut, dass jemand zu Hause war. Pia hoffte, nicht gleich einem oder mehreren Kindern gegenüberzustehen.

Auf ihr Läuten hin öffnete eine Frau Anfang, Mitte dreißig in Leggings und einem hellgrünen Flauschpullover die Tür. Sie hatte rotblonde Haare, die sie zu einem Zopf zusammengebunden trug, und ein ebenmäßiges herzförmiges Gesicht.

»Guten Tag, wir sind von der Kriminalpolizei. Korittki und Schramm. Sind Sie Frau Hagendorf?«

Louis zeigte ihr sogleich seinen Polizeiausweis.

Die Frau warf nur einen flüchtigen Blick darauf. »Was ist los?«, fragte sie alarmiert.

»Dürfen wir einen Moment hereinkommen?«

Sie riss die Augen auf. »Ist was mit Benno? Hatte er einen Unfall?« Mit einer fahrigen Bewegung ließ sie sie eintreten und führte sie direkt ins Wohnzimmer am gegenüberliegenden Ende des Flurs. »Sagen Sie nicht, ich soll mich setzen. Erzählen Sie mir bitte sofort, was los ist!«

»Ist Benno Hagendorf Ihr Ehemann?«, vergewisserte Pia sich.

»Ja, das ist er. Was ist mit ihm?«

»Er ist heute Morgen tot aufgefunden worden. Es tut mir sehr leid.«

»Was? O Gott, Benno!« Sie fasste sich an den Hals. Ihr Gesicht zuckte. Dann sank sie auf eine ausladende weiße Couch. »Das muss ein Irrtum sein. Er ist doch erst dreiunddreißig Jahre alt! Benno ist kerngesund!«

»Es ist leider kein Irrtum«, erwiderte Pia. »Der Tote hatte seine Ausweispapiere bei sich.«

»Ich glaube das nicht. Die Papiere kann ihm doch jemand gestohlen haben.«

Verleugnung war eine normale Reaktion, wusste Pia. »Der Tote gleicht dem Mann auf dem Ausweisfoto. Trotzdem werden Sie ihn wahrscheinlich noch identifizieren müssen.«

»Wo … Wo haben Sie ihn gefunden?«

»Am Strand«, antwortete Pia absichtlich vage.

»Wieso am Strand?«, stieß Linda Hagendorf ungläubig hervor. »Das ergibt keinen Sinn! Was sollte er am Strand wollen? Warum ist er überhaupt tot? Sagen Sie mir, dass das nur ein übler Scherz ist.«

»Nein, es ist leider die Wahrheit.«

»Hat er sich etwa umgebracht?«

»Wir wissen noch nicht, ob es ein Unfall, ein Suizid oder ein tödlicher Angriff war. Das werden die weiteren Ermittlungen zeigen«, erklärte Pia so ruhig wie möglich.

»Und wer hat ihn gefunden?«, wollte Linda Hagendorf wissen. Ihre Stimme klang nun schrill.

»Eine Frau, die dort ausgeritten ist.«

»O mein Gott!« Linda Hagendorf schluchzte auf und barg das sommersprossige Gesicht in den Händen.

Louis Schramm machte Anstalten, zu ihr zu gehen, doch Pia schüttelte stumm den Kopf. Sie hatte den Eindruck, dass Linda Hagendorf mit dieser Geste eher ihre Gefühle vor ihnen verbergen wollte, obwohl sie nicht sagen konnte, was an der Reaktion nicht so recht stimmig war.

»Können Sie uns schon ein paar Fragen beantworten?«, erkundigte sich Pia nach einer Weile.

»Was wollen Sie wissen?«, stieß Linda Hagendorf erstickt hervor.

»Wann haben Sie Ihren Mann zuletzt gesehen?«

Sie blickte auf. Ihre Augen sahen trocken aus. »Gestern Nachmittag im Büro, kurz bevor ich Feierabend gemacht habe. Er wollte noch etwas bleiben, weil er abends mit einem Freund zum Essen verabredet war.«

»Wissen Sie, mit wem?«

»Nein. Er hat einen Namen erwähnt, aber ich habe ihn sofort wieder vergessen.«

»Um wie viel Uhr sind Sie aufgebrochen?«

Frau Hagendorf überlegte. »Gegen halb fünf. Da stand sein Wagen noch neben meinem auf dem Firmenparkplatz. Wir waren jeder mit unserem eigenen Auto ins Büro gefahren. Wir arbeiten beide im Architekturbüro meines Vaters, müssen Sie wissen, doch unsere Arbeitszeiten sind oft unterschiedlich. Außerdem besucht Benno häufiger seine Baustellen.«

»Wie haben Sie den Abend verbracht?«

»Ich war hier zu Hause und habe noch etwas gearbeitet. Ich bin früh ins Bett gegangen.«

»Und Ihr Mann? Was waren seine genauen Pläne?«

»Er sagte, er wolle gegen halb sieben los.«

»Mit seinem Auto?«

»Ja, das nehme ich wenigstens an. Wenn er in Eutin verabredet war, ist er vielleicht auch zu Fuß dorthin gegangen.«

»Wo befindet sich der Wagen Ihres Mannes jetzt?«

Linda Hagendorf runzelte die Stirn. »Sein Auto steht in der Garage. Ich weiß nicht, wann er es hineingefahren hat. Ich habe es erst heute Morgen da drinnen entdeckt.«

»Was für einen Wagen fährt er?«

»Einen Audi.«

»Ist er denn letzte Nacht noch nach Hause gekommen?«, hakte Pia leise nach.

Nun rannen Tränen über Linda Hagendorfs Wangen. »Nein. Heute Morgen war sein Bett unberührt.«

»Und was haben Sie da gedacht?«

Sie zog die Mundwinkel nach unten. »Na, was denkt eine Frau da? Jedenfalls nicht, dass er tot an einem Strand liegt und bald die Polizei bei ihr vor der Tür steht.«

»Ich verstehe«, erwiderte Pia. »Wir benötigen für die Ermittlung ein aktuelles Foto Ihres Mannes.«

»Moment bitte.« Linda Hagendorf ging zum Kamin, auf dessen Sims ein paar gerahmte Fotos standen, griff nach einem kleineren Exemplar und reichte es Pia samt dem Rahmen.

Es zeigte einen attraktiven Mann, der vor dem Hintergrund der New Yorker Skyline selbstbewusst in die Kamera lächelte. Zumindest würde dieses Foto die Leute, denen sie es zeigen mussten, nicht unnötig erschrecken oder deprimieren, wie es bei Aufnahmen von Verstorbenen so oft der Fall war. »Soll ich es so mitnehmen?«, fragte Pia leicht irritiert.

»Ist mir alles recht«, antwortete Linda Hagendorf. Sie klang verbittert.

»Und noch etwas: Lassen Sie den Wagen Ihres Mannes bitte so stehen, wie er ist, und rühren Sie ihn nicht an, ja? Wir werden die Garage versiegeln, bis wir sein Auto zur Untersuchung abtransportieren. Das Gleiche gilt für sein Arbeitszimmer, falls er hier im Haus eines hat.«

»Ich gehe da sowieso nicht rein«, behauptete Linda Hagendorf.

Pia sah ihr in die Augen. »Hat Ihr Mann mal über Selbstmord gesprochen? War er vielleicht depressiv?« Pia dachte an die Spuren von Erbrochenem, die auf eine Vergiftung hindeuten könnten. Doch es passte nicht zu der Kopfverletzung und schon gar nicht zu den Schleifspuren.

Sie lachte bitter auf. »Benno? Nicht die Spur!«

»Sie haben doch eben gefragt, ob er sich umgebracht hat.«

»Weil die anderen Möglichkeiten noch unwahrscheinlicher sind.«

»Hatte Ihr Mann Feinde?«

Linda Hagendorf starrte sie perplex an. »Das ist doch absurd! Ich will nicht mehr weiterreden«, erklärte sie dann. »Bitte gehen Sie jetzt.«

»Natürlich. Möchten Sie, dass wir jemandem Bescheid geben, der Ihnen Gesellschaft leistet?«, bot Pia an und erhob sich.

»Nein, danke. Ich rufe meinen Vater an. Der hat ja immer …« Sie unterbrach sich mitten im Satz.

»Was hat Ihr Vater immer?«

Linda Hagendorf reckte trotzig das Kinn. »Der hat immer gesagt, dass ich ihn jederzeit um Hilfe bitten kann«, antwortete sie nach kurzer Überlegung.

»Ich verstehe. Wir lassen Sie jetzt erst mal in Ruhe, Frau Hagendorf. Wir melden uns später wieder bei Ihnen. Wenn Sie vorher mit uns sprechen wollen, können Sie uns jederzeit anrufen.« Pia reichte ihr ihre Karte. Erst im letzten Moment wurde ihr klar, dass sie sich damit schon recht weit auf die Ermittlung eingelassen hatte. Aber es war auch gerade interessant geworden.

»Oh Mann!« Louis Schramm stieß so befreit die Luft aus, als hätte er sie im Haus die ganze Zeit angehalten.

»Nicht wahr?«, sagte Pia. »Es war spannend. Was ist dein erster Eindruck von Frau Hagendorf?«

»Sie wirkte ehrlich schockiert. Ich glaube nicht, dass man das so spielen kann.«

»Ja, der Schrecken und die Überraschung schienen mir auch echt zu sein.«

»Aber einen besonders traurigen Eindruck machte sie nicht gerade«, überlegte Louis laut.

Pia wiegte den Kopf. »Das kann täuschen. Die Trauer kommt oft erst später. Es dauert, bis jemand so eine schlimme Neuigkeit richtig realisiert. Es ist eine Art Schutzreflex. Die Leute wollen es zunächst nicht wahrhaben. Nur …« Sie blickte zum Haus zurück. »Ich fand den Satz mit dem Vater interessant.«

»Sie wollte ursprünglich etwas anderes sagen. Zumindest war das mein Eindruck.«

Pia nickte. »Es klang wie: ›Ich rufe meinen Vater an. Der hat ja immer gesagt, dass es mit Benno noch ein böses Ende nehmen wird.‹«

Louis grinste. »Für mich hörte es sich so an wie: ›Der hat ja immer gesagt, dass Benno nicht der Richtige für mich ist.‹«

»Das würde auch passen«, bestätigte Pia. »Du hast die Adresse der Reiterin, dieser Astrid Lindemann?«

Louis Schramm nickte.

»Dann schick sie mir aufs Smartphone, ja? Wir treffen uns dort.«

Astrid Lindemann wohnte in einem Mehrfamilienhaus, von denen mehrere Blöcke hintereinander erbaut worden waren. Wie es aussah, in den Sechzigerjahren. Zwischen den Gebäuden gab es noch Stangen zum Ausklopfen von Teppichen, trostlose Rasenflächen und Plattenwege.

Ihre Zeugin wohnte im zweiten Stock. Auf ihr Klingeln hin öffnete ihnen allerdings ein großer, übergewichtiger Mann in Hemd, Cordhose und Pantoffeln die zerkratzte Wohnungstür. »Polizei, wie es aussieht. Sie wollen zu meiner Frau«, konstatierte er nüchtern.

Pia nickte und stellte sich und Louis Schramm vor. »Und Sie heißen?«, hakte sie nach.

»Karsten Lindemann. Es geht Astrid aber nicht so besonders.«

»Das kann ich mir vorstellen, nach dem, was ihr passiert ist. Wir müssen trotzdem dringend mit ihr reden.«

»Pfhh.« Der Mann stieß langsam die Luft aus und musterte Pia dabei eingehend. »Na gut. Teuflische Sache, das. Dann kommen Sie mal rein.« Er trottete ihnen voraus, öffnete die Wohnzimmertür und ließ sie eintreten. »Hier ist die Kriminalpolizei für dich, Astrid.«

Astrid Lindemann saß zusammengekauert in einer Sofaecke. Sie hatte eine Wärmflasche in Form eines Schafes auf dem Bauch liegen und eine Wolldecke über den Füßen. Als sie Pia und Louis erblickte, schaltete sie den Fernseher mit beinahe schuldbewusstem Blick aus. »Ich kann Ihnen nicht viel sagen«, begann sie, deutete aber einladend auf das Sofa gegenüber.

Als Pia und Louis sich setzten, nahm Karsten Lindemann unaufgefordert im Fernsehsessel Platz. Er verschränkte die kräftigen Arme vor der Brust und schien geradezu mit dem abgewohnten Möbelstück zu verschmelzen, als verbrächte er sehr viel Zeit darin.

»Wir müssen zuerst allein mit Ihnen reden, Frau Lindemann«, erklärte Pia.

Astrids Blick flog zu ihrem Mann.

»Ich ziehe es vor hierzubleiben«, antwortete Karsten Lindemann anstelle seiner Ehefrau. »Wie ich schon sagte: Es geht meiner Frau nicht besonders gut.«

»Ich kann für mich selbst sprechen, Karsten«, entgegnete Astrid Lindemann.

»Dann sag du, dass du mich dabeihaben willst. Ich habe mir extra einen halben Tag freigenommen.«

Sie seufzte unhörbar. »Darf er bleiben?«

»Nein. Wir müssen Sie getrennt voneinander zu Ihren Alibis befragen«, gab Pia zurück.

»Alibis?« Die Frau runzelte die Stirn.

»Schon gut. Ich gehe!« Ihr Mann erhob sich polternd und verließ den Raum. »Aber ich bleibe in der Nähe!«

Als die Tür sich hinter ihm geschlossen hatte, konzentrierte Pia sich wieder auf Astrid Lindemann. »Bitte schildern Sie uns in allen Einzelheiten, was heute Morgen passiert ist.«

»Ich bin extra ganz früh mit meiner Stute Medusa ausgeritten. Wir sind um Viertel nach sieben aufgebrochen.« Sie erzählte, wie sie vor Sonnenaufgang den Weg zum Strand genommen hatte. Wie sie auf einmal die Möwen bemerkt hatte und dass ihre Stute Angst vor Vögeln hatte. »Ich wünschte, ich wäre umgekehrt«, sagte sie. »Ich habe es noch überlegt. Aber dann dachte ich, dass es schon gut gehen wird. Ich wollte mit Medusa an den Möwen vorbeigaloppieren …« Sie verzog reumütig das Gesicht.

»Was passierte dann?«, fragte Louis Schramm.

»Ein paar der Möwen flogen auf. Medusa begann, zu scheuen und zu buckeln. Ich war wohl auch zu sehr abgelenkt von dem, was dort im Sand lag, und bin deshalb vom Pferd gefallen. Das ist mir seit Jahren nicht mehr passiert.«

»Wo genau war das?«

Astrid Lindemann hob die Schultern. »Ungefähr zehn Meter vor … vor der Leiche. Ich war etwas benommen von dem Aufprall auf den Boden. Aber zum Glück ist nichts Schlimmes passiert. Ich bin dann vorsichtig aufgestanden und wollte mein Pferd einfangen. Ich hatte Angst, dass Medusa in die Zügel tritt und sich ein Bein bricht oder dass sie allein zurück zum Stall läuft und vor ein Auto gerät. Als ich näher kam, sah ich, dass da ein Mensch im Sand liegt. Ich hatte erst an ein totes Tier, vielleicht einen kleinen Wal oder so gedacht. Doch es war … es war definitiv ein Mensch.« Ihre Stimme bebte. Ihre Hände kneteten fahrig die Decke.

»Louis, würdest du Frau Lindemann bitte einen Schluck zu trinken holen, zur Beruhigung«, bat Pia ihren Kollegen.

Sie wollte unter anderem wissen, was Karsten Lindemann unterdessen tat.

Louis Schramm erhob sich bereitwillig.

Pia wandte sich wieder der Zeugin zu. »Haben Sie genauer hingeschaut, Frau Lindemann?«

Ihr Mund verzog sich. »Unglücklicherweise ja. Ich glaube, dass der Tote Benno Hagendorf war.«

Pia blickte sie schweigend an.

»Benno Hagendorf ist ein Arbeitskollege meines Mannes. Aber auch so kennt man sich eigentlich untereinander in Kaltenbrode.«

»Woran haben Sie ihn erkannt?«

»An seinem Haar, der Kleidung, an dem, was ich vom Gesicht sehen konnte …«

»Ich verstehe.« Pia machte eine Pause und fragte dann wie beiläufig: »Die Hagendorfs sollen ja eine große Familie sein …«

»Sie haben es also schon gehört?«

»Was denn?«

Astrid Lindemann senkte den Blick. »Ach, nichts …«

»Frau Lindemann. Alles kann wichtig sein. Benno Hagendorf ist tot. Es könnte sich um ein Tötungsdelikt handeln. Sagen Sie mir bitte, was Ihnen dazu einfällt.«

»Ein Tötungsdelikt? Sie meinen … Mord?«

»Möglicherweise.«

»Dazu fällt mir nichts ein. Gar nichts. Ich kann mir nicht vorstellen, dass so etwas hier bei uns passiert. Ich dachte, er hätte einen Herzanfall gehabt. Oder einen Unfall.«

»Was für einen Unfall?«

»Vielleicht ist er ja nur die Klippe heruntergestürzt. Er lag so verrenkt da.«

»Denken Sie, das wäre möglich?«, erkundigte sich Pia.

»Was weiß denn ich? Sehr hoch ist das Steilufer an der Stelle nicht. Aber wenn man unglücklich fällt …« Astrid Lindemann zuckte mit den Schultern.

»Was könnte er dort am Strand, am Steilhang, gewollt haben? Haben Sie eine Idee?«

»Ich habe keine Ahnung. Es gibt Leute, die suchen Bernstein oder Donnerkeile. Ich bin auch manchmal dort, um abgeschliffenes buntes Glas zu sammeln. Ich mache Schmuck daraus«, ergänzte sie.

Pia nickte. »Also gut. Verraten Sie mir bitte noch, wo Sie gestern Abend von zwanzig Uhr bis zu Ihrem Ausritt heute Morgen waren.«

Astrid Lindemann stutzte. »Zu Hause. Karsten kam um sieben. Wir haben zusammen zu Abend gegessen – die Reste von einem Curry von gestern –, und danach war ich in meinem Atelier und habe gearbeitet. Ich habe ein paar Aufträge …«

»Wo befindet sich Ihr Atelier?«

Astrid Lindemann wies mit dem Kopf auf die Wand neben sich. »Hier, im Zimmer nebenan.«

»Und Ihr Mann?«

»Der war auch die ganze Zeit über zu Hause. Ich glaube, er hat ferngeschaut.«

»Haben Sie sich in der Zwischenzeit mal gesehen?«

Astrid Lindemann schüttelte den Kopf. »Wenn ich arbeite, dann arbeite ich.«

»Okay. Und wann sind Sie ins Bett gegangen?«

»Gegen elf Uhr. Aber Karsten war die ganze Zeit über hier. Das kann ich beschwören.«

»Wie das?«

»Der Fernseher lief. Und ich hätte es gehört, wenn Karsten gegangen wäre.«

Pia ließ das erst einmal so stehen.

Louis kam mit einem Glas Wasser wieder herein und reichte es der Frau. Sie trank gehorsam einen Schluck.

»Wie war das Verhältnis zwischen Benno Hagendorf und Ihrem Mann?«

»Sie waren Kollegen, das sagte ich doch schon.«

»Gab es Reibungspunkte? Konflikte?«, insistierte Pia.

»Nur das Übliche. Das sollten Sie ihn aber besser selbst fragen.«

»Da haben Sie recht, Frau Lindemann.« Pia erhob sich. »Ist Ihnen während Ihres Ausritts oder davor oder danach sonst noch etwas aufgefallen? Ist Ihnen heute Morgen vorher schon jemand begegnet?«

»Außer Pferden?«

»Ich spreche von Menschen.«

»Nein. Im Stall war noch niemand. Ich war die ganze Zeit allein mit Medusa. Ich fand es ein bisschen unheimlich im Stall. Sie haben da ein Rattenproblem, wissen Sie? Und als ich dort ankam, war es noch dunkel.«

»Gibt es noch einen anderen Grund dafür, dass Sie es unheimlich fanden?«, hakte Pia nach, ohne sich viel davon zu erhoffen. Außergewöhnlich ängstlich kam ihr Astrid Lindemann eigentlich nicht vor.

»Na, seit dem, was Stella Böttcher widerfahren ist …«

»Was ist denn da passiert?«

»Oh, Sie wissen es noch nicht? Aber Sie sind doch von der Polizei.«

»Wir sind von der Bezirkskriminalinspektion Lübeck«, erklärte Louis. »Von der Mordkommission.«

»Stella wurde neulich spät abends im Naturschutzgebiet überfallen. Es war wohl eine versuchte Vergewaltigung.«

7. Kapitel

Pia und Louis sprachen auch noch mit Karsten Lindemann. Er bestätigte, dass sich seine Frau und er von sieben Uhr abends bis heute Morgen, als Astrid Lindemann vor Sonnenaufgang aufgebrochen war, gemeinsam in der Wohnung aufgehalten hatten, wenn auch den Abend über in verschiedenen Räumen.

»Astrid hat eine kleine Schmuckwerkstatt in der Wohnung«, sagte auch er. »Die Arbeit bringt zwar nicht viel ein, aber ihr macht sie Freude.« Er ergänzte noch, dass sie um zehn nach elf beide ins Bett gegangen waren. »Falls das als Alibi durchgeht«, fügte er sarkastisch an. Auf seiner Nase glänzten ein paar Schweißperlen.

»Sie wissen, um wessen Leiche es sich bei dem Toten am Strand handelt?«, fragte Pia. Sie wollte nichts vorwegnehmen, doch sie ging fest davon aus, dass seine Frau es ihm bereits erzählt hatte.

»Ja, es soll Benno Hagendorf gewesen sein. Ich kenne ihn recht gut. Armer Kerl. Wer denkt denn an so etwas?«

»Woher kennen Sie ihn?«

»Ach«, er winkte ab. »Wir arbeiten im selben Architekturbüro.«

»Wie heißt es?«

»*LINTHO*. Es gehört Thomas Unger. THO steht für Thomas, das LIN für seine Tochter Linda, die ebenfalls dort arbeitet.«

»Und wie war Ihr Verhältnis zu Benno Hagendorf?«, erkundigte sich Pia scheinbar beiläufig.

Inzwischen rannen dem Mann Schweißperlen das Gesicht hinunter. »Normal.« Er wischte sich mit dem Ärmel über die Stirn. Das sagte Felix auch manchmal, wenn sie ihn nach seinem Schultag fragte, er aber nicht darüber sprechen wollte.

»Hatte Benno Hagendorf vielleicht psychische Probleme? Halten Sie einen Suizid für möglich?« Doch dagegen sprach ja die abgeschürfte Haut an seinen Fersen.

»Bei dem Hagendorf? Niemals!«

»Weshalb nicht?«

»Er war ein Egoist. Diese Wohltat hätte er seinen Mitmenschen nicht gegönnt«, brach es aus Lindemann heraus.

»Können Sie das konkretisieren?«

»Wenn etwas schiefging im Büro oder auf den Baustellen, wenn er Mist gebaut hatte, dann waren immer nur die anderen schuld. Niemals er selbst.«

»Und hat Herr Unger seinem Schwiegersohn das geglaubt?«

»Alles bestimmt nicht. Aber etwas bleibt trotzdem an einem hängen, oder etwa nicht?«

»Ich verstehe. Vielen Dank!« Pia lächelte. Sie verabschiedeten sich, nicht ohne anzufügen, dass sie sicherlich noch weiter darüber sprechen würden.

An ihrem Auto angekommen, rief Pia ihren Vorgesetzten, Manfred Rist, an. Sie besprachen, den Fall sicherheitshalber bereits wie ein Tötungsdelikt zu behandeln. Das hieß, dass Leute in der Umgebung, die etwas gesehen haben könnten, zeitnah befragt werden mussten. Louis Schramm sollte sich darum kümmern.

»Kannst du heute noch mit dem Arbeitgeber des Opfers reden?«, fragte Rist. »Ich habe sonst niemanden dafür.«

Pia blickte auf die Uhr. »Ja, das ist noch drin.«

»Gut. Dann sehen wir uns morgen hier in Lübeck und besprechen, wer diesen Fall übernimmt. Wenn es denn einer ist!«

Pia beendete das Gespräch mit zwei Beinahe-Gewissheiten: Benno Hagendorfs Tod war auf Fremdverschulden zurückzuführen, und Rist würde sie fragen, ob sie die Ermittlungen leiten würde. Der Fall schien durchaus spannend zu werden. Und das K1 ermittelte auch gerade noch in zwei weiteren Kapitalverbrechen.

Doch da waren auch noch Felix und Marten ... Sie musste dringend mit ihnen sprechen. Ob sie schon auf dem Heimweg waren? Pia wählte erneut.

Es war nicht schwer, die Adresse des Architekturbüros *LINTHO* herauszufinden, wo Benno Hagendorf gearbeitet hatte und Karsten Lindemann immer noch beschäftigt war. Die Räumlichkeiten befanden sich in einer Villa in Eutin in einer ruhigen Seitenstraße, aber in der Nähe des Zentrums.

Pia stellte den Wagen auf dem Parkplatz hinter dem Haus ab, der einst sicher mal ein schöner Garten gewesen war, für die Erfordernisse der heutigen Zeit jedoch in einen gepflasterten Platz umgestaltet worden war. Das einzige Grün spendeten ein paar mickrige Buchsbaumkugeln in Kübeln.

Sie ging wieder nach vorn, stieg die wenigen Stufen hinauf und fand sich vor einem ausladenden Empfangstresen aus Glas wieder. Pia stellte sich vor und bat darum, mit dem Geschäftsführer zu reden. Es gehe um Benno Hagendorf.

»Oh«, hauchte die junge Frau am Empfang und musterte Pia neugierig. »Wir haben es schon gehört. Es ist so schrecklich! Ich sage Herrn Unger Bescheid.« Sie wies auf ein Designersofa am Fenster. »Bitte nehmen Sie noch einen Augenblick Platz.«

Der Mann, der ein paar Minuten später auf Pia zutrat, war unverkennbar Linda Hagendorfs Vater. Er war ursprünglich wohl rotblond wie sie gewesen, doch sein Haar tendierte schon in Richtung Grau. Seine Gesichtshaut war hell und sommersprossig, genau wie die seiner Tochter. Und er besaß die gleichen, beinahe unangenehm direkt blickenden hellen Augen. Sein Name war Thomas Unger, Gründer und Inhaber des *LINTHO Architektur- und Planungsbüros*.

»Frau Korittki. Frau Grieger hat mir gerade gesagt, weshalb Sie hier sind. Wir können in meinem Büro reden.« Er musterte sie neugierig. »Es tut mir leid, dass wir uns unter so unangenehmen Umständen kennenlernen.« Unger wirkte nicht im Geringsten bekümmert, sondern eher energiegeladen, bereit, einen weiteren Stolperstein des Lebens aus dem Weg zu kicken.

Pia folgte ihm in ein großzügiges Büro, das früher wohl der Salon des Hauses gewesen war. Ein halbrunder, verglaster Erker ließ die Oktobersonne herein. Die Einrichtung war schlicht, aber geschmackvoll, an den Wänden hingen gerahmte Zeichnungen von Gebäuden. Vielleicht von bereits abgeschlossenen Bauprojekten?

»Bitte, setzen wir uns doch.« Unger deutete auf eine Gruppe von vier Stahlrohrsesseln, die mit schwarzem Leder bespannt waren.

Pia nahm Platz und versuchte, eine annehmbare Position zu finden. Wenn ihr Teamkollege Broders dabei wäre, müsste sie ihm wahrscheinlich nach der Unterredung eine Hand zum

Aufstehen reichen. Jedenfalls verhinderten die Sessel, dass Gäste sich bei Thomas Unger allzu gemütlich einrichteten.

»Heute Morgen wurde am Strand von Kaltenbrode ein Toter gefunden. Seinen Papieren nach zu urteilen und der Aussage der Frau zufolge, die ihn gefunden hat, handelt es sich dabei um Ihren Schwiegersohn Benno Hagendorf.«

»Ich weiß. Es ist entsetzlich. Meine Tochter hat mich schon angerufen. Ich werde gleich zu ihr fahren. Insofern bitte ich Sie, dass wir schnell zur Sache kommen.« Er sagte es freundlich, aber bestimmt.

»Das liegt auch in meinem Interesse. In welchem Verhältnis stehen oder standen Sie zu Benno Hagendorf?«

»Zunächst mal ist er ja mein Schwiegersohn. Meine Tochter Linda – sie ist mein einziges Kind – und er haben vor fünf Jahren geheiratet. Kennengelernt haben sie sich hier bei mir in der Firma. Meine Tochter arbeitet ebenfalls als Architektin für mich. Deswegen ›*LINTHO*‹, Linda und Thomas Unger.« Er lächelte kurz.

Pia nickte. Das wusste sie schon. »Benno Hagendorf war also Ihr Schwiegersohn und Ihr Mitarbeiter?«

»Und das brachte so manches Problem mit sich.«

»Tatsächlich?« Pia wollte sich interessiert vorbeugen, wurde aber von der Sitzneigung und dem Ziehen in ihrem Rücken daran gehindert.

»Ich verrate Ihnen kein Geheimnis, wenn ich sage, dass ich in letzter Zeit ein paar Differenzen mit Benno hatte.«

»Worum ging es da?«

»Vordergründig hatte es mit seiner Arbeitsmoral zu tun. Er spielte sich vor den anderen gern mal als Chef auf, was er ganz und gar nicht war. Seine Leistungen waren auch nicht dementsprechend.«

»Und was lief im Hintergrund ab?«

»Wie bitte?«

»Sie sagten, ›vordergründig‹ hatte es mit seiner Arbeitsmoral zu tun …«

»Ach so. Ja, ich merkte, dass Linda nicht mehr glücklich mit ihm war. Sie wollte es sich eigentlich nicht anmerken lassen. Doch wir stehen uns seit dem Tod ihrer Mutter sehr nahe, Linda und ich. Ich habe es genau gespürt.«

»Woran könnte es gelegen haben?«

»Na, an Benno natürlich! Er hielt sich für eine Offenbarung für die Frauen. Ich nehme an, dass er Linda betrogen hat. Oder zumindest war er kurz davor.«

»Gibt es dafür belastbare Hinweise?«

Thomas Unger schüttelte mit grimmiger Miene den Kopf. »Ich habe ihm jedenfalls nicht nachspioniert. War ja im Grunde auch ihre Sache …«

»Was, denken Sie, ist Ihrem Schwiegersohn zugestoßen?«, hakte Pia nach.

»Sie meinen, ob ihm jemand etwas Böses wollte?«

»Zum Beispiel …«

»Es könnte ein gehörnter Ehemann gewesen sein, wenn Sie mir diesen altmodischen Ausdruck verzeihen. Oder jemand aus seiner streitlustigen Sippe. Sein Onkel Hanjo Hagendorf ist nicht ohne, und Bennos Vater, Wolfgang Hagendorf, ist ein Tyrann.«

»Gibt es denn da ein Motiv, dem Sohn oder dem Neffen etwas anzutun?«

Thomas Unger hob die Hände. »Das weiß ich doch nicht. Ich weiß nur, dass ich Lindas Schwiegervater lieber aus dem Weg gehe. Und ich bin nicht gerade zart besaitet.«

»Über die Hagendorfs wird viel geredet …«, bemerkte Pia leichthin.

»Und das meiste davon stimmt vermutlich auch.«

»Könnte Benno Hagendorf etwas gesagt oder getan haben, was ein Mordmotiv für seine Familie darstellt?«

»Wenn Sie es so formulieren, klingt es unwahrscheinlich.« Er strich sich über sein Kinn. »Ich kenne diese Sippe einfach zu wenig, um mir ein Urteil darüber zu erlauben.«

»Wo waren Sie in der Zeit zwischen gestern Abend circa zwanzig Uhr und heute Morgen vier Uhr?«, fragte Pia.

»Ach, Sie denken, ich hätte ein Motiv!« Er schwieg einen Moment. »Ja, vermutlich denken Sie das. Doch ich habe ihm nichts zuleide getan. Außerdem war ich abends mit einem alten Studienfreund etwas trinken. Es ist ziemlich spät geworden.«

»Dann benötige ich den Namen, die Adresse und die Telefonnummer dieses Studienfreundes.«

Unger runzelte die Stirn. »Ist das wirklich nötig, mir so hinterherzuspionieren?«

»Leider ja. Wenn Sie dadurch ein Alibi haben, ist es doch gut für Sie.«

»Das grenzt ja an Unterstellung …«

»Ein Mensch ist tot, Herr Unger. Und das sicher vor seiner Zeit.«

»Schon gut. Die Telefonnummer muss ich Ihnen raussuchen lassen.«

»Sie haben doch sicher eine Nummer von ihm in Ihrem Handy, wenn Sie verabredet gewesen sind? Vor allem, wenn er ein Freund aus Studienzeiten ist.«

»Nein, habe ich nicht. Wenden Sie sich an Frau Grieger.«

»Also gut! Dann war es das für heute.« Pia erhob sich schwungvoll, und der Stuhl sauste über das blanke Parkett nach hinten. »Sie können nun zu Ihrer Tochter fahren. Wir melden uns wieder bei Ihnen, Herr Unger.«

Er stand geschmeidig und vollkommen geräuschlos auf.

Das hat er geübt, dachte Pia. Diese Sessel waren eine Besucherfalle. »So machen wir es, Frau Korittki. Auf bald«, erwiderte er aalglatt. »Unsere Kinder sind doch das Wichtigste.«

»Da haben Sie recht, Herr Unger.«

Er blickte auf ihre rechte Hand. »Haben Sie Kinder?«

Der Gedanke an Felix und die Entscheidung, die ihr bevorstand, versetzten ihr einen kleinen Stich. »Auf Wiedersehen, Herr Unger.« Sie lächelte kühl. »Ich finde allein hinaus.«

»Darauf wette ich. Viel Erfolg bei Ihren Ermittlungen!«

»Rist wird mich morgen wahrscheinlich fragen, ob ich meinen Urlaub wegen des neuen Falls verschiebe.« Pia und Marten saßen im Wohnzimmer beisammen. Sie hatten Felix zu Bett gebracht, und in seinem Zimmer unter dem Dach war bereits Ruhe eingekehrt.

»Ist es denn schon sicher, dass es euer Fall werden wird?«, erkundigte Marten sich und zog sie an sich.

»Du denkst, es könnte auch ein Unfall oder Selbstmord gewesen sein? Es spricht leider einiges dagegen.«

»Und ist die Lage bei euch im Kommissariat wirklich so angespannt?«

»Sie ist noch angespannter.« Pia sah Marten an. »Ich bin mir nicht sicher, was ich tun werde.«

»Wenn du den Fall willst, sagst du zu. Den Urlaub könntest du verschieben.«

»Felix hat aber jetzt Ferien.«

»Er hat doch zwei Wochen Herbstferien. So lange wird es wahrscheinlich nicht dauern. Den Papierkram können nachher auch andere erledigen.«

Pia seufzte. »Wenn es so einfach wäre.«

»Was denkst du, Pia?«

»Ich möchte hier mit Felix und dir Urlaub machen. Und ich will den Mörder von Benno Hagendorf zur Strecke bringen.« Sie lächelte reumütig. Es waren zwei Dinge, die sich nicht miteinander vereinbaren ließen.

»Und weißt du, was *ich* möchte?«, fragte er.

»Sag es mir.«

»Möglichst viel Zeit mit meinem Sohn verbringen. Felix und ich hatten einen richtig guten Tag zusammen. Aber es gibt so viel nachzuholen. Ich wünsche mir ›Vater-und-Sohn-Zeit zu zweit‹. Dies wäre die Gelegenheit. Es ist fast ein wenig so, als hätte da das Schicksal mit dem Toten am Strand seine Hand im Spiel.«

»Aber du hast den Toten hoffentlich nicht dort platziert?«

Er ging nicht auf ihren Scherz ein. »Wenn du diese Ermittlung die ersten entscheidenden Tage übernimmst, dann könnten Felix und ich eine Menge allein zusammen unternehmen. Wir hätten endlich mal die Zeit, uns noch besser kennenzulernen. Und abends wärst du hier bei uns. Das könntest du ja so aushandeln …«

»So einfach ist das nicht.«

»Ich weiß. Ich war selbst mal bei eurer Truppe. Aber mir scheint, Rist ist so verzweifelt, dass du ein bisschen Verhandlungsspielraum hast.«

Pia starrte gedankenverloren in die Flammen im Kamin. Ein Scheit fiel um, und ein Funkenregen stob hinter der Glasscheibe auf. Am Abend war es verflixt kühl geworden, sodass Marten den Kamin für sie angezündet hatte. Und weil er es ihnen besonders schön machen wollte, vermutete Pia. Sie sollte sich an das Haus gewöhnen.

»Was sagst du dazu?« Er nahm ihre Hand. Das Flehen in seinem Blick war nicht zu übersehen.

»Ich könnte vielleicht anstelle der verlorenen Urlaubstage

jetzt Weihnachtsurlaub aushandeln. Normalerweise bekäme ich den nicht. Und Felix wünscht es sich so sehr.«

»Dann fahren wir in den Schnee!«, meinte Marten. »Felix könnte Ski fahren lernen. In dem Alter geht das kinderleicht.«

»Daran habe ich eigentlich weniger gedacht.« Pia schwenkte den Wein in ihrem Glas und trank ein paar Schlucke. Es war eine der wenigen Sorten, die sie gut vertrug, und es hatte Jahre gedauert, das herauszufinden.

»Dann weißt du jetzt, was du morgen sagst?«, hakte Marten nach.

»Unter anderem, dass ich Broders brauche.«

8. Kapitel

Am Mittwochmorgen fuhr Pia mit ihrem Kollegen Heinz Broders nach Kaltenbrode. Broders war ihr langjähriger Teamkollege. Sie vertraute ihm, und sie arbeiteten hervorragend zusammen. Jedenfalls, wenn ein paar Dinge für ihn passten, wie die Versorgung mit Snacks.

»Und da hast du dir den neuen Fall einfach so von Rist aufhalsen lassen?«, fragte er amüsiert.

»Ich habe ihn mir nicht ›aufhalsen‹ lassen. Ich habe mich angeboten, bevor ich unfreiwillig rekrutiert werde. Zu meinen Bedingungen angeboten, übrigens.«

»Die da wären?«

»Du bist eine Bedingung.«

»Dann hast du schlecht verhandelt«, sagte er, doch Pia hörte heraus, dass er sich darüber freute.

»Unter anderem war auch mindestens eine Woche Urlaub in den Weihnachtsferien in der Verhandlungsmasse enthalten.«

»Ich vertrete dich gern. Weihnachtsurlaub finde ich so dermaßen überflüssig …«

»Wieso das denn? Feiert ihr nicht, Ralph und du?« Ralph war Broders' langjähriger Lebensgefährte.

»Würden wir schon gern. Aber sein Sohn und ich verstehen uns nicht so besonders. Also, Elias hat etwas gegen mich … oder gegen die schlichte Tatsache, dass ich ein Mann bin und keine Frau. Und seine Verlobte ist auch seltsam. Deswegen ist die Planung der Weihnachtsfeiertage immer stressig bei uns.«

»Verstehe. Das tut mir leid, Broders.«

»Was sagen denn Felix und Marten zu deinen Plänen?«

»Die wollen mit mir in den Schnee fahren.« Pia verzog das Gesicht.

»Ich meinte deine Pläne für die nächsten Tage.«

»Da freuen sie sich über gemeinsame ungestörte ›Männer‹-Zeit. Marten begleitet Felix zu einem Schwimmkurs.«

»Armer Junge.«

»Felix oder Marten?«

»Beide. Aber genau genommen meinte ich deinen Sohn. In Schwimmbädern ist es immer kalt und furchtbar glitschig. Bademeister, die aussehen wie der Hulk, stoßen einen kopfüber ins tiefe Wasser, wenn man sich nicht traut, einen Kopfsprung zu machen. Überall liegen Haare auf den Fliesen, und in den Schrankfächern kleben Kaugummis.« Er schüttelte sich.

»Bist du als Junge einem Hulk begegnet, der dich ins Wasser geworfen hat?«

»Genau so war's. Der hatte mich auf dem Kieker. Manchmal habe ich mich während seines Schwimmunterrichts auf dem Klo versteckt.«

»Ist das nicht noch viel unangenehmer?«

»Es ging«, antwortete er würdevoll. »Und meine Mutter hat mir damals nur Handtücher mitgegeben, die nicht viel größer waren als ein Gästetuch.«

»Und damit hast du dich abgetrocknet?«

»Damit. Oder mit Klopapier.« Er seufzte. »Ich war ein zartes Kind.«

Pia blickte Broders von der Seite an. »Marten wird nicht zulassen, dass Felix dort irgendeine Art von Trauma erleidet«, sagte sie leichthin. In Wahrheit war sie nicht so zuversichtlich, denn sie wusste ja um Felix' Angst. Aber sie lebten im Ostseeraum in ständiger Nähe zum Wasser. Dass Felix sicher und – bald – möglichst ausdauernd schwimmen konnte, war enorm wichtig. Und je eher, desto besser. »Da sind wir schon.« Pia bog auf den Parkplatz vor dem Polizeirevier. »Wir sind übrigens mit einer Kollegin verabredet, die du schon kennst. Dana Bremer.«

»Sie ist eine gute Polizistin«, erwiderte Broders. »Was man von einem gewissen anderen Kollegen nicht behaupten konnte.«

»Lass uns dieses Thema nach Möglichkeit aussparen«, bat Pia. »Hier geht es um etwas anderes. Um einen tätlichen Überfall auf eine Frau aus Kaltenbrode. Wahrscheinlich war es eine versuchte Vergewaltigung. Dana hat die Frau befragt. Der Überfall könnte mit unserem Toten am Strand zusammenhängen.«

Broders hievte sich aus dem Wagen. »Ich folge dir unauffällig.«

Pia hatte ihrer Kollegin Dana Bremer den Besuch telefonisch angekündigt.

Dana begrüßte sie freudestrahlend und führte sie in ihr neues Büro. »Ich bin froh, dass ich nicht mehr auf der Polizeistation in Stüvensee arbeite«, sagte sie. »Da ist zu viel Schlimmes passiert.«

»Und hier hast du auch mehr Möglichkeiten.« Pia schaute sich aufmerksam um.

»Unsere gemeinsame Ermittlung war nicht von Nachteil für mich. Es läuft gerade recht gut für mich. Wie geht es euch?«

»Pia hat gerade ihren Urlaub unterbrochen, um einen Mörder zu jagen«, antwortete Broders.

»Nur um ein paar Tage verschoben«, berichtigte Pia ihn.

»Wollt ihr erst mal einen Kaffee?«

»Nein!«, riefen Broders und Pia unisono. Der übliche Filterkaffee auf einem Polizeirevier war berüchtigt.

»Verstehe.« Sie grinste. »Ich habe auch Wasser. Setzt euch doch.«

Pia erzählte Dana, warum sie sich für den Überfall auf Stella Böttcher interessierten.

»Ich habe natürlich von dem Toten am Strand von Kaltenbrode gehört«, sagte Dana. »Leider war ich hier zu dem Zeitpunkt, als die Nachricht vom Leichenfund am Steilufer kam, unabkömmlich. Ich wäre gern dabei gewesen. Aber wie es aussieht, kann ich ja nun trotzdem einen Teil zu den Ermittlungen beitragen.«

»Wir wissen noch nicht, ob ein Zusammenhang zwischen den Verbrechen besteht«, erwiderte Pia.

»Wenn du den Ort so gut kennen würdest wie ich, hättest du da weniger Zweifel. Es passiert so gut wie nichts, und auf einmal zwei schwere Verbrechen nacheinander? Hier hängt irgendwie alles und jeder zusammen.«

»Wir sind ganz Ohr«, sagte Broders.

Dana hatte sich die Ermittlungsakte vorgenommen. Sie erzählte frei, blickte aber, wenn es um bestimmte Details ging, immer mal wieder in die Aufzeichnungen.

»Zunächst einmal: Stella Böttcher war sich anfangs nicht sicher, ob sie überhaupt Anzeige bei der Polizei erstatten sollte.«

»Was hat sie dazu bewogen, es doch zu tun?«

»Sie hat sich vorher erkundigt, ob sie mit einer Polizistin sprechen kann. Als sie erfuhr, dass ich das übernehme, ist es ihr leichter gefallen.«

»Was für einen Eindruck hattest du von ihr?«, erkundigte sich Pia. Sie interessierte vor allem, was Dana über den Fall dachte. Die Fakten konnte sie auch später noch einmal nachlesen.

»Sie war verständlicherweise verstört, und es ging ihr nicht gut, als sie von dem Überfall selbst erzählt hat. Insgesamt machte sie aber einen selbstbewussten und gefassten Eindruck. Es hat mich ein bisschen gewundert, dass sie allein gekommen ist. Normalerweise hätte ich gedacht, dass jemand sie begleitet. Wir haben hier zusammengesessen, und sie hat mir alles der Reihe nach erzählt.«

Dana berichtete, dass Stella Böttcher am Abend des Überfalls im Restaurant *Gödeke Michels* als Kellnerin gearbeitet hatte. Nach Feierabend war sie dort gegen Viertel nach elf aufgebrochen, um zu Fuß nach Hause zu gehen.

»Es klingt ein bisschen seltsam, dass sie allein durch das Naturschutzgebiet gegangen ist«, sagte Dana. »Aber sie wollte ihr sauer verdientes Geld angeblich nicht für ein Taxi ausgeben. Ihr Auto stand mit zu wenig Sprit bei ihr vor dem Haus. Außerdem benutzt sie es wohl für die kurze Strecke aus Prinzip nicht.«

»Und warum ist sie durch ein Naturschutzgebiet gegangen?«, erkundigte sich Broders.

»Der Weg an der Straße entlang wäre ein ziemlich großer Umweg gewesen.«

»Nimmt sie nach der Arbeit denn immer diesen Weg?«, fragte Pia.

»Angeblich schon, wenn sie zu Fuß unterwegs ist. Manchmal wird sie dann aber auch von einem Freund oder Bekannten mitgenommen.«

»Von wem?«

»Dazu komme ich noch.« Dana schilderte den Überfall

auf Stella in allen Details, an die die junge Frau sich erinnert und von denen sie ihr erzählt hatte. »Wir suchen einen hochgewachsenen Mann. Stella ist eins zweiundsiebzig groß, und er soll sie noch deutlich überragt haben.«

»Er kam hinter einem Baum hervor und hat mit einem länglichen Gegenstand zugeschlagen?«, vergewisserte sich Pia. Das wusste sie aus dem Polizeibericht.

»Ja, so soll es passiert sein. Es könnte laut Stella Böttcher ein langer Hammer oder eine Art Schläger gewesen sein.«

»Ein Golfschläger vielleicht?«, fragte Broders.

»Eher so etwas wie ein Krocketschläger. Mit massiverem Kopf … Aber wie gesagt: Es war dunkel. Und der Arzt, der sie untersucht hat, wollte sich auch nicht auf eine bestimmte Tatwaffe festlegen.«

»Egal, was genau es war. Mit einem Schläger als Waffe hätte der Angreifer sie auch sofort bewusstlos schlagen oder gar töten können«, erwiderte Pia.

»Er hat sie nur niedergeschlagen, sodass sie hinfiel. Dann hat er noch ein paar Mal zugeschlagen und an ihren Kleidern gerissen. Als sie sich gewehrt hat, hat er sie zurückgestoßen. Daraufhin ist sie mit dem Kopf aufgeschlagen und hat kurzzeitig wohl das Bewusstsein verloren.«

»Aber er hat sie nicht vergewaltigt?«

Pia atmete bewusst langsam ein und aus. Es fiel ihr schwer, sich das alles vorzustellen, ohne sich zu sehr in die Lage des Opfers hineinzuversetzen. So persönlich betroffen hatte sie doch früher nicht reagiert! Für Ermittlungen dieser Art war emotionale Distanz erforderlich. Sie presste die Fingernägel ihrer rechten Hand in das Handinnere ihrer Linken. Sie musste sich auf das Hier und Jetzt konzentrieren.

»Nein. Höchstwahrscheinlich nicht.«

»Ich frage mich, was den Täter von der Vergewaltigung

abgehalten hat«, sagte Pia. »Nachdem er seinem Opfer erfolgreich aufgelauert und es niedergeschlagen hatte, hatte er doch quasi leichtes Spiel.«

»Vielleicht war es wichtig für ihn, dass sein Opfer bei Bewusstsein ist?«, mutmaßte Dana. »Oder er konnte aus irgendeinem Grund nicht?«

»Er könnte auch von etwas oder jemandem gestört worden sein«, schlug Broders vor.

»Falls dieser Jemand ein Mensch war: Bei uns hat sich niemand gemeldet, der etwas gesehen oder gehört hat. Als Stella Böttcher wieder zu sich gekommen ist, war sie ganz allein, sagte sie. Sie hat es dann irgendwie geschafft, sich aufzurappeln und nach Hause zu laufen.«

»In welchem Zustand war ihre Kleidung?«, wollte Pia wissen.

»Von ihrer Bluse waren ein paar Knöpfe abgerissen, der Rock hatte einen Riss. Die Strumpfhose war auch kaputt. Bis auf ihren Mantel hat Stella Böttcher alles sofort in die Waschmaschine gestopft. Das könnte eine Kurzschlusshandlung gewesen sein.« Vollkommen überzeugt sah Dana allerdings nicht aus.

Pia runzelte die Stirn. »Hat sie sich von einem Arzt untersuchen lassen?«

»Sie war gleich am nächsten Morgen, bevor sie die Polizei angerufen hat, im Krankenhaus, wo sie sich einer Untersuchung unterzogen hat, ja. Doch die Spuren an ihrem Körper sind … uneindeutig. Sie wurde brutal verprügelt, das steht außer Zweifel.« Dana räusperte sich. »Doch sie hatte kaum Abschürfungen und keine Blutergüsse im Intimbereich. Die Samenspuren, die in ihrer Vagina gefunden wurden, waren ihr zufolge wohl von ihrem Liebhaber. Aber sicher ist das erst, wenn wir das Ergebnis der DNA-Untersuchung haben.«

»Der Täter könnte ein Kondom benutzt haben.«

»Das ist richtig. Doch die Verletzungen des Opfers im Intimbereich deuten nicht darauf hin, dass jemand gewaltsam in sie eingedrungen ist. Andererseits … Wenn sie bewusstlos war, konnte sie sich nicht wehren, was die kaum vorhandenen Verletzungen in dem Bereich erklären könnte, meinte der Arzt.«

Ein kleiner Trost für das Opfer, dachte Pia. Aber es nicht genau zu wissen war sicherlich auch schwierig. »Ich muss das leider fragen: Könnte sich das Opfer die Spuren von Gewalt am Körper auch selbst zugefügt haben?«

»Theoretisch ist das wohl möglich. Ich halte es jedoch für extrem unwahrscheinlich.«

»Es klingt nach einer geplanten Tat«, meldete Broders sich zu Wort. »Sicher wussten ein paar Leute, dass Stella Böttcher nach der Arbeit manchmal durch das Naturschutzgebiet nach Hause geht. Es könnte ein Gast aus dem Restaurant gewesen sein. Oder jemand, der wusste, dass sie dort arbeitet. Vielleicht hat jemand sie auch nur durch das Fenster bei der Arbeit im Lokal gesehen und dann abgewartet, bis sie Feierabend hat.«

»Sie sagte mir, halb Kaltenbrode weiß, an welchen Abenden sie dort kellnert.«

»Das schränkt den Täterkreis aber trotzdem ein. Auf Männer aus der Umgegend, die hier irgendwie dazugehören. Ich gehe jede Wette ein, dass das Opfer den Täter wenigstens vom Sehen kennt. Hat sie ihn denn nicht erkannt?«

»Nein, er trug eine Art Maske. Ihr war bloß aufgefallen, dass er sich irgendwie ›statisch‹ und ›ruckartig‹ bewegte. Er wirkte seltsam unproportioniert auf sie. Aber sie hatte ihn ja nur ganz kurz im Dunkeln gesehen.«

»Hm, seltsam … Und was war das für eine Maske?«

»Eine schwarze oder dunkle Gesichtsmaske, wie sie Motorradfahrer im Winter tragen.« Dana blickte von einem zum anderen. »Das Wichtigste wisst ihr aber noch nicht.«

»Und was ist das?«

»Euer Mordopfer, Benno Hagendorf, war nicht nur Stellas Liebhaber, mit dem sie am Tag vor dem Überfall geschlafen hatte. Er war an dem Abend auch in dem Restaurant.«

»Oho«, murmelte Broders. »Unsere Ermittlung nimmt an Fahrt auf.«

»Stella Böttcher zufolge haben sie sich an dem besagten Samstagabend hinter dem Restaurant gestritten. Ich habe Benno Hagendorf auch vernommen, nachdem ich davon gehört hatte. Quasi gegen den Willen des Opfers. Stella Böttcher ist sich sicher, dass Benno Hagendorf ihr niemals etwas Derartiges angetan hätte. Doch er hätte ja auch etwas wissen können.«

Pia nickte. »Natürlich. Und hatte er ein Alibi?«

»Er hatte sofort eines parat.« Dana krauste die Stirn. »Aber es war nicht sehr überzeugend. Seine Frau hat ausgesagt, er sei nach seinem Ausflug ins *Gödeke Michels* direkt nach Hause gekommen. Wir haben die Zeit, als er dort aufgebrochen ist, und die Zeit, die seine Frau angibt. Dazwischen ist keine Luft für einen Überfall. Trotzdem war es nicht überzeugend …«

»Wieso nicht?«, fragte Broders.

Dana hob die Schultern. »Eher so ein Gefühl. Es war die Art, wie sie es sagte. Ziemlich genervt …«

»Linda Hagendorf, nicht wahr?«, erkundigte sich Pia. »Wir haben auch bereits mir ihr gesprochen.«

»Ich kann es nicht richtig begründen, doch ich werde nicht so recht schlau aus ihr«, gab Dana zu.

Pia nickte. Ja, irgendwas stimmte mit dieser Frau nicht, das war ihnen auch aufgefallen.

»Kannst du uns noch was zu der Spurenlage am Tatort in diesem Naturschutzgebiet erzählen?«, erkundigte sich Broders.

»Der Tatort war leider nicht sehr ergiebig. Bis die Kriminaltechniker davon erfahren hatten und endlich vor Ort waren, waren etliche Stunden vergangen. Eine Kindergruppe samt Begleitpersonen hatte schon im Rahmen einer Sonntagsexkursion den Naturlehrpfad besucht. Die Kinder sind überall entlanggelaufen. Von den üblichen Spaziergängern, Fahrradfahrern, Hunden und Joggern einmal ganz abgesehen.«

»Konnten am Opfer nicht doch noch fremde Haut-, Haar- oder Faserspuren gesichert werden?«

»Stella Böttcher hat nach dem Überfall geduscht und sich die Haare gewaschen. Sie sagte, sie fühlte sich so schmutzig.«

Pia nickte. Das konnte sie gut nachvollziehen.

»Die Kleidung hat sie unglücklicherweise recht heiß gewaschen. Wie schon erwähnt, alles, bis auf den Mantel. Daran sind jede Menge Spuren. Nur leider lässt sich nicht entscheiden, ob die von Menschen verursachten Spuren aus dem Restaurant oder von dem Überfall stammen.«

»Aber im *Gödeke Michels* hat sie den Mantel doch sicher nicht getragen.«

»Nein. Er hing jedoch mit an der normalen Garderobe, an der etwa fünfzig Menschen dicht vorbeigegangen sind beziehungsweise ebenfalls ihre Jacken aufgehängt haben – neben oder über Stella Böttchers Mantel.«

»Was die Spurenlage betrifft, sind damit alle Restaurantgäste und die Angestellten aus dem Schneider.«

»So ist es. Einschließlich Benno Hagendorf. Von dem natürlich auch bei anderer Gelegenheit Spuren an Stellas Mantel gekommen sein könnten. Es gibt eine einzige interessante

Spur: ein Haar, das an der Innenseite des Mantels haftete. Der Farbe und Haarstruktur nach zu urteilen, stammt es nicht vom Opfer. Es wird noch untersucht.«

»Das ist doch immerhin etwas. Auf wen sollen wir deiner Meinung nach unser Augenmerk richten?«, erkundigte sich Broders.

»Ich würde mich an eurer Stelle noch einmal mit Dr. Arne Freiwald unterhalten. Er hat eine Praxis in Kaltenbrode. Es geht das Gerücht, dass er in Stella verliebt war, aber sie nicht in ihn. Dorfklatsch eben …«

9. Kapitel

In der Eingangshalle der Schwimmhalle stand ein Pulk von Kindern verschiedenen Alters. Der Raum war erfüllt von ihren laut von den Kacheln widerhallenden Stimmen. Eine ältere Frau mit kurzen Haaren, ein etwa siebzehnjähriges Mädchen und ein ebenso alter Junge befanden sich in der Mitte der Gruppe. Drumherum standen einige Erwachsene, offenbar die Eltern der Kinder, und trugen mit ihren Unterhaltungen ebenfalls zum allgemeinen Lärmpegel bei. Die Frau hielt ein Klemmbrett in der Hand und blickte grimmig drein.

Felix, der zögernd eingetreten war, blieb abrupt stehen, als er die vielen Kinder sah.

Marten griff nach seiner Hand. »Das scheint der Schwimmkurs zu sein. Ich komme mit dir, und wir schauen, wie das hier läuft.«

Sie blieben am Rand der Menschenmenge stehen. Die Frau, die offensichtlich die Schwimmtrainerin war, führte eine Trillerpfeife zum Mund und blies hinein. Der Lärm ließ nach dem durchdringenden Pfiff zumindest etwas nach.

Sie begrüßte die Anwesenden im Kommisston. Nachdem die Namen der Kinder von ihrer Assistentin Gwenda aufgerufen worden waren, forderte die Trainerin die jungen Kursteilnehmer auf, sich entweder hinter ihr – für das Bronzeabzeichen – oder hinter der jungen Frau für den Silberkurs aufzustellen. Die älteren Kinder, die das Goldabzeichen machen wollten, sollten sich zu einem etwa neunzehnjährigen Jungen namens Kevin gesellen. Sie würden anschließend als drei geschlossene Gruppen durch die Schranke zu den Umkleiden gehen …

Marten spürte, dass Felix' Mut mit jeder Sekunde, die die Trainerin redete, weiter sank.

Er zog an Martens Hand. »Ich will wieder gehen!«

»Du schaffst das. Der Anfang ist ein bisschen chaotisch. Aber gib deiner Schwimmtrainerin eine Chance. Die hat es gerade nicht einfach, mit den vielen Kindern und dem Lärm hier. Drinnen seid ihr dann in einer kleineren Gruppe. Da ist sie sicher nicht mehr so streng.«

»Ach, nöö. Wollen wir nicht lieber ein Eis essen gehen?«

»Tolle Idee. Zuerst der Schwimmkurs, und hinterher belohnen wir uns mit einem großen Eisbecher.«

»Wir können auch gleich Eis essen gehen!«

Felix' Name wurde noch einmal aufgerufen.

»Erst Schwimmen, dann Eis«, sagte Marten bestimmt. »Und ich komme mit ins Schwimmbad rein, wenn das für dich okay ist.«

Felix zögerte, nickte dann aber und rief in Richtung Trainerin: »Das bin ich!« Festen Schrittes ging er mit seinem Rucksack auf dem Rücken zu seiner Gruppe.

Marten war stolz auf ihn.

In der nächsten halben Stunde verlief alles nach Plan, zumindest dem der Trainerin, die sich als Helga vorgestellt hatte. Felix zog sich ohne Probleme um und fand in dem Gewirr aus Gängen erst zu den Duschen und dann zu seiner Gruppe. Die etwas gestresst blickende Schwimmtrainerin sprach mit jedem ihrer Schützlinge einzeln, runzelte die Stirn, machte sich auf ihrem Klemmbrett Notizen. Die Kinder, die bei Gwenda oder Kevin Unterricht hatten, hatten schon deutlich mehr Spaß, wie Marten bei einem Blick durch die Schwimmhalle feststellte.

Doch Felix sprang tapfer ins Becken und zeigte beim Vorschwimmen, wenn auch mit Mühe, wie viel er schon konnte. Er sollte daraufhin mit zwei weiteren Kindern, einem Mädchen und einem Jungen, im brusttiefen Wasser hin- und herschwimmen. Die anderen, die schon fortgeschrittener waren, übten, Ringe heraufzuholen.

Marten war froh, dass Felix nicht gleich mit dem Tauchen konfrontiert wurde. Pia hatte ihm gestern von seiner Angst davor erzählt. Das wäre für seine erste Stunde kein guter Start gewesen. Er nahm sich vor, es vorab noch einmal in aller Ruhe mit Felix zu üben. Marten zog ein paar Bahnen im Sportbecken, behielt die Schwimmgruppe zwischendurch jedoch im Auge. Felix machte mit der Miene eines leidgeprüften Grubenponys mit. Jedenfalls stellte sich Marten die Gemütslage dieser armen Geschöpfe so ähnlich vor.

Als die halbe Stunde Training beendet war, ging er zu Felix, der tropfnass neben der Trainerin stand, lobte ihn für sein Training und stellte sich der Frau vor.

»Ihr Sohn schwimmt noch sehr unsicher. Aber er sagt, dass er das Seepferdchen schon gemacht hat?«, fragte sie Marten.

»Ja, das stimmt. Ihm fehlt nur ein wenig Übung. Doch deswegen sind wir ja hier.«

»Dieser Kurs umfasst nur zehn Trainingseinheiten. Ich weiß nicht, ob er das in dieser Zeit schafft.«

»Dann macht er eben noch einen Kurs. Wichtig ist doch nur, dass er sicher schwimmen lernt, und vor allem, dass er Freude daran hat«, erwiderte Marten. Von »Freude« war er in dieser Gruppe und mit Helga als Trainerin wohl so weit entfernt wie augenblicklich vom Amazonas. Doch sich mit dieser Frau anzulegen war sicher keine gute Idee. Das würde nur Felix auszubaden haben. Aber ihr Pessimismus einem Kind und dessen Leistungsvermögen gegenüber ging Marten gehörig gegen den Strich. Sie hatte Felix nur einmal kurz beim Schwimmen beobachtet und einen einzigen Verbesserungsvorschlag gemacht, was seine Schwimmhaltung anging.

»Na ja, nächstes Mal übernimmt Gwenda diese Gruppe. Sie hat sehr viel Geduld.«

»Das freut mich«, sagte Marten, der nicht an sich halten konnte.

Die Trainerin wandte sich schon dem nächsten Elternteil zu, der ihre Aufmerksamkeit beanspruchte. Die Mutter hatte ein weinendes Mädchen bei sich. Marten hoffte, dass die Kleine etwas mehr Motivation erfahren würde als Felix gerade.

»Und, wie fandest du es?«, fragte Marten, der die schlimmsten Befürchtungen hatte.

»Es geht …«, antwortete Felix gedehnt.

»Du hast das super gemacht! Lass dich von dieser Helga nicht runterziehen. Die hatte heute vielleicht nur einen schlechten Tag.«

»Ist mir egal. Nächstes Mal bin ich ja bei Gwenda. Die ist nett!«

»Das ist gut.« Es würde also ein nächstes Mal geben. Das war noch besser.

»Wenn wir uns anstrengen, dürfen wir am Ende der Stunde von der großen Rutsche rutschen.«

»Na, die kennst du ja schon von gestern. Das wird bestimmt gut.«

»Ich strenge mich auf jeden Fall an. Ich strenge mich immer an«, sagte Felix todernst. Wenn er so sprach, hatte er viel Ähnlichkeit mit Pia. Auch sie neigte dazu, das Leben manchmal etwas zu schwer zu nehmen. Was vielleicht auch kein Wunder war, bei ihrem Beruf. Martens Strategie war es meistens gewesen, sich zu distanzieren, wenn ihm etwas zu nah zu gehen drohte. Doch im Umgang mit einem Kind war das keine gute Idee.

»Macht Ihr Sohn auch bei dem Schwimmkurs mit?«, fragte eine Frau, als Marten und Felix bereits am Ausgang standen und darauf warteten, dass ihnen noch ein Ausweis fürs nächste Training ausgehändigt wurde.

»Ja, heute war er zum ersten Mal dabei«, antwortete Marten.

Die Frau war schlank und hielt sich sehr gerade. Ihr glänzendes dunkles Haar war zu einem akkuraten Pagenkopf frisiert, und sie hatte kirschrot geschminkte Lippen. Eine gut aussehende Frau, vielleicht etwas übertrieben zurechtgemacht für diese Art von Veranstaltung. Neben ihr standen zwei Mädchen, die breitschultrig, kräftig und deutlich größer als Felix waren.

»Ich bin Pamela, Pamela Hagendorf. Und das sind meine beiden Töchter: Livia und Melia. Sie sind Zwillinge«, fügte sie stolz hinzu.

»Freut mich. Ich bin Marten, und das ist Felix.«

»Wo wohnst du denn?«, wollte eines der Mädchen von Felix wissen.

»In Lübeck in der Adlerstraße«, antwortete er ernsthaft.

»Was? So weit weg? Warum bist du denn dann hier?«

»Ich mache hier Ferien.«

»Aber ich habe Sie schon mal gesehen«, bemerkte die Frau

und zog nachdenklich die dunkel nachgezogenen Augenbrauen in die Höhe.

»Ich bin bereits etwas länger in der Gegend. Ich habe hier vor Kurzem ein Haus gekauft.«

»Ein Ferienhaus?«

»Das wird sich zeigen.«

»Na dann, willkommen!« Sie schaute ihn nun nachdenklich an.

Felix zog eine Tüte Kaubonbons aus seinem Rucksack und hielt sie den Mädchen hin. »Wollt ihr eins?«

Die eine, Livia, wenn Marten sich recht erinnerte, trat mit angeekelter Miene einen Schritt zurück. Ihre Zwillingsschwester Melia schaute kritisch in die Tüte, wühlte ein bisschen darin herum und nahm sich ein Bonbon.

»Meli, kein Zucker heute! Es gibt erst am Samstag wieder Süßigkeiten.«

Schnell verschwand das Bonbon im Mund des Mädchens.

Felix nahm sich ebenfalls eines.

»Wie alt bist du denn?«, wollte Livia wissen. Es schwang ein gehässiger Unterton mit, fand Marten.

»Ich bin sieben und gehe in die zweite Klasse. Und ihr?«

»Wir auch. Wir werden aber schon bald acht.« Livia musterte ihn von oben herab. »Was für ein Schwimmabzeichen machst du?«

»Bronze.«

»Was, jetzt erst? Das ist doch was für Babys. Meli und ich machen bald Silber!«, sagte sie.

»Na und?«, murmelte Felix mit Bonbon im Mund.

»Mein Vater schenkt mir ein neues Smartphone, wenn ich es geschafft habe«, meinte Livia.

»Wir müssen los, Felix. Wir haben doch gleich noch was Schönes vor«, sagte Marten.

Die Frau stellte sich ihm in den Weg und lächelte ihn strahlend an. »Wir treffen uns manchmal nach dem Kurs noch mit ein paar Eltern und ihren Kindern in einem Bistro in der Nähe«, erklärte sie und senkte die Stimme, als sie hinzufügte: »Es wird natürlich nicht jeder dazu eingeladen.« Ihr Blick streifte vielsagend zwei Mütter, denen die Ehre, dazugebeten zu werden, wohl nicht zuteilwerden würde.

»Heute passt es uns leider nicht«, antwortete Marten. »Vielleicht ein andermal.«

»Oh, sehr schade.« Sie sah ihm fest in die Augen.

Als sie das Schwimmbad verließen, schüttelte er leicht verwirrt den Kopf.

»Was hast du, Marten?«

»Ach, nichts Besonderes. Wie fandest du die Zwillinge denn so?«

»Die eine war ja ganz okay. Die andere, diese Livia, nicht. Das ist eine doofe Angeberin. Und ich lass mich nicht ärgern.«

»Du bist ein kluger Junge. Viel klüger, als ich es in deinem Alter war. Und nun ein Spaghettieis? Ich kenne die beste Eisdiele im Umkreis.«

»Juchhu!«, jubelte Felix und griff nach seiner Hand.

Marten ging das Herz auf.

10. Kapitel

Nachdem sie das Polizeirevier verlassen hatten, blickte Pia auf ihr Smartphone. »Wow, das ging ja flott.«

»Was ist los?«

»Die Obduktion ist für heute Nachmittag um halb drei angesetzt. Da haben wir ein Date mit Dr. Kinneberg.«

»Hm, der ist ja nicht gerade mein Typ«, erwiderte Broders in einem leicht mauligen Ton. »Und diese kalten Leute auf den Edelstahlbahren dort sind es übrigens auch nicht.«

»Darauf kann ich heute leider keine Rücksicht nehmen.« Pia blickte ihm in die Augen. »Ich möchte dich dabeihaben.«

Er salutierte andeutungsweise. »Zu Befehl, Ma'am!«

Sie stiegen ins Auto. Pia überlegte einen Moment und rieb sich dann die Stirn.

»Was hast du?«

»Die Obduktion macht mir weniger Kopfzerbrechen. Es führt ja kein Weg dran vorbei. Doch unser nächster Schritt ist unweigerlich eine weitere Befragung von Stella Böttcher. Obwohl es mir leid für sie tut. Aber sie scheint mir immer mehr eine Schlüsselfigur in dieser Ermittlung zu sein.«

»Ja und? Suchen wir sie auf.«

»Das Letzte, was die Frau momentan gebrauchen kann, ist sicherlich, dass immer wieder Polizisten bei ihr auftauchen und sie zwingen, den Überfall in der Erinnerung noch mal und noch mal zu durchleiden.«

»Die will doch sicher auch, dass wir den Schuldigen ermitteln. Oder die Schuldigen. Ihren Liebhaber hat schließlich auch jemand auf dem Gewissen.«

»Du hast ja recht.« Pia griff zum Telefon. »Ich hoffe, wir können es gleich hinter uns bringen.«

Pia erreichte Stella Böttcher telefonisch. Die junge Frau sagte, sie halte sich gerade nicht zu Hause auf, sondern sei bei ihrer Großmutter Helmgard Böttcher. Und dort wolle sie die nächsten Stunden auch noch bleiben.

»Wenn Sie mit mir sprechen wollen, können Sie gerne herkommen«, erklärte sie. »Ich denke nicht, dass meine Großmutter mich freiwillig gehen lassen würde. Ich soll mich bei ihr erholen. Doch nehmen Sie sich vor ihr in Acht«, fügte sie mit dem Anflug einer Emotion hinzu, von der Pia hoffte, dass es Humor war. »Ich glaube nicht, dass sie es gut findet, wenn Sie hier aufkreuzen!«

»Also dann frisch auf, in die Höhle der Löwin«, meinte Broders, nachdem Pia ihm von dem Telefonat mit Stella Böttcher erzählt hatte.

Von der Landstraße aus, die von Kaltenbrode in Richtung Süden führte, bogen sie auf einen gepflegt aussehenden Hofplatz ab, der u-förmig von Gebäuden umstanden war. Mit so etwas hatte Pia nicht gerechnet, doch die Adresse stimmte.

Zwischen zwei beinahe symmetrischen Schenkeln aus Wirtschaftsgebäuden befand sich ein lang gezogenes Wohnhaus mit Sprossenfenstern. Der gekieste Hofplatz wirkte relativ kahl. Nur ein rundes Beet in der Mitte mit einem von einer Buchsbaumhecke umkreisten Kugelahorn lockerte ihn etwas auf. Zur zweiflügeligen Eingangstür führten drei niedrige Stufen. Vor einiger Zeit hatte man beidseitig je einen

Edelstahlhandlauf angebracht. Vielleicht hatte Stella Böttchers Großmutter Probleme mit dem Treppensteigen.

Eine Frau mit langen blonden Haaren öffnete ihnen die Tür. Sie trug ein kurzes petrolfarbenes Kleid mit blickdichten Strümpfen, dazu Stiefeletten. »Da sind Sie ja schon.« Sie blickte zu Pia. »Wir haben telefoniert, nicht wahr? Ich bin Stella Böttcher.«

»Haben wir. Mein Name ist Pia Korittki von der Bezirkskriminalinspektion. Das ist mein Kollege Heinz Broders. Wir kommen extra aus Lübeck. Insofern passt es gut, dass wir gleich einen Termin gefunden haben.«

Stella Böttcher blickte ein wenig gehetzt drein. »Ich würde ja sagen, wir können gleich in das Büro meiner Großmutter gehen, aber sie möchte Sie vorher sprechen.«

Pia krauste die Stirn, nickte dann jedoch bereitwillig. Dass jemand anders die Regeln machte, gefiel ihr nicht. Doch Helmgard Böttcher hatte hier das Hausrecht. Und außerdem war es sicher interessant, die ältere Dame kennenzulernen.

Die Frau, die aus einer dunklen Ecke der Diele auf sie zukam, entsprach nicht dem Bild, das Pia sich von Stella Böttchers Großmutter gemacht hatte. Sie hatte mit jemandem weit über achtzig gerechnet, doch Helmgard Böttcher war eher Anfang siebzig. Sie ging kerzengerade, mit einem konzentrierten Gesichtsausdruck, streifte jedoch mit den Fingern erst links eine Kommode, dann rechts das Treppengeländer. Hatte sie Gleichgewichtsprobleme?

Da ihre Enkelin neunundzwanzig Jahre alt war, mussten Helmgard Böttcher, Stellas Mutter oder beide Frauen recht jung ein Kind bekommen haben, überlegte Pia.

Nachdem sie sich nochmals vorgestellt hatten, sagte

Helmgard Böttcher: »Eigentlich wollte ich rundheraus ablehnen, dass Sie heute herkommen und mit meiner Enkeltochter reden. Doch Stella hat mir versichert, dass sie sich dafür wohl genug fühlt und es gerne hinter sich bringen möchte.«

»Es tut uns leid, dass wir Sie beide stören müssen. Aber ansonsten hätte Ihre Enkelin für Ihre Aussage vielleicht nach Lübeck kommen müssen. So ist es einfacher für alle.«

Helmgard Böttcher blickte zwar in Pias Richtung, als sie redete, sah jedoch ein Stückchen an ihr vorbei. Da erkannte Pia, dass sie stark sehbehindert oder sogar blind war.

»An dieser Geschichte ist nichts einfach«, erwiderte die Hausherrin. »Wenn Sie mir bitte folgen würden? Was ich zu sagen habe, dauert nicht lange. Stella, du kannst schon mal in mein Büro gehen. Ich schicke die Herrschaften dann gleich zu dir.«

Broders und Pia liefen hinter der Frau her und tauschten dabei Blicke, während sie in einen Raum an der Rückseite des Hauses gelangten. Helmgard Böttcher wollte offensichtlich lieber allein mit ihnen reden. Doch in einer Ecke des Zimmers stand neben einem Couchtisch ein Mann. Er war schätzungsweise in Helmgard Böttchers Alter, hatte beinahe weißes Haar, einen Dreitagebart und trug eine Lederhose und eine Jeansjacke.

Er wandte sich zu ihnen um und tat überrascht, als sie nacheinander eintraten. »Hallo, Helmgard, ich suche meine Lesebrille«, erklärte er. »Kann sie einfach nicht finden.«

»Unsere beiden Besucher sind von der Polizei, Eddie. Die haben bestimmt schon mitbekommen, dass ich blind bin. Nicht wahr?«

»Sie bewegen sich erstaunlich sicher durch Ihr Haus«, bemerkte Broders.

»Sie sagen es: Es ist *mein* Haus. Ich kenne es in- und auswendig. Hast du deine Brille gefunden? Ich ziehe es vor, allein mit den Beamten zu sprechen.«

Der Angesprochene schaute unentschlossen von einem zum anderen. Es war klar, dass er sich nicht gern hinauskomplimentieren ließ.

»Wollen Sie uns nicht vorstellen?«, fragte Pia. Ihre Neugierde auf diesen Mann war geweckt.

»Eduard Seiler, mein Lebensgefährte. Eddie, das sind Frau Korittki und Herr Broders von der Kripo Lübeck«, stieß Helmgard eine Spur ungehalten hervor.

»Sind Sie wegen des Toten am Strand hergekommen?«, wollte er wissen.

»Bitte sieh doch mal nach Stella. Ich fürchte, sie regt sich über den neuerlichen Kontakt mit der Polizei doch etwas auf.«

»Natürlich, Helmgard«, antwortete er. Und an Pia und Broders gewandt: »Und ich hoffe, Sie regen meine Frau nicht auf.«

»Machen Sie sich keine Sorgen«, erwiderte Pia nur.

»Er sagt immer ›meine Frau‹«, erklärte Helmgard Böttcher, als er den Raum verlassen hatte. »Aber wir sind kein Ehepaar. Wir leben nur zusammen. Seit vielen Jahren schon. Er wollte mich immer heiraten, doch eine Ehe im Leben war mir genug. Mein Ehemann ist vor langer Zeit gestorben.«

»Das tut mir leid«, murmelte Pia.

Helmgard Böttcher winkte ab und tastete nach der Rückenlehne eines Sessels. »Bitte setzen Sie sich. Also. Warum müssen Sie meine Enkeltochter noch mal behelligen? Sie hat alles, was ihr neulich passiert ist, schon der Polizei berichtet.«

»Das ist uns durchaus bewusst. Wir würden sie nicht erneut befragen, wenn es nicht sehr wichtig wäre. Es geht um den Tod von Benno Hagendorf. Kennen Sie ihn?«

»Natürlich. Die Leute sprechen von nichts anderem mehr. Ist er wirklich das Steilufer hinuntergestürzt?«

»Auf jeden Fall wurde er an dessen Fuß tot aufgefunden«, gab Broders zurück.

»Aber davon stirbt man doch nicht, nicht an der Stelle, würde ich meinen ...«, erwiderte Helmgard. »Ich war nicht immer blind, müssen Sie wissen. Vollständig erblindet bin ich erst in meinen frühen Zwanzigern. Ich kann mich noch gut daran erinnern, wie es an der Stelle aussieht, wo man Benno Hagendorf angeblich gefunden hat. Ein tödlicher Sturz erscheint mir dort unwahrscheinlich.«

»Die Todesursache steht tatsächlich noch nicht endgültig fest«, erklärte Pia. »Wir müssen das Ergebnis der Obduktion abwarten. Da ein Fremdverschulden nicht ausgeschlossen werden kann, suchen wir nach jemandem, der ein Interesse daran gehabt haben könnte, Benno Hagendorf nach dem Leben zu trachten.«

»Verstehe. Und da kommen Sie ausgerechnet zu meiner Enkeltochter?«

»Letztlich sprechen wir mit jedem, der mit dem Opfer zu tun hatte.«

»Also gut. Ich kann Sie ja wohl nicht aufhalten. Aber wenn meine Enkelin nach ihrem Verhör einen Zusammenbruch erleidet, mache ich Sie beide persönlich dafür verantwortlich.« Ihre Stimme war kalt, ohne spürbare Emotionen, was die Worte umso eindrucksvoller machte.

»Wir werden ihre besondere Lage nach Möglichkeit berücksichtigen«, versicherte Pia. »Und wir werden jetzt zu ihr gehen.« Sie erhob sich.

Helmgard Böttcher nickte mit versteinerter Miene. Als sie den Raum verließen, hörte Pia, wie sie leise so etwas sagte wie: »Sie haben ja keine Ahnung.«

Die Tür zu dem Raum, in dem Stella Böttcher vor wenigen Minuten verschwunden war, stand offen. Sie fanden die junge Frau hinter dem Schreibtisch sitzend, wie sie auf ihrem Handy tippte. Sie blickte auf, als Broders und Pia hereinkamen. »Sie leben noch?«, fragte sie spöttisch.

»Bestanden da Zweifel?«

Stella Böttchers Mund verzog sich zu einem ironischen Lächeln. »Oh, Sie kennen sie noch nicht richtig. Setzen Sie sich doch. Ich schätze, das hier haben wir nicht in drei Minuten erledigt.«

»Nein, ich glaube nicht«, stimmte Pia ihr zu. »Zunächst einmal unser Beileid zu Benno Hagendorfs Tod. Wir haben gehört, dass Sie befreundet waren.«

»Befreundet? So drücken es die Leute aus?« Sie schaute kurz zur Seite. »Ich werde ehrlich zu Ihnen sein. Besser, ich sage gleich die Wahrheit, als wenn alles nach und nach herauskommt. Und das würde es«, setzte sie hinzu.

Pia nickte nur, um den Redefluss der jungen Frau nicht zu unterbrechen. Broders hatte ein Notizbuch gezückt und schaute konzentriert.

»Wissen Sie, eigentlich bin ich Buchhalterin. Ich führe die Bücher meiner Großmutter und arbeite noch für zwei Hotels in der Gegend. Das Kellnern ist mehr so ein Hobby. Ich mag es, unter Leuten zu sein. Durch meine Arbeit im *Gödeke Michels* kenne ich beinahe jeden in Kaltenbrode. Und es ist ein guter Nebenverdienst. Ich gebe gern Geld für Klamotten und Kosmetik und so aus.« Sie sah einen Moment versonnen vor sich hin. »Beim Kellnern habe ich auch Benno kennengelernt. Er war eine Zeit lang mindestens ein Mal die Woche im Restaurant. Meistens kam er allein, wohl um von seiner streitsüchtigen Frau Linda wegzukommen. Wir unterhielten uns öfter, trafen uns dann auch außerhalb des Restaurants, privat.

Eines kam zum anderen. Ich verliebte mich in Benno und er sich in mich. Wir hatten seit einem Dreivierteljahr eine heimliche Liebesbeziehung. Inzwischen sind wir aber getrennt.«

»Hat seine Frau etwas gemerkt?«

»Ich weiß nicht, ob Linda wusste, mit wem er sich trifft. Aber dass er eine Affäre hat, dürfte sie wohl gemerkt haben, oder? Er textet mir morgens das erste Mal zum Frühstück und abends das letzte Mal zum Gute-Nacht-Sagen. Ich meine …«, sie schluckte, »er hat mir getextet.«

»War es ihm egal, ob seine Frau etwas merkt oder nicht?«

Sie zuckte mit den Schultern. »Dass Benno sich von Linda trennt, war nur noch eine Frage der Zeit – dachte ich.«

»Er hat doch auch für seinen Schwiegervater gearbeitet.«

»Das war eine Komplikation, ja. Aber damit wäre er fertig geworden.«

»Wann haben Sie Benno zum letzten Mal gesehen?«

»An dem Samstagabend vor knapp zwei Wochen, bevor ich … bevor ich auf dem Nachhauseweg überfallen worden bin.«

»Broders, wie wäre es, wenn du Herrn Seiler kurz aufsuchst, um ihm ein paar Fragen zu stellen? Ich mache hier allein weiter«, schlug Pia vor.

»Klar, ich verstehe. Bis später dann.« Er erhob sich und verließ den Raum.

»Danke«, sagte Stella schlicht, nachdem sich die Tür hinter Broders geschlossen hatte.

»Keine Ursache. Ich verstehe das.« Besser, als Sie denken, schoss es Pia durch den Kopf. »Bitte erzählen Sie mir, was an dem besagten Samstagabend alles passiert ist, besonders in Bezug auf Herrn Hagendorf. Aber auch alles andere …«

11. Kapitel

Stella senkte den Blick. »Ich habe an dem Abend auch im *Gödeke* gearbeitet. Meine Schicht ging von fünf bis elf Uhr. Es war so ungefähr neun Uhr. Der Laden war voll, und ich hatte jede Menge zu tun. Da saß Benno mit einem Mal an der Bar. Das war an sich nichts Ungewöhnliches, doch meistens hat er sich mit irgendwelchen Bekannten unterhalten. Vor diesem Samstagabend hatte er mich auch manchmal vom *Gödeke Michels* nach Hause gefahren und kam dann noch mit zu mir in die Wohnung. Wir haben aber aufgepasst, dass es nicht zu auffällig ist. Er ist dann früher aus dem Lokal gegangen und hat in seinem Auto auf mich gewartet. An dem Samstagabend vor knapp zwei Wochen hat Benno mich jedoch die ganze Zeit über mit seinem Hundeblick angestarrt. Ich hatte Angst, dass alle im Restaurant merken, dass da was zwischen uns läuft. Dass es so herauskommt, das wollte ich nun wirklich nicht.«

»Warum nicht?«

»Sie wissen wohl nicht, wie es in so einem kleinen Ort zugeht. Und er ist ein Hagendorf ... Es hätte ein übles Gerede gegeben.«

»Was meinen Sie mit ›und er ist ein Hagendorf‹?« Diese Anspielungen waren Pia jetzt etwas zu oft zu Ohren gekommen, als dass sie sie länger ignorieren konnte.

»Die Hagendorfs und die Böttchers können einander zum größten Teil nicht ausstehen.« Stella lachte bitter auf. »Benno und ich bildeten da anscheinend eine glorreiche Ausnahme.«

Das Lachen ging übergangslos in ein Schluchzen über. »Ich habe ihn so sehr geliebt! Ich weiß nicht, was ich ohne ihn machen soll.«

Pia ließ ihr ein wenig Zeit. »Woher kommt diese Feindschaft zwischen den Familien?«, hakte sie dann nach.

»Fragen Sie das lieber meine Großmutter.«

»Ich frage Sie.«

»Ich weiß es nicht. Die Hagendorfs sind eine große Familie, und die Männer von denen reißen hier alles an sich, womit man Geld verdienen kann. Ich bin damit aufgewachsen, dass wir Böttchers zusammenhalten müssen und mit den Hagendorfs nichts zu tun haben wollen. Genaueres weiß ich auch nicht.«

»Also gut. Und an dem Abend saß Benno Hagendorf also an der Bar und hat sie angestarrt.«

»Es kam mir jedenfalls so vor. Ich bin an ihm vorbeigegangen und habe ihn so angesehen, dass er wusste, dass ich ihn sprechen wollte. Allein. Wir trafen uns draußen hinter dem Restaurant. Das hatten wir schon öfter so gemacht. Dieses Mal ging allerdings alles schief. Ich sagte ihm, er solle vorsichtiger sein. Er meinte, er wolle mich unbedingt sofort ›haben‹. Ich glaube, er hatte ein bisschen zu viel getrunken. Sonst hätte er niemals so geredet. Benno hat mich an sich gezogen und wollte mich küssen. Nicht zärtlich, sondern eher … so grob. Ich habe ihn weggestoßen. Das ging mir dann doch zu weit, beinahe direkt unter den Augen meiner Arbeitgeberin und des halben Ortes … Jeden Moment hätte jemand vor die Tür treten können, der in Ruhe eine Zigarette rauchen wollte oder so.«

»Benno Hagendorf wurde zudringlich, und Sie haben ihn abgewiesen?«, hakte Pia nach.

»Ich wollte ihn ja. Aber nicht so. Ich habe ihm gesagt, er solle seiner Frau endlich reinen Wein einschenken. Dann könnten wir uns wiedersehen. Ich wollte … Ich wollte die Gunst der Stunde nutzen. Ich war eine Idiotin«, stellte sie schniefend fest.

»Und weiter?«, fragte Pia sanft.

»Nichts weiter. Er meinte, er könne nachher noch eine Stunde mit zu mir nach Hause kommen. Mehr Zeit habe er nicht, sonst würde Linda etwas merken. Doch ich wollte das so nicht mehr. Als ich ihm das sagte, ergab ein hässliches Wort das andere. Und schließlich ist er wutentbrannt abgedampft.«

»Hat jemand diese Unterhaltung mitbekommen?«, erkundigte sich Pia.

Sie hob vage die Schultern. »Nur den Beginn an der Bar. Es hätte dabei aber um alles Mögliche gehen können. Erst als wir dachten, wir wären allein, haben wir offen miteinander gestritten. Ich weiß nicht, ob uns da jemand zugehört hat. Ich habe jedenfalls draußen oder auf dem Gang dorthin niemanden gesehen. Aber wer weiß? Durch die Toilettenfenster, die meistens gekippt sind, waren wir bestimmt gut zu hören.«

»Jemand, der in der Zeit auf der Toilette war, könnte Sie beide also belauscht und alles mitbekommen haben?«

»Das wäre möglich. Warum ist das wichtig?«

»Wir suchen die- oder denjenigen, der Benno Hagendorf umgebracht hat.«

»Sie meinen … oh. O Gott! Nein, das hat nichts mit mir zu tun.«

»Warum sind Sie sich da so sicher? Wissen Sie ein anderes Motiv?«

Sie biss sich auf die Unterlippe wie ein kleines Kind. »Wenn ich Ihnen jetzt etwas sage, was Benno mir im Vertrauen erzählt hat, können Sie es dann auch vertraulich behandeln? Ich meine, zumindest die Tatsache, dass Sie es von mir haben?«

»Das kann ich nicht versprechen. Es kommt darauf an, ob

es für die Aufklärung des Falles wichtig ist oder nicht. Aber wenn es wichtig ist … Sicher würde Herr Hagendorf doch auch wollen, dass die Wahrheit ans Licht kommt.«

Stella Böttcher nickte zögerlich. »Selbst wenn es seiner Familie schadet …«, sagte sie mehr zu sich selbst.

»Also, was hat Benno Hagendorf Ihnen erzählt, was mit seinem Tod in Zusammenhang stehen könnte?«

»Er hatte kein gutes Verhältnis zu seinem Vater, Wolfgang Hagendorf. Der Mann ist berüchtigt, wie schon sein Vater vor ihm. Fragen Sie meine Großmutter. Ich weiß nicht, wieso, sie hat es mir nie erzählt, aber sie hat Bennos Großvater regelrecht gehasst … Alles Choleriker, die partout ihren Willen durchsetzen wollen, ohne Rücksicht auf andere, sagt sie. Doch Benno ist – war – anders.«

Wieder traten ihr Tränen in die Augen, die sie hastig wegwischte. »Feinsinnig, empathisch, eher ein Künstler … Sein Vater hat ihn als Kind oft geschlagen. Sogar mit dem Gürtel. Das muss man sich mal vorstellen! Als Benno älter wurde, hat Wolfgang sich das natürlich nicht mehr getraut. Aber sie hatten weiterhin heftige Auseinandersetzungen. Wolfgang ist dann regelrecht explodiert. Neulich, vor ein paar Wochen, da hat er Benno … brutal weggestoßen, als der seine Schwester Grit verteidigen wollte. Benno ist gegen einen Türrahmen geprallt und hatte ein paar hässliche blaue Flecken. Ich habe die mit eigenen Augen gesehen. Das war was Ernstes.«

Stella Böttcher blickte zur Seite. »So, nun wissen Sie es. Da könnten Sie mal nachfragen. Ich weiß natürlich nicht, ob es wirklich sein Vater war. Oder ein anderer Mann aus seiner glorreichen Familie, Hanjo oder Volker oder Robert … Ich denke nicht, dass ihn jemand ermorden wollte, aber eine Prügelei an den Klippen … Dass ihn jemand in einem Wutanfall das Steilufer hinuntergestoßen hat …« Sie sah Pia in die

Augen. »Das wäre doch vorstellbar bei solchen Leuten. Oder etwa nicht?«

»Ja, das ist vorstellbar«, antwortete Pia nachdenklich.

»Trotzdem muss ich Sie nach Ihrem Alibi fragen, Frau Böttcher. Wo waren Sie in der Nacht von Montag auf Dienstag zwischen acht Uhr abends und vier Uhr morgens?«

»Ich war bei meiner Großmutter. Von halb sieben abends bis kurz nach zehn. Eddie war auch hier. Dann bin ich nach Hause gefahren. Allein. Ich schätze, ich habe kein Alibi«, sagte sie trotzig.

»Haben Sie Benno seit Ihrem Streit noch mal getroffen? Hatten Sie sich wieder versöhnt?«

»Nein. Weder das eine noch das andere. Ich brauchte Zeit zum Nachdenken.«

Pia machte sich eine Notiz. Sie sah wieder von ihrem Block auf. »Es tut mir leid, dass ich Sie danach fragen muss, aber bitte schildern Sie mir den Verlauf des Überfalls noch einmal mit Ihren Worten.«

»Warum?«

»Ihr Angreifer und der Mann, der Benno Hagendorf getötet hat, sind vielleicht ein und derselbe.«

Broders stand einen Moment in der Eingangshalle, schaute sich um und lauschte. Sein Blick folgte dem eleganten Schwung der weiß lackierten Holztreppe, die hinauf zu einer Galerie und in den ersten Stock führte. Ebenso bewunderte er die abgetretenen, bronzefarbenen Steinfliesen auf dem Boden und die leicht ramponierten, wohl seit Generationen benutzten Möbelstücke. Das ist mal ein richtiges Haus, dachte er neidlos. Ein Familiensitz. Und es kostete sicher eine Menge Zeit und Geld, es in diesem Zustand zu halten.

Doch wo waren die übrigen Bewohner? Im Wohnhaus war es still. Aber draußen hörte er gedämpft einen Motor lärmen.

Broders fand Eduard Seiler hinter einem der Nebengebäude. Ein paar mächtige Baumstämme lagen vor dem großen Tor, und der Mann war dabei, sie mit einer Motorsäge zu zerteilen. Er trug Arbeitshandschuhe und schwere Arbeitsstiefel sowie Ohrenschützer. So bemerkte er Broders, der sich in etwa zwei Metern Entfernung neben ihn stellte, erst, als er mit dem Sägen pausierte.

»Ach, Sie sind es nur.« Seiler schob den Ohrenschutz in den Nacken und kratzte sich unter dem Kopftuch, das er sich in Piratenart um den Kopf geschlungen hatte.

»Was heißt hier ›nur‹?«

Eduard Seiler griente. »Nichts für ungut. Helmgard würde mir wegen der fehlenden Schnitthose die Hölle heißmachen. Und das Schlimme ist ... Sie hat ja recht.«

»Na, diese Säge wollen Sie jedenfalls nicht im Bein stecken haben«, sagte Broders mit Blick auf das gezahnte Sägeblatt.

»Stimmt schon. Ich ziehe mich gleich noch um. Ist doch mehr Arbeit, als ich dachte. Und ich wollte eh eine kleine Pause einlegen.« Er wischte sich mit dem Unterarm über die Stirn. »Kommen Sie mit?« Ohne eine Antwort abzuwarten, stiefelte er voraus in die Scheune. In einem Kabuff rechts neben der Tür stand ein alter Kühlschrank. Seiler riss ihn auf und hielt dann eine Flasche Bier in die Höhe. »Macht verdammt durstig, der Staub. Wollen Sie auch eins?«

»Nicht am helllichten Tag, danke«, wehrte Broders ab.

»Ist alkoholfrei.« Er drehte die Flasche so, dass Broders das Etikett sehen konnte. »Schauen Sie, hier. Solange ich mit Maschinen arbeite, rühr ich keinen Tropfen Alkohol an. Ansonsten ...«

Broders nahm das Bier entgegen. Er war durstig und hatte

heute noch viel zu wenig getrunken. »Ansonsten was?«, hakte er nach den ersten Schlucken nach, die seine Lebensgeister wieder weckten.

»Macht mir Helmgard die Hölle heiß.«

»Scheint recht temperamentvoll zu sein, Ihre Frau.«

»Wir sind nicht verheiratet. Aber wir leben seit vielen Jahren zusammen. Allmählich haben sich auch die spießigsten Nachbarn an mich gewöhnt.«

Broders grinste. »Und wie haben Sie das geschafft?«

Seiler zuckte mit den Schultern. »Ich mache mir nichts aus Gerede. Und wenn einer meiner Nachbarn meine Hilfe braucht oder sich Werkzeug ausleihen will, sage ich nicht Nein. Ich habe jede Art von Werkzeug!«

»Ja, das hilft«, erwiderte Broders, unentschlossen, ob dieses Gespräch zielführend sein würde.

»Eine Schande, was hier in letzter Zeit alles passiert ist«, bemerkte Seiler.

Es war also doch nützlich. »Meinen Sie den Überfall auf Ihre Enkelin … oder wie man sie nennen möchte.«

Er nickte mit zusammengepressten Kiefern. »Wenn ich denjenigen finde, der Stella das angetan hat … Aber das sollte ich einem Polizisten gegenüber vielleicht nicht sagen.«

»Tun Sie sich keinen Zwang an.«

Seiler lächelte kurz. »Ich weiß nur nicht, wer das war. Und ich glaube auch nicht, dass Benno Hagendorf etwas mit dem Überfall auf Stella zu tun hat. Es war so offensichtlich, dass die beiden ineinander verliebt waren. Stella hat es mir gestanden, als ich sie danach fragte, aber ich durfte ihrer Großmutter nichts davon erzählen. Helmgard hält nichts von den Hagendorfs. Ich habe Stella gewarnt, dass er verheiratet ist und sie die Finger von ihm lassen soll. Doch sie wollte nicht hören. Will das je jemand hören? Noch dazu von uns Alten?«

›Uns Alten‹? Bezog der Mann ihn etwa da mit ein? Oder meinte er sich und seine Lebensgefährtin? Broders entschied sich für Letzteres. »Was war eigentlich der Ursprung dieser Feindschaft?«

»Das muss schon sehr lange zurückliegen.« Er drehte die Flasche in seiner Hand.

»Ihre Lebensgefährtin hat Ihnen doch gewiss etwas darüber erzählt?«

Er schüttelte den Kopf. »Das müssen Sie die Betroffenen selbst fragen. Ich habe ja nicht viel dazugelernt in meinem Leben, trotz all der Fehler, die ich gemacht habe. Doch eines weiß ich: Ich mische mich nicht mehr in die Angelegenheiten anderer Leute ein. Das bringt nichts.«

»Das Bier hat jetzt gutgetan. Danke«, meinte Broders und fragte wie beiläufig: »Was denn für Fehler?«

Eduard Seiler lachte auf. »Guter Versuch. Aber ich habe mit der Vergangenheit abgeschlossen. Da ist ja Helmgard!«

Broders blickte in die Richtung, in die Seiler zeigte. Dort lag, hinter dem Wohnhaus, ein Bauerngarten. Helmgard Böttcher ging zielstrebig in Richtung eines Gewächshauses. Sie bewegte sich sicher, führte zwar einen Blindenstock mit sich, doch ansonsten merkte man kaum, dass sie nichts sehen konnte.

»Ist sie nicht ein großartiges Mädchen?«, sagte Seiler.

»Das ist sie sicher.«

»Sie hat die ganze Familie fest im Griff. Stella kann froh sein, dass sie ihre Großmutter hat. Stellas Vater ist ein wortkarger Zeitgenosse, und ihre Mutter ist gestorben, als sie dreizehn war.«

»Das tut mir leid.«

»Aber Helmgard hat sich immer gut um sie gekümmert. Sie liebt sie mehr als …«

»Mehr als wen?«

»Ihre eigenen Kinder: Simon und Astrid«, stieß er widerwillig hervor.

Astrid? Eine Frau namens Astrid Lindemann hatte den toten Benno Hagendorf gefunden. Der Vorname war nicht allzu häufig. Gut möglich, dass es dieselbe Frau war. Dann waren die zwei verfeindeten Familien enger miteinander verbunden, als man denken sollte. An Zufälle in einer Mordermittlung glaubte Broders schon lange nicht mehr.

Er reichte Seiler die leere Bierflasche. »Sie entschuldigen mich? Ich muss auch noch mal mit Ihrer Lebensgefährtin reden.«

Nachdem Stella Böttcher ihr den Überfall im Naturschutzgebiet noch einmal in allen Einzelheiten geschildert hatte, saß Pia einen Moment bewegungslos da. Es aus ihrem Mund zu hören war schlimmer, als sich von einem Kollegen berichten zu lassen, was in der Polizeiakte stand. Doch es war wichtig gewesen. Wenn sie denjenigen fanden, der Stella überfallen hatte, dann wussten sie wahrscheinlich auch, was zu Benno Hagendorfs Tod geführt hatte. Wie auch immer dieser Zusammenhang aussehen mochte.

Was nun kam, war schwierig. »Frau Böttcher, es besteht Grund zu der Annahme, dass Sie den Mann kennen, der Sie überfallen hat. Zumindest vom Sehen. Er hat wahrscheinlich gewusst, wann Sie ungefähr das Restaurant verlassen und welchen Weg Sie nehmen werden.«

»Ich soll den kennen? Das kann ich mir nicht vorstellen!«

»Haben Sie an dem Angreifer irgendwas bemerkt, was Ihnen bekannt vorkam? Die Stimme, ein Bewegungsmuster, den Geruch?«

»Nein, ich habe ihn nicht erkannt. Ich weiß nur sicher, dass es nicht Benno war.«

»Okay. Überlegen Sie bitte genau, was in den letzten Wochen alles passiert ist. Hat jemand versucht, mit Ihnen in Kontakt zu kommen? Hat es wegen irgendetwas Unstimmigkeiten gegeben? Fühlten Sie sich beobachtet?«

»Wenn ich im Restaurant arbeite, komme ich mit vielen Leuten in Kontakt. Und zu beobachten, welchen Nachhauseweg ich nach Feierabend für gewöhnlich gewählt habe, wenn Benno mich nicht gefahren hat, wäre wohl auch keine Kunst gewesen. Aber ich weiß da niemand Bestimmtes.«

»Sind Sie ansonsten mit jemandem ausgegangen? Gab es Flirts?«

»Ich war nur eine kurze Zeit mal mit Arne zusammen. Dr. Arne Freiwald ist unser neuer Hausarzt in Kaltenbrode. Ich war bei ihm in der Praxis, weil ich ein neues Rezept für mein Migränemittel brauchte, und er bestand darauf, mich vorher in seiner Sprechstunde zu sehen.«

»Was passierte dann?«

»Er war mir sympathisch und ich ihm offensichtlich auch. Arne war sehr nett, groß und gut aussehend. Es war schön, sich mit ihm zu unterhalten. Und da Benno so selten Zeit für mich hatte, fand ich, dass es in Ordnung ist, wenn ich ab und zu mit Arne ausgehe.«

»Wie oft sind Sie miteinander ausgegangen?«

Sie zog die Augenbrauen zusammen. »Einige Male. Es lief über Wochen, und es wurde auch mehr daraus.«

»Wie ging es Ihnen dabei?«

»Nicht so toll. Ich redete mir ein, dass ich ein bisschen Ablenkung verdient hätte. Schließlich schuldete ich Benno nichts. Er war verheiratet. Aber es fühlte sich nicht richtig an. Vielleicht wollte ich Benno nur eifersüchtig machen.«

Pia zögerte kurz, entschied sich dann für eine direkte Frage. »Haben Sie und Arne Freiwald miteinander geschlafen?«

»Ja, aber nur zwei Mal.«

»Und was passierte dann?«

»Er wollte mehr. Eine richtige Beziehung mit mir. Doch das kam für mich nicht infrage. Wegen Benno … Also habe ich die Sache beendet.«

»Ist es möglich, dass Arne Freiwald der Angreifer war? Ein zurückgewiesener Liebhaber?«

Sie schüttelte nachdrücklich den Kopf. »Nein. Arne doch nicht!«

»Warum nicht?«

»Er ist ein Guter, wenn Sie verstehen, was ich meine. Und ich glaube nicht, dass er Schwierigkeiten hat, Frauen in sein Bett zu bekommen. Arne ist vom Charakter her aber eher höflich und zurückhaltend.«

»Auch ein zurückhaltender Mensch kann mal ausrasten«, wandte Pia ein.

»Ich glaube einfach nicht, dass er es war. Das hätte ich doch gemerkt.«

»Und wann haben Sie die Sache mit ihm beendet?«

»Vor ungefähr drei Wochen.«

»Wie hat er es aufgenommen?«

»Nicht so gut. Er war enttäuscht und beleidigt. Arne meinte, er habe für mich mit seiner Freundin Schluss gemacht. Aber bitte: Das war doch sein Problem! Und so richtig geliebt haben kann er sie ja nicht, wenn er meinetwegen die Beziehung beendet hat, oder? Wir kannten uns doch kaum. Und ich habe nie einen Hehl daraus gemacht, dass ich einen anderen liebe.«

»Dr. Arne Freiwald ist also sein Name? Mit einer Praxis in Kaltenbrode?«

»O Gott! Bekommt er jetzt meinetwegen auch noch Ärger? Das wollte ich nicht!«

»Frau Böttcher. So eine Ermittlung ist für alle Beteiligten unangenehm. Wenn er Ihnen oder Herrn Hagendorf nichts angetan hat, hat er nichts von der Polizei zu befürchten.«

»Das sagen *Sie!*«

»Ja, das sage *ich*. Wir werden uns lediglich mit Herrn Freiwald unterhalten.« So wie mit sehr vielen anderen Leuten in der Gegend, dachte Pia. Der Fall war interessant, aber einfach würde es nicht werden, ihn zu lösen. Dieser ganze Ort war ein emotionales Minenfeld.

Broders hatte sich von Eduard Seiler zu Helmgard Böttcher begleiten lassen. Er hatte eine gewisse Scheu, ihr unangekündigt in ihrem Garten gegenüberzutreten, weil er sie nicht erschrecken wollte. Doch seine Besorgnis schien unnötig zu sein.

»Kommissar Broders?«, fragte sie, als er sich ihr näherte. »Womit kann ich Ihnen noch helfen?«

»Woher wissen Sie, dass ich es bin?«

»Ihre Art zu gehen. Der Geruch nach Tabakblättern und Moos mit einer leichten Basisnote von Weihrauch. Und Ihr Gürtel knarzt«, antwortete sie.

»Weihrauch? Oh, okay.« Er würde seinen neuen Herrenduft noch mal einer kritischen olfaktorischen Betrachtung unterziehen.

»Ich geh dann mal«, sagte Seiler. »Ihr kommt hier wohl klar.«

»Danke, Eddie.« Sie lächelte versonnen.

»Der Garten ist wundervoll«, bemerkte Broders.

»Ja«, antwortete sie schlicht. »Ich verbringe furchtbar viel

Zeit hier draußen und wühle in der Erde herum. Ich fürchte, meine Hände sehen aus wie die vom Ötzi.«

»Nein, tun sie nicht«, erwiderte Broders schnell. »Aber wie orientieren Sie sich in Ihrem Garten? Es sind so viele Wege.«

»Hören Sie doch mal genau hin.«

Er legte den Kopf schief. »Da klappert etwas.« Er sah sich suchend um. »Das steht ja eine kleine Windmühle.«

»Genau. Das ist die Rosenbeet-Mühle. Ist das alles, was Sie hören können?«

»Es sind mehrere Mühlen?«

»Genau genommen sind es elf Stück. Und sie klingen alle unterschiedlich. Jedenfalls für meine Ohren.«

»Eine geniale Idee, Frau Böttcher.«

»Sie sollten mich nicht unterschätzen.«

»Das würde ich niemals wagen.« Broders sagte es leichthin, beinahe flirtend, doch insgeheim nahm er sich vor, es auch für die Ermittlungen zu berücksichtigen.

12. Kapitel

Im Obduktionssaal roch es wie immer, es sah so trostlos aus wie immer und weckte die Angst vor Siechtum und Tod. Alles wie immer. Einzig Enno Kinneberg, Pias »Lieblings-Rechtsmediziner«, wie sie ihn ein wenig spöttisch titulierte, stellte einen Lichtblick für sie dar. Wie er so dastand und mit der Handsäge aus Edelstahl für eine Hirnentnahme hantierte, kam ihr ein Heiligengemälde aus dem Barock in den Sinn. Es war so grotesk, dass sie leise kicherte. Broders warf ihr hinter Atemschutzmaske und Schutzbrille einen entsetzten Blick zu.

»Was erweckt Ihre Heiterkeit, Frau Korittki? Möchten Sie mir beim Öffnen des Schädels assistieren?«, fragte Kinneberg.

Broders neben ihr gab eine Art röchelndes Geräusch von sich.

»Oder Sie, Herr Broders? Das trifft sich gut. Zwei der Obduktionsgehilfen sind gerade krank. Es ist ganz schön anstrengend. Wissen Sie eigentlich, warum man keine oszillierenden Sägen verwendet? Nein? Wegen des entstehenden Schwebstaubs …«

»Oh, danke. Das leuchtet ein. Wir schauen lieber zu«, antwortete Pia. »Ich hatte eben nur eine sehr unpassende Assoziation.«

Er setzte die Säge an und vollbrachte sein Werk, die Schädeldecke zu öffnen. »Wollen Sie die nicht mit uns teilen?«, fragte Kinneberg, als er fertig war, und sah sie mit funkelnden Augen an. »Ich kann hier ein wenig Leichtigkeit durchaus gebrauchen.«

»Ja, Leichtigkeit«, stöhnte Broders. »Bitte machen Sie es uns leicht und sagen Sie einfach, was Sie zu sagen haben.«

»Spielverderber« stand in Kinnebergs Blick zu lesen. Doch er berichtete anschließend in gewohnt sachlichem Tonfall, was die Untersuchung des Toten bereits ergeben hatte.

Benno Hagendorf war, bevor er zu Tode gekommen war, in einem guten Allgemeinzustand gewesen. Er war eins sechsundneunzig groß und achtzig Kilo schwer. Damit hatte er nahezu Idealgewicht gehabt, war aber nicht besonders muskulös gewesen. Die Organe sahen gesund aus. Mit seiner Leber hätte er vielleicht noch Probleme bekommen, wenn er einige Jahrzehnte länger gelebt hätte. Und er hatte sich erbrochen, bevor er aufgrund der Schädelverletzung – ein Schädel-Hirn-Trauma – gestorben war. Was die Ursache gewesen war und ob das Opfer vielleicht bereits bewusstlos gewesen war, als man es ermordet hatte, würde hoffentlich die toxikologische Untersuchung klären.

Kinneberg vermutete, dass Drogen oder ein Gift mit dem Erbrechen in Zusammenhang stehen könnten. Eine Magen-Darm-Grippe oder einen zu hohen Alkoholkonsum hielt der Rechtsmediziner eher für unwahrscheinlich.

Die tödliche Verletzung war jedoch nicht durch den Sturz von der Klippe und den Aufprall auf einen Stein oder Ähnliches verursacht worden, dessen war Kinneberg sich nahezu sicher. Es war ein Schlag, vermutlich mit einem Stein, gewesen. Durch den Schlag mit einem stumpfen Gegenstand war es zu Risswunden mit Wundrandzerfetzungen und einem Schädelbruch mit Hämatombildung gekommen. Die Verletzung lag im Bereich eines imaginären Hutsitzes, sodass laut der Hutkrempenregel eine Sturzverletzung äußerst unwahrscheinlich, aber nicht gänzlich ausgeschlossen war.

»Ist Ihren Leuten etwas untergekommen, worauf er bei

seinem Sturz aufgeschlagen sein könnte?«, erkundigte sich der Rechtsmediziner.

»Nein.«

»Dann kann es kaum ein Unfall gewesen sein. Habt ihr etwas gefunden, was als Tatwaffe gedient haben könnte? Vielleicht auch in einiger Entfernung?«

»Nein, leider nicht«, antwortete Pia. »Als Täter würde man den Stein vermutlich verschwinden lassen. Ins Meer werfen zum Beispiel, aber nicht direkt dort, wo man die Leiche zurücklässt ...«

»Das würde jedoch bedeuten, dass man ihn noch ein Stück mit sich herumträgt. Das ist auch ein Risiko«, wandte Kinneberg ein.

»Unser Täter war vermutlich mit einem Auto an der Klippe. Da war das Risiko des Transports nicht so groß.«

»Vielleicht hat er den Stein auch gereinigt und hübsch passend in seine Beetumrandung gelegt«, ergänzte Broders.

Pia und Kinneberg sahen ihn überrascht an. Normalerweise unterließ Broders bei Obduktionen jegliche Kommentare, um das Ereignis nicht unnötig in die Länge zu ziehen. »Ich hatte heute schon das Vergnügen, ein Prachtstück von einem Bauerngarten besichtigen zu dürfen«, ergänzte er.

Auf dem Weg nach Lübeck ins Institut für Rechtsmedizin hatte Broders Pia von seinen Gesprächen mit Eduard Seiler und Helmgard Böttcher erzählt. Pia hatte ihm im Gegenzug berichtet, was sie von Stella Böttcher erfahren hatte.

Als sie nun nach der Obduktion zurück ins Kommissariat fuhren, dachte Pia noch einmal über das Gehörte nach. »Wenn wir nur wüssten, wie Benno Hagendorfs letzte Stunden verlaufen sind!«, sagte sie. »Laut seiner Frau hat er ihr am Montagnachmittag erzählt, er sei nach der Arbeit in Eutin noch mit einem Freund verabredet. Sobald unsere Leute sein Handy und seinen Computer ausgelesen haben, wissen wir vielleicht, mit wem er wirklich verabredet war.«

»Läuft das alles schon?«

»Ich habe Louis damit betraut, das zu organisieren. Vielleicht haben sie auch einen Terminkalender auf Papier gefunden, handschriftliche Notizen, irgendwas. Wir treffen Louis gleich noch im Büro. Dann wissen wir mehr.«

»Wir könnten veranlassen, dass die Restaurants und Kneipen in Eutin mit einem Bild von Hagendorf abgeklappert werden«, schlug Broders vor.

»Ja, das Foto haben wir bereits. Und das ist in Kaltenbrode und Umgebung größtenteils auch schon geschehen. Eutin fehlt uns noch.«

Broders sah nachdenklich aus dem Fenster. »Was denkst *du*, wo das Opfer vor seinem Tod war?«

»Bei einer weiteren Freundin? Das vermutet zumindest seine Frau ... Linda Hagendorf hat ausgesagt, dass ihr Mann am Montagmorgen mit dem Auto zur Arbeit gefahren ist. So wie eigentlich immer. Sie sind selten zusammen gefahren, weil sie zu unterschiedlichen Zeiten gearbeitet haben und er auch öfter seine Baustellen aufsuchen musste. Sein Wagen stand tagsüber wohl auf dem Firmenparkplatz des Architekturbüros. Das nächste Mal, dass sie das Auto ihres Mannes gesehen hat, war am gestrigen Dienstagmorgen, ein paar Stunden, bevor wir zu ihr gekommen sind. Möglicherweise ist unser Opfer am Montag spätabends oder nachts mit seinem Wagen nach Hause gefahren, hat ihn in seiner Garage abgestellt – deren Tor übrigens offen stand – und ist dann zu Fuß irgendwohin gegangen. Vielleicht zu einer Freundin?«

»Auf die Weise sah es für die Nachbarn so aus, als wäre er brav zu Hause«, bemerkte Broders.

»Aber er war ja angeblich nicht bei Stella. Sie hatten sich zehn Tage zuvor gestritten und ihrer Aussage nach noch nicht wieder versöhnt.«

»Vielleicht wollte er an dem Abend oder in der Nacht versuchen, sich mit ihr zu vertragen?«, schlug Broders vor.

»Von halb sieben bis kurz nach zehn war Stella Böttcher am Montagabend laut ihrer Aussage bei ihrer Großmutter. Aber danach könnte sie sich mit Benno Hagendorf getroffen haben.« Pia runzelte die Stirn. »Und sie wurde so wütend, dass sie ihn ermordet hat?«

»Oder aber er ist von ihr weggegangen und dann seinem Mörder über den Weg gelaufen. Vielleicht hat Stella Böttcher jemanden auf ihn angesetzt.«

»Sie hat ihren ehemaligen Liebhaber kaltblütig ermorden lassen, meinst du?«

Broders zuckte mit den Schultern. »Wenn nicht so, dann muss Benno Hagendorf seinem Mörder anderswo über den Weg gelaufen sein. Vielleicht war es ein zufälliges Zusammentreffen. Die wenigsten Tötungsdelikte werden akribisch geplant …«

»Aber es sieht nicht nach einer spontanen Kurzschlusshandlung aus. Kinneberg sagte doch, unserem Opfer wurde möglicherweise etwas verabreicht, sodass es sich erbrochen hat und womöglich bewusstlos geworden ist.«

»So hätte man Hagendorf auch leichter zur Klippe transportieren können«, setzte Broders hinzu.

»Vielleicht hat er die Firma am Montagnachmittag oder -abend gar nicht mehr aus eigener Kraft verlassen. Linda Hagendorf und ihr Vater haben ebenfalls ein Motiv.«

»Der Vater hat ein Alibi, oder?«, fragte Broders.

»So sieht es momentan aus«, räumte Pia ein.

»Und für eine Frau wäre es dennoch ein Kraftakt gewesen. Benno Hagendorf war knapp zwei Meter groß und wog achtzig Kilogramm.«

»Du hast ja gut aufgepasst«, neckte Pia ihn.

»Ich hänge stets an Kinnebergs Lippen, wenn er seine Weisheiten verkündet, das weißt du doch.«

Pia grinste. »Komisch. Und ich habe immer den Eindruck, du singst im Geiste laut alte Beatles-Songs, um dich abzulenken.«

Pamela Hagendorf stand vor dem Backofen und zog mit zwei Topflappen in Form von Handschuhen eine große Auflaufform heraus. Sie stellte sie auf die Arbeitsplatte und wedelte den heißen Dampf weg. Als Hanjo hereinkam, drehte sie sich zu ihm um. »Gut, dass du da bist.«

»Womit habe ich diese überschwängliche Begrüßung verdient? Irgendwelche neuen Dramen?«

»Wenn du damit auf Bennos Tod anspielst: Das ist geschmacklos. Aber ja. Deine Nichte Grit erwartet dich.«

»Grit?«, fragte er perplex.

»Du hast eine Nichte namens Grit. Die Tochter deines älteren Bruders Wolfgang. Erinnerst du dich?«

»Nun mach nicht so eine Show daraus, Pam. Was ist denn mit Grit?«

»Sie sieht ziemlich verheult aus, aber mir wollte sie nichts sagen.«

»Vielleicht war die Polizei bei ihr. Verflixt, die werden hier mit ihren Fragen noch jede Menge Staub aufwirbeln.«

»Hast du ein Problem mit der Polizei?«, gab Pamela zurück.

»Ich reiß mich nicht um die.«

»Aber du möchtest doch sicher auch wissen, was mit deinem Neffen Benno passiert ist.«

»Ja, natürlich.«

»Im Ort sagen sie, dass er wohl umgebracht wurde.«

»Da haben wir es. Wenn Grit sich anhören musste, dass ihr heißgeliebter älterer Bruder womöglich ermordet wurde …«

»Geh doch bitte zu ihr, Hanjo. Sie sitzt in deinem Arbeitszimmer.«

»Und was ist mit dem Essen?« Er trat näher und betrachtete die Käsekruste. »Was ist das überhaupt?«

»Kartoffel-Zucchini-Auflauf mit Hackfleisch.«

»Riecht ja lecker. Aber die Zucchini hättest du weglassen können.«

»Freu dich, dass ich mich überhaupt hingestellt habe, um etwas zu kochen. Gehst du nun zu deiner Nichte?«

»Ja, mache ich. Eine Sache noch, Pam.«

Sie blickte ihn kühl lächelnd an. »Was denn, Schatz?«

»An dem Abend, als es passiert ist, wie war das da noch?«

»Am Montagabend, meinst du? Also, ich war nachmittags mit den Zwillingen beim Zahnarzt und gegen siebzehn Uhr dreißig wieder zu Hause. Ich erinnere mich, dass du um halb sieben gekommen bist. Ausnahmsweise mal rechtzeitig, um mit deinen Kindern zu Abend zu essen. Ich bin um kurz nach acht zum Pilates gefahren. Danach war ich noch mit zwei Freundinnen aus dem Kurs was trinken. Du …«

»Ich war hier«, sagte er bestimmt.

»Hast du ein so schlechtes Gedächtnis, Hanjo?«

»Das ist der Stress.«

»Und die Babysitterin?«

»Ich rede mit ihr.«

Grit sah bemitleidenswert aus. Seine sonst so hübsche Nichte blickte ihm aus einem rot verquollenen Gesicht und mit strähnigen Haaren entgegen. Auf seinem Schreibtisch lagen Knäuel von Papiertaschentüchern verstreut, wie Golfbälle auf der Driving Range.

»Ach du meine Güte, Grit«, sagte Hanjo verunsichert und legte ihr die Hand auf die Schulter.

»Entschuldige bitte, dass ich dich so überfalle.« Sie schluchzte.

Er fühlte, dass sie am ganzen Leib zitterte. »Wie kann ich dir helfen, Grit?« Er zog sich einen Stuhl heran und setzte sich neben sie.

»Ach, Onkel Hanjo!« Sie schluchzte wieder. »Ich kann das mit Benno nicht glauben. Und ich vermisse ihn so sehr!«

Grit und ihre beiden Schwestern nannten ihn stets »Onkel«, obwohl er ihnen schon unzählige Male gesagt hatte, sie sollten einfach nur Hanjo zu ihm sagen. Doch ihre Eltern, stockkonservativ, wie sie eben waren, bestanden auf der förmlichen Anrede innerhalb der Familie. »Ja, das verstehe ich gut. Wir vermissen ihn auch sehr. Aber du als seine kleine Schwester …«

»Seine Lieblingsschwester, das hat er immer gesagt!«

»Sicher bist du das.« Das Wort »gewesen« schluckte er herunter.

»Glaubst du auch, dass jemand … dass jemand ihm das absichtlich angetan hat?«, fragte sie mit gedämpfter Stimme.

»Ich weiß es nicht. Doch dass er sich selbst umgebracht hat, ist auch schwer vorstellbar, oder? Und ein Unfall?« Er wiegte den Kopf.

»Ich kann es echt nicht begreifen. Wenn ich doch nur …«

Hanjo stutzte. »Wenn ich doch nur … was?«, hakte er nach, als sie nicht weitersprach.

»Wenn ich ihn doch nur getroffen hätte! Benno und ich waren an dem Abend, bevor man ihn tot gefunden hat, miteinander verabredet. Er wollte mir bei etwas helfen. Aber ich habe ihm kurzfristig abgesagt. Und meine Eltern dürfen von der Verabredung auf gar keinen Fall erfahren!«

»Du darfst in dieser Angelegenheit nichts verheimlichen, Grit. Und warum sollten Meike und Wolfgang es denn nicht wissen?«

»Ich … Versprich mir, dass du es für dich behältst, Onkel Hanjo.«

»Ich weiß nicht, ob das möglich ist.« Er war gespannt, was sie zu sagen hatte. Wenn es sie so aufregte, war es keine Belanglosigkeit. Grit war eine vernünftige und intelligente junge Frau. Doch die familiären Angelegenheiten zwischen Wolfgang und Meike und ihren Kindern waren von jeher ein Pulverfass. Gegen die Wutanfälle seines Bruders Wolfgang kam Hanjo alles, was die Polizei an Repressalien auffahren könnte, wie ein Kindergartenausflug vor.

»Wenn das so ist …«, sie senkte den Kopf, »dann sage ich nichts.«

»Grit, sei nicht unvernünftig. Du willst doch auch, dass die schlimme Sache aufgeklärt wird.«

»Das hat damit nichts zu tun. Es geht um etwas anderes.«

»Aber das kannst du doch gar nicht wissen.«

»Doch.«

»Was gedenkst du denn auszusagen, wenn die Kriminalpolizei dich fragt.«

»Das weiß ich noch nicht. Am besten nur, dass ich den ganzen Abend zu Hause war. Was ja auch stimmt.«

»Aber ursprünglich warst du mit Benno verabredet? Das müssen die doch wissen.«

Sie schüttelte den Kopf. »Ich riskiere nicht, dass mein Vater davon erfährt. Dann habe ich die Hölle auf Erden, und es wird nie etwas daraus!«

»Woraus wird nie etwas?«

Sie verzog das Gesicht zu einer verzweifelten Grimasse. »Guter Versuch. Ich habe gedacht, dass ich dir vertrauen kann, Onkel Hanjo.« Sie erhob sich langsam. »Dass du auf meiner Seite bist.«

»Ich verspreche dir, dass ich deinen Eltern nichts erzähle. Aber du wirst bei einer polizeilichen Untersuchung die Wahrheit sagen. Versprochen?«

Grit ließ sich wieder auf den Stuhl sinken. »Es ist alles so verworren! Habe ich eine Wahl?«

»Nein, die hast du nicht.«

Sie blickte ihm trotzig in die Augen. »Also gut. Ich werde zu Hause ausziehen.«

Hanjo blies langsam die Luft aus. Dass eine Vierundzwanzigjährige bei ihren Eltern auszog, war an sich nichts Ungewöhnliches. Grits ältere Schwestern Paula und Insa wohnten schon längst nicht mehr zu Hause. Doch Grit war das Nesthäkchen, und Wolfgang und Meike wachten mit Argusaugen über sie. Und die beiden anderen Schwestern, erinnerte er sich, hatten das Elternhaus erst verlassen, als sie bereits verlobt, wenn nicht gar verheiratet gewesen waren. Doch bei Grit war seines Wissens kein Verlobter und kein Heiratskandidat in Sicht.

»Und was hat das mit deinem Bruder zu tun?«, wollte er wissen. Noch konnte er sich keinen Reim darauf machen, weshalb Grit sich so aufregte.

»Er wollte mir helfen, eine eigene Wohnung zu finden«, antwortete sie mit tränenerstickter Stimme. »Allein schaffe ich das nämlich nicht. Nicht als Studentin. Ich verdiene zu wenig mit meinen Jobs. Und meine Eltern …«

Wolfgang und Meike würden Grit gewiss nicht helfen, wusste auch Hanjo. Sie sollte brav unter ihrem Dach wohnen bleiben, bis ihr Vater sie vor dem Traualtar in die Hände des nächsten Mannes übergeben konnte, der über sie wachen würde. Grit durfte zwar von einer Karriere als Sängerin träumen, doch bitte alles unter Aufsicht ihrer Eltern.

»Früher oder später müssen sie dich gehen lassen.« Er versuchte es mit einem ironischen Lächeln.

»Ich kann aber nicht länger warten!«, stieß sie hervor. »Sonst *ersticke* ich.«

»Was war das für eine Verabredung mit Benno?«

»Er wollte gegen Viertel nach sieben auf dem Parkplatz am Ende der Straße auf mich warten. Ich sollte ihn mit Mamas Wagen dort einsammeln, damit er mich nach Lübeck begleitet. Benno hatte sich bereit erklärt, bei dem Vermieter für mich zu bürgen, damit ich eine Wohnung bekomme. Meinen Eltern wollte ich sagen, ich würde zur Chorprobe fahren. Doch dann hat Christiane die Probe telefonisch ausgerechnet bei Mama abgesagt! Ich hatte keine Ausrede mehr. Und mein Vater war sowieso schon sauer auf mich … Also musste ich Benno anrufen und ihm Bescheid geben, dass es nicht klappt mit der Wohnungsbesichtigung in Lübeck.«

»Das muss die Polizei auf jeden Fall erfahren.«

»Aber dann hören um drei Ecken herum vielleicht auch meine Eltern davon? Ich hatte Benno gebeten, es nicht einmal Linda zu erzählen, denn solche Sachen sprechen sich immer herum.«

»Früher oder später wirst du sowieso ausziehen. Da können sie sich doch schon einmal an den Gedanken gewöhnen.«

»An mein Leben in ›Schande und Sünde‹, das sie sich dann sofort vorstellen?«

»So schlimm willst du es mit dem Studenten-Leben doch nicht treiben, oder?« Er zwinkerte ihr zu.

Sie lachte unglücklich auf.

»Was sollen deine Eltern denn im schlimmsten Fall tun? Dich rausschmeißen?«, fragte er.

Grit blickte ihm direkt in die Augen. »Du weißt, wie er ist.«

Ja. Hanjo wusste es.

13. Kapitel

»Wie war es mit Felix beim Schwimmkurs?«, erkundigte sich Pia.

Marten zog sie auf dem Sofa leicht an sich. »Anfangs hatte er so seine Bedenken und wollte lieber gleich wieder gehen. Doch dann hat er sich ein Herz gefasst.«

»Einfach so?«

»Ich habe ihn mit einem Spaghettieis bestochen.«

Sie lächelte. »Und wie lief die Schwimmstunde?«

»Felix hat toll mitgemacht, obwohl die Schwimmlehrerin wohl nicht seine erste Wahl sein dürfte.«

»Warum nicht?«

»Auf einem Kasernenhof wäre sie gut aufgehoben. Und das Wort ›Spaß‹ beim Sport scheint für sie ein Fremdwort zu sein. Sie geht nicht gerade herzlich oder ermutigend mit den Kindern um.« Marten berichtete, was die Schwimmtrainerin in Felix' Gegenwart gesagt hatte.

»Will er trotzdem dabeibleiben?«, erkundigte sich Pia.

»Bisher schon. Wir hatten am Schluss allerdings noch eine etwas demotivierende Begegnung.« Marten schilderte das Zusammentreffen mit der Frau und ihren Zwillingen sehr plastisch.

»Oje.« Pia seufzte. »Die Mädchen sind in seinem Alter?«

»Ja, aber sie sind wohl beide mit Schwimmhäuten zwischen den Fingern auf die Welt gekommen. Und mit Haaren auf den Zähnen. Jedenfalls die eine. Livia hieß sie.«

»Hat Felix hinterher etwas dazu gesagt?«

»Nur, dass er Livia doof fand. Bei der anderen, Melia, war er sich noch nicht so sicher.«

»Na, das klingt nicht gerade nach dem Beginn einer wunderbaren Freundschaft«, meinte Pia.

»Mach dir nicht solche Sorgen. Ich pass schon auf ihn auf.«

»Das weiß ich, Marten. Mir ist wichtig, dass Felix unter keinen Umständen mit dieser Mordermittlung in Berührung kommt. Die räumliche Nähe zu Kaltenbrode gefällt mir nicht.«

»He, wir sind hier mindestens zwei Dörfer weit entfernt«, sagte er mit einem schwachen Grinsen. »Aber im Ernst: Ich achte darauf.«

»Die Sache könnte weite Kreise ziehen. Wenn das Opfer wirklich betäubt wurde, bevor der Täter zugeschlagen hat, dann handelt es sich nicht um eine Tötung im Affekt. Es war dann ein geplanter Mord. Und außerdem ist vor nicht allzu langer Zeit eine Frau in Kaltenbrode überfallen worden. Versuchte Vergewaltigung, wie es aussieht.«

»Das ist hässlich. Möchtest du, dass wir alle zurück nach Lübeck gehen?«

Pia krauste die Stirn. Sie saßen eng aneinandergekuschelt auf dem weichen Sofa vor dem Kamin, während draußen der Herbstwind um das Haus heulte. Es war gerade so richtig gemütlich, und Pia fühlte sich so wohl und entspannt wie schon lange nicht mehr. »Vorerst nicht«, antwortete sie widerstrebend. »Solange Felix nicht mit dem Fall in Berührung kommt, bleiben wir hier.«

Am Donnerstagmorgen stellten Broders und Pia ihren Wagen unweit des großen Schiffskrans an der Mole von Kaltenbrode ab. Es gab keine Möglichkeit, näher an den Steg heranzufahren, an dem Dr. Freiwalds Hausboot lag.

»Es kommt mir irgendwie unpassend vor«, sagte Broders. »Ein Hausarzt, der auf einem Hausboot wohnt. Ist das nicht eher was für unabhängige Typen wie Privatdetektive oder Schriftsteller oder so?«

»Vielleicht ist er nicht so ein klassischer Dorfarzt, wie du ihn dir vorstellst. Möglicherweise hat er Haare bis zu den Hüften und ist gepierct?«

Broders grinste. »Hübsche Vorstellung. Ich hoffe, dieser Dr. Freiwald ist für eine Überraschung gut.«

»Und ich hoffe, dieser Dr. Freiwald bringt etwas Licht in unsere Ermittlungen.«

Vor dem Steg blieb Broders abrupt stehen. »Geh du mal vor«, bat er Pia.

Sie lief über den Holzsteg auf das Hausboot zu. Es sah modern und komfortabel aus und bot bestimmt einen schönen Blick auf die von der Mole und einer Landzunge begrenzte Bucht. Sie wandte sich zu ihrem Kollegen um: »Kommst du?«

Er folgte ihr mit tänzelnden Schritten und einem konzentrierten Gesichtsausdruck. »Ich wollte nur sehen, wie doll es wackelt.«

»Gar nicht. Broders, wie hast du damals eigentlich deine Sportprüfung bestanden?«

»Mit Bravour, Engelchen. Aber komm du erst mal in mein Alter.«

Pia klopfte an die Tür.

Ein großer, schlanker Mann mit silbergerandeter Brille und lockigem Haar öffnete ihnen beinahe sofort. Er hatte, anscheinend entweder zufällig oder weil er sie hatte kommen sehen, in der Nähe der Eingangstür gestanden. Konnte er von innen mehr als den Steg überblicken, der zu seinem Hausboot führte? Vielleicht auch ein Stück des Wanderwegs, den Stella Böttcher am Abend des Überfalls entlanggegangen war? Doch dazu war es wahrscheinlich zu dunkel gewesen. Und ihr Angreifer hatte ja bereits hinter einem Baum auf sie gelauert. Da war es unerheblich, ob Freiwald sie von seinem Boot aus hätte sehen können.

»Sie sind früh dran«, bemerkte er nach der Begrüßung.

»Sie sagten meinem Kollegen am Telefon, Sie wollten um neun Uhr in Ihrer Praxis sein.«

»Ich möchte meine Patienten nicht warten lassen, ja. Kommen Sie doch herein. Es ist nicht so viel Platz für Besucher, aber für einen allein ist es mehr als ausreichend.« Er führte sie in einen hellen, im skandinavischen Stil eingerichteten Wohnraum mit einer kleinen Küchenzeile, einem Esstisch und einer Sofaecke. »Wollen Sie sich setzen?«

Sie nahmen am Tisch Platz.

»Wie ich sehe, gibt es auch eine Dachterrasse«, sagte Pia im Plauderton.

»Ja, doch bei diesem Wetter ist sie nicht mehr gut nutzbar. Im Sommer habe ich ab und zu dort oben gesessen. Aber meistens weht hier ein frischer Wind.«

»Hat man vom Hausboot aus einen guten Blick?«

»Na klar.«

»Kann man von diesem Boot auch etwas vom Naturschutzgebiet sehen? Ein Stück des Weges zum Beispiel?«, erkundigte sich Pia.

»Ach, darum fragen Sie!« Freiwald klang, als hätte sie ihn arglistig getäuscht.

»Ich frage mich, ob Sie vielleicht etwas beobachtet haben, was mit dem Überfall auf die Frau neulich zusammenhängt.«

»Sie sprechen von Stella Böttcher. Natürlich. Aber wenn ich was gesehen hätte, hätte ich das der Polizei längst berichtet.«

»Sie haben an besagtem Samstagabend oder in der Samstagnacht also niemanden gesehen? Oder vielleicht etwas gehört?«

Er blickte Pia in die Augen. »Nein, das habe ich nicht. Ich war hier im Wohnraum und habe ferngesehen. Es lief eine Quizsendung und danach eine Reportage über Japan.«

»Das wissen Sie noch?«

»Bei dem Quiz hat ein alter Studienfreund von mir mitgemacht. Deswegen habe ich eingeschaltet. Normalerweise sehe nur selten fern.«

Arne Freiwald wartete also gleich mit einem Alibi auf. Was verständlich war, wenn in nur circa fünfzig Metern Luftlinie von seinem Boot ein Verbrechen verübt worden war.

»Wohnen zurzeit noch mehr Leute auf den Hausbooten an diesem Steg?«

»Ab und zu sind noch Boote an Urlauber vermietet. Aber die Saison ist so gut wie vorüber. Ich bin der einzige Dauermieter … doch nur noch, bis ich etwas Passendes in der Gegend gefunden habe. Ein kleines Haus oder eine schöne Wohnung«, setzte er hinzu. »Billig ist das hier auf Dauer nicht.«

»Das glaube ich Ihnen gern«, erwiderte Broders. »Wie gut kannten Sie Stella Böttcher?«

»Ich dachte, Sie sind wegen Benno Hagendorf hier?«

»Es könnte sein, dass beide Verbrechen miteinander in Zusammenhang stehen.«

»Ach so. Ich verstehe. Haben Sie darüber auch schon mit Stella Böttcher gesprochen?«

»Wieso ist das wichtig?«, erwiderte Pia.

»Sie war immer so für Diskretion.«

»Diskretion in Bezug auf was?«

»Wir waren zusammen«, antwortete Freiwald. »Ein paar Wochen nur. Es ist leider schon wieder aus.«

»Von wann bis wann waren Sie ein Paar?«, hakte Broders nach.

»Ein ›Paar‹ ist vielleicht übertrieben … Von Juli bis vor etwa drei Wochen.«

»Dann war erst kurz vor dem Überfall auf Stella Böttcher Schluss zwischen Ihnen beiden?«

Er überlegte. »Es waren ungefähr zwei Wochen vergangen.«

»Wer wusste davon?«, wollte Pia wissen.

»Im Wesentlichen nur Stella und ich. Ich kann nicht sagen, ob sie sich in solchen Dingen jemandem anvertraut. Einer besten Freundin oder so.«

Pia nickte. »Und Sie?«

»Es könnte sein, dass meine Mitarbeiterinnen etwas mitbekommen haben.«

Pia schaute ihn konzentriert an, um seine Reaktion nicht zu verpassen. »Hatte sie noch jemand anders?«

»Sie hat mal so etwas angedeutet. Ein verheirateter Mann … Nichts Ernstes.«

»War Ihnen das recht?«

»Natürlich nicht. Aber ich war schrecklich verliebt und dachte, sie wird den anderen schon noch aufgeben.«

»Hm.« Pia nickte. »Wer war es?«

»Hagendorf«, murmelte er beinahe unhörbar.

»Wie bitte?«, fragte Broders, als wäre er schwerhörig.

»Benno Hagendorf. Der Mann, der nun tot ist.«

»Haben Sie etwas mit seinem Tod zu tun?«

»Na, Sie reden ja nicht um den heißen Brei herum, Frau Korittki. Nein, das hatte ich nicht.«

»Haben Sie ein Alibi für Montagabend und die Nacht auf Dienstag?«

»Von welcher Uhrzeit sprechen wir hier?«

»Von zwanzig Uhr abends bis vier Uhr morgens ungefähr.«

»Da gilt das Gleiche wie für den Abend, als Stella überfallen wurde. Ich war hier. Allein. Vorher war ich noch kurz auf ein Bier im *Gödeke Michels.* Fragen Sie unseren Bürgermeister.«

»Schade«, bemerkte Broders.

»Wo haben Sie Stella Böttcher eigentlich kennengelernt?« Pia schlug einen etwas leichteren Tonfall an, bevor Arne Freiwald komplett dichtmachte und sie gar nichts mehr von ihm erfuhren.

»Wir haben uns in meiner Praxis kennengelernt. Sie kam als Patientin. Wir waren einander überaus sympathisch. Mehr als das. Bei mir hatte es sofort gefunkt. Also fragte ich sie, als wir uns zufällig im Ort trafen, ob wir mal zusammen einen Kaffee trinken gehen wollen. Der Klassiker … Sie sagte zu, und so kam eines zum anderen.« Sein Gesicht entspannte sich bei dieser Schilderung, als wäre er wieder in der Situation des verheißungsvollen Beginns einer neuen Liebe.

»Geht das ein bisschen genauer?«

»Wir kamen zusammen, haben einen Teil unserer Freizeit zusammen verbracht, miteinander geschlafen. Es gab schon erste Zukunftspläne. Ich habe deswegen mit meiner vorherigen Freundin Schluss gemacht«, fügte Freiwald beinahe trotzig hinzu. »Aber leider hat Stella es sich dann nach einiger Zeit anders überlegt.«

»Wer ist Ihre frühere Freundin?«

»Sie heißt Vivien Hagendorf.«

»Hat sie die Trennung schwergenommen?«

»Das kann schon sein. Doch dann hätte sie etwas überinterpretiert zwischen uns.«

Pia sah nachdenklich vor sich hin. »Ist sie mit Benno Hagendorf verwandt?«

»Eine Cousine zweiten Grades, glaube ich.«

Pia nickte. Immer wieder diese beiden Familien. Sie würden auch mit Vivien Hagendorf sprechen müssen. Was für ein Chaos! Stella Böttchers wahre Zuneigung hatte wohl immer dem verheirateten Benno Hagendorf gegolten. Jedenfalls hatte sie ihre Beziehung zu Arne Freiwald etwas weniger enthusiastisch dargestellt. Benno Hagendorf hingegen hatte anscheinend seine Ehefrau nicht verlassen wollen, und seine Cousine Vivien hatte wahrscheinlich unter der Trennung von Dr. Freiwald gelitten ... Doch war in diesen verworrenen Konstellationen auch das Motiv für einen Mord zu finden?

14. Kapitel

Nachdem sie Arne Freiwald verlassen hatten, überlegte Pia, wie sie für die weiteren Befragungen am besten vorgehen sollte. Louis war auf dem Weg nach Kaltenbrode, und er hatte – oh, Wunder! – eine weitere Kollegin aus dem K1, Juliane Timmermann, bei sich. Pia hatte bisher noch nicht oft mit ihr zusammengearbeitet, doch sie war froh über die Unterstützung. Meistens ermittelte Juliane mit Michael Gerlach zusammen, doch der war bei einem anderen Fall des K1 gerade unabkömmlich.

Pia entschied, dass sie sich bei dieser Ermittlung ausnahmsweise einmal von Broders trennen sollte. Er konnte dann mit Juliane ein Team bilden, während sie selbst Louis Schramm stärker unter ihre Fittiche nehmen wollte. So, dachte Pia, hatte sie die größtmögliche Kontrolle. Broders und Juliane Timmermann sollten nochmals in Benno Hagendorfs Büro bei *LINTHO* fahren und mit verschiedenen Mitarbeitern und gegebenenfalls auch noch einmal mit dem Schwiegervater reden. Sie selbst würde mit Louis Vivien Hagendorf und auch die Eltern des Toten aufsuchen, Wolfgang und Meike Hagendorf.

Dana Bremer hatte sich angeboten, die Ergebnisse der Haustürbefragungen der örtlichen Kollegen für sie auszuwerten und zusammenzufassen. Und am Nachmittag waren hoffentlich noch weitere Ergebnisse der Spurensicherung vom Tatort verfügbar.

Nachdem das geregelt war, gab Pia Vivien Hagendorfs

Adresse in ihr Navigationsgerät ein. Sie musste nur wenige Hundert Meter fahren, bis sie ihr Ziel erreichte.

Es handelte sich um ein Siedlungshaus älteren Baujahres aus dunkelrotem Stein mit kleinen Fenstern und einem Satteldach. Es lag am Ende der Straße an einem Wendehammer. Am Rande des Wendeplatzes parkte ein einziges Auto.

Pia verließ ihren Wagen und stieg die fünf Stufen zum Eingang hoch. Louis sollte dazukommen, sobald er aus Lübeck eingetroffen war. Zuvor musste er allerdings noch Juliane zu Broders fahren. Da es bis zu seiner Ankunft noch etwas dauern konnte, wollte Pia mit Vivien Hagendorfs Befragung schon mal allein beginnen. Sie hatten keine Zeit zu verlieren. Und vielleicht war es Vivien Hagendorf auch ganz recht, einer Frau vom abrupten Ende ihrer Beziehung mit dem Arzt des Ortes erzählen zu müssen.

Pia klingelte und sah auf ihre Uhr. Es war mittlerweile kurz nach zehn. Die Chancen, jemanden zu Hause anzutreffen, waren wohl eher gering. Doch sie hatte Glück.

Nach dem zweiten Klingeln öffnete ihr eine etwa eins sechzig große Frau mit dunkelbraunen Locken. Sie war schätzungsweise Mitte dreißig, hatte ein koboldhaftes Gesicht mit einer Stupsnase mit ein paar Sommersprossen, die sie mädchenhaft wirken ließen. Auf den ersten Blick passte sie nach Pias Dafürhalten viel besser zu dem schlaksigen, etwas linkisch erscheinenden Doktor der Medizin. Sie wirkte tatkräftig und weniger unnahbar als die schöne Stella Böttcher.

Pia stellte sich vor und zeigte ihren Polizeiausweis vor, doch Vivien Hagendorf winkte sie sogleich herein. »Im Ort sprechen sie von nichts anderem als davon, dass die Polizei wegen Benno ermittelt. Es ist auch wirklich zu schrecklich. Wollen wir in die Küche gehen? Ich koche gerade Pflaumenmus ein.«

»Meinetwegen. Ich halte Sie hoffentlich nicht zu lange auf«, erwiderte Pia. »Allerdings kommt gleich noch ein Kollege von mir dazu.«

Sie zog die Augenbrauen hoch. »Ich weiß eigentlich kaum etwas.«

Pia folgte ihr in eine schmale Küche, deren Einrichtung noch aus den Sechzigerjahren zu stammen schien. Doch alles blitzte, auf der Fensterbank standen frische Kräuter, und am Kühlschrank hingen, mit Magneten befestigt, ein paar wenige Postkarten und Fotos. Der Raum wirkte gemütlich, was vielleicht auch an dem durchdringenden Geruch nach Pflaumenmus liegen mochte, der Pia an ihre Kindheit erinnerte.

»Ich muss nur ab und zu an den Herd zum Umrühren«, erklärte die Frau. »Das Zeug muss stundenlang darin einkochen. Ein Rezept meiner Großmutter. Weil es so lange dauert, habe ich mir extra meinen freien Tag dafür reserviert. Ich hatte die Pflaumen nach der Ernte eingefroren. Aber das interessiert Sie wahrscheinlich nicht …«, setzte sie verlegen hinzu.

»Was arbeiten Sie denn?«, erkundigte sich Pia.

»Ich bin Versicherungsdetektivin.«

»Das klingt interessant«, bemerkte Pia. »Für wen sind Sie tätig?«

Frau Hagendorf nannte eine große Versicherungsgesellschaft. »Die meisten Leute sind erstaunt, wenn sie hören, was ich beruflich mache«, fügte sie mit einer gewissen Genugtuung in der Stimme hinzu.

»Von wo aus arbeiten Sie? Sind Sie viel unterwegs?«

»Nein, das nicht. Ab und zu kann ich sogar Homeoffice machen, aber meistens bin ich in Lübeck im Büro«, antwortete sie. »Und, wie gesagt, heute habe ich mir freigenommen.«

»Wie geht man da vor, als Versicherungsdetektivin?«

Vivien Hagendorf lachte auf. »Ganz ehrlich? Meistens rufe ich die Leute einfach an. Es ist erstaunlich, was die einem alles erzählen …«

So sehr unterscheidet sich unsere Vorgehensweise also gar nicht, dachte Pia. Nur, dass wir bei der Polizei das persönliche Gespräch bevorzugen.

Es klingelte, und Vivien Hagendorf ging zur Haustür, um sie zu öffnen. Es war Louis Schramm. So war Pia doch noch nicht dazu gekommen, die Frau allein zu dem Ende ihrer Beziehung mit Arne Freiwald zu befragen.

Doch Vivien Hagendorf schien über die Ankunft von Pias Kollegen erfreut zu sein. In der Küche wurde es allmählich eng, aber Vivien machte keinerlei Anstalten, den Raum zu wechseln. »Den hinteren Teil des Hauses habe ich vor ein paar Wochen renovieren lassen«, erklärte sie. »Nun werden noch die Fenster und Türen gestrichen.«

Pia fragte sie nach Stella Böttcher.

Vivien Hagendorf sagte, dass sie sie zwar kenne, doch kaum Kontakt zu ihr habe. Sie hatte von dem Überfall auf Stella gehört, wusste jedoch nichts anderes dazu zu sagen als das, was sowieso allgemein bekannt war. »Man traut sich ja im Dunkeln kaum noch vor die Tür«, meinte sie abschließend. »Hinter meinem Haus kommt nicht mehr viel. Da kann es einem abends manchmal direkt unheimlich werden.«

»Wohnen Sie allein hier?«, erkundigte sich Pias Kollege.

»Ja. Es ist mein Elternhaus. Meine Eltern überlassen es mir gegen eine lächerlich geringe Miete. Es ist ihnen irgendwann zu klein geworden, aber für eine Person …« Sie zuckte mit den Schultern. »Ich mag es. Ich bin ein Gartenmensch, und das alte, eingewachsene Grundstück ist ein Traum.« Sie deutete zum Fenster. »Ich verbringe die meiste Zeit draußen. Mitten in der Stadt könnte ich nicht leben.«

»Hatten Sie in letzter Zeit mal ein schlechtes Gefühl, wenn Sie allein zu Fuß unterwegs waren?«, wollte Pia wissen. »Der Angreifer auf Stella Böttcher hat es womöglich schon länger darauf abgesehen, eine Frau zu überfallen.«

Sie fasste sich auf die Brust. »Oh nein! Zum Glück nicht. Aber ich gehe auch nicht allein im Dunkeln durchs Naturschutzgebiet. So mutig bin ich nicht.«

»Auch nicht, wenn Sie vielleicht Arne Freiwald mal besucht haben?«, erkundigte sich Pia. »Zu seinem Hausboot kann man meines Wissens nicht mit dem Auto fahren.«

Vivien Hagendorf strich sich durch die Locken. »Sie wissen es also schon«, bemerkte sie etwas weniger forsch als bisher.

»Ich habe eben mit Dr. Freiwald gesprochen. Er erwähnte, dass Sie beide mal zusammen waren.«

»Der Mistkerl!«, murmelte sie. »Entschuldigung. Ist mir so rausgerutscht. Lässt mich für Stella Böttcher sausen, obwohl jeder, wirklich jeder, hier weiß, dass sie bis über beide Ohren in Benno Hagendorf verliebt ist – oder war, muss man jetzt wohl sagen. Ist das alles nicht eine furchtbare Verschwendung?«

»Das ist es sicher«, bestätigte Louis. »Wie sind Sie eigentlich mit Benno Hagendorf verwandt?«

»Er ist mein Cousin zweiten Grades … oder Vetter, wie es bei uns heißt. Mein Vater, Robert, und sein Vater, Wolfgang Hagendorf, sind Cousins. Es gibt noch zwei weitere Cousins meines Vaters: Hanjo und Volker Hagendorf. Hanjo hat noch kleinere Kinder. Ja, wir sind eine ziemlich verzweigte Sippe.«

»Hatten Sie viel Kontakt zu Benno Hagendorf?«

Vivien krauste die Stirn. »In den letzten Jahren nicht mehr. Als Kinder war das mehr, weil wir altersmäßig recht nah beieinander und beide in Kaltenbrode aufgewachsen sind. Ich habe keine Geschwister. Benno und seine Schwestern waren eine Zeit lang so etwas wie Ersatzgeschwister für mich.«

»Aber nun nicht mehr?«

»Benno ist verheiratet, seine Schwestern Insa und Paula ebenfalls, die beiden haben auch schon Kinder beziehungsweise erwarten ein Baby … Und die Jüngste, Grit, das Wunderkind … Sie ist ein musikalisches Genie. Ich war ja mehr so fürs Geräteturnen. Da war ich sogar recht erfolgreich.« Sie lächelte bedauernd. »Wir haben nicht so viel miteinander zu tun. Sie ist gut zehn Jahre jünger als ich. Aber wir mögen uns, keine Frage.«

Wenn das so weitergeht, brauche ich noch einen Stammbaum dieser Familie Hagendorf, dachte Pia. Laut sagte sie: »Ich muss Sie das leider fragen: Wo waren Sie am vergangenen Montag von zwanzig Uhr bis Dienstagmorgen vier Uhr, als Benno Hagendorf ums Leben gekommen ist?«

»Ab zwanzig Uhr war ich hier zu Hause.«

»Kann das jemand bezeugen?«

Sie schüttelte stumm den Kopf.

»Können Sie sich einen Grund vorstellen, warum jemand ihrem Cousin Benno nach dem Leben getrachtet hat? Hatte er Feinde?«

Vivien fuhr sich wieder durch die Locken, sodass sie ihr widerspenstig vom Kopf abstanden. »Er war allgemein beliebt, würde ich sagen. Immer charmant und gut drauf. Aber dass Stella Böttcher sich ihm so an den Hals geworfen hat, das war natürlich kontraproduktiv. Was sollte seine Frau Linda denn davon halten? Und sein Schwiegervater, in dessen Firma Benno gearbeitet hat? Also, das kann ich natürlich nicht beurteilen, ob es von der Seite vielleicht Schwierigkeiten gab. Aber möglich wäre es schon.«

»Hat Benno Hagendorf es so dargestellt, dass Stella Böttcher sich ihm ›an den Hals geworfen‹ hat?«, hakte Pia nach. Stellas Aussage hatte etwas anderes nahegelegt.

Vivien hob beide Hände, die Handflächen nach außen. »Ich gebe nur das wieder, was so getratscht wurde. Die meiste Zeit über arbeite ich in Lübeck in meinem Büro. Und wenn ich abends wieder zu Hause bin, bekomme ich auch nicht mehr so viel mit.«

»Und wie war das mit Dr. Freiwald?«, erkundigte sich Pia.

Vivien Hagendorf schnaubte. »Ich bin an der Supermarktkasse in ihn hineingelaufen, quasi an dem ersten Tag, bevor er seine Praxis hier eröffnet hat. Er fühlte sich wahrscheinlich einsam, war neu in Kaltenbrode und hat mich nach meiner Telefonnummer gefragt. Wir haben uns angefreundet, und nach einigen Wochen wurde eben mehr daraus.« Sie blickte mit einem traurigen Ausdruck im Gesicht in Richtung des Fensters.

»Wann war das?«

»Im Februar.«

»Wie hat es geendet?«

»Er hat mich zum Essen ausgeführt und mir dann zwischen Hauptgang und Dessert mitgeteilt, dass er sich unsterblich in eine andere verliebt hat. Mit uns sei es aus. Er hat mir für meine Hilfe in der schwierigen Anfangszeit hier gedankt und mir alles Gute für die Zukunft gewünscht.«

»Mist!«, sagte Louis. Er klang vielleicht eine Spur zu empathisch für einen Kriminalbeamten.

»Ja, nicht wahr?« Sie warf ihm einen dankbaren Blick zu.

»Hat er erwähnt, in wen er sich verliebt hatte?«, erkundigte sich Pia.

»Ich glaube, zu dem Zeitpunkt nicht, nein«, antwortete sie.

»Wollten Sie es denn nicht wissen?«

»Ich habe ihn an dem Abend zwar gefragt, doch er hat es

mir nicht gesagt. Dass es Stella Böttcher ist, habe ich erst später erfahren.«

Als Nächstes fuhren Louis und Pia zu Benno Hagendorfs Eltern. Ein ähnlich schwieriger Termin wie der bei der Ehefrau. Auch wenn Meike und Wolfgang Hagendorf inzwischen bereits vom Tod des Sohnes erfahren hatten.

Benno Hagendorfs Elternhaus befand sich ebenfalls in Kaltenbrode. Es lohnte sich für die einzelnen Befragungen in diesem Ort kaum, das Auto zu benutzen. Wenn man boshaft wäre, könnte man behaupten, Benno Hagendorf hätte es nicht weit gebracht in seinem Leben, dachte Pia. Doch ein Wohnort war nur ein Wohnort, und wenn man es schätzte, so nah an der Küste zu leben, dann hatten es Eltern und Sohn Hagendorf ja sehr gut getroffen.

Sie selbst war gerade im Begriff, zumindest zeitweise an der Ostsee zu leben. Und dabei hatte sie sich doch immer als Stadtmensch gesehen. Aber Dinge und vor allem die Einstellungen dazu änderten sich …

»Na endlich!« Mit diesen Worten begrüßte Wolfgang Hagendorf Pia und ihren Kollegen.

»Wie bitte?« Pia runzelte die Stirn. Sie waren von einer verweint aussehenden Frau, Meike Hagendorf, der Mutter des Toten, ins Haus gelassen und sogleich in die Küche geführt worden. Dort stand ein Hüne von einem Mann vor der Arbeitsplatte. Erst auf den zweiten Blick bemerkte Pia die vier kleinen toten, rosa Vögel, die bereits gerupft vor ihm aufgereiht auf einem Holzbrett lagen.

»Sie waren doch schon bei allen möglichen Leuten, sogar bei meiner Nichte Vivien. Und da kommen Sie jetzt erst zu mir?«

»Meines Wissens haben Kollegen von mir Sie bereits informiert. Und die Reihenfolge, in der wir unsere Befragungen durchführen, müssen Sie schon uns überlassen«, entgegnete sie.

Wolfgang Hagendorf musterte sie mit einem wütenden Blick aus kleinen, unter wulstigen Falten verborgenen Augen. Er war schätzungsweise Mitte sechzig, hatte einen quadratischen Schädel auf massigen Schultern und war auch ansonsten eine eher Furcht einflößende Erscheinung. Die toten Vögel wirkten unter seinen großen Händen geradezu winzig. »Na, besser spät als nie«, gab er zurück. »Wann kommt denn Ihr Chef?«

»Das bin ich. Ich leite diese Ermittlung«, erwiderte Pia.

Er seufzte theatralisch, verzog das Gesicht, verbiss sich jedoch einen Kommentar, der sicher nicht nett ausgefallen wäre.

»Das, was Ihrem Sohn zugestoßen ist, tut uns leid«, sagte Pia etwas verbindlicher. Wolfgang Hagendorf hatte gerade sein Kind verloren, wahrscheinlich durch Mord, rief sie sich ins Gedächtnis. Da konnten die Manieren schon mal auf der Strecke bleiben. »Können wir uns einen Augenblick setzen? Wir haben ein paar Fragen.«

»Na gut. Ich komme hier eh nicht weiter.« Er wandte sich an seine Frau, die im Türrahmen stehen geblieben war. »Du musst die Viecher ausnehmen. Ich komme mit meinen großen Fingern da nicht rein.«

»Wie du willst, Wolfgang.« Sie sah nicht begeistert aus.

»Sonst würde ich es ja nicht sagen.« Er wusch sich die Hände flüchtig unter der Küchenspüle, rieb sie an seiner olivgrünen Cordhose trocken und deutete auf eine zweite Tür, die von der Küche ins Esszimmer führte.

»Wissen Sie schon, wer meinem Sohn das angetan hat?«,

fragte er, sobald sie auf einer Eckbank in Eiche rustikal Platz genommen hatten. Louis hatte sich am äußeren Ende des langen Bankschenkels niedergelassen, Hagendorf saß breitbeinig am Kopfende des Tisches auf der kurzen Bank, und Pia hatte auf einem der Stühle Platz genommen.

Sie schlug ein Bein über und lehnte sich zurück. »Nein, noch nicht. Wie kommen Sie darauf, dass ihm das jemand ›angetan‹ hat?«

»Benno war jung und gesund, und er wird ja wohl kaum von allein von der Klippe gefallen sein. Außerdem heißt es im Ort, dass Sie wegen Mordes ermitteln.«

»Wer erzählt das?«

Er hob die Schultern. »Alle.«

»Verstehe. Sagen Sie, Herr Hagendorf, hatte Ihr Sohn Feinde? Gab es mit jemandem Streit oder Unstimmigkeiten?«

»Der Benno? Nicht, dass ich wüsste. Aber sein Herz ausgeschüttet hat er mir auch nicht gerade. Ich kann mir vorstellen, dass es in seinem Beruf manchmal hoch herging. Mit Handwerkern auf dem Bau hat man schnell mal Streit, oder?«

»Wenn Sie es sagen.«

»Doch von solchen Sachen hat er mir nichts erzählt. Da müssen Sie seinen Chef und Schwiegervater fragen, Thomas Unger.«

»Mit dem habe ich auch schon gesprochen«, erwiderte Pia, wohl wissend, dass das wieder ein Anlass für ihn sein würde, seinem Unmut Luft zu machen.

»Ach ja? Der Schwiegervater ist wichtiger als der Vater?«

»Hier geht es nicht um ›Wichtigkeit‹, Herr Hagendorf. Fällt Ihnen sonst noch etwas ein, was uns weiterhelfen könnte?«

»Seine Frau, die Linda, haben Sie sicher auch schon befragt.«

»Ja. Dort waren wir zuerst.«

»Die Ehe lief in letzter Zeit etwas unrund«, meinte er verächtlich.

»Unrund?«, wiederholte Louis.

»Nichts gegen Linda. Ich mag meine Schwiegertochter. Aber sie hat Benno sexuell wohl manchmal etwas zu kurz gehalten. War es dann ein Wunder, dass er sich mal anderswo schadlos gehalten hat?«

Pia hörte im Geiste schon Louis' fassungslose Nachfrage und warf ihm einen warnenden Blick zu. »Was genau meinen Sie mit ›schadlos gehalten‹«, hakte sie in neutralem Ton nach.

»Es hieß, er habe eine Affäre. Der Name der Frau ist übrigens Stella Böttcher. Sie haben bestimmt schon von ihr gehört. Die Frau, die nachts allein durch den Wald läuft …«

»Hat Ihr Sohn Ihnen von seiner Beziehung mit Stella Böttcher erzählt?«

»Auf gar keinen Fall. Da hätte ich ihm schön die Meinung gegeigt, und das wusste er.«

»Ich hatte es jetzt so verstanden, dass Sie es recht gut nachvollziehen konnten, dass er in seiner Situation eine Affäre hatte.«

»Sie sind wohl auch so eine Wortverdreherin!«

»Herr Hagendorf, bei all Ihrem Schmerz: Auf diese Art und Weise läuft das hier nicht. Sie werden bei dieser Unterredung nicht persönlich, ist das klar?«

Sein Gesicht lief noch etwas röter an. »Schon gut!«, sagte er etwas zu laut. »Ich hätte Benno so eine Liebschaft niemals durchgehen lassen. Das gehört sich nicht. Und vor allen Dingen nicht mit einer Böttcher. Ich wünschte, ich hätte rechtzeitig davon erfahren. Aber das habe ich nicht. Und nun ist er tot.«

»Denken Sie, dass ein Zusammenhang zwischen seiner Affäre mit Stella Böttcher und seinem Tod besteht?«

Er wiegte leicht den Kopf, schien die nächsten Worte mit Bedacht zu wählen. »Das erscheint mir am plausibelsten. Entweder hatte Lindas Vater irgendwie seine Hände im Spiel oder einer von den Böttchers.«

»Von den Böttchers?«

»Der Vater der jungen Frau ist reichlich seltsam. Ein in sich gekehrter Typ, der eine kleine Autoklitsche betreibt. Und dann die Großmutter … Das Weib ist auch nicht ohne. Lassen Sie sich von ihrer Blindheit nicht täuschen. Sie vergöttert ihre Enkeltochter. Aber wie ich Sie einschätze, haben Sie mit denen ebenfalls schon geredet.«

Mit Stellas Vater noch nicht, dachte Pia, zuckte aber nur vage mit den Schultern.

»Und dann ist da noch der alte Mann, mit dem Helmgard Böttcher in wilder Ehe lebt. Entschuldigen Sie, aber in ihrem Alter? Das ist einfach … unappetitlich. Der Mann, Eduard Seiler heißt er«, schob er hilfsbereit ein, »war in einer Motorradgang. Der ist kriminell. Hat sogar mal im Knast gesessen … Mit solchen Leuten haben Sie es da zu tun!«

»Gut zu wissen«, gab Pia zurück.

»Ich kann mir sehr gut vorstellen, dass dieser Seiler meinen Sohn ermordet hat, weil Helmgard es so wollte.«

»Warum sollte Helmgard Böttcher seinen Tod gewollt haben?«

Er schüttelte ungeduldig den Kopf. »Das können Sie als Außenseiterin gar nicht verstehen. Die Böttchers machen uns das Leben schwer, wo sie nur können. Sie verbreiten Lügen über uns, was wir angeblich alles Böses tun. Helmgard Böttcher rät ihren Freunden und Bekannten, keine Geschäfte mit meinem Bruder Hanjo oder …« Er schluckte schwer. »Mit meinem Sohn Benno zu machen. Das ist geschäftsschädigend! Und gegen mich hat Helmgards feiner Lebensgefährte mal vollkommen grundlos eine Dienstaufsichtsbeschwerde eingereicht. Dass die Enkelin sich ausgerechnet in meinen Benno verliebt hat ... das hat denen wohl nicht gepasst«, schloss er lahm.

»Vielleicht hing es ja auch mit dem Überfall auf die junge Frau zusammen?«

»Und wer soll das gewesen sein? Etwa einer von uns? Ich? Mein Bruder Hanjo? Oder gar Benno? Die hat doch freiwillig die Beine für ihn breit gemacht.«

»Bitte passen Sie auf, wie Sie über die Leute reden, Herr Hagendorf. Sonst setzen wir das hier in Lübeck auf der Dienststelle fort.«

»Sie drohen mir?«

»Ich zeige Ihnen nur die Konsequenzen Ihres Handelns auf.«

Er schnaubte.

»Wenn Sie nichts weiter zu dem Thema zu sagen haben, sprechen wir jetzt noch mit Ihrer Frau.« Pia legte ihre Visitenkarte auf den Tisch. »Falls Ihnen noch etwas einfällt.« Sie erhob sich und blickte in Richtung Küche.

»Meike!«, rief er. »Wie weit bist du mit den Täubchen? Die Polizei will jetzt mir dir reden.«

15. Kapitel

Die Befragung von Benno Hagendorfs Mutter war auf eine andere Art schwierig als die seines Vaters. Während sie am Küchentisch mit ihr sprachen, die toten Tauben immer in Sichtweite, rang die Frau sichtlich um Fassung. Das graublonde Haar trug sie straff zurückgekämmt. Ihre Haut sah fahl und um Nase und Augen herum entzündet aus. Sie hielt ein zerknülltes Papiertaschentuch in der Faust.

Der Tod des eigenen Kindes war sicher eines der schlimmsten Dinge, die einem widerfahren konnten. Pia erkundigte sich bei ihr, ob sie sich der Befragung überhaupt schon gewachsen fühlte. Wolfgang Hagendorfs »Natürlich!« ignorierte Pia und beorderte ihn aus der Küche.

»Ich will Ihnen ja helfen!«, sagte Benno Hagendorfs Mutter mit tränenerstickter Stimme. »Es fällt mir nur so schwer, es – seinen Tod – zu akzeptieren. Ich bin wie gelähmt, während mein Mann anscheinend nicht anders kann, als in hektische Aktivität zu verfallen.« Sie warf einen angewiderten Blick auf die Tauben.

Pia war so verständnisvoll wie möglich, versuchte aber gleichzeitig, die wichtigsten Fragen von Meike Hagendorf beantwortet zu bekommen. Hatte ihr Sohn Feinde gehabt? Wie waren seine Beziehungen zu seinen Mitmenschen gewesen? Sie versprach sich von Frau Hagendorf ein paar differenziertere Betrachtungsweisen, wurde jedoch enttäuscht.

Im Wesentlichen sagte Meike Hagendorf das Gleiche aus wie ihr Ehemann. Sie beschuldigte den Schwiegervater, dann die Familie Böttcher im Allgemeinen, ohne dabei so konkret zu werden wie ihr Mann.

»Haben Sie Ihren Sohn an den Tagen vor seinem Tod gesehen?«, wollte Pia schließlich wissen.

»Ich habe ihn am Sonntag zuletzt gesehen. Wir haben zusammen eine Tasse Kaffee getrunken«, sagte sie und stützte den Kopf in die roten Hände. »Er kam ja öfter mal bei mir vorbei. Er wohnt ebenfalls in Kaltenbrode, aber das wissen Sie sicher schon. Es ist schön, wenn die Kinder in der Nähe bleiben, nicht wahr? Meine beiden älteren Töchter sind bereits verheiratet. Eine von ihnen, die Paula, wohnt auch in Kaltenbrode, die andere in einem Dorf bei Lensahn.« Sie schnäuzte sich kräftig in das Papiertaschentuch.

»Und die jüngste Tochter?«, hakte Pia nach.

»Grit? Die wohnt noch bei uns. Wollen Sie sie auch sprechen? Sie ist heute in der Uni. Sie wollte nicht hierbleiben, sondern meinte, die Ablenkung täte ihr gut.« Es schwang eine Spur Missbilligung mit.

»Jeder geht auf seine Weise mit so einem Verlust um.«

»Benno und Grit standen sich besonders nahe.«

»Inwiefern?«

Ein Lächeln huschte über ihr verweintes Gesicht. »Beide sind auf ihre Art Rebellen. Sie wagen es, Wolfgang und mir offen zu widersprechen und ihren eigenen Weg zu gehen. Nicht, dass ich das gutheiße. Wir Eltern wissen es doch meistens besser, nicht wahr?«

Pia zuckte andeutungsweise mit den Schultern.

»Was machte Ihren Sohn zu einem Rebellen?«

»Ach, das Wort ist eigentlich schlecht gewählt.« Sie zerrupfte das Papiertaschentuch in ihrer Hand. »Er war ein grundanständiger, erfolgreicher junger Mann. Aber sehen Sie: Sein Vater arbeitet auf dem Bauamt. Benno ist Architekt.

Und Architekten stehen doch immer mit einem Bein im Gefängnis. Die haben es schwer. Wolfgang hätte es lieber gesehen, wenn Benno in seine Fußstapfen getreten und ebenfalls Beamter geworden wäre.«

»Er hat seine eigenen Entscheidungen getroffen«, ließ Louis sich vernehmen.

»Und sich damit von seinem Schwiegervater abhängig gemacht.«

»Und Grit?«, fragte Pia.

Die Frau sah sie einen Augenblick ratlos an. »Wie bitte?«

»Auf welche Weise ist Ihre Tochter Grit rebellisch?«

»Sie will als Musikerin Karriere machen. Sie ist sehr begabt und auch fleißig. Beides hat sie von mir. Aber sie versteht nicht, dass sie sich entscheiden muss.«

»Wofür entscheiden?«

»Karriere oder Familie. Beides geht eben nicht. Sehen Sie mich an: Ich stand vor der gleichen Entscheidung, und ich habe mich für die Familie entscheiden. Ich habe es bis zum heutigen Tag nie bereut.«

Pia ließ das erst mal so stehen. Sie fragte, wann Grit vielleicht zu sprechen wäre. Meike Hagendorf antwortete, ihre jüngste Tochter käme heute erst spät nach Hause. Sie fegte die Zellstofffetzen auf der Tischplatte mit der Hand zusammen. Tränen rannen ihr dabei über das Gesicht.

Pia ließ sich noch die Namen und Handynummern der drei Hagendorf-Töchter geben. Dann verabschiedeten sie sich und ließen die Frau mit dem Anflug eines schlechten Gewissens in Gesellschaft der toten Tauben und ihres cholerischen Ehemannes zurück.

Als sie wieder vor dem Haus standen, sah Pia, dass Broders versucht hatte, sie telefonisch zu erreichen. Während sie sich im Haus der Hagendorfs aufgehalten hatten, hatte sie ihr Smartphone lautlos gestellt. Sie rief ihn zurück, runzelte die Stirn und sagte dann: »Ich mache mich sofort auf den Weg. Macht so lange Mittagspause. Es wird heute bestimmt länger dauern.«

»Was ist los?«, fragte Louis, als sie ihr Telefon wegsteckte.

»Broders ist mit Juliane Timmermann in Benno Hagendorfs Firma. Es scheint sich was Interessantes ergeben zu haben. Aber die Stimmung dort ist wohl auf dem Nullpunkt. Ich werde hinfahren.«

»Aha.« Er blickte sie erwartungsvoll an.

»Ich schlage vor, du übernimmst so lange die Töchter der Hagendorfs. Die zwei älteren.« Pia blickte zurück zum Haus. Sie hätte schwören können, dass sich die Wohnzimmergardine bewegt hatte. »Bei Grit, der jüngsten, möchte ich dabei sein. Sie hatte ja wohl ein engeres Verhältnis zu ihrem Bruder. Da hören vier Ohren mehr als zwei.«

»Soll ich zu den anderen auch noch jemanden mitnehmen?«

Pia hob die Schultern. »Besser wäre es, doch ich habe gerade niemanden zur Verfügung. Du wirst das gut machen. Falls es Schwierigkeiten gibt, kannst du mich jederzeit anrufen. Ich bin ja nicht weit weg.«

»Also gut. Machen wir es so.« Er klang zufrieden.

»Wenn nichts dazwischenkommt, treffen wir uns alle heute Abend im Kommissariat wieder.« Und sie musste noch Marten beibringen, dass es später werden konnte. Wahrscheinlich würden er und Felix einen vergnüglichen Abend verbringen. Immerhin ein Trost.

Pia sah ihrem Kollegen nach, wie er energischen Schrittes zu seinem Wagen ging. Die Gespräche mit den Eltern des Opfers hatten ihre Energie, mit der sie den Arbeitstag begonnen hatte, zunichtegemacht und sie emotional ausgelaugt. Sie öffnete die Fahrertür und stieg langsam ein. Im Beifahrerfußraum stand eine Flasche Wasser, aus der sie in großen Zügen trank. Es spülte den Ärger über Wolfgang Hagendorfs frauenfeindliche Sprüche und das schale Gefühl, das sie in Meike Hagendorfs Gegenwart verspürt hatte, erst einmal herunter.

Broders hatte angespannt geklungen, rief sie sich ins Gedächtnis. Normalerweise war er nicht so leicht aus der Ruhe zu bringen. Pia fragte sich, was sie in Eutin erwarten würde.

»Hier brennt die Luft«, sagte Broders leise, als er Pia in der Eingangshalle des Architekturbüros antraf. Sein kurzes graues Haar war ungewohnt zerzaust. Und seit wann bekam er rote Flecken am Hals, wenn er sich aufregte?

»Was ist passiert?«, fragte sie, mehr um ihren Kollegen besorgt als um die Zustände in Ungers Büro.

»Die Empfangsdame heult. Thomas Unger hat sich in seinem Büro verbarrikadiert, angeblich wegen wichtiger Telefonate, und einer der Angestellten, Karsten Lindemann, der Mann von Astrid Lindemann – du kennst ihn bereits, oder? –, ist wutentbrannt abgedampft.«

»Abgedampft?«

»Er hat hier herumgetönt, er werde sofort auf der Baustelle gebraucht, außer ihm kümmere sich ja niemand mehr um irgendwas und Benno habe die Projekte ja sowieso immer alle schleifen lassen! Dann ist er weggefahren.«

Pia zog Broders etwas zur Seite in einen kleinen Wartebereich, wo zwei ähnlich unbequem wirkende Designersessel wie in Ungers Büro darauf harrten, Besuchern die Wartezeit zu vermiesen. Doch so unbenutzt, wie sie aussahen, war in den letzten drei Jahren niemand darauf hereingefallen.

»Wo ist denn Juliane?«

»Sie spricht noch mit einer anderen Angestellten.«

»Okay. Was ist passiert? Von Anfang an bitte.« Pia krauste konzentriert die Stirn.

Broders erzählte, dass sie nach ihrer Ankunft zunächst mit den anwesenden Mitarbeitern gesprochen hatten. Eine Architektin sei allerdings im Urlaub, eine andere auf einem Bau. Und Thomas Unger war angeblich gerade in einem wichtigen Kundengespräch gewesen, hatte die Empfangsdame, Frau Grieger, ihnen mitgeteilt. Sie hatten sich von ihr die Namen aller Mitarbeiter geben lassen, um sie der Reihe nach durchzugehen.

Anfangs war alles gut gelaufen. Mehrere Kollegen von Benno Hagendorf hatten ausgesagt, dass sie ihn nur aus dem Büro kannten, ihn jedoch als engagierten Architekten geschätzt hatten. Sein Sonderstatus als Schwiegersohn des Chefs wurde hin und wieder als Hinderungsgrund für eine freundschaftliche Beziehung mit ihm genannt.

Einige erwähnten, dass das Verhältnis von Benno Hagendorf zu Thomas Unger manchmal etwas angespannt gewesen sei. Hauptsächlich, wenn ein Bauvorhaben schwierig wurde oder wenn zwischen der Tochter des Chefs, Linda Hagendorf, und Benno Hagendorf eine spürbare Missstimmung geherrscht hatte. Das hatte sich manches Mal auch im Büro nicht ganz verhehlen lassen. Doch zu einer Spekulation über die Ursachen dieser ›Missstimmungen‹ hatte sich bei den ersten Befragungen niemand hinreißen lassen.

»Alle sind sehr loyal dem Chef und dessen Tochter gegenüber«, betonte Broders. »Linda Hagendorf scheint sehr beliebt zu sein. Der Schwiegersohn wird wohl mehr oder weniger als etwas nervige Dreingabe in Kauf genommen.«

»Dann hatte Benno Hagendorf hier kein ganz leichtes Leben«, kommentierte Pia.

»Er hätte sich ja nicht ins gemachte Nest setzen müssen«, erwiderte Broders kühl. »Er hätte auch woanders arbeiten können.«

»Was geschah dann?«

»Wir haben uns mit Frau Grieger unterhalten. Sie war sichtlich hin- und hergerissen zwischen ihrem Wunsch, loyal und diskret zu sein, und dem, uns etwas wissen zu lassen, was sie für wichtig hielt.«

»Was war das?«

»Sie sagt, dass Benno Hagendorf Karsten Lindemann entweder kündigen wollte oder es schon getan hatte. Doch Lindemann bestreitet es. Er behauptet, dass die Grieger Hagendorf und ihn bei einem vertraulichen Gespräch belauscht hat. Doch sie hätten nur einen heftigen Disput gehabt und sie habe das vollkommen falsch interpretiert. Es sei bloß um einen Kunden von ihnen gegangen, einen anspruchsvollen Bauherrn, und von einer Kündigung sei nie die Rede gewesen.«

»Das ist spannend. Wenn die besagte Kündigung bereits im Gange war, müsste sich das ja nachvollziehen lassen. Dann sollte es darüber etwas Schriftliches geben. Wenn Hagendorf Lindemann allerdings nur mit einer Kündigung gedroht hat, hätte Lindemann ein Motiv gehabt, ihn vorher auszuschalten. Vorausgesetzt natürlich, ihm liegt wirklich so viel an seinem Job hier.«

»Einen Mord wegen einer drohenden Kündigung halte ich eher für unwahrscheinlich«, wandte Broders ein.

»Ich auch.« Pia blickte sich um. Sie waren immer noch allein, niemand konnte ihnen zuhören. »Es ist zweifellos ein schickes Büro, und hier zu arbeiten ist sicherlich recht prestigeträchtig. Bestimmt realisieren sie das eine oder andere anspruchsvolle Projekt. Vielleicht zahlt Unger sogar ein außergewöhnlich gutes Gehalt?« Sie senkte die Stimme, als sie weitersprach. »Aber trotzdem: Dafür mordet man normalerweise nicht. Wenn es tatsächlich Karsten Lindemann war, dann handelt es sich meines Erachtens eher um einen Streit, der eskaliert ist. Doch das passt nicht mit der Vorgehensweise unseres Täters zusammen.«

»Du meinst das Betäubungsmittel? Vielleicht ist das unabhängig voneinander zu betrachten. Benno Hagendorf nahm irgendwelche Drogen oder Medikamente ein. Er war halb benebelt und ist an die frische Luft gegangen, um wieder klar zu werden. Dort traf er zufällig bei einem Spaziergang an den Klippen auf Karsten Lindemann. Der fragte, ob es Hagendorf mit der Kündigung wirklich ernst sei, und als Benno das bejaht und ihn vielleicht auch noch verbal attackiert oder verhöhnt hat, da hat Karsten Lindemann rotgesehen und einfach zugeschlagen.«

»Möglich wär's.«

»Ich kenne dich, Pia. Du bist nicht überzeugt.«

»Bist du es denn?«

»Nein«, gab er zu.

»Und warum sind hier auf einmal alle so angefasst?«, erkundigte sie sich.

»Als wir bei Lindemann nachgehakt haben, die Kündigung betreffend, hat er es erst geleugnet und ist dann richtiggehend sauer geworden. Anschließend ist er zu seinem Chef gerannt und hat sich über die Grieger beschwert. Frau Grieger hat das mitbekommen und lief ihm hinterher. Sie rief immer: ›Das habe ich so nie gesagt, das habe ich so nie gesagt!‹

Kurze Zeit später kam sie verheult wieder aus dem Chefbüro, Lindemann stapfte hinterher und ist dann abgedampft. Und Unger hat sich verschanzt.«

»Es scheint, als wären die Betroffenen alle ganz schön angespannt. Mehr als es der Tod eines Kollegen rechtfertigen würde, oder?«

»Der Tod ändert immer alles«, bemerkte Broders mit bedeutungsschwangerem Blick.

»Du hattest wohl einen Philosophen zum Frühstück?«, fragte Pia mit einem schwachen Lächeln. Und dann, etwas nachdenklicher: »Wenn sie einander hier gegenseitig des Mordes an Benno Hagendorf verdächtigen, kann ich die Reaktionen aber nachvollziehen.«

16. Kapitel

Zur Dienstbesprechung in Lübeck waren Broders, Juliane Timmermann, Dana Bremer und Louis Schramm anwesend. Pia stand vorn am Whiteboard und musterte ihr Kernteam. Jemand hatte im Vorfeld Abzüge der Fotos vom Fundort der Leiche und das Porträt von Benno Hagendorf daran gepinnt.

Was ihr vorhin im Architekturbüro *LINTHO* schon aufgefallen war, stach Pia jetzt auch wieder ins Auge. Broders wirkte angespannt, irgendwie nicht mit sich im Reinen. Sie nahm sich vor, ihn bei passender Gelegenheit zu fragen, ob er darüber mit ihr reden wolle.

Es war etwas heikel, ihn darauf anzusprechen. Wer hörte schon gern, dass er nicht topfit wirkte? Sie selbst mochte es ebenfalls nicht, wenn man sie andauernd besorgt fragte, ob auch alles in Ordnung sei. Nicht, wenn es ihr gut ging – und eigentlich auch nicht, wenn sie ein Problem hatte. Sie wollte lieber selbst diejenige sein, die sich, falls nötig, jemandem anvertraute und Unterstützung suchte.

Tust du das wirklich?, flüsterte eine gehässige Stimme in ihrem Kopf. Für den Moment stand sowieso die Besprechung an.

Der Reihe nach referierten ihre Kollegen, welche neuen Erkenntnisse sie erlangt hatten. Pia und Broders berichteten von ihren Gesprächen mit Arne Freiwald und Vivien Hagendorf. Pia von denen mit Benno Hagendorfs Eltern. Anschließend setzten sie die anderen darüber ins Bild, was im Architekturbüro *LINTHO* los gewesen war.

Nachdem Pia hinzugekommen war, hatte Thomas Unger seine »Festung« verlassen und mit Broders gesprochen. Der war zuvor von Pia instruiert worden, noch einmal nach dem Alibi zu fragen, das Unger beim ersten Gespräch angegeben hatte. Angeblich war er ja mit einem alten Studienfreund etwas essen und trinken gewesen.

Doch weder er noch Frau Grieger hatten bisher mit einer Telefonnummer oder Adresse dieses ominösen Freundes aufwarten können. Auf Broders' wiederholte Nachfrage hatte Unger schließlich eingeräumt, dass er sich wohl im Tag geirrt hatte und er schon am Abend zuvor, am Sonntag, mit dem Freund unterwegs gewesen war.

»Der hat sich doch niemals im Tag geirrt«, warf Louis aufgebracht ein. »Man weiß doch wohl, ob man sich gestern, vorgestern oder an einem anderen Abend mit einem alten Freund getroffen hat.«

»Es könnte ein Versuch von Unger gewesen sein, Zeit zu schinden und sich derweil ein Alibi zu beschaffen«, bestätigte Pia. »Möglicherweise wollte er in der Zwischenzeit, bis wir noch einmal wegen der Telefonnummer nachhaken würden, einen Bekannten oder Freund bitten, ihm für Montagabend ein Alibi zu geben. Doch der wollte es nicht tun. Oder konnte es nicht, weil er erwiesenermaßen an jenem Abend woanders gewesen ist als mit seinem Kumpel Thomas Unger im Restaurant oder einer Kneipe.«

»Pech für Unger«, sagte Louis befriedigt. »Nun steht er nicht nur ohne Alibi da, sondern auch noch als jemand, der die Polizei hereinlegen wollte.«

»Wir können ihm nicht nachweisen, dass er uns täuschen wollte«, erwiderte Broders. »Er kann sich auch wirklich im Datum geirrt haben. Solche Dinge passieren.«

Während Broders bei Thomas Unger gewesen war, hatte

Pia sich von Frau Grieger die Adresse der Baustelle geben lassen, zu der Karsten Lindemann angeblich hatte fahren wollen, und ihn dort tatsächlich noch angetroffen. Er hatte nach wiederholtem Nachhaken zugegeben, dass Benno Hagendorf ihm mit Kündigung gedroht hatte. Lindemann hatte aber betont, dass das gar nicht dessen Zuständigkeit gewesen sei, sondern allein Thomas Unger über solche Fragen entscheiden würde.

Der Grund für Hagendorfs Unmut sei gewesen, dass dieser der Meinung gewesen war, Lindemann lasse den Handwerkern zu viel durchgehen und winke die Rechnungen zu schnell durch. Das sei aber überhaupt nicht der Fall, hatte Lindemann versichert. Er behandle die Handwerker nur fair, denn gute Leute seien augenblicklich schwer zu bekommen, während Benno mit seinem Gebaren die Handwerksfirmen vergraulen und so *LINTHO* langfristig schaden würde. Wenn sich erst mal herumspräche, dass Rechnungen wegen lächerlicher Reklamationen so lange verschleppt würden, bis Betriebe darüber Konkurs machten, würde bald niemand mehr mit ihnen zusammenarbeiten wollen.

»Es muss ein übler Streit gewesen sein«, berichtete Pia ihrem Team. Lindemann hatte sich auch im Nachhinein noch darüber aufgeregt. Aber ob er Benno Hagendorf deshalb angegriffen hatte, war fraglich.

»Hat Karsten Lindemann denn ein Alibi für den Montagabend?«, wollte Juliane wissen. Pia war froh über ihre Wortmeldung. Es war wichtig, dass sich die Kollegin dem Team zugehörig fühlte. So, wie sie mit schräg geneigtem Kopf neben Louis saß und sich eine ihrer braunen Locken um den Finger wickelte, sah sie gelassen und konzentriert aus.

»Er und seine Frau geben sich gegenseitig eins«, berichtete Pia. »Allerdings ein eher schwaches. Sie hatten sich ihren

Angaben zufolge den ganzen Abend über in verschiedenen Räumen der Wohnung aufgehalten. Astrid Lindemann hat ein Zimmer zum Atelier für Schmuckherstellung umfunktioniert. Dort hat sie angeblich den ganzen Abend über gearbeitet. Theoretisch ist es möglich, dass einer der beiden die Wohnung für ein Treffen mit Benno Hagendorf verlassen hat.« Doch war das auch wahrscheinlich?

Louis und Dana berichteten, was die Haustürbefragungen in Kaltenbrode ergeben hatten: nämlich nichts. Die meisten Leute kannten Stella und wussten, dass sie ab und zu im *Gödeke Michels* arbeitete und sogar, wo genau sie wohnte. Doch am Abend des Überfalls auf sie hatte niemand die junge Frau oder jemand Verdächtiges in der Umgegend gesehen. Das Gleiche galt für den Abend und die Nacht, in der Benno Hagendorf ums Leben gekommen war.

Nachdem Pia in Eutin eingetroffen war, war Juliane zurück nach Lübeck gefahren. Sie hatte bei der Spurensicherung nachgefragt, was es Neues gab, sowohl im Fall »Benno Hagendorf« als auch in dem des Überfalls auf Stella Böttcher. Die Kriminaltechniker und das Labor waren zurzeit jedoch genauso überlastet wie das K1, sodass es noch keine Neuigkeiten bezüglich der Spuren gab.

Juliane hatte außerdem zusammengestellt, was telefonisch an Hinweisen aus der Bevölkerung eingegangen war. Heute war schon Donnerstag, Hagendorfs Leiche war am Dienstagmorgen gefunden worden. Die Presse hatte bereits darüber berichtet. Manchmal tauchten neben der üblichen Kaffeesatzleserei oder den Verschwörungstheorien und der Mutmaßung, dass Außerirdische oder Androiden am Tod des Opfers beteiligt waren, auch nützliche Hinweise auf. Dass dem bisher nicht so war, schien Juliane leicht zu verstimmen. »Ach ja, und Staatsanwalt Olaf Jantzen hat angerufen und ganz dringend um Rückruf gebeten«, sagte sie abschließend. »Er klang ärgerlich.«

»Nanu? Jantzen hat doch meine Nummer? Warum hat er sich nicht persönlich bei mir gemeldet?« Sie hatten bereits ein erstes Telefonat über den Hagendorf-Fall geführt. Pias Meinung nach gab es keinen Gesprächsbedarf. Die Rollen waren klar verteilt.

Juliane zuckte mit den Schultern und reichte Pia eine Notiz. »Du solltest dich heute noch bei ihm melden. Je eher, desto besser.«

Pia nickte und steckte den Zettel kommentarlos ein. So einfach, wie sie es sich erhofft hatte, fügte Juliane sich wohl doch nicht ein. Ihre letzte Bemerkung hatte wieder offen feindselig geklungen. Es gefiel ihr nicht, dass zwischen Juliane und ihr oft ein angespanntes Verhältnis herrschte. Mein Gott, sie war doch nicht »stutenbissig« – im Gegenteil. Pia fand es ausgesprochen albern und vor allem kontraproduktiv, wenn Frauen nicht gut mit anderen Frauen zusammenarbeiten konnten. Trotzdem fühlte sie sich gerade durch diese Kollegin immer wieder provoziert. Vielleicht würde ihre gemeinsame Arbeit an diesem Fall das ja endlich ändern.

Pia nahm sich vor, Juliane bei nächster Gelegenheit mit einer anspruchsvollen, interessanten Aufgabe zu betrauen, gewissermaßen als Vertrauensvorschuss, um ihre Arbeitsbeziehung zu verbessern. Doch sie ertappte sich bei dem Gedanken, dass diese Ermittlung allein ihre Verantwortung war und sie die Kollegin mit so einer Aufgabe insgeheim genau im Auge behalten wollte.

»War sonst noch etwas?« Pia sah in die Runde.

Louis hob die Hand. »Ich war bei Benno Hagendorfs Schwestern.«

»Richtig. Was hast du da erfahren?« Pia ärgerte sich, dass

sie Louis' Befragungen für einen Moment aus den Augen verloren hatte. Konzentriert hörte sie nun zu, was er zu erzählen hatte.

Meike und Wolfgang Hagendorfs ältere Töchter hießen Paula und Insa und waren achtundzwanzig beziehungsweise sechsundzwanzig Jahre alt. Paula Kerber hatte ein Kind und erwartete gerade ihr zweites. Sie wohnte mit ihrem Mann ebenfalls in Kaltenbrode. Insa Hoppe war gerade zum ersten Mal schwanger und lebte mit ihrem Ehemann in einem Dorf bei Lensahn.

Louis schlug eine Seite in seinem Notizbuch um. Er sah auf. »Paula Kerber war ziemlich zurückhaltend, was Aussagen über ihren Bruder im Speziellen oder ihre Familie im Allgemeinen angeht. Sie erwähnte, dass Linda, ihre Schwägerin, noch keine Kinder habe, sondern bisher ehrgeizig ihre Karriere verfolgt habe. Und dass das einer Ehe doch nicht guttun könne. Von einer Affäre ihres Bruders wusste sie angeblich nichts. Etwas anders sah es bei der jüngeren Schwester Insa aus. Sie sagte, sie liebe ihren Bruder, aber er habe auch seine Fehler gehabt. Sie wollte darauf aber nicht näher eingehen.«

Louis blickte etwas gequält drein. »Ich wusste nicht, was ich da machen soll. Ich konnte ihr ja schlecht Daumenschrauben anlegen«, bekannte er. »Ich habe den Eindruck gewonnen, dass Insa Hoppe nicht über ihre Familie reden will. Besonders nicht über ihren Vater. Das Verhältnis scheint angespannt zu sein.«

»Das ist doch schon mal was«, erwiderte Pia und berichtete, dass Stella Böttcher ebenfalls von einem schwierigen Verhältnis zwischen Benno und Wolfgang Hagendorf gesprochen hatte, das vor allem in Bennos Jugend auch von Gewalt geprägt gewesen sein sollte. »Wenn es etwas Wichtiges zu erfahren gibt, werden wir es noch herausfinden. Man erfährt nicht alles gleich beim ersten Mal. Denkst du, wir sollten sie nach Lübeck beordern?«

Louis nickte erleichtert. »Das wäre vielleicht ganz gut. Ich hatte den Eindruck, dass Insa Hoppe nicht alles gesagt hat, was sie weiß.«

»Wie ist Insas Verhältnis zu den anderen Geschwistern? Zu Paula und zu Grit.«

Louis blätterte weiter. »Beide Schwestern, Paula und Insa, haben sich negativ über die Jüngste – Grit – geäußert. Sie werde von den Eltern zu sehr verwöhnt, beklagte sich Paula Kerber. Sie sei eine Geheimniskrämerin, meinte Insa Hoppe. Gleichzeitig schien sie aber auch besorgt um sie zu sein.«

»Besorgt? Warum?«, hakte Pia interessiert nach.

»Sie hat nicht gesagt, weshalb. Aber es klang so, als hätte Benno sich darum gekümmert. Und nun sei er tot.«

»Wir müssen dringend noch mal mit allen drei Schwestern reden«, entschied Pia. Sie beendete die Besprechung mit der Verteilung neuer Aufgaben für ihr Team.

Als alle gegangen waren, zog sie den Zettel mit der Nachricht von Olaf Jantzen aus ihrer Hosentasche. Sie hatte die Büronummer des Lübecker Staatsanwalts in ihrem Smartphone eingespeichert. Das auf dem Zettel war wohl aber seine Handynummer.

Da er anscheinend so dringend um Rückruf gebeten hatte, wollte sie das noch erledigen.

»Frau Korittki! Ich sitze gerade mit meiner Frau im Restaurant, und der Hauptgang wird serviert. Wir haben heute Hochzeitstag. Was ist denn so wichtig?«, fragte der Staatsanwalt. Er klang konsterniert.

»Tut mir leid, Sie zu stören. Meine Kollegin hat mir ausgerichtet, ich solle Sie dringend heute Abend noch zurückrufen.«

»Was? Auf keinen Fall habe ich so etwas gesagt! Das müssen Sie oder Ihre Kollegin missverstanden haben. Ich wollte mir von Ihnen nur demnächst ein Update zu dem neuen Fall geben lassen, damit wir das weitere Vorgehen besprechen können.«

Pia runzelte verwirrt die Stirn. »Dann ist da etwas schiefgelaufen. Da möchte ich Sie nicht weiter stören.«

»Ich bitte darum!« Das Gespräch war unterbrochen.

Pia stieß einen leisen Fluch aus. Sie glaubte nicht an ein Missverständnis. Andererseits … Wem war mit solchen Kindereien geholfen?

Als ihr Smartphone klingelte, meldete Pia sich sofort, ohne nachzusehen, wer sie anrief. Sie ging automatisch davon aus, dass Jantzen doch noch etwas zum Fall Hagendorf sagen oder fragen wollte. Stattdessen hörte sie eine weibliche Stimme.

»Ist da die Kommissarin Pia Korittki?«

»Mit wem spreche ich denn?«

»Mein Name ist Grit Hagendorf. Ich habe Ihre Visitenkarte vorhin bei uns auf der Anrichte gefunden. Haben Sie etwas mit der Ermittlung im Fall meines Bruders zu tun?«

»Ja, das ist richtig. Sie waren nicht im Haus, als wir bei Ihren Eltern waren. Wir möchten gern morgen mit Ihnen sprechen, Frau Hagendorf.«

»Geht es nicht auch heute Abend noch? Morgen habe ich einen wichtigen Termin.«

Pia blickte auf ihre Uhr. Es war bereits halb acht am Abend. »Wie wäre es, wenn wir morgen früh gleich um acht Uhr bei Ihnen sind?«

Sie hörte schweres Atmen. »Nicht hier im Haus! Können wir uns nicht woanders treffen? Und früher?«

Pia war alarmiert. »Haben Sie mir etwas Wichtiges mitzuteilen, Frau Hagendorf? Und vor allem: etwas, was Ihre Eltern vielleicht nicht hören sollen?«

Als Antwort hörte Pia ein leises Aufschluchzen. »Wo sind Sie jetzt gerade?«, fragte sie in beruhigendem Tonfall.

»Ich bin in Lübeck. Bei einer Freundin …«

»Also gut. Ich bin auch noch in der Stadt. Wollen Sie ins Kommissariat kommen, oder soll ich zu Ihnen fahren?«

Eine kleine Pause entstand. Pia hörte, wie Grit Hagendorf einer anderen Person etwas zuflüsterte.

»Ich weiß, das ist eine Zumutung, aber ich habe kein Auto zur Verfügung. Und nach dem, was Stella passiert ist … Kennen Sie das *Luciano?*«

»Meinen Sie die Bar in der Altstadt?«

»Genau die. Könnten Sie dorthin kommen? Das liegt bei meiner Freundin gegenüber. In einer Viertelstunde?«

17. Kapitel

In dem Moment, in dem sie zugestimmt hatte, ärgerte Pia sich auch schon über sich selbst. Die Kollegen waren bereits alle gegangen, und sie wollte auch niemanden zurückbeordern. Es war nicht unbedingt die klügste Entscheidung, sich noch allein mit einer Zeugin zu treffen. Aber die Stimme der jungen Frau hatte so verzweifelt geklungen. Was, wenn sie sich aus irgendeinem Grund vor ihren Eltern fürchtete und das mit dem Tod ihres Bruders zusammenhing? Pia würde es sich nie verzeihen, wenn Grit Hagendorf etwas passierte … Und, das gestand sie sich reumütig ein, sie war neugierig, was die junge Frau ihr zu sagen hatte.

Wie könnte sie sich die Chance, eine Ermittlung voranzubringen, entgehen lassen? Immerhin, das *Luciano* war zu dieser Tageszeit meist nicht zu voll und nicht allzu laut. Es handelte sich dabei um eine stadtbekannte Bar und war ein recht gut gewählter Treffpunkt, wenn es denn in der Öffentlichkeit sein sollte.

Pia blieb noch die Zeit, mit Felix und Marten zu telefonieren und ihnen zu sagen, wann sie in etwa zurück sein würde. Dann sammelte sie ihre Sachen zusammen und verließ das Polizeihochhaus. Sie fuhr durch die Dunkelheit in Richtung Altstadt, überlegte, wo sie am besten parken sollte.

Zwanzig Minuten später betrat Pia das *Luciano* und ging an dem lang gestreckten Tresen vorbei. Dort hatten sich bereits einige Amüsierwillige und ernsthafte Trinker postiert. Die Wände und die Decke der Bar schimmerten in einem warmen Goldton, der Fußboden bestand aus dunkelbraunen Holzdielen. Schwarz-Weiß-Fotos zeigten Szenen aus dem New York der Zwanzigerjahre. Im hinteren Teil der Bar, der mit üppigen Ledersesseln ausgestattet war, saßen um diese Uhrzeit noch nicht viele Gäste.

Eine Frau mit langen blonden Haaren schaute sie erwartungsvoll an. Das längliche Gesicht mit der schmalen Nase ähnelte dem ihrer Mutter.

Pia trat zu ihr. »Ich glaube, wir sind hier verabredet.«

»Frau Korittki?«, stieß sie erleichtert hervor. »Ich bin Grit Hagendorf. Wir haben telefoniert.« Die Frau streckte ihr zur Begrüßung eine eiskalte Hand entgegen.

Pia setzte sich zu ihr in einen der Sessel. Grit Hagendorf hatte ein Glas mit undefinierbarem, blassorangefarbenem Inhalt vor sich stehen sowie eine Schale mit Erdnüssen. Pia lief bei dem Anblick der Nüsse das Wasser im Munde zusammen. Sie hatte, wie so oft während ihrer Ermittlungen, zu lange nichts mehr gegessen, sondern nur Wasser und Kaffee getrunken. Als ein Kellner mit einer langen schwarzen Schürze zu ihnen kam, bestellte sie sich einen alkoholfreien Cocktail, in der Hoffnung, mit dem Obst der Deko den ersten Hunger stillen zu können. Dazu orderte sie, mit etwas schlechtem Gewissen, eine weitere Schale Nüsse.

Marten wollte heute Abend für sie alle etwas kochen. Da durfte sie sich den Appetit nicht vorher verderben. Hoffentlich dauerte das hier nicht zu lange …

»Danke, dass Sie noch gekommen sind. Ich weiß das wirklich zu schätzen!«

»Sie klangen ziemlich … besorgt bei unserem Telefonat«, kam Pia gleich zur Sache.

»Es tut mir echt leid. Ich glaube, ich stehe wegen Benno total neben mir.« Sie blinzelte heftig und zog ein Taschentuch hervor.

»Das ist verständlich. Der plötzliche Tod eines nahen Angehörigen …«

»Wir standen uns sehr nahe, Benno und ich!«, betonte Grit Hagendorf und putzte sich die Nase. »Wir beide sind die Außenseiter der Familie, müssen Sie wissen. Wir haben immer zusammengehalten.«

»Wieso sind Sie die Außenseiter?«

»Sie haben doch schon mit meinen Eltern gesprochen.«

»Was ist mit ihnen?«, fragte Pia, die nichts vorwegnehmen wollte.

»Ach, es ist schwierig, das zu erklären. Sie wollen natürlich nur das Beste für mich und meine Geschwister. Aber ob sie damit immer das Beste erreichen? Es gibt so viele Regeln! Sie üben die totale Kontrolle aus. Manchmal habe ich das Gefühl, dass ich nicht einmal alleine Luft holen darf. Benno ist es schon früh gelungen, sich dieser Kontrolle zu entziehen. Er ist für sein Studium in eine andere Stadt gezogen, nach Hannover. Gegen den Willen unserer Eltern. Hat seinen Studienplatz in der Nähe einfach verfallen lassen. Und er hat als Student viel gearbeitet, um finanziell unabhängig zu sein. Ich habe mich ehrlich gesagt gewundert, dass er überhaupt wieder zurückgekommen ist.«

»Wieso das?« Pias Cocktail wurde serviert, und sie schnappte sich die Ananasscheibe am Rand.

»Weil er sich damit wieder mit unseren Eltern auseinandersetzen musste. Und das ist schwierig. Noch dazu hat er Linda geheiratet, und ihr Dad ist auf seine Weise genauso herrisch wie unserer. Aber was rede ich hier? Das interessiert Sie sicherlich überhaupt nicht. Sie wollen Feierabend machen.«

Pia schluckte einen Bissen Ananas herunter. »Das lassen Sie mal meine Sorge sein. Was wollen Sie mir so dringend mitteilen?«

Grit Hagendorf senkte den Blick. »Ich fühle mich so schuldig.«

Pia drückte unwillkürlich den Rücken durch. »Inwiefern?«

»Ich war mit Benno verabredet – an dem Abend, als er starb. Aber ich habe ihm noch kurzfristig abgesagt. Wenn ich das nicht getan hätte ... Wenn ich ... Wenn wir zusammen gewesen wären, dann wäre mein Bruder jetzt nicht tot!« Sie schluchzte heftig auf.

Pia beugte sich zu ihr. »Wer immer Ihrem Bruder das angetan hat, hätte es wahrscheinlich bei anderer Gelegenheit noch einmal versucht. Wenn Sie ihn nicht eigenhändig getötet haben, sind Sie gewiss nicht schuld, nur weil Sie ihm abgesagt haben. Aber bitte von Anfang an. Wann und wo genau waren Sie verabredet?«

Grit Hagendorf erzählte stockend, dass sie von zu Hause ausziehen wollte und deshalb auf Wohnungssuche war. Wie schwierig es für sie sei, als Studentin und ohne festes Einkommen etwas zu finden, und dass Benno, dem sie sich anvertraut hatte, ihr hatte helfen wollen. Dann berichtete sie von dem Termin für eine Wohnungsbesichtigung am Montagabend um zwanzig Uhr in Lübeck, den sie hatte vereinbaren können. Dass Benno und sie um neunzehn Uhr fünfzehn in Kaltenbrode auf einem Parkplatz in der Nähe ihres Elternhauses, ganz am Ende der Straße, verabredet gewesen waren, weil er sie hatte begleiten und gegebenenfalls für sie hatte bürgen wollen. Sie hatte ihn mit dem Wagen ihrer Mutter dort abholen wollen, um dann mit ihm gemeinsam nach Lübeck zu fahren.

Ihren Eltern hatte Grit erzählt, sie führe zur Chorprobe. Das war eine gute Gelegenheit gewesen, ohne weitere Begründung abends das Haus zu verlassen. Doch dann war die Probe ausgefallen, und ihre Mutter hatte es erfahren, da sie das Telefonat einer Chorfreundin angenommen hatte. Also hatte Grit doch nicht fahren können, weil ihr auf die Schnelle keine neue Ausrede eingefallen war. Ihre Eltern wären misstrauisch geworden.

Sie hatte ihrem Bruder kurzfristig abgesagt, erzählte Grit Hagendorf weinend. Danach hatte sie nichts mehr von ihm gehört. Und am nächsten Morgen war Benno tot gewesen.

Nachdem es Pia gelungen war, Grit Hagendorf etwas zu beruhigen, hakte sie noch einmal nach: »Was für ein Problem haben Ihre Eltern denn genau mit Ihrem Auszug? Sie sind doch alt genug.«

»Ich weiß nicht. Ich bin das letzte noch zu Hause lebende Kind. Paula und Insa sind ja auch schon eine Weile fort, Benno sowieso …«

»Und was spricht für Sie dagegen, noch eine Weile im ›Hotel Mama‹ auszuharren?« Sie lächelte der jungen Frau aufmunternd zu, um ihren Worten die Schärfe zu nehmen.

Grit Hagendorf rang sich ein schwaches Lächeln ab. Sie trank ein paar Schlucke aus ihrem bisher beinahe unberührten Glas. Dann sagte sie: »Ich halte es einfach nicht mehr aus«, und blickte Pia unverwandt an.

»Was halten Sie nicht mehr aus?«, fragte Pia eindringlich. »Ich kann Ihnen vielleicht helfen.« Sie hatte eine Befürchtung, die, wenn sie zutraf, sogar den Mord an Benno Hagendorf erklären könnte.

»Sie hatten noch mehr Nüsse bestellt?« Eine Schale wurde zwischen sie beide auf dem Tisch abgesetzt. Pia und Grit Hagendorf zuckten zusammen.

Pia bedankte sich. Dann wandte sie sich wieder ihrem Gegenüber zu. »Was auch immer es ist: Suchen Sie sich Hilfe.«

»Nein, das geht nicht. Es ist nur … ganz allgemein diese Bevormundung«, erwiderte Grit Hagendorf leise. Sie sah Pia nicht in die Augen. Der Moment eines Durchbruchs war vorüber. Unwiederbringlich für den heutigen Abend.

»Meine Visitenkarte haben Sie noch, oder?«, hakte Pia nach einem Moment des Wartens nach.

»Ich habe Ihre Nummer gespeichert. Die Karte habe ich nicht mehr.«

Pia trank ihr Glas aus. »Rufen Sie mich jederzeit an, wenn Sie mir noch etwas sagen möchten.«

Grit Hagendorf nickte mit hängenden Schultern und gesenktem Kopf.

Auf der Rückfahrt von Lübeck an die Ostsee ließ Pia sich das Gespräch mit Grit Hagendorf wieder und wieder durch den Kopf gehen. Was hatte die junge Frau tatsächlich gesagt, und, viel wichtiger, was hatte sie womöglich nicht gesagt? Hatte Pia es falsch angefangen? Sollte sie Juliane, Louis oder jemand anders einen weiteren Versuch unternehmen lassen?

Sie hatte Grit Hagendorfs Angst und Verzweiflung deutlich gespürt. Ging es dabei wirklich nur um die Verabredung mit ihrem Bruder, die sie abgesagt hatte und die zufällig am Abend des Mordes an Benno Hagendorf hatte stattfinden sollen? So ein unglückliches Zusammentreffen voneinander unabhängiger Ereignisse konnte bei einem Angehörigen schon Schuldgefühle verursachen.

Doch da war noch Grits dringender Wunsch auszuziehen. Noch dazu, ohne ihre Eltern vorher in ihre Pläne einzuweihen. Benno, anscheinend einer von Grits engen Vertrauten, hatte bestimmt mehr über ihre Beweggründe gewusst. Doch er konnte es ihnen nicht mehr erzählen. War das nur ein Zufall? Oder kam das jemandem mehr als gelegen?

Vielleicht wusste Benno Hagendorfs Frau ja etwas Genaueres darüber, warum ihr Mann seiner Schwester ohne Wissen der Eltern hatte helfen wollen, eine Wohnung zu finden, schoss es Pia durch den Kopf. Ihr gegenüber hatte Linda Hagendorf nicht erwähnt, dass ihr Mann sich an dem Abend mit seiner Schwester hatte treffen wollen. Sie hatte ausgesagt, er sei mit einem Freund verabredet gewesen. Wusste sie es nicht besser, oder hatte sie es nur nicht sagen wollen? Und Grits ältere Schwestern? Sie mussten unbedingt noch einmal versuchen, zumindest eine von ihnen zum Reden zu bringen. Doch das Familiengeheimnis der Hagendorfs – wenn es denn eines gab – war nur einer von vielen Ermittlungsansätzen …

Pia bremste ab und bog in die Einfahrt zu Martens Haus. Das alte Bauernhaus zeichnete sich kompakt gegen den etwas helleren Nachthimmel ab.

Durch zwei der Sprossenfenster fiel warmes Licht nach draußen und warf einen Widerschein auf den Rasen. Pia parkte und stieg aus, schloss den Wagen mit einem Druck auf die Funkfernbedienung. Es war so still hier draußen. Nur ein paar Blätter der Buche vor dem Haus raschelten. Und es roch so gut. Nach Laub und feuchter Erde, nicht nach Abgasen und Staub.

Pia blieb beinahe andächtig stehen, um das Gesamtbild in sich aufzunehmen. Es sah friedlich aus. Ein behaglicher Zufluchtsort und ein Zuhause. So ganz anders als die Stadt, aus der sie gerade kam.

Völlig unvorbereitet traf sie die Erkenntnis, dass dies tatsächlich Felix' und ihr Zuhause werden könnte. Dass ihr weiteres Schicksal nur eine mutige Entscheidung weit von ihr entfernt lag. Es erforderte allerdings eine andere Art von Mut als die, die man benötigte, um Verbrechern hinterherzujagen.

Als sie eintrat, stand Marten tatsächlich am Herd. Felix hatte auf dem Wohnzimmerfußboden eine Rennbahn für Spielzeugautos aufgebaut, die Marten noch irgendwo hergezaubert haben musste. Es roch nach Tomatensoße, und der Tisch war bereits gedeckt.

Nachdem sie gegessen hatten und Pia Felix zu Bett gebracht hatte, saßen Marten und sie noch eine Weile am Esstisch. Pia hatte sich von ihrem Sohn von seinem Tag berichten lassen. Er war so voller Neuigkeiten gewesen, von denen er ihr hatte erzählen wollen, dass er auf das Vorlesen lieber verzichtet hatte. So war Pia wenigstens, was seinen Tag betraf, einigermaßen auf dem Laufenden.

Marten schenkte Pia von dem Wein nach. »Wie war denn dein Tag? Bist du zufrieden?«

»Es geht. Die anderen haben alle tolle Arbeit geleistet, aber ich … Heute Abend bei dem letzten Termin hätte ich es, glaube ich, besser machen können.«

»Was ist denn passiert?«

Sie schilderte ihm, wie es zu dem Treffen mit der Schwester des Opfers gekommen war und was Grit Hagendorf ihr erzählt hatte.

»Du hattest mehr erwartet«, folgerte Marten. »Eine Information, die dich wirklich weiterbringt.«

»Es wäre wohl zu schön gewesen, um wahr zu sein. Aber es sind schon drei volle Tage vergangen seit dem Mord an Benno Hagendorf. Wir müssten weiter sein mit unseren Ermittlungen.«

Marten kniff die Augen zusammen. »Der Fall scheint mir recht komplex zu sein. Immerhin hängt er unter Umständen mit diesem Überfall in Kaltenbrode zusammen. Außerdem fehlen euch noch die Ergebnisse der Spurensicherung, Laborergebnisse und so weiter …«

»Auch wieder wahr. Ich werde da morgen gleich noch einmal nachhaken.«

»Möchtest du weiter darüber reden? Nicht, dass ich viel über den Fall weiß. Aber manchmal klärt es sich ja, wenn man es jemand anders schildert.«

Pia rieb sich die Stirn. »Ein liebes Angebot, aber heute Abend nicht mehr. Ich will morgen wieder fit sein. Da ist es besser, wenn ich jetzt mal ein paar Stunden abschalte und an etwas anderes denke.«

Martens Augen leuchteten auf. Er stand auf und stellte sich hinter Pia. Sanft streichelte er ihre Schultern, ihren Hals. »Meinst du, Felix schläft schon?«

»Ich weiß nicht, wie du es geschafft hast und was du alles mit ihm gemacht hast, aber er war todmüde. Er ist bereits fest eingeschlafen, als ich noch bei ihm am Bett saß.« Pia schloss die Augen. Martens Hände waren so schön warm. Sie legte den Kopf in den Nacken, und er streichelte ihr Gesicht, ihren Hals …

»Ich kenne da eine supereffektive Entspannungstechnik«, sagte er.

»Mhmm«, murmelte Pia, als ihr ein Schauer die Wirbelsäule herunterrieselte.

»Aber sie ist nicht neu.«

18. Kapitel

Dies hier konnte sich als verhängnisvoller Fehler erweisen, doch Stella musste es einfach tun. Sie wollte sich unbedingt anschauen, wo genau Benno ums Leben gekommen war. Was er zuletzt gesehen, gehört, gerochen, gespürt hatte. Sie wollte ihm auf irgendeine Art und Weise noch einmal, ein letztes Mal, nahe sein. Und weil das so verrückt, so vollkommen gegen jede Vernunft war, hatte sie auch niemanden bitten können, sie zu begleiten.

Sie fuhr die schmale Asphaltstraße in Richtung Küste entlang. Als sie den provisorischen Parkplatz am Steilufer erreicht hatte, hielt sie an. Sie achtete darauf, mit ihren schmalen Reifen nicht zu weit in den weichen Sand zu geraten. Nachts hier stecken zu bleiben, das wollte sie nun wirklich nicht riskieren.

Stella schaltete den Motor aus. Durch die Windschutzscheibe blickte sie auf den Dünenstreifen, die Abbruchkante, dahinter lag das Meer. Rechts in der Ferne konnte sie als schwachen Lichtschein Kaltenbrode ausmachen. Ihren Heimatort. Wie bedeutungslos er von hier aussah, und welch heftige Emotionen – Verlangen, Ehrgeiz und Hass – einige seiner Bewohner quälten. Sie wusste das alles aus erster Hand. Von Benno, doch auch aus ihrer Familie.

Ihre Großmutter war eine stolze, aber auch pragmatische Frau. Obwohl Helmgard ihr nie erzählt hatte, was genau sie mit den Hagendorfs erlebt hatte, war Stella sich sicher, dass es etwas Unverzeihliches, ja etwas Ungeheuerliches gewesen sein musste. Sonst hätte ihre Großmutter es längst verziehen und ihre Familie nicht mit dieser zermürbenden Fehde belastet. Doch was, wenn sich ihr Hass sogar auf Benno übertragen hatte?

Stella stieg aus dem Auto. Der Nachtwind wehte ihr das offene Haar ins Gesicht. Sie stapfte mit gesenktem Kopf auf die Klippe zu. Dann stand sie dort, in sicherer Entfernung zum Abgrund. Die Polizei hatte das Absperrband noch nicht vollständig wieder entfernt. Sie ging genau dorthin, wo Benno vermutlich hinuntergestürzt worden war.

Stella fröstelte und zog die Schultern hoch, als sie hinunterblickte. Es war nicht sehr tief. Höchstens drei Meter. Doch selbst im schwachen Mondlicht war zu erkennen, dass man von hier aus nicht bloß auf Sand, sondern auf Äste, Steine und allerlei Unrat fiel.

Immerhin war die Kante so weit von der Stelle entfernt, wo man gefahrlos einen Wagen abstellen konnte, dass ihre Großmutter als Täterin nicht infrage kam. Nicht allein jedenfalls … Helmgard war beinahe vollständig erblindet, und so gut sie sich auch in ihrem Haus und Garten sowie in den Gewächshäusern zurechtfand, außerhalb ihres Reichs war sie hilflos.

Und sie hatte ja im Grunde auch kein Motiv. Benno war gut zu ihr, Stella, gewesen. Er hatte sie geliebt. Dass er mit einer anderen verheiratet war, war nicht sein Fehler gewesen, fand Stella. Sie waren einander einfach zu spät im Leben begegnet. Aber sie hätten noch eine Lösung gefunden. Was hatte Bennos Ehe mit Linda denn noch zusammengehalten? Es waren nicht einmal gemeinsame Kinder da … Nur der Job bei seinem Schwiegervater. Doch Benno war gut in seinem Beruf gewesen. Sie hätten zusammen fortgehen können. Er hätte überall Arbeit gefunden. Wer nur, wer, hatte all ihre Zukunftspläne zunichtegemacht?

Stella wich von der Kante zurück, ging raschen Schrittes auf die Schneise in den Dünen zu, die hinunter zum Strand führte. Immer schneller lief sie und achtete nicht darauf, dass kalter Sand und kleine Steine in ihre Schuhe drangen.

Unten angekommen, fand sie die Stelle am Strand, wo Benno gelegen haben musste. Es war ein x-beliebiger Ort an diesem wilden Küstenabschnitt. Nah an der Steilküste gelegen, etwas erhöht, voller Geröll, Treibgut und angeschwemmter alter Algen, vollkommen bedeutungslos. Und das schon jetzt wieder, obwohl nur drei Tage seit Bennos Tod vergangen waren. Niemand hatte zum Gedenken an ihn Blumen oder etwas anderes abgelegt. Und sie selbst hatte auch nicht daran gedacht, etwas mitzubringen, was diesem Ort Bedeutung verlieh.

Heiße Tränen liefen Stella übers Gesicht. Ließen eine Haarsträhne an ihrer Wange haften, doch sie merkte es kaum. Schluchzend sank sie auf die Knie, kümmerte sich nicht darum, dass sie nass und schmutzig wurde. Sie war eine schlechte Geliebte, dass sie nicht mal an eine rote Rose für den Ort seines Todes gedacht hatte. Sie hatte so viel falsch gemacht, hatte die Zeit nicht richtig genutzt … Und es war nicht mehr zu ändern. Nie mehr!

Stella wusste irgendwann nicht mehr, wie lange sie schon dort im Sand gekauert hatte. Doch es musste eine Weile gewesen sein, denn die Gestalt, die sich am Wassersaum entlang aus Richtung Kaltenbrode näherte, war schon bis auf ungefähr zwanzig Meter an sie herangekommen. Hastig rappelte Stella sich auf. Wie hatte sie das erst so spät bemerken können?

Es war ein Mann, unverkennbar, recht groß und mit breiten Schultern. Benno!, war ihr erster, unvernünftiger Gedanke. War er gar nicht tot? Ihr Herzschlag beschleunigte sich, und ihr Hals wurde eng. Der Mann stapfte mit ausholenden, zielstrebigen Schritten vor sich hin, hatte die Hände in den Jackentaschen versenkt, eine Kapuze verdeckte seinen Kopf. Natürlich war es nicht Benno. Das war unmöglich. Da war nur eine gewisse Ähnlichkeit in Statur und Gang. Mit Sicherheit hatte er sie längst gesehen. Jetzt wandte er sich vom Wassersaum ab und kam auf sie zu. Wer zum Teufel war das?

Stella blickte den Strand hinunter zu der Stelle, wo der Weg hinauf zum Parkplatz führte. Zu ihrem Auto. Wenn sie jetzt losliefe, liefe sie dem Unbekannten quasi entgegen. Sie würde ihm am unteren Ende des Weges schon sehr nahe kommen. Und dann musste sie ja auch noch die Steigung durch den weichen Sand überwinden. Bis dahin wäre er längst bei ihr. Sie fühlte förmlich, wie er ihre Jacke von hinten packen und sie daran zurückziehen würde. Und in der anderen Richtung lag weithin nichts – nichts, was ihr helfen konnte.

Weglaufen war also keine Option.

Trotzig kniff Stella die Augen zusammen, ballte die Hände in den Jackentaschen zu Fäusten. Sie fühlte ihren Wagenschlüssel in der Tasche und fasste ihn so, dass der Bart des Schlüssels zwischen Mittel- und Ringfinger durch ihre rechte Faust stach. Ihre Anspannung löste sich ein wenig, als sie erkannte, dass es Hanjo Hagendorf, Bennos Onkel, war, der da auf sie zukam.

»Hallo, Stella«, sagte er schon von weither. »Findest du auch keine Ruhe?«

»Wie sollte ich?«

Er kam näher, blieb aber in etwa drei Metern Entfernung von ihr stehen und schob die Kapuze zurück. Obwohl er sechsundzwanzig Jahre älter war als Benno, stämmiger und stets wie eine Mischung aus Altrocker und Zuhälter gekleidet, war die Ähnlichkeit mit Benno im Mondlicht doch frappierend. Warum war ihr das bisher noch nie aufgefallen?

Er blickte sich um. »War es hier? Lag Benno dort?« Hanjo deutete auf die Stelle, vor der Stella gerade gekniet hatte.

»Ich vermute es. Ich war nicht hier …«

Hanjo maß sie mit einem prüfenden Blick. »Es ist unvorstellbar, nicht wahr?«

»Ich kann es jedenfalls nicht fassen. Wer hat das bloß getan?«

Er trat zwei Schritte näher. »Und ich dachte, du hättest vielleicht eine Ahnung, Stella *Böttcher*.« Er betonte ihren Nachnamen auf unangenehme Art und Weise.

»Was redest du da, Hanjo *Hagendorf*?«, erwiderte sie und gab dem Namen eine ähnliche Betonung wie er. »Wenn ich etwas wüsste, dann hätte ich es schon längst der Polizei erzählt. Vielleicht habe ich das auch schon getan.«

Hanjo ging ein paar Schritte an ihr vorbei. Sie roch sein aufdringliches Aftershave. Stella hoffte, ihr unglückseliges Zusammentreffen wäre vielleicht schon vorbei. Doch Bennos Onkel blieb unvermittelt stehen. Er schüttelte wie resignierend den Kopf, deutete mit der Hand auf die Fläche des Strandes vor ihm. »Ausgerechnet hier! Benno wurde weggeworfen wie ein Stück Dreck. Wer tut so etwas?« Seine silbernen, massiv aussehenden Fingerringe glänzten im Mondlicht.

Hanjo war ein eitler Mann mit zu langen welligen Haaren, die er dunkel färbte, wie Benno ihr mal mit einem spöttischen Grinsen erzählt hatte. Das Verhältnis zwischen ihm und seinem Onkel war kompliziert gewesen. Beruflich hatten sie manchmal zusammengearbeitet, hatten sich gegenseitig die Bälle zugespielt. Hanjo besaß eine Baufirma, ein Hoch- und Tiefbauunternehmen. Benno war Architekt gewesen. Stella hatte nie nachgefragt, doch irgendwie war es Benno wohl gelungen, stets ein paar Tausender an seinem Schwiegervater vorbeizuschleusen, in die eigene Tasche. Mit

Hanjos Hilfe? Waren sie, was den Profit betraf, ein Team gewesen?

Doch privat hatten Neffe und Onkel anscheinend um die Position des größten Womanizers in der Familie konkurriert. Nicht, dass Benno Wert darauf gelegt hätte, als solcher zu gelten. Er war mit seinem natürlichen Charme und seinem guten Aussehen einfach überall gut angekommen. Hanjos Stern hingegen war längst im Sinken begriffen. Er versuchte zwar immer noch, überall der tollste Hecht im Teich zu sein. Doch das gelang ihm nicht mehr.

Benno war es eher unangenehm gewesen, wie sein Onkel versuchte, in dieser Beziehung mit ihm gleichzuziehen. Und die Tatsache, dass sie, Stella, Hanjo vor drei Jahren mal sehr deutlich hatte abweisen müssen, als er sie massiv angebaggert hatte, sie später dann aber mit Benno zusammen gewesen war, hatte die Beziehung der beiden Männer zueinander nicht eben verbessert. All das wurde ihr erst jetzt so richtig klar. War Hanjo wirklich so außer sich wegen des gewaltsamen Todes seines Neffen? Oder spielte er ihr gerade etwas vor?

Sehnsüchtig schaute Stella den Weg die Klippe hinauf. Doch sie wäre nicht schnell genug, wenn sie jetzt losliefe. Außerdem wollte Hanjo Hagendorf ja wohl nichts weiter, als sie ein bisschen quälen und sich die Zeit vertreiben.

Er drehte sich zu ihr um. »Ich hoffe, dein Mitteilungsbedürfnis der Schmiere gegenüber ist nicht zu ausgeprägt«, sagte er.

»So sprichst du von der Polizei? Wovor hast du Angst, Hans-Joachim?« Sie sollte vernünftig sein und ihn nicht reizen. Er hasste seinen richtigen Vornamen, hatte Benno ihr erzählt. Und er hatte anscheinend etwas vor der Polizei zu verbergen. Er testete aus, wie viel sie wusste und wie viel sie schon gesagt hatte. Doch Stella konnte nicht anders.

Der Schmerz über Bennos Tod war zu groß. Das machte sie unvorsichtig. Und außerdem ... Hunde, die bellen, beißen nicht, hieß es doch.

»Ich habe keine Angst, Stella. Ich wundere mich nur, dass du hier so allein herumläufst, so spät am Abend. Nach dem, was dir neulich im Naturschutzgebiet passiert ist ...«

Stella gefror augenblicklich das Herz. Obwohl der Überfall in ihrem Gedächtnis ständig im Hintergrund präsent war, war es doch um ein Vielfaches schlimmer, wenn sie darauf angesprochen wurde. Hanjo ahnte natürlich, wie sehr er sie damit aufwühlte. Aber sie wollte es sich ihm gegenüber keinesfalls anmerken lassen. Also schlug sie zurück: »Es ist mir im Grunde gar nichts passiert. Dieser Loser von einem Angreifer hat mir nichts angetan. Und die Polizei weiß auch schon, wer das war. Die warten nur auf den richtigen Augenblick, um es zu beweisen.«

Hanjos Gesicht verzog sich. Der Mond war zwischen den rasch vorüberziehenden Wolken aufgetaucht, sodass sie seine Züge klar erkennen konnte. Einen Moment lang hatte Hanjo die Wut, die unter seiner zur Schau getragenen Überlegenheit schwelte, nicht unter Kontrolle. Oh ja, er könnte seinem Neffen etwas angetan haben, dachte Stella. Im Affekt wäre Hanjo zu allem fähig. Wenn er nur genug gereizt wurde ... Und sie sollte schnellstmöglich von hier verschwinden.

»Und wer war es?«, stieß er leise hervor.

Stella hob den Kopf. »Der Feigling trug eine Maske. Aber bald wissen auch wir mehr.« Damit drehte sie sich um und ging mit klopfendem Herzen in Richtung ihres Wagens.

Hanjo folgte ihr nicht.

19. Kapitel

Pia traf Linda Hagendorf in einem weißen Jogginganzug und mit unordentlich hochgebundenen Haaren in ihrem Haus an. Ihr Gesicht sah fleckig aus, ihre Augen waren rot verweint. Selbst wenn sie beim Tod ihres Ehemanns die Hand im Spiel gehabt haben sollte: Ihre Trauer und Verzweiflung wirkten echt. Doch es waren Pia schon merkwürdigere Dinge untergekommen, als dass ein Täter oder eine Täterin nach einem Mord tieftraurig oder entsetzt über das Geschehen war.

Als sie die Küche betraten, waren die Arbeitsflächen übersät mit Geschirr, Dosen und Küchengeräten. Auf dem Boden standen leere oder halb befüllte Pappkartons und Gitterboxen. Linda Hagendorf strich sich eine verschwitzt aussehende Haarsträhne aus dem Gesicht. »Es ist ein Chaos hier. Aber ich musste etwas tun. Also habe ich angefangen auszumisten. Mein Vater hat mich quasi aus dem Büro geworfen.«

»Wieso hat er Sie rausgeworfen?« Pia wusste aus eigener Erfahrung, dass Arbeit oft das beste Mittel gegen seelischen Schmerz war. Oder zumindest betäubte eine sinnvolle Beschäftigung ihn und hielt die schlimmste Traurigkeit eine Weile in Schach.

»Ach, er meint, mir sei momentan der Kontakt mit Kunden nicht zuzumuten … oder den Kunden der Kontakt mit mir.« Sie verzog genervt das Gesicht. »Zugegebenermaßen bin ich gerade weder eine Augenweide noch voll auf der Höhe, was Small Talk angeht.«

»Mir macht das nichts«, sagte Pia leichthin. »Ich habe nur noch ein paar Fragen, wenn Sie nichts dagegen haben.«

»Würde es etwas nützen, wenn ich was dagegen hätte?«

»Langfristig gesehen nicht«, bestätigte Pia. »Haben Sie?«

»Ach, was soll's. Ich will ja selbst wissen, was mit Benno passiert ist. Es ist wahrscheinlich meine einzige Chance, das alles eines Tages hinter mir zu lassen. Und so lange ist mir jede Ablenkung recht, die ich kriegen kann. Deswegen wahrscheinlich auch der Versuch, meine Küche auszumisten.« Sie nahm sich eine Dose Nasi Goreng, drehte sie in der Hand. »Sehen Sie: schon drei Jahre abgelaufen ...«, sagte sie und legte sie in einen Karton.

»Wollen wir uns nicht einen Moment setzen?« Pia deutete auf den Sitzplatz am Fenster.

»Ja, natürlich. Wo sind meine Manieren geblieben? Möchten Sie einen Kaffee oder ein Wasser?«

»Nein, danke.«

»Aber ich. Der Staub ...« Sie holte ein Glas aus einem der Oberschränke, hielt es unter den Wasserhahn und setzte sich dann Pia gegenüber.

»Haben Sie noch einmal darüber nachgedacht, ob Ihr Mann Feinde hatte?«

»Ja, unentwegt«, bestätigte Linda Hagendorf. »Es ist seltsam. Eigentlich habe ich Benno immer darum beneidet, wie gut er überall ankam. Besonders natürlich bei den Frauen.«

»Und zu welchem Ergebnis sind Sie nun gekommen?«

Linda Hagendorf rieb sich den Nacken, drehte sich ein paar Haare, die aus dem Knoten gerutscht waren, um den Finger. »Mir fallen zwei Möglichkeiten ein.«

»Welche denn?«, hakte Pia gespannt nach.

»Nun, einmal das Übliche: dass er die Aufmerksamkeit anderer Frauen brauchte wie Luft zum Atmen. Ich könnte mir vorstellen, dass ein Ehemann oder Freund – oder die Frau selbst – ausgetickt sind. Er wusste nie, wann es genug war. Dachte, er könnte sich in dieser Beziehung alles herausnehmen.«

»Können Sie mir Namen nennen?«

Sie zögerte. »Es ist nur Hörensagen.«

»Das werde ich berücksichtigen«, versprach Pia.

»Ich habe gehört, dass er mit Stella Böttcher befreundet gewesen sein soll. Was immer das heißen mag. Sie arbeitet als Kellnerin!« Ihre Stimme bebte bei dem letzten Satz vor Empörung.

Pia sagte nichts dazu, auch nicht, dass Stella Böttcher eigentlich Buchhalterin war, sondern machte sich eine Notiz.

»Sie soll ja neulich im Naturschutzgebiet überfallen worden sein. Das behauptet sie jedenfalls. Zuerst hatte ich sogar noch Mitleid mit ihr. Bis ich das mit ihr und Benno erfahren habe …« Die Verletzung und die Wut, die nun in ihren Worten mitschwangen, ließen Pia aufmerken.

»Was dachten Sie da?«

»Dass das, was immer das zwischen den beiden ist, sofort aufhören muss. Ich hätte mir das nicht von ihm gefallen lassen. So nach dem Motto ›Ich muss es ausleben, und dann komme ich zu dir zurück‹ wäre das nicht gelaufen!«

Pia schaute sie nur an.

»Ich hätte etwas dagegen unternommen. Aber nicht das, was Sie jetzt vielleicht denken. Ich hätte Benno nie etwas angetan. Er …« Sie legte die flache Hand auf ihren Bauch.

»Ja?«, fragte Pia leise.

»Benno ist der Vater meines ungeborenen Kindes.«

»Oh, das tut mir leid. Dass er nun tot ist, meine ich.«

Linda Hagendorf zwinkerte heftig. »Benno wusste es noch nicht. Niemand wusste es.«

Von wem haben Sie das mit Stella Böttcher und Ihrem Mann denn gehört?«

Sie senkte den Kopf. »Muss ich das sagen?«

»Wollen Sie nicht die Wahrheit wissen?«

»Das hat damit nichts zu tun.«

»Wer war es?«

»Eine Kollegin im Büro. Frau Grieger hat wohl ein paar Telefonate von Benno mitangehört.«

Pia schrieb das ebenfalls auf. »Sie meinten eben, Ihnen seien zwei Möglichkeiten eingefallen.«

»Genau.« Ihre Stimme klang wieder fest und entschlossen. »Sein Tod kann natürlich mit dieser abgeschmackten Affäre zusammenhängen. Nur, dass diese Stella meines Wissens keinen Ehemann oder Freund hat, der Benno umgebracht haben könnte. Die andere Möglichkeit ist, dass es mit Vaters Geschäft in Zusammenhang steht.«

»Können Sie das begründen?«

Linda Hagendorf seufzte. »Meinem Vater sind ein paar Unregelmäßigkeiten bei Kostenvoranschlägen, Ausschreibungen und Rechnungen aufgefallen. Hauptsächlich bei den Projekten, die Benno betreut hat. Mein Vater hat es mir gestern erst erzählt. Eigentlich wollte er zuerst mit Benno persönlich darüber reden, meinte er. Ihm eine Chance geben, es richtigzustellen, ohne dass es unsere Ehe belastet. Aber das hat sich ja nun erledigt.«

»Was genau waren das für Unregelmäßigkeiten?«

»Benno hat einige größere Bauprojekte betreut. Meinem Vater ist aufgefallen, dass sein Onkel, Hanjo Hagendorf, ziemlich oft mit seinem Hoch- und Tiefbau-Unternehmen in diese Projekte involviert war. Es sieht so aus, als wären Ausschreibungen umgangen worden und für Arbeiten am Bau, die Hanjos Firma ausgeführt hat, ungewöhnlich hohe Rechnungen gestellt und bezahlt worden. Zulasten unserer Kunden.«

»Profitiert hat der Onkel Ihres Mannes?«

»Es sieht so aus. Und vielleicht auch Benno selbst, wenn sie gemeinsame Sache gemacht haben. Dann hätte mein Mann meinen Vater und mich damit hintergangen. Ich werde wohl bald herausfinden, ob er irgendwelche Konten vor mir geheim gehalten hat.«

»Das sind schwere Anschuldigungen.«

»Das macht es ja so schwierig. Benno kann sich nicht mehr verteidigen. Bisher ist es nur ein Verdacht. Was sollen wir nur tun?«

»Den Verdächtigungen muss jetzt nachgegangen werden«, gab Pia ruhig zurück. »Entweder ist da etwas dran, dann müssen Sie es wissen, oder aber der Verdacht entbehrt jeder Grundlage. Dann wird Ihr Mann dadurch rehabilitiert. Es nicht zu wissen ist die schlechteste Variante.« Sollte es jedoch stimmen, ergaben sich daraus weitere mögliche Motive, Benno Hagendorf zu ermorden. Vielleicht war er mit seinem Schwiegervater aneinandergeraten? Oder mit seinem Onkel? Wie konnte ein einzelner Mensch nur so viele Mitmenschen gegen sich aufbringen?

»Ich weiß nicht, was ich noch denken soll. Wir haben beide so hart gearbeitet. War all das, was wir uns aufgebaut haben, nur eine Lüge?« Linda Hagendorfs Hand deutete erst auf den Raum, die schöne Einrichtung, dann hinaus auf die gut ausgestattete Terrasse und den perfekt gepflegten Garten. Wie es schien, war alles da, was man sich so wünschen konnte. Und trotzdem …

Nachdem Pia noch einmal unangekündigt in Thomas Ungers Büro bei *LINTHO* vorgesprochen hatte, um ihn zu seinen Verdächtigungen zu befragen und ebenso Frau Grieger wegen der belauschten Telefonate, fuhr sie ein wenig schlauer zurück nach Lübeck. Zumindest hatte die Frau am Empfang bestätigt, dass sie Linda Hagendorf bezüglich ihres Mannes und Stella Böttcher gewarnt hatte. In bester Absicht natürlich ... Entscheidend dabei war der Zeitpunkt: Sie hatte es angeblich vor Bennos Tod und dem Überfall auf Stella Böttcher getan.

Broders hatte Pia einen Text aufs Handy geschickt. Offenbar hatte er etwas herausgefunden, was er ihr umgehend mitteilen wollte. Sie verabredeten sich zu einem schnellen Mittagessen, denn ab vierzehn Uhr erwarteten sie die Ergebnisse des K6, sowohl den Fall »Böttcher« als auch den Fall »Hagendorf« betreffend.

Sie trafen sich in einem Café in Lübeck in der Hüxstraße, wo es eine kleine Mittagskarte gab und man auch einigermaßen ungestört miteinander reden konnte.

Nachdem ihre Getränke, Kaffee und Apfelschorle, vor ihnen auf dem Bistrotisch standen, berichtete Pia Broders, was sie in Kaltenbrode und Eutin herausgefunden hatte. »Damit haben wir mindestens einen weiteren Verdächtigen, den wir befragen müssen«, schloss sie. »Hanjo Hagendorf, Benno Hagendorfs Onkel.«

»Ich will ja nicht altmodisch klingen. Aber der Onkel soll den Neffen getötet haben?« Broders schüttelte den Kopf. »Furchtbar.«

»Broders, wie lange bist du im K1?«

»Frag nicht, Engelchen. Vielleicht schon zu lange.«

»Dann ist dir sicher auch aufgefallen, dass die Menschen einander alles Mögliche antun, auch ihren engsten Verwandten.«

»Ja, ja. Ich weiß.«

»Was hast du herausgefunden?«

»Auch nichts Erfreuliches«, antwortete er. »Du erinnerst dich sicher an den Lebenspartner von Stella Böttchers Großmutter?«

»Helmgard Böttcher? Er heißt Eduard Seiler, oder?«

Broders nickte. »Genau. Ich habe mich nach seiner Kriminalakte erkundigt. Leider gibt es eine. Und sie ist nicht ganz ohne.«

»Was steht denn drin?«

»Verstöße gegen das Betäubungsmittelgesetz und einmal versuchte Körperverletzung im Rahmen einer Kneipenschlägerei. Das ist aber schon beinahe dreißig Jahre her. Er wurde nie verurteilt.«

»Wieso wurde seine Akte dann nicht längst gelöscht?«

»Es bestand wohl ein ›Restverdacht‹. Seilers Pech war, dass er später noch ein- oder zweimal angezeigt wurde, und obwohl da anscheinend nicht viel dran war, hat sich die Speicherung all seiner Daten damit verlängert.«

»Im Grunde hat er sich seit drei Jahrzehnten nichts mehr zuschulden kommen lassen?« Ihr Essen wurde serviert, und Pia stürzte sich hungrig auf ihren Wrap mit Camembert, Salat und Preiselbeeren. Broders hatte zwei Sandwiches gewählt.

»Entweder ist er inzwischen brav und gesetzestreu geworden, oder Seiler hat sich nur nicht wieder erwischen lassen«, sagte Broders nach einem großen Schluck von seiner Schorle. »Grundsätzlich hat er es wohl mit den Gesetzen früher nicht allzu genau genommen.«

»Ich sehe nur den Zusammenhang nicht. Diese Art von krimineller Aktivität hat nichts mit Mord oder Totschlag zu tun.«

»Nein. Aber denk an den Überfall auf Stella Böttcher. Ihre

Großmutter und auch deren Partner sind Stella überaus zugetan.«

»Und sie ist überfallen und beinahe vergewaltigt worden«, setzte Pia seine Überlegungen fort.

»Könnte der Mord nicht auch ein Racheakt gewesen sein?«, fragte Broders.

»Dann hätte Benno Stella im Naturschutzgebiet angegriffen, meinst du? Warum sollte er? Sie war verliebt in ihn.«

»Aber es gab ja diesen Streit an dem besagten Abend. Zwischen Stella und Benno. Sie hat ihn zurückgewiesen.«

»Ich weiß nicht, Broders.« Pia schob sich gedankenverloren ein Salatblatt in den Mund. »Nach so einem Streit lauert man seiner Freundin doch nicht auf dem Heimweg auf, noch dazu maskiert, und schlägt sie nieder. Nein, das halte ich für äußerst unwahrscheinlich.« Pia schüttelte vehement den Kopf.

»Aber der Heimweg führte an dem Hausboot von Arne Freiwald vorbei. Er war doch Stellas Ex-Freund. Vielleicht dachte Benno, sie wolle wieder zu ihm gehen.«

»Sie war doch schon ein gutes Stück an dem Boot vorbei, als der Überfall verübt wurde. Das hätte Benno gesehen und keinen Grund mehr gehabt. Und der Angreifer kam ihr auch entgegen, war also vor ihr da«, entgegnete Pia.

»Benno Hagendorf soll doch an dem besagten Samstag schon im Restaurant betrunken gewesen sein. Vielleicht hat er nach dem Streit noch mehr getrunken und ist vor Wut und Eifersucht nicht mehr ganz zurechnungsfähig gewesen.«

»Wenn du es so darlegst …«, sagte sie nachdenklich.

»Außerdem muss Benno Hagendorf Stella ja nicht wirklich überfallen haben. Es würde vollkommen ausreichen, wenn sein Mörder nur dachte, dass er es gewesen ist.«

»Du meinst, Benno Hagendorf wurde irrtümlich ermordet für etwas, was er gar nicht getan hat, nämlich Stella Böttcher anzugreifen?«

»Es ist zumindest denkbar, oder? In so einer aufgeheizten Stimmung wird schnell einer zum Sündenbock gemacht.«

»Und wer von den Böttchers soll das gewesen sein?«

»Helmgard Böttcher und Eduard Seiler, als Team?«

»Dazu müssten sie von der Affäre zwischen Benno und Stella gewusst haben, die angeblich bis zu dem Streit im *Gödeke* geheim war. Hältst du das für realistisch?«

Broders zuckte mit den Schultern. »Seiler wusste davon, das hat er mir gegenüber freimütig zugegeben. Helmgard Böttcher wusste es angeblich nicht.«

Pia las die Berichte der Spurensicherung ein zweites und dann noch ein drittes Mal und schüttelte dann langsam den Kopf. Damit hatte sie nun wirklich nicht gerechnet.

Warum eigentlich nicht? Weil derjenige, um den es ging, ihr recht vernünftig erschienen war? Weil sein Berufsethos dem widersprach, was er anscheinend getan hatte?

Um vierzehn Uhr ging sie hinüber in den Besprechungsraum, wo ihr Team schon vollzählig versammelt war. Nachdem sie sich wie üblich gegenseitig auf den neuesten Stand der Ermittlungen gebracht hatten, ließ Pia die Bombe platzen.

»Zuerst sprechen wir über den Spurensicherungsbericht, der den Überfall auf Stella Böttcher betrifft«, sagte sie. Alle, und ganz besonders Dana Bremer, blickten sie erwartungsvoll an. »Wie es aussieht, besteht da tatsächlich ein Zusammenhang zu unseren Ermittlungen im Mordfall ›Hagendorf‹. Ich beginne mit dem Mantel, den Stella am Abend des Überfalls getragen hat: ein roter Mantel aus fünfundsiebzig Prozent Schurwolle und fünfundzwanzig Prozent Polyamid, das

Innenfutter besteht aus Polyester. An der Außenseite, der Schurwolle, haften Fasern und Haare und auch Hautschuppen und Pollen besonders gut an. Dementsprechend gab es vor allem außen, aber auch an der Innenseite des Mantels einige Anhaftungen. Ich zähle es nicht im Einzelnen auf. Die Fasern und Haare sind wahrscheinlich auch dadurch angehaftet, dass der Mantel den ganzen Abend über dicht an dicht mit anderen an der Garderobe des Restaurants gehangen hat.«

Pia machte eine kleine Kunstpause. »Die meisten der sichergestellten Haare und Fasern auf dem Mantel waren von Stella Böttcher selbst und von Benno Hagendorf. Am Innenfutter des Mantels wurde jedoch ein Haar sichergestellt, das weder ihres noch eines von Benno Hagendorf ist.«

20. Kapitel

Pia blickte in die Runde. »Mittlerweile steht fest, dass das Haar von Dr. Arne Freiwald stammt, Stella Böttchers Ex-Freund. Die DNA des Haares, das innen am Futter ihres Mantels sichergestellt wurde, ließ sich im ersten Anlauf zunächst nicht feststellen, doch im zweiten Versuch stimmte sie mit der DNA von Dr. Freiwald überein. Auch die lockige Struktur und Farbe passen.« Pia hielt inne und beobachtete, wie ihr Team diese Neuigkeit aufnahm.

»Es kann eine harmlose Erklärung dafür geben«, sagte Broders nachdenklich. »Es ist nur ein Haar … Sie waren doch mal zusammen, oder?«

»Ja. Bis ungefähr zwei Wochen vor dem Überfall. Aber ein Haar, das sich an der Innenseite ihres Mantels befand … Ich habe Frau Böttcher angerufen. Nachdem sie mit Freiwald Schluss gemacht hatte, war der Mantel einmal in der Reinigung. Sie sagte, zum Start der Herbstsaison …«

»Ihr Ex-Freund, der neue Arzt in Kaltenbrode, der in dem Hausboot wohnt, soll Stella Böttcher überfallen und versucht haben, sie zu vergewaltigen?«, fragte Dana ungläubig.

»Zumindest deuten die Fakten im aktuellen Spurensicherungsbericht darauf hin. Es wird schwierig, sich ein Szenario zu überlegen, wie das Haar auf andere Art und Weise als durch den Überfall dorthin gelangt sein könnte, wo es sichergestellt wurde. Nur wenn ihr Mantel über einer Jacke von Freiwald im *Gödeke* an der Garderobe gehangen hätte. Aber selbstverständlich müssen wir mit Stella Böttcher noch darüber sprechen. Vielleicht hat sie uns auch nicht alles über den Verlauf jenes Abends gesagt.«

»Woher stammen überhaupt die Vergleichsspuren?«, erkundigte sich Louis.

»Nach dem Überfall haben wir gleich alle Männer, die in letzter Zeit mit Stella Böttcher in Kontakt standen, um DNA-Proben gebeten«, bemerkte Dana. »Es sollten Ausschluss-Proben sein, damit wir mögliche Täterspuren von harmlosen Spuren, die aus den sozialen Kontakten des Opfers herrühren, unterscheiden können.«

»Aber wieso hat dieser Freiwald freiwillig seine DNA für eine Vergleichsprobe abgegeben, wenn er schuldig ist?«, wollte Louis wissen.

»Sich zu weigern hätte die Aufmerksamkeit ja erst recht auf ihn gelenkt«, erklärte Dana. »Falls er der Täter ist, hat er sicherlich gehofft, dass er bei dem Überfall keine Spuren hinterlassen hat. Es kam ja zu keinem feststellbaren Sexualkontakt.«

»Er ist Mediziner, er kennt sich da sicher gut aus«, sagte Juliane leise.

»Wir müssen der möglichen Beteiligung Freiwalds an dem Überfall auf jeden Fall nachgehen«, bestätigte Pia. »Doch es gibt eine Schwierigkeit.«

»Und die wäre?«

»Unmittelbar am Tatort waren kaum Schuhspuren vorhanden, weil der Boden zu hart dafür war und später zu viele Menschen dort entlanggegangen waren. Aber hinter dem Baum, wo der Täter dem Opfer zufolge gewartet hat, haben unsere Leute einen halben, recht tiefen Schuhabdruck sichergestellt. In einem frischen Maulwurfshügel.« Pia heftete ein Foto des Abdrucks an das Whiteboard.

»Ein seltsamer Schuhabdruck«, murmelte Broders. »So ein Profil habe ich noch nie gesehen.«

»Ungewöhnlich sind die beinahe rechteckige Form und die breiten, regelmäßigen Querrillen«, bestätigte Pia. »In den Datenbanken ist kein ähnliches Profil verzeichnet. Es könnte sich um eine Sonderanfertigung oder ein seltenes, ausländisches Fabrikat handeln.«

»Wir müssen also die Schuhe finden, die diesen Teilabdruck verursacht haben«, sagte Louis.

»Die wird unser Herr Doktor wohl kaum noch besitzen«, wandte Juliane ein. »Wenn er es denn war.«

»Einen Versuch ist es wert.« Dana reckte das Kinn. »Immerhin ist er auch freiwillig mit seiner DNA herausgerückt.«

»Sollen wir sämtliche Schuhe aller involvierten Männer überprüfen?«, fragte Broders.

Pia schüttelte den Kopf. »Das dauert zu lange und erregt vorab zu viel Aufmerksamkeit. Ich werde einen Durchsuchungsbeschluss für sein Hausboot und die Praxis erwirken, und wir werden ihn schnellstmöglich zur Sache vernehmen.«

»Sieht so aus, als hätten wir, zumindest was den Überfall mit Körperverletzung betrifft, einen Durchbruch«, stellte Broders fest.

»Es gibt da noch einen Haken«, erwiderte Pia. Sie deutete auf das Whiteboard. »Hat einer von euch mal auf die Maßangaben geachtet?«

»Oh«, machte Broders. »Dieser Doktor Freiwald lebt ja auf recht kleinem Fuß.«

»Die Größe passt wahrscheinlich nicht. Freiwald ist ein großer Mann. Selbst bei diesem Teilabdruck steht fest, dass es sich höchstens um Schuhgröße 40 handelt.«

»Gibt es auch eine Schätzung in Bezug auf das Körpergewicht?«

»Zwischen sechzig und fünfundachtzig Kilo. Das käme

schon eher hin. Freiwald ist nicht besonders schwer für seine Körperlänge.«

»Aber er hat wohl kaum Schuhgröße 40. Und er hätte sich auch sicher nicht wie Aschenputtels Stiefschwestern die Ferse oder den großen Zeh abgeschnitten.«

Pia nickte. »Allerdings wiegt das Haar an der Innenseite des Mantels des Opfers schwer. Er hat ein Motiv, und er besitzt kein Alibi. Die Schuhspur hinter dem Baum muss ja nicht unbedingt vom Täter stammen.«

»Wo ist Tatjana?« Arne Freiwald konnte die Arzthelferin weder im Empfangsbereich der Praxis noch in dem kleinen Laborraum entdecken.

Ellen, seine zuverlässigste Kraft, schaute ihn über den Rand des Bildschirms hinweg an. »Tut mir leid, Doc. Sie ist heute etwas früher nach Hause gefahren. Sie hatte schlimme Kopfschmerzen.«

Arne schüttelte ärgerlich den Kopf. »Kopfschmerzen? Tatjana ist doch gestern erst aus dem Urlaub wiedergekommen.«

»Danach fragt ihr Kopf anscheinend nicht.«

Er seufzte ergeben. »Wir haben noch zwei Stunden Sprechzeit. Schafft ihr das denn zu zweit?«

Ellen zuckte auf ihre unnachahmlich ruhige Art mit den Schultern. »Es wird schon gehen. Das Wartezimmer ist jetzt nicht mehr so voll.«

»Dann war der Traumurlaub auf Rhodos wohl nicht so erholsam«, murmelte er.

Doch Ellen, die sogar die Klagen der Patienten durch verschlossene, schallisolierte Türen verstehen konnte, antwortete ihm: »Ich habe Tatjana ja gleich gesagt, dass die Hitze in Griechenland für sie mit ihrer Migräne nichts ist.«

»Danke, Ellen. Hoffen wir mal, dass es ihr am Montag wieder besser geht.«

»Das wird es schon.« Das Telefon läutete, und sie meldete sich.

Arne ging in das rechte Sprechzimmer, wo ein älterer Herr auf ihn wartete. Von seinem Vorgänger hatte er gelernt, dass für einige der Patienten, die er übernommen hatte, die persönliche Ansprache an erster Stelle stand. Diese Menschen fühlten sich schon besser, wenn man ihnen in Ruhe zuhörte und sie mit ihren Krankheiten und Sorgen ernst nahm.

Na ja, ging das nicht den meisten so? Wenn es dann noch ein neues Rezept dazugab, waren sie zufrieden, auch wenn man bei ihren seit Langem bestehenden gesundheitlichen Beschwerden nicht mehr viel ausrichten konnte. Diese Art der Behandlung war nichts, wofür man jahrelang Medizin studieren und einen Doktor machen musste. Aber es gehörte eben zu seinem neuen Alltag als Hausarzt auf dem Land dazu.

Ein weiterer Aspekt seines neuen Lebens war der Umgang mit Angestellten. Arne hatte das Glück, zuverlässige Mitarbeiterinnen von seinem Vorgänger übernommen zu haben. Gerade ohne Ellen wäre er das eine oder andere Mal bereits völlig aufgeschmissen gewesen. Einzig Tatjanas Verhalten stieß ihm manchmal sauer auf. Er fand, sie war zu neugierig, zu wenig diskret, was das Wissen über die Patienten anging. Und ihr Fehlen, einen Tag, nachdem sie aus dem Urlaub zurück war, missfiel ihm ebenfalls. Er würde wohl um ein ernstes Arbeitgeber–Arbeitnehmer–Gespräch nicht mehr herumkommen.

»Na, Herr Meier, was macht denn Ihr Blutdruck?«, fragte er jovial, als er ins Sprechzimmer trat.

In Lübeck dauerte die Dienstbesprechung noch an. Nachdem sie das weitere Vorgehen Dr. Arne Freiwald betreffend festgelegt hatten, berichtete Pia von dem zweiten, noch vorläufigen Bericht aus der Rechtsmedizin, Benno Hagendorf betreffend.

»Er starb an einem Schädel-Hirn-Trauma, verursacht durch einen Schlag auf den Kopf mit einem stumpfen Gegenstand. Laut Bericht handelte es sich dabei um einen Stein. Es war aber definitiv ein Schlag, nicht die Folge des Sturzes die Klippe hinunter.«

»Ist er denn den Steilhang hinuntergefallen?«

»Ja, davon ist auszugehen. Er war noch am Leben, als er unten ankam, und ist genau dort gestorben, wo er gefunden wurde. Ob er nach seinem Tod bewegt wurde oder nicht, erkennt man unter anderem an den Totenflecken. Doch wie es aussieht, war er vor seinem Tod wohl nicht bei Bewusstsein. Der abschließende toxikologische Laborbericht liegt zwar noch nicht vor, ersten Einschätzungen nach handelte es sich jedoch nicht um eine Bewusstlosigkeit, die aufgrund von Alkoholmissbrauch eintrat. Benno Hagendorf war nüchtern, als er starb. Stattdessen konnten im Magen Reste eines pflanzlichen Giftes festgestellt werden.«

»Hagendorf wurde tatsächlich vergiftet?«, fragte Louis perplex.

»Entweder das, oder er hat das Gift wissentlich oder unwissentlich selbst eingenommen.«

»Um welche Pflanze handelt es sich denn?«, wollte Broders wissen.

»Um Oleander. Er gehört zur Gattung der Hundsgiftgewächse. Alle Pflanzenteile sind giftig. In Europa wird es auch als Rattengift eingesetzt. In unserem Fall wurden zerkleinerte Blattreste im Verdauungstrakt des Opfers festgestellt.«

»Ich hasse Gift«, stieß Broders hervor.

»Und ich habe auch noch Oleander im Kübel auf meiner Terrasse stehen!«, entfuhr es Dana.

»Es ist nicht sehr schwer, sich einen Oleander zu besorgen. Diese Südpflanzen sind ja auch in unseren Breiten als Kübelpflanzen sehr beliebt. Was es für uns umso schwieriger machen wird, die Herkunft nachzuweisen«, sagte Pia.

»Wie wirkt Oleander?«, hakte Louis nach.

Pia räusperte sich. Auch sie mochte keine Fälle, in denen Gift eine Rolle spielte. »Auf jeden Fall soll es sehr schnell wirken. Manchmal sofort. Es ruft unter anderem Herzrhythmusstörungen hervor. Das Opfer hat Schweißausbrüche, erbricht sich, hat möglicherweise blutigen Durchfall. Später tritt unter Umständen Bewusstlosigkeit ein, und es kann zu Atemlähmung kommen. Oft wirkt das Gift tödlich.«

»Wie hat das Opfer denn die Oleanderblätter zu sich genommen?«, fragte Dana.

»Laut Obduktionsbericht befanden sich verschiedene pflanzliche Reste im Verdauungstrakt. Möglicherweise hat das Opfer einen Salat gegessen, in dem sich die Blätter befanden, oder eine Suppe. Es dürfte nicht ganz einfach gewesen sein, Hagendorf das zu verabreichen, ohne dass er etwas merkt. Der Geschmack von Oleanderblättern soll recht bitter sein.«

»Jetzt weiß ich, warum ich keine Salate mag«, murmelte Broders.

Pia beachtete diesen Einwurf nicht. »Wenn wir ausschließen, dass Benno Hagendorf sich mit diesem Gift selbst umbringen wollte, kann er es versehentlich zu sich genommen haben, oder – und das ist die wahrscheinlichere Variante – jemand hat ihm das Gift verabreicht.«

»Ein vergifteter Salat oder eine vergiftete Suppe? Was für ein Aufwand, wenn er doch hinterher sowieso die Klippe hinabgestürzt und erschlagen wurde!«

»Das Gift wirkte dem Mörder vielleicht nicht schnell genug?«

»Es ist sicher nicht leicht, mit anzuschauen, wenn jemand an so einem Gift stirbt«, überlegte Juliane laut. »Oder aber es ging dem Täter tatsächlich nicht schnell genug, oder er wollte einfach sichergehen.«

»Vielleicht wollte er das Opfer auch nur schnellstmöglich wehrlos machen und den Bewusstlosen dann zur Klippe schaffen, hinunterstürzen und ihm den Schädel einschlagen«, sagte Louis.

Pia nickte. So in etwa stellte sie es sich auch vor.

»Dann hätte er ihn quasi zweimal oder sogar dreimal getötet«, fügte Dana hinzu. »Vergiftet, den Steilhang hinuntergestoßen und dann erschlagen.«

»Doppelt hält ja bekanntlich besser«, kam es von Juliane.

Broders kratzte sich im Nacken. »So hässlich das Vorgehen auch ist: Es motiviert doch ungemein dazu, diesen herzlosen Schuldigen so schnell wie möglich zu finden und unschädlich zu machen. Findet ihr nicht?«

Sie wurden durch energisches Klopfen an der Tür unterbrochen. Ein Kollege vom Kriminaldauerdienst trat ein. »Ich habe hier jemanden, der dringend mit einem Kriminalbeamten sprechen will, der im Mordfall ›Hagendorf‹ ermittelt«, meldete er. »Da bin ich doch bei euch richtig, oder?«

»Das bist du. Wer ist es denn?«, fragte Pia.

»Ihr Name ist Tatjana Minskowsky«, antwortete der Kollege. »Sie arbeitet als Arzthelferin bei einem Dr. Freiwald in Kaltenbrode.«

»Das trifft sich gut. Sehr gut sogar. Würdest du sie bitte hochschicken?«

»Die junge Dame sitzt bereits in eurem Vernehmungsraum.«

21. Kapitel

Tatjana Minskowsky war eine gut aussehende Mittzwanzigerin in einer engen rosa Hose, einem rosa geringelten Shirt und einer ebenfalls rosa Jeansjacke darüber. Ihr Haar hatte sie hellblond bleichen lassen, ein Farbton, der Kim Novak neidisch gemacht hätte.

Pia stellte sich vor und deutete auf ihren Kollegen Louis. »Das ist Kriminaloberkommissar Schramm. Er wird unser Gespräch aufzeichnen, wenn es Ihnen recht ist.«

Frau Minskowskys dunkle Augen leuchteten auf, als sie Pias durchtrainierten Kollegen erblickte.

»Was führt Sie zu uns?«, fragte Pia, nachdem sie die Formalien hinter sich gebracht hatten. Es war inzwischen halb sechs. Sie hatte Felix versprochen, dass sie heute Abend zusammen italienisch essen gehen würden.

»Ich arbeite bei Dr. Freiwald als Arzthelferin. Das habe ich auch unten schon Ihren Kollegen gesagt. Vorher gehörte die Praxis Dr. Wolf. Als der in den Ruhestand gegangen ist, hat Herr Freiwald die Arztpraxis übernommen.«

»Ist er ein guter Chef?«, erkundigte sich Pia, um die Aufmerksamkeit der jungen Frau von Louis Schramm abzulenken und auf das Gespräch zu fokussieren, das sie führen wollten.

Sie zuckte mit den Schultern. »Anfangs dachte ich: Oh, wow, endlich frischer Wind in der Praxis! Doch eigentlich ist alles beim Alten geblieben, bis auf die Tatsache, dass Freiwald mit manchen Patienten länger braucht als früher unser Dr.

Wolf. Der kannte die meisten aber auch schon von Geburt an.« Sie verdrehte die Augen. »Ich kann nun noch öfter nicht pünktlich Feierabend machen.«

»Was möchten Sie uns sagen?«

»Also, das ist so: Ich bin gestern erst aus dem Urlaub wiedergekommen. Von Rhodos. Das war auch sehr schön. Aber heute Morgen höre ich, dass einer unserer Patienten, Benno Hagendorf, ermordet wurde, während ich nicht da war! Ich habe voll den Schock bekommen.« Sie legte ihre Hand mit den manikürten Nägeln auf ihre Brust und blickte Louis mit großen Augen an. »Das ist gruselig!«

»Wir tun alles, um den Täter schnellstmöglich zu fassen«, antwortete er.

Sie schenkte ihm einen dankbaren Blick unter falschen Wimpern hervor. »Ich weiß. Und ich kann Ihnen vielleicht dabei helfen.«

Pia und auch Louis sahen sie erwartungsvoll an.

»Also, es war doch so, dass Stella Böttcher – die ist ebenfalls eine Patientin von uns – beinahe vergewaltigt worden ist.«

Pia und Louis nickten unisono.

»Wussten Sie, dass Dr. Freiwald mal mit ihr befreundet war?«

»Das ist uns bekannt.«

»Irgendwann hatte er morgens mal ganz miese Laune. Er hat mich zur Schnecke gemacht, nur weil ich im Labor ein paar Proben von Patienten habe fallen lassen. Da hat Ellen mir gesteckt, dass Stella Böttcher wohl mit ihm Schluss gemacht hat und er nur deshalb so unleidlich ist.« Sie stieß ein nervöses Kichern aus. »Ts, die Kellnerin hat den attraktiven Herrn Doktor abserviert. Das muss man auch erst mal bringen, oder?«

»Mag sein«, antwortete Pia vage.

»Und weiter?«, hakte Louis lächelnd nach.

»Am Tag vor meinem Urlaub, das war am Freitag vor einer Woche, da war ich abends noch etwas länger in der Praxis, weil ich die Abrechnungen fertig machen sollte, hatte Ellen gesagt. Dabei musste ich auch noch meinen Koffer packen, und der Flieger sollte am nächsten Morgen um halb neun ab Hamburg abfliegen. Ich hatte es echt eilig, weil ich endlich nach Hause wollte. Da schneite, bevor ich abschließen konnte, noch Benno Hagendorf herein. Ich sagte ihm, wir hätten schon zu, aber er ignorierte mich einfach. Er ging am Empfangstresen vorbei und hämmerte gegen die Türen der beiden Sprechzimmer.«

Sie sah erwartungsvoll zu Louis. »Also. Freiwald wollte erst losmeckern, doch als er Hagendorf vor seiner Tür stehen sah, hat er ihn zu sich reingelassen und mir gesagt, ich solle sofort Feierabend machen. Aber das ging natürlich nicht, wegen Ellens Auftrag. Wenn ich die Wahl habe, wessen Zorn ich mir zuziehe …« Sie grinste schief. »Also blieb ich noch.«

»Was wollte Herr Hagendorf von Dr. Freiwald?«

»So genau weiß ich das leider nicht.« Sie leckte sich über die rosa geschminkten Lippen.

»Vielleicht haben Sie ja zufällig etwas mitbekommen?«, schlug Louis in einschmeichelndem Ton vor.

»Glauben Sie etwa, ich hätte gelauscht?« Sie klimperte mit den falschen Wimpern.

»Nein, natürlich nicht.«

»Also, ein normaler Arztbesuch war das jedenfalls nicht. Es wurde richtig laut da drinnen. Ich hörte wütende Stimmen, sowohl von Hagendorf als auch vom Doktor.«

»Worum ging es denn?«, versuchte es auch Pia, wurde jedoch mit einem verächtlichen Blick gestraft.

»Es war durch die dicke Sprechzimmertür hindurch nicht zu verstehen. Deshalb sind die Türen ja gepolstert. Wegen der Diskretion!«

»Schon klar.«

Tatjana Minskowsky blickte auf ihre Fingernägel, suchte anscheinend nach den richtigen Worten. »Also ... Ich habe nur gehört, was sie gerufen haben, bevor Hagendorf aus der Praxis gerannt ist. Da stand die Tür nämlich schon halb offen. Ich war zufällig gerade im Labor nebenan. Sie konnten aber nicht sehen, dass ich noch da war.«

»Und was haben Sie gehört?«

»›Ich weiß, was Sie getan haben!‹ Und: ›Glauben Sie nicht, dass Sie damit durchkommen. Es gibt Zeugen!‹«, zitierte sie.

»Wer sagte das? Hagendorf?«, vergewisserte sich Pia.

»Benno Hagendorf sagte das sehr laut zu Dr. Freiwald. Und der Chef schrie zurück: ›Ihr seid ja alle verrückt geworden. Ich habe nichts damit zu tun!‹ Und Benno Hagendorf brüllte: ›Das werden wir ja sehen!‹ Dann knallte er die Tür hinter sich zu und war weg.«

»Sind Sie sich sicher, dass das der genaue Wortlaut war?«, fragte Pia.

»Ich schwör!«

»Es war richtig, dass Sie zu uns gekommen sind«, lobte Pia sie. Doch sie war sich nicht sicher, was den Wahrheitsgehalt dieser Aussage anging.

»Und was geschah danach?«, erkundigte sich Schramm.

»Oh, nichts weiter.«

»Hat Dr. Freiwald mitbekommen, dass Sie, anders als von ihm gewünscht, noch im Labor waren?«, hakte Pia nach.

»Ich denke nicht«, antwortete sie langsam. »Nachdem ich das gehört hatte, habe ich die Tür zum Labor lieber zugemacht. Ich habe mitgekriegt, wie Dr. Freiwald die Praxistür zugeknallt hat, als er weggegangen ist. Ich habe die Praxis erst eine Viertelstunde nach ihm verlassen.«

»Das war klug«, kommentierte Schramm.

»Bitte erzählen Sie niemandem, was Sie da mit angehört haben oder dass Sie zu dem Zeitpunkt überhaupt in der Praxis waren«, bat Pia sie eindringlich.

»Sie denken, dass ich in Gefahr bin?«

»Nein, das ist eher unwahrscheinlich. Sie waren ja nun schon bei der Polizei und haben uns alles gesagt, was Sie gehört haben, nicht wahr?«

Tatjana Minskowsky nickte. Sie schien einen Moment nachzudenken. »Wissen Sie, was? Jetzt habe ich wirklich Angst.« Sie wandte sich mit großen Augen an Louis Schramm. »Oh bitte: Können Sie nicht auf mich aufpassen?«

Nachdem Tatjana Minskowsky gegangen war, nicht ohne Louis mehrmals um seine Handynummer zu bitten, die er aber wohlweislich nicht herausrückte, klopfte Pia an Manfred Rists Tür. Sie unterrichtete ihren Chef über den Stand der Ermittlung.

Er war der Meinung, dass Tatjana Minskowskys Aussage den Durchbruch darstellte und Dr. Arne Freiwald schnellstmöglich zur Vernehmung erscheinen musste. Alles sollte sich darauf konzentrieren, seine Schuld am Überfall auf Stella Böttcher und wahrscheinlich auch am Tod von Benno Hagendorf zu beweisen. Um die Durchsuchungsbeschlüsse für Hausboot und Praxis würde Rist sich umgehend kümmern.

Pia wandte ein, dass sie noch andere Spuren verfolgten, für die sie ebenfalls Leute brauchte. Das würde übers Wochenende noch mehr Überstunden von Kollegen bedeuten.

»Mach, wie du denkst«, sagte er nach einer fruchtlosen Diskussion. »Hauptsache, ich kann am Montag auf der Pressekonferenz einen Schuldigen präsentieren.«

Am Samstagmorgen begleiteten zwei Polizeibeamte aus Dana Bremers Dienststelle Arne Freiwald ins Kommissariat 1 in Lübeck. Pia wollte die Vernehmung mit Broders zusammen durchführen. Sie waren ein eingespieltes Team. Die anstehende Befragung, die mit einer vorläufigen Festnahme enden konnte, war ihr zu wichtig für irgendwelche Experimente.

Dana Bremer und einen ihrer Kollegen, die sowieso vor Ort waren, hatte sie den Durchsuchungen des Hausbootes und der Praxis zugeteilt. Sie würden sich umgehend im K1 melden, wenn sie etwas Relevantes entdeckten. Es sollte Broders und ihr dann sofort per Textnachricht auf den Rechner gespielt werden, sodass sie es, wenn es ihnen nützlich erschien, schon zur Vernehmung einsetzen konnten. So weit die Theorie.

Der Vernehmungsraum war vorbereitet. Arne Freiwald würde so platziert werden, dass er mit dem Gesicht zum Fenster saß, nicht zu dicht an der Tür. Pia und Broders hatten sich über Eck platziert, Broders mit seinem Laptop-Bildschirm vor sich. Er kam gerade mit zwei Bechern Kaffee aus seinem privaten Kaffeeautomaten herein.

Pia nahm einen der Kaffeebecher entgegen. »Danke, das hilft.« Sie nippte an dem warmen Gebräu, das mit reichlich Milchschaum bedeckt war. »Aber was ist mit dem armen Freiwald? Bekommt der auch was?«

»Das entscheide ich, je nachdem, wie die Befragung läuft.« Broders setzte sich mit einem leisen Stöhnen. Er fuhr sich mit der Hand über den Nacken.

»Alles in Ordnung?«

»Ja, ja.«

»Broders, ich sehe dir an, dass dich etwas beschäftigt. Und ich weiß, was ›ja, ja‹ bedeutet. Wenn du nicht darüber reden möchtest, ist das kein Problem. Nur ...« Sie blickte auf ihre Uhr, »wir haben noch eine Viertelstunde, bis Freiwald hier ist. Und dann möchte ich dich zu hundert Prozent konzentriert an meiner Seite haben.«

Er brummte etwas Unverständliches.

Pia ordnete ihre Notizen; sie hatte grob skizziert, wie sie vorgehen wollte. Die Akte des Falles lag ebenfalls griffbereit.

»Elias wird heiraten ...«, stieß Broders hervor. Elias war der Sohn von Broders' Lebenspartner Ralph.

»So jung? Wie alt ist er denn?«

»Er ist einundzwanzig.«

»Was sagt Ralph denn dazu?«, fragte sie. Ralph und Broders waren seit vielen Jahren zusammen. Doch Broders' Beziehung zu dem Sohn seines Partners aus dessen kurzer Ehe war zeitweise recht angespannt gewesen, wusste sie.

»Er ist ganz aus dem Häuschen. Anscheinend findet er Elias' Zukünftige auch ganz zauberhaft. Sie ist tatsächlich sehr nett. Aber warum diese Eile?«

»Du bist aber doch nicht eifersüchtig, oder?«

»Nein, nicht auf Elias oder seine Braut. Ich gönne ihnen ihr Glück von Herzen. Wirklich! Nur ... diese ganzen Vorbereitungen, das ist echt übertrieben.«

»Inwiefern übertrieben?«, erkundigte Pia sich vorsichtig. Sie war selbst mal kurz davor gewesen zu heiraten und erinnerte sich, dass die Vorbereitungen für eine Hochzeit, selbst eine kleine, eine Menge Zeit in Anspruch nahmen. Gleichzeitig registrierte sie erleichtert, dass sie die tiefe Traurigkeit, die sie sonst stets bei dem Gedanken an diese Vergangenheit überfallen hatte, wohl überwunden hatte. Ein Hauch von Wehmut, wenn sie an Lars dachte, würde sie wohl immer begleiten. Aber inzwischen ging es ihr grundsätzlich wieder gut.

Auf Pias Handy tauchte die Nachricht auf, dass die Kollegen mit Freiwald in zehn Minuten da sein würden. Sie textete zurück, in welche Etage und in welchen Raum sie ihn bringen sollten.

»Ach, es geht um nichts anderes mehr als die richtige Location, die Gästeliste, das Menü, den Tischschmuck …«, nahm Broders das Thema wieder auf. »Von morgens bis abends.«

»Aber die Vorbereitung ist doch ein wichtiger Teil des Vorhabens«, erinnerte Pia ihn. »›Vorfreude ist die schönste Freude‹, heißt es doch.«

»Für die vielleicht!«, stieß Broders gekränkt hervor. »Ich komme gar nicht mehr zu Wort.«

»Okay, ich verstehe.«

»Ich glaube, Freiwald ist gleich hier«, sagte er. »Und ich ärgere mich jetzt nicht mehr darüber, versprochen. Ab jetzt gilt nur noch der Fall!«

Pia lächelte. Sie wusste, dass sie sich auf ihren Kollegen verlassen konnte. Trotzdem wurde sie das Gefühl nicht los, dass mehr hinter seinem Unmut steckte.

»Ich weiß nicht, was das auf einmal soll!«, beschwerte sich Arne Freiwald, sobald er im Vernehmungsraum Platz genommen hatte.

»Wir haben nur ein paar Fragen an Sie«, sagte Broders ruhig. Er belehrte ihn über seine Rechte, was Freiwald ungeduldig über sich ergehen ließ. »Sie haben mich vor aller Augen von der Polizei abführen lassen.«

»Sie sind nicht abgeführt worden. Soweit wir von den Kollegen unterrichtet worden sind, ist das alles sehr diskret und unauffällig vonstatten gegangen. Uns war nur wichtig, dass diese Vernehmung sofort stattfindet.«

»Schon gut. Schon gut! Was wollen Sie wissen?« Er verschränkte die langen Arme vor der Brust. Seine Brille mit dem dünnen silbernen Rand war von Fingerabdrücken verschmiert, sein lockiges Haar am Ansatz leicht fettig. Es war Samstagmorgen: Arne Freiwald hatte sich offensichtlich einen entspannteren Start ins Wochenende erhofft.

»Bitte schildern Sie uns, was am Freitag vor einer Woche in Ihrer Praxis passiert ist.«

»Wie bitte?« Er schaute von Pia zu Broders und zurück. »Wie soll ich das jetzt noch wissen? Ich erinnere mich nicht an solche Daten.«

»Wissen Sie noch, dass abends nach Ihrer Sprechstunde Benno Hagendorf bei Ihnen aufgekreuzt ist?«

»Ach, das meinen Sie.« Es war schwer herauszuhören, ob er erleichtert oder angespannt war. Wahrscheinlich Letzteres, denn seine Schultern hatten sich ein paar Millimeter gehoben. »Jetzt weiß ich, welchen Tag Sie meinen. Sagen Sie das doch gleich. Benno Hagendorf kam in meine Praxis und stürmte unangemeldet in mein Sprechzimmer.« Er kniff die Augen zusammen. Vielleicht, weil ihm gerade klar wurde, von wem die Polizei von diesem Zusammentreffen wusste.

»Was geschah dann?«

»Er redete wirres Zeug. Ich habe seine Alkoholfahne gerochen. Hagendorf muss getrunken haben, bevor er zu mir gekommen ist.«

»Was genau hat er gesagt?«

»Ich weiß doch jetzt den genauen Wortlaut nicht mehr. Wie gesagt, er war betrunken!«

»Also gut. Worum ging es?«

Freiwald stöhnte übertrieben. »Er war wohl der Meinung, dass ich Stella überfallen haben könnte. Ich verstehe überhaupt nicht, wie er darauf gekommen ist. Ich hätte ihr nie etwas angetan! So ein Mensch bin ich nicht.«

»Hat er Ihnen nicht gesagt, wieso er das denkt?«

»Nein …« Freiwald klang nun verunsichert.

»War nicht von Zeugen die Rede?«, erkundigte Broders sich freundlich.

»Zeugen? Wie sollte es Zeugen geben für etwas, was ich nicht getan habe?«, rief Arne Freiwald aufgebracht.

»Hat Hagendorf von Zeugen gesprochen oder nicht?«

»Haben Sie das von meiner Angestellten, Tatjana Minskowsky?«, wollte er mit gepresster Stimme wissen.

»Das tut nichts zur Sache.«

»Natürlich. Sie war es. Frau Minskowsky war doch als Einzige noch in der Praxis. Ich dachte nur, sie sei gegangen, bevor …«

»Bevor was?«

»Bevor Hagendorf seine grund- und haltlosen Anschuldigungen gegen mich losgelassen hat.«

»Hat Benno Hagendorf denn nun Zeugen erwähnt oder nicht?«, hakte Broders nochmals nach.

»Frau Minskowsky will mir vielleicht etwas anhängen? Haben Sie daran schon gedacht, bevor Sie mich hier beschuldigen?«

»Warum sollte sie das tun?«

»Ich bin nicht besonders glücklich über ihre Arbeitsmoral. Und das weiß sie. Sie ist nicht gerade meine beste Kraft.«

»Uns interessiert, ob Benno Hagendorf Ihnen gegenüber Zeugen erwähnt hat«, wiederholte Pia Broders' Frage.

»Kann schon sein«, schwenkte der Arzt um.

»Hat er?«

»Ja. Er erwähnte so etwas.«

Wäre Freiwald schuldig, dann hätte er das nicht so schnell zugegeben, vermutete Pia. Er wirkte auf sie unvorbereitet und von der Situation überfordert.

»Wie standen Sie zu Stella Böttcher, nachdem Schluss zwischen Ihnen war?«, wollte Broders nun wissen.

»Ich habe es ihr nicht nachgetragen, falls Sie das meinen. Es war ihre Entscheidung. Man kann nichts erzwingen.«

»Aber Sie waren sicher enttäuscht, oder? Das ist nur menschlich«, sagte Pia.

»Natürlich war ich enttäuscht! Aber nicht so! Ich bin eher der introvertierte Typ, der Kummer in sich hineinfrisst. Ich werde nicht gewalttätig. Herrgott! Ich überfalle doch keine Frauen!«

»Sie haben also den Kummer darüber, dass Stella Böttcher mit Ihnen Schluss gemacht hat, in sich hineingefressen?« Broders' Stimme war neutral, doch er fixierte Arne Freiwald über seinen Bildschirm hinweg.

»So, wie Sie das sagen, klingt es ja furchtbar!«, beschwerte sich der Arzt. »Als wäre ich psychisch krank.«

»Es sind Verbrechen verübt worden, Herr Freiwald. Eine Frau wurde brutal überfallen, und ein Mann ist tot. Er wurde wahrscheinlich ermordet. Ein paar Fragen zu stellen ist da das Mindeste, was wir tun können.«

»Ich war das aber nicht! Weder das eine noch das andere.«

Pia atmete tief durch. Sie hatte das Gefühl, als stünde Arne Freiwald unmittelbar vor einem Geständnis. »Inzwischen liegt uns auch der Bericht der Spurensicherung vor.« Sie schlug die Akte auf. »Das ist ganz interessant.« Langsam blätterte sie zur entsprechenden Seite. »Ein fremdes Haar wurde an Stella Böttchers Kleidung sichergestellt. Der Kleidung, die sie beim Überfall getragen hat. Der Laborbericht sagt, dass dieses Haar von Ihnen stammt. Die DNA stimmt zu 99,9 Prozent und ein paar weiteren Kommastellen mit Ihrer überein.«

»Was?!« Sein Entsetzen wirkte echt. »Das kann nicht sein.«

»Zweifeln Sie die Arbeit der Spurensicherung an?«, schaltete Broders sich wieder ein.

»Keine Ahnung. Fehler passieren doch überall. Das muss jedenfalls ein Irrtum sein. Vielleicht stammt das Haar noch aus der Zeit, als Stella und ich zusammen waren. Da steht doch kein Datum dran. Das ist doch möglich …«

»Möglich, aber unwahrscheinlich.«

»Wieso?«

»Das können wir Ihnen nicht sagen, Herr Freiwald. Noch nicht.«

Doch Freiwald schien immerhin beeindruckt zu sein. Er legte das Gesicht in die Hände und schüttelte den Kopf. »Das kann doch alles nicht wahr sein!« Seine Stimme klang gedämpft. »Sie müssen mir einfach glauben. Ich bin kein Vergewaltiger. Ich habe Stella nicht überfallen.« Er blickte wieder auf und sah Pia in die Augen. »Ich brauche jetzt eine Pause.«

»Das ist in Ordnung.« Sie schaute auf ihre Uhr und nannte die Uhrzeit. »Wir unterbrechen für eine Viertelstunde.«

»Nein«, wandte Freiwald ein. »Ich brauche mehr Zeit. Das ist mir hier alles zu viel. Ich werde mir einen Anwalt suchen, der mich berät.«

Der Rest der Vernehmung erbrachte keinerlei neue Erkenntnisse mehr. Arne Freiwald hatte einen Rechtsanwalt kontaktiert, der nun mit wichtiger Miene neben ihm saß und ihm quasi das Wort verbot, bis er sich in den Fall eingearbeitet hatte. Die Durchsuchungen von Hausboot, Praxis und Freiwalds Auto hatten nach erstem Ermessen auch keine neuen Hinweise ergeben.

Am frühen Nachmittag entließ Pia Arne Freiwald nach Hause. Sie hatten einfach noch nicht genug gegen ihn in der

Hand. Ja, sie war nicht einmal überzeugt davon, dass sie überhaupt den richtigen Baum anbellten. Der Arzt hatte in seiner Opposition und Verzweiflung authentisch auf sie gewirkt. Er kam ihr nicht wie jemand vor, der mit einer solchen Befragung gerechnet und sich darauf vorbereitet hatte.

Anstatt Freiwald vorläufig festzuhalten, plante Pia die weitere Vorgehensweise ihres Teams. Louis Schramm und Juliane Timmermann waren heute bei Simon Böttcher, Stellas Vater. Broders sollte Eduard Seiler zu seiner Kriminalakte befragen und herausfinden, wie er heutzutage zu Gewalt und Verstößen gegen das Betäubungsmittelgesetz stand. Sie selbst wollte weitere Mitglieder der weit verzweigten Familie Hagendorf aufsuchen.

Da war zum Beispiel Hanjo Hagendorf, der Onkel, dem durch Benno Hagendorfs Vermittlung angeblich hoch dotierte Aufträge von *LINTHO* zugeschanzt worden waren. Gegebenenfalls könnten sie, falls sie damit nicht weiterkämen, Kunden von Benno Hagendorf bei *LINTHO* befragen. Und auch Karsten Lindemann war weiterhin ein aussichtsreicher Kandidat.

22. Kapitel

Heute war Samstag und eigentlich sein freies Wochenende, doch Broders freute sich, nach der Befragung von Freiwald wieder nach Kaltenbrode zu fahren. So entging er zumindest den immer weiter ausufernden Hochzeitsplanungen von Elias und dessen Freundin. Inzwischen war jedes zweite Wort, das er hörte, »Location« und »Catering«. Alles sollte luxuriös und einzigartig sein und haargenau den Wünschen der Braut entsprechen. Elias als Bräutigam kam kaum zu Wort, doch Ralph schien die maßlosen Wünsche der Braut auch noch zu unterstützen. Dagegen zu argumentieren war sinnlos. Also wollte Broders in Zukunft einfach so wenig wie möglich von alldem mitbekommen. Seine Meinung interessierte ja sowieso keinen, während Ralph ganz auf der Welle seiner zukünftigen Schwiegertochter mitschwamm.

Aber dass ich nicht gefragt werde und meine wenigen, vernünftigen Vorschläge übergangen werden, ist nicht das Einzige, was mir zu schaffen macht, dachte er, während er über die Autobahn in Richtung Fehmarn fuhr. Diese eintönige Strecke war leider hervorragend dazu geeignet, eine quälende Gedankenspirale in seinem Kopf in Gang zu setzen. Doch die Befragung, die er vor sich hatte, würde ihn schon ablenken. Er musste nur erst ankommen.

Hinter der Ausfahrt Eutin floss der Verkehr auf der Autobahn deutlich entspannter dahin. Broders fuhr mit Tempo hundertzwanzig und ließ den Blick über die weitläufigen Wiesen und Felder schweifen. Ab und zu überholte er ein paar Lkw, die über Puttgarden auf dem Weg nach Dänemark oder Schweden waren. Wohnwagengespanne und Wohnmobile waren kaum noch unterwegs. Dazu war es bereits zu spät im Jahr. Ein homogen grauer Himmel reichte bis zum Horizont und ließ das ansonsten strahlende Grün der Natur trübe aussehen. Selbst die allgegenwärtigen Windräder drehten sich nur wie in Zeitlupe. Immerhin regnete es nicht.

Doch Sonnenschein und strahlendes Blau hätten Broders bei der Befürchtung, die er unausgesprochen hegte, eher deprimiert. Nicht einmal sich selbst wollte er es eingestehen. Aber konnte es sein, dass Elias und seine Zukünftige ihn als Ralphs langjährigen Lebenspartner womöglich gar nicht zu der Hochzeit einladen wollten?

Bisher hatte er nichts erhalten, kein *Save-the-Date*, nicht den kleinsten Hinweis darauf, sich dieses oder jenes Datum im nächsten Frühjahr freizuhalten. Vom zukünftigen Brautpaar übergangen zu werden wäre zwar traurig und enttäuschend, aber das könnte er womöglich noch verschmerzen. Nicht akzeptabel wäre jedoch, wenn Ralph das klaglos hinnehmen würde.

Und Pia, die anscheinend gerade mit Marten im siebten Himmel ihrer wiedergefundenen Liebe schwebte, konnte ihm da auch nicht helfen.

Er nahm die letzte Ausfahrt vor der Fehmarnsundbrücke, dem »Kleiderbügel«, wie sie landläufig genannt wurde. Dann fuhr er in Richtung Kaltenbrode, zu dem angenehm dem Auge schmeichelnden Anwesen von Helmgard Böttcher. Er mochte Symmetrie und Ordnung. Ja, Broders liebte es, wenn alles sauber und gediegen aussah.

»Warum sind Sie denn schon wieder hier?«, fragte Eduard Seiler, nachdem er Broders begrüßt hatte. »Ich dachte, es wäre alles gesagt.«

»Wir müssen noch mal miteinander sprechen. Es sind noch ein paar Fragen offen«, antwortete Broders. »Wo sind wir ungestört?«

Seiler zögerte. »Helmgard hält im Wohnzimmer ihre Mittagsruhe. Da will sie normalerweise nicht gestört werden, auch wenn sie tatsächlich nur ruht und nicht schläft. Wenn sie uns hören könnte, würde sie bestimmt wissen wollen, was die Polizei hier schon wieder will ...« Er sprach recht laut angesichts der Tatsache, dass er seine Lebensgefährtin nicht stören wollte.

»Wo können wir reden?«, unterbrach Broders ihn schroff.

Seiler blickte in Richtung der Wohnräume und zog die Schultern hoch. »Warum nicht in der Küche? Dort finden doch immer die besten Gespräche statt, oder?«

»Es soll keine Party werden«, erwiderte Broders leicht genervt. Er hatte den Eindruck, dass Seiler ihm auf der Nase herumtanzte. Er wusste nur nicht, weshalb.

»Schade. Aber kommen Sie mit.«

In einem Haus, das geschätzt über zehn bis zwölf Zimmer verfügte, als Kriminalkommissar für eine polizeiliche Befragung in die Küche geleitet zu werden, kam Broders ein wenig seltsam vor. Doch so war das mit dem Misstrauen. War der Boden bereitet, blühte und gedieh das alles überwuchernde Unkraut, wenn man nicht dagegen ankämpfte.

»Kaffee?«, fragte Seiler, als sie in der großen, aber recht spartanisch eingerichteten Küche standen.

»Nein, danke.«

»Dann setzen wir uns also nur so hin.« Seiler deutete auf einen alten Holztisch mit Schublade und vier Stühlen drumherum, der vor dem Fenster stand. Die Tischplatte war abgeschabt, der Lack an den Beinen blätterte in Schichten von Altweiß über Türkis bis Dunkelblau. Dieses Möbelstück hatte bestimmt schon im letzten und vorletzten Jahrhundert dem Gesinde des Hofes für die eine oder andere Pause gedient. Der Blick durch das einfach verglaste Sprossenfenster ging hinaus auf den Vorplatz, wo Broders seinen Wagen neben dem kreisrunden Mittelbeet geparkt hatte.

»Im Rahmen der Ermittlung im Fall ›Benno Hagendorf‹ haben wir Ihre Kriminalakte angefordert und studiert, Herr Seiler«, kam Broders gleich zur Sache.

»Die gibt es noch?«, erwiderte Seiler, anscheinend überrascht. »Das waren doch Jugendsünden.« Er setzte eine unschuldige Miene auf.

»Wenn Sie sich mit zweiundvierzig noch als jugendlich betrachtet haben …«

»Ach, Sie meinen die Sache vor der Kneipe …« Er bemühte sich, zerknirscht zu wirken, doch in seinen Augen glitzerte es amüsiert.

Broders hatte keine Lust, freudige Erinnerungen an frühere »Heldentaten« zu befeuern. »Es gab Zeiten, da haben Sie Ihre Schwierigkeiten anscheinend mit körperlicher Gewalt gelöst, Herr Seiler«, sagte er deshalb streng.

»Das sieht nur so aus.«

»Wie bitte?«

»Ich war nie im Gefängnis. Es war reine Notwehr. Der Herr Richter hatte eingesehen, dass mir im Grunde keine andere Wahl geblieben war.«

Broders runzelte die Stirn. Seiler hatte wie ein netter Kerl auf ihn gewirkt. Etwas zu locker in der Auslegung der Gesetze vielleicht, aber durchaus sympathisch. Dass er jetzt Sprüche klopfte, die jeder hergelaufene Kleinkriminelle von sich gab, enttäuschte ihn. »Der ›Herr Richter‹ hat gar nichts eingesehen. Der Mann, mit dem Sie sich geschlagen haben, hatte zwei gebrochene Rippen, eine zertrümmerte Nase, und seine Augenbraue musste mit vier Stichen genäht werden«, zitierte Broders aus dem Gedächtnis.

»Ich weiß ja, ich weiß.« Seiler gab sich jetzt Mühe, reumütig dreinzublicken. »Auf dem Papier sieht das recht übel aus. Ich verstehe, dass Sie dem nachgehen müssen, Herr Kommissar.«

»Hauptkommissar«, verbesserte Broders automatisch.

»Ich bin seit Jahren ein gesetzestreuer Bürger. Und ich bin damals nur deshalb in diese Situation geraten, weil ich die anderen davon abhalten wollte, eine Dummheit zu begehen.«

Oh, verdammt, wie oft hatte er sich diese Sprüche schon anhören müssen! »Stehen Sie doch einfach zu dem, was Sie getan haben«, entgegnete Broders missgestimmt. »Ich bin nicht hier, weil ich Ihnen nachträglich noch einen reinwürgen will. Ich ermittle im Mordfall ›Benno Hagendorf‹.«

»Weswegen halten Sie mir dann den alten Kram vor?«

»Um mich davon zu überzeugen, dass Sie nicht mehr umherlaufen und auf Ihre Mitmenschen losgehen. Das war nämlich mein ursprünglicher Eindruck von Ihnen: dass Sie aus Ihren früheren Taten gelernt und Ihr Leben geändert haben.«

»Das habe ich auch. Ich weiß, dass ich mich damals hin und wieder wie ein Idiot benommen habe«, gab Seiler zu. »Aber dann habe ich Helmgard kennengelernt, und seitdem habe ich mir wirklich nichts mehr zuschulden kommen lassen.«

›Ich schwör!‹, hörte Broders im Geiste Tatjana Minskowsky rufen. Als Täter für den Überfall auf Stella Böttcher kam Seiler ohnehin nicht in Betracht. Er war zu klein. Und eine Vergiftung, um einen wehrlosen Mann danach die Klippe hinunterzustürzen und ihm den Schädel einzuschlagen … Da musste Broders seine Fantasie schon sehr bemühen, bis er sich Seiler bei so einer Tat vorstellen konnte. Es sei denn, jemand anders hätte sie geplant und ihn dazu angestiftet. Für einen geliebten Menschen die Drecksarbeit zu machen, dazu wäre Seiler wahrscheinlich immer noch zu haben.

»Was machen Sie denn so den lieben langen Tag?«

»Arbeiten.«

»Ach ja. Was denn?«

»Ein Kumpel von mir ist Maler und Lackierer. Malerbetrieb Jochen Meischner. Dem helfe ich hin und wieder, wenn Not am Mann ist. Da können Sie jederzeit nachfragen … Außerdem ist hier auf dem Hof und im Garten mehr als genug für mich zu tun.«

Broders stand auf, weil es ihn plötzlich nicht mehr auf dem harten Stuhl hielt. Er schaute aus dem Fenster.

»Wollen Sie wirklich keinen Kaffee?«, erkundigte sich Eduard Seiler. »Oder vielleicht ein Bier?«

»Ich bin im Dienst.«

»Macht ja nix.«

Während der anschließenden Fragen verzichtete Seiler auf Ausflüchte und Beschönigungen. Doch er blieb bei der Version, dass er den Abend, an dem Hagendorf gestorben war, mit Helmgard Böttcher zu Hause verbracht hatte.

»Ich würde mich gern draußen noch einmal umschauen«, sagte Broders, als sie fertig waren.

»Wieso das?« Eduard Seiler wirkte wieder alarmiert, wie zu Anfang.

»Nur so.« Dass sie nach einer bestimmten Pflanze suchten, einer Giftpflanze, das musste Seiler noch nicht wissen. Warum war er nicht gleich darauf gekommen, dass sie den Außenbereich und das Gewächshaus unter die Lupe nehmen sollten? Er hatte doch beim letzten Mal gesehen, wie hier alles blühte und spross. Doch wenn Eduard Seiler etwas mit

Benno Hagendorfs Tod zu tun hatte, war die Suche entweder inzwischen sinnlos oder nicht ganz ungefährlich.

Louis Schramm klingelte an der Tür von Simon Böttcher, Stella Böttchers Vater. Neben ihm stand Juliane Timmermann, die nicht sehr begeistert von diesem Termin am Samstagvormittag zu sein schien. Während der gemeinsamen Fahrt hatte sie geklagt, dass sie heute mit einer Freundin zum Frühstück verabredet gewesen war. Louis hatte seiner Lebensgefährtin am vergangenen Abend noch schonend beibringen müssen, dass sie heute den Samstagvormittagsgroßeinkauf allein bewerkstelligen musste. Da verpasste er nichts.

Ein etwa fünfundzwanzigjähriger Mann öffnete die Tür. Irritiert blickte Louis auf dessen athletisch gebauten Körper mit den schmalen Hüften und den breiten Schultern eines Schwimmers. Er war blond, seine Haut gebräunt, die Augen leuchtend grün, wie Louis es noch nie gesehen hatte.

»Wir wollen zu Simon Böttcher.«

»Mein Vater erwartet Sie schon.« Sein Blick schweifte gleichgültig von Juliane zu Louis. »Ich bin sein Sohn, Carl. Darf ich noch Ihre Ausweise sehen?«

Nachdem er einen gründlichen Blick darauf geworfen hatte, führte Carl Böttcher sie durch das schmale Reihenhaus in den Wohnbereich. Das Haus stammte aus den Sechzigern, schätzte Louis, doch im Erdgeschoss waren ein paar Wände entfernt worden, sodass ein recht großzügiger Wohn-Ess-Bereich mit offener Küche entstanden war.

Simon Böttcher saß am Esstisch, eine aufgeschlagene Zeitung vor sich, eine Tasse Kaffee daneben. Das Bild hatte etwas Künstliches, so als hätte er sich extra für die Polizei so platziert.

»Bitte setzen Sie sich.« Er deutete auf die Stühle ihm gegenüber. »Du kannst gehen, Carl. Es sei denn, die Herren wollen auch mit dir …«

»Ich muss dringend los«, antwortete Carl Böttcher kurz angebunden. »Hab noch 'ne Probe.«

»Er ist beim Theater«, sagte Böttcher senior in einem Tonfall, als wäre sein Sohn Mitglied der Camorra.

Er hat es wohl auch nicht einfach, dachte Louis, während er Carl Böttchers schlanker Gestalt nachblickte. Sie setzten sich, lehnten Kaffee und Wasser ab und ließen nach Rücksprache auch ein Aufnahmegerät mitlaufen.

Simon Böttcher reagierte immer noch sehr emotional auf den Überfall auf seine Tochter. »Dass Sie diesen Kerl immer noch nicht haben!«, schimpfte er. »Unfassbar. Kaltenbrode ist ein Dorf!«

»Wieso denken Sie, dass der Angreifer von hier ist?«

»Weil er gewusst hat, dass meine Tochter abends nach der Arbeit diesen Weg entlanggehen könnte. Dort legt man sich ja nicht aufs Geratewohl auf die Lauer.«

»Wenn es nicht zu einem Streit mit Benno Hagendorf gekommen wäre, dann wäre Ihre Tochter wohl von ihm nach Hause gefahren worden.«

»Kommen Sie mir bloß nicht mit dem!«, brauste Böttcher auf. Seine Hände, rau und kräftig, mit schwarzen Schmutzrändern unter den Nägeln von der Arbeit in der Autowerkstatt, ballten sich auf der Tischplatte zu Fäusten.

»Was haben Sie gegen Benno Hagendorf?«, fragte Juliane gespielt arglos.

»Wenn Sie noch nicht davon gehört haben, wie die Böttchers zu den Hagendorfs stehen, dann haben Sie Ihren Job nicht gemacht.«

»Was genau ist eigentlich der Grund für diese Fehde?«

»Weiß der Henker! Schon als ich klein war, wurde meine

Mutter immer fuchsteufelswild, wenn sie es mit einem von denen zu tun bekam.«

»Haben Sie sie nie gefragt, warum?«, wollte Louis wissen.

Simon Böttchers Gesicht versteinerte. »Nein. Meine Mutter war nicht wie andere Mütter. Sie lebte in ihrer eigenen Welt. Verstehen Sie mich nicht falsch. Sie hat uns auf ihre Weise geliebt. Es hat uns nie an etwas gefehlt. Aber sie hat uns Kinder, meine Schwester Astrid und mich, recht wenig beachtet. Astrids Vater, Fritz Böttcher, war immer fair und freundlich zu mir. Aber er war mehr an seiner Tochter interessiert.«

»Wer war denn dann Ihr Vater?«

»Fragen Sie meine Mutter«, kam es bitter zurück.

»Und was ist mit der Mutter Ihrer Kinder Stella und Carl?«, hakte Louis vorsichtig nach.

»Susanne ist an Krebs gestorben, als Stella dreizehn war. Eine schlimme Sache … Ich vermisse sie immer noch.« Er deutete auf eine Reihe gerahmter Fotos, die auf einem Bord in der Schrankwand standen und allesamt eine lächelnde Frau mit kurzen blonden Haaren zeigten. Sie war Stella auffallend ähnlich.

Louis nickte. Nach einer kleinen Pause fragte er: »Und Sie haben den Hass auf die Hagendorfs einfach so von Ihren Eltern übernommen?«

»Nicht einfach so. Ich weiß zum Beispiel aus sicherer Quelle, dass sie meine Autowerkstatt schlechtmachen, auch wenn sie nie mit einem ihrer Wagen bei mir waren. Und der Carl … Sie haben meinen Sohn ja eben gesehen. Er hat während seiner Schulzeit auch sehr unter dieser Bande gelitten. Unter Paula und Insa … und vor allem Benno Hagendorf. Obwohl er einige Jahre älter war als Carl, hat er ihn damals im Schulbus drangsaliert. Carl hat immer noch Spuren von Bennos Bleistiftmine im Oberschenkel.«

»Haben Sie damals mal mit den Eltern der Hagendorfkinder gesprochen?«

»Das wäre sinnlos gewesen!«

»Sie wissen, dass wir wegen des Todes von Benno Hagendorf hier sind? Eines nicht natürlichen Todes.«

»Ich hatte schon überlegt, wann Sie deswegen noch mal zu mir kommen. Ich habe Ihren Kollegen ja bereits gesagt, dass ich für die Tatnacht kein Alibi vorweisen kann. Ich bin zwar an dem Abend noch kurz auf ein Bier im *Gödeke* gewesen, aber um halb neun war ich wieder zu Hause. Wenn ich gewusst hätte, was passiert, dann hätte ich mir eines besorgt.«

»Und ein Motiv haben Sie ja anscheinend auch?«

»Sagen wir mal so: Ich konnte Benno Hagendorf nicht ausstehen, und wenn er meiner Stella etwas angetan hätte, dann hätte ich ihn eigenhändig die Klippe hinuntergeworfen.«

»Denken Sie, dass er Ihre Tochter überfallen hat?«

»Nein, das hat er nicht. Und das war es dann mit meinem Motiv ... Sie war ja so verliebt in ihn«, fügte er spöttisch hinzu. »Ich habe mit Engelszungen auf Stella eingeredet und Carl auch, aber sie wollte nicht auf uns hören. Sie war der Meinung, dass Benno ganz anders ist als die anderen aus seiner Sippe.« Er sprang auf und ging zum Fenster. »Der hätte es also gar nicht nötig gehabt, sie zu überfallen.«

»Auch nicht nach einem Streit?«

Simon Böttcher machte eine wegwerfende Handbewegung.

»Und Arne Freiwald?«

»Der Doktor hätte nicht den Mumm, weder für den Überfall noch für einen Mord oder Ähnliches. Da seid ihr auf dem falschen Dampfer.«

Beinahe jeder Mensch kann zum Äußersten getrieben werden, dachte Louis. Da war Böttcher auf dem falschen Dampfer.

»Sie wissen, dass wir ...«, kam es von Juliane.

Louis warf ihr einen warnenden Blick zu, doch es war zu spät. Juliane biss sich auf die Lippe.

Böttcher drehte sich zu ihnen um. »Dass Sie den Freiwald geholt haben, das pfeifen schon die Spatzen von den Dächern, wie man so schön sagt. Ich habe im Supermarkt an der Kasse gehört, dass ihr Freiwald auf dem Kieker habt.«

»Von wem im Supermarkt?«

»Ein Mann und eine Frau in der Warteschlange. Ich kam nicht umhin zuzuhören, aber ich kenne die nicht.«

»Wenn es nicht Arne Freiwald war, wer war es dann?«

Böttcher kam zwei Schritte näher. Louis war inzwischen auch aufgestanden. Stellas Vater war etwa zehn Zentimeter kleiner als er, wirkte jedoch durchaus gefährlich. »Wer meine Tochter überfallen hat, weiß ich nicht. Wenn ich es wüsste, würdet ihr in noch einem Mordfall ermitteln.« Seine Stimme klang brüchig. »Aber was Benno Hagendorf betrifft: Schauen Sie sich seine eigene Sippe mal genauer an. Hanjo, Volker, Robert, sogar seinen Vater Wolfgang …«

»Sie denken, Benno Hagendorf könnte von seinem eigenen Vater erschlagen worden sein?«, hakte Juliane ungläubig nach.

»Vielleicht im Affekt? Ein Streit, ein wütender Stoß … und schon geht es kopfüber die Klippe hinunter. Wolfgang ist ein Hitzkopf.«

Und damit ist er sicher nicht der Einzige in Kaltenbrode, dachte Louis. Simon Böttcher war in der Mordnacht allein zu Hause gewesen, hatte er den Kollegen gegenüber ausgesagt. Ebenso sein Sohn Carl, der in Lübeck wohnte und für den der Vater ihnen gerade ebenfalls ein Motiv geliefert hatte. Doch war einer der beiden Männer deswegen ein Mörder?

23. Kapitel

Eduard Seiler ließ Broders auf seinem Weg aus dem Haus und durch den weitläufigen Garten nicht aus den Augen.

»Gibt es hier Oleander?«, sprach Broders ihn direkt an, als er es satthatte, dass Seiler ihm hinterherschlich. Allein würde er die betreffenden Pflanzen wohl sowieso nicht finden. Er hatte zwar Fotos davon betrachtet, kannte prinzipiell Oleander als Kübelpflanze, doch er wusste auch, dass es sehr viele verschiedene Sorten davon gab. Insgesamt kannte er sich zu wenig mit der Materie aus. Aber allein die Tatsache, dass sein Interesse an dem Garten Eduard Seiler anscheinend beunruhigte, rechtfertigte die Mühe.

Während er die Augen mit der Hand gegen die Sonne abschirmte, schritt Broders die schmalen Wege ab, begleitet vom an- und abschwellenden Geklapper der kleinen Windmühlen. Die Vorstellung, sich hier blind orientieren zu müssen, ließ seine Achtung vor Helmgard Böttcher steigen. Wie sie es schaffte, sich nur mithilfe der Windmühlen zurechtzufinden und auch noch zu gärtnern, war ihm ein Rätsel.

Doch er konnte ihr Engagement auch verstehen. Selbst jetzt, im Oktober, blühten noch vereinzelt Blumen. Es duftete nach würzigem Grün, nach überreifen Blüten, nach Erde und Kompost.

Als er weiterging, nahm er einen weiteren Geruch wahr, der nicht unmittelbar von den Pflanzen herrührte. Erst ganz dezent, getragen von einem Windhauch, dann, als er sich dem

Gewächshaus näherte, deutlicher wahrnehmbar. Das war Brandgeruch.

»Dahinten kommt nichts mehr«, erklärte Seiler. »Nur noch Gestrüpp und ein tiefer Graben. Das Land ist sehr feucht.«

»Ich werde noch in das Gewächshaus reinschauen«, entschied Broders. »Ist es offen?«

Seiler zuckte mit den Schultern. »Keine Ahnung. Ich bin da so gut wie nie drin. Mit Helmgards ganzem Grünzeug kann ich nicht so viel anfangen.«

»Dann sollten Sie auch nicht mit Ihrer Gewohnheit brechen, Herr Seiler. Ich finde mich allein zurecht.« Broders betätigte einen Riegel, zog am Türgriff, und die Glastür schwang auf.

Warme, feuchte Luft schlug ihm entgegen. Der Brandgeruch war verschwunden. Stattdessen erfüllte ein üppiger Pflanzenduft das Glasgebäude. Von einem Mittelgang aus konnte Broders so ziemlich den gesamten Pflanzenbestand überblicken. Einige Stellplätze für Kübel waren leer und würden wohl erst später im Jahr von Pflanzen eingenommen werden, die die norddeutschen Winter nicht vertrugen. Wie Oleander. Wenn es auf dem Grundstück welchen gab, befand er sich wahrscheinlich noch irgendwo draußen.

Unschlüssig stand Broders da, nicht so recht wissend, was er hier drinnen wirklich suchte oder wonach er Ausschau halten sollte, als er ein kratzendes Geräusch von der Tür her vernahm. Undeutlich machte er Seilers Umrisse nahe der Eingangstür aus. Was machte er dort? Wollte er ihn etwa einsperren?

Broders' Herzschlag beschleunigte sich. Niemand wusste, dass er hier war. Wie oft hatte er Pia zum Thema »Eigensicherung« belehrt, und jetzt hatte er seine grob vernachlässigt.

Mit wenigen Schritten war er wieder an der Tür und stieß dagegen. Sie blieb verschlossen. »He, Herr Seiler, machen Sie auf!«, rief er ungehalten.

Es scharrte und kratzte wieder, dann schwang die Glastür auf.

»Eh, alles gut. Ich habe nur nachgeschaut, ob der Riegel mal wieder geölt werden muss. Ganz schön rostig, das olle Ding.«

Broders trat hinaus und atmete tief die kühle Luft ein. »Und das mussten Sie ausgerechnet prüfen, als ich da drin war?«, beschwerte er sich.

»Hätte nicht gedacht, dass Sie das merken.« Seiler grinste.

»Schon gut. Mir war nur zu warm da drinnen.« Der Brandgeruch war nun wieder stärker wahrnehmbar. »Riechen Sie den Rauch eigentlich auch?«

»Rauch? Nö.«

»Hören Sie auf, Herr Seiler. Es ist unverkennbar. Woher kommt das?«

»Vielleicht hat einer der Nachbarn geknickt und fackelt die Äste auf seinem Feld in der Nähe ab.«

»Geknickt?«

»Die bewachsenen Erdwälle zwischen den Feldern … Die werden in regelmäßigen Abständen zurückgeschnitten. Geknickt eben.«

»Ja, ja, ich weiß. Das wäre natürlich möglich.« Doch Broders glaubte es nicht. Er schritt an der Seite des Gewächshauses entlang. Als der Weg endete, stiefelte er weiter durch hohes Gras und Brennnesseln und umrundete die schmale Seite des Glashauses. Hier war schon jemand vor ihm entlanggegangen. Mehrmals und vor nicht allzu langer Zeit, wie die niedergedrückten Halme anzeigten. Und Helmgard Böttcher war es wahrscheinlich nicht gewesen.

Als er die nächste Ecke umrundete, stand Broders vor einem schwelenden schwarzen Aschehaufen.

Seiler war ihm gefolgt.

»Der Nachbar hat also geknickt, denken Sie? So, so.« Broders machte ein paar Fotos mit seinem Handy.

»Ich wusste davon nichts. Ehrlich! Das muss eine der Aushilfen gewesen sein, die Helmgard in ihrem Garten beschäftigt.«

»Auch am Samstag?«

»Vor allem am Samstag. Da haben die keine Schule.«

Broders stieß mit der Fußspitze in die Asche. Das Feuer schwelte noch. »Jetzt sind ja Ferien. Dann sind die Jungs aber früh aufgestanden.«

»Was weiß denn ich?«, murrte Seiler. »Außerdem ist das unser Grund und Boden. Sie dürfen hier nicht einfach so herumsuchen.«

»Das hätte Ihnen früher einfallen sollen«, gab Broders zurück. Er rief in Lübeck an und sagte, dass die Kollegen von der Spurensicherung herkommen sollten. Und Streifenpolizisten, um sich um die Absperrung zu kümmern.

»Das können Sie doch nicht einfach so machen«, rief Seiler aufgebracht. »Die Polizei herzurufen! Sie befinden sich hier auf Privatgrund.«

»Und Sie haben darauf offensichtlich Gartenabfälle verbrannt. Das ist verboten«, gab Broders ungerührt zurück.

»Und damit beschäftigt sich die Kriminalpolizei?«

»Wenn wir quasi darüber stolpern.«

»Ihre Gartenabfälle verbrennen, das machen hier alle Leute. Das geht doch schon immer so«, protestierte Seiler, verstummte jedoch wohlweislich, als Broders ihn genervt anblickte.

Wie Seiler es gesagt hatte, zog sich hinter dem Feuerplatz ein dichter und hoher Gürtel aus Büschen mit dornigen Zweigen, durchsetzt mit klebrigen Ranken, entlang. Eine kleine Wildnis, die sich bis über einen breiten, brackigen Graben spannte. Von hier aus gab es kein Weiterkommen. Jedenfalls nicht ohne eine Machete oder einen Leopard 2. Es schien Broders unwahrscheinlich zu sein, dass sich ein Mensch von jenseits des Grabens dem Gewächshaus und damit dem Grundstück der Böttchers nähern konnte. Das hieß, dass derjenige, der diesen Scheiterhaufen errichtet und angezündet hatte, jemand war, der offiziell Zugang zum Garten der Böttchers hatte.

Broders versuchte zu erkennen, was genau verbrannt worden war. Pflanzen, Büsche und ein morscher Baumstamm, in dessen Inneren es noch immer glomm. Das waren Gartenabfälle, da hatte Seiler schon recht. War möglicherweise auch Oleander darunter?

Pia hatte sich nicht bei Hanjo Hagendorf angekündigt. Sie hoffte, dass sie mehr erfahren würde, wenn er keine Zeit hatte, sich vorab Antworten zurechtzulegen.

Als sie vor dem Haus der Hagendorfs aus dem Auto stieg, hörte sie ein infernalisches Hämmern wie von einem Presslufthammer. Sie konnte nicht entdecken, wo der Krach herkam, doch in der Zufahrt des Hauses stand ein gelber Radlader mit Schaufel. Im Polizeijargon war das ein »Indiz« für irgendeine Form von Baumaßnahmen. Pia ging zum Eingang und läutete. »Frau Hagendorf?«

»Ich bin Pamela Hagendorf, ja. Wie kann ich Ihnen helfen?« Sie war auf eine schneewittchenhafte Art schön und in ein weiches Wollkleid gekleidet, dessen Farbe an Zitroneneis erinnerte. Ihr Haar war glänzend schwarz, die Lippen kirschrot, doch mit einem gereizten Zug um den Mund.

Pia stellte sich vor. »Ich möchte mit Ihrem Mann sprechen. Mit Hanjo Hagendorf.«

Ohne Fragen oder sichtbare Zeichen von Erstaunen über das Auftauchen einer Polizistin führte sie Pia quer durch das Haus auf die Terrasse. Sie deutete vage in Richtung Garten. »Hanjo ist da hinten in der Grube. Es ist unschwer zu überhören. Sie können gerne hingehen.« Sie blickte auf Pias Stiefel und befand anscheinend, dass die Kommissarin damit durchaus über den Rasen und die aufgeworfene Erde hinweg zu ihrem Ehemann gelangen konnte. Wahrscheinlicher war, dass es ihr herzlich egal war, wie sie dorthin kam.

Pia war froh, dem Inneren des Hauses mit seinen glänzenden Oberflächen und der Farborgie zwischen »Kitt« und »Kieselgrau« zu entkommen. Es war ein schöner, klarer Oktobertag; das Herbstlaub leuchtete in der Sonne, gelbe und orangebraune Farbkleckse lagen auf dem grünen Rasen. Pia konnte gut verstehen, dass es Hanjo nach draußen zog.

Er stand in der Ecke einer rechteckigen Grube, die etwa einen Meter sechzig tief, fünf Meter breit und fünfzehn Meter lang war. Der Untergrund war schlammig. Es hatte in der letzten Nacht ausdauernd geregnet, erinnerte Pia sich. Hagendorf bearbeitete mit einem großen Bohrhammer ein Stück Beton, das in einer Ecke aus der Wand aus Lehm und Kies ragte.

Als Pias Schatten auf den Betonbrocken fiel, hämmerte Hagendorf noch ein paar Sekunden weiter, dann erstarb der Motor, und er richtete sich auf. Hanjo Hagendorf rückte einen der Kopfhörer von seinem rechten Ohr und sah blinzelnd zu ihr auf.

»Herr Hagendorf? Korittki von der Kriminalpolizei. Ich muss mit Ihnen sprechen.«

»Ich bin bei der Arbeit.«

»Es ist dringend.«

»Ist es das nicht immer?« Und als sie nicht reagierte: »Na gut. Warten Sie einen Moment.« Er legte sein Arbeitsgerät zur Seite und kletterte dann behände aus der Baugrube. Als er neben Pia stand, fiel ihr auf, dass er etwa zwanzig Zentimeter größer als sie und von kräftiger Statur war. Er trug Jeans, Arbeitsstiefel und ein blau-schwarz kariertes Arbeitshemd mit einem grauen T-Shirt darunter, das dunkel vor Schweiß war. Im Ausschnitt glitzerte eine Goldkette.

»Ich muss mit Ihnen über Ihren Neffen Benno Hagendorf reden. Können wir uns irgendwo hinsetzen, oder wollen Sie sich erst umziehen?«

»Wenn es nicht zu lange dauert, bleibe ich, wie ich bin. Ich muss ja noch mal da runter, um den Betonklotz zu vaporisieren. Das Mistding ist heute wie aus dem Nichts aufgetaucht und hat mir den ganzen Zeitplan durcheinandergebracht.«

»Was bauen Sie? Sieht nach einem Pool aus.«

»Richtig geraten. Auch wenn es seltsam ist, so nah an der Ostsee. Was tut man nicht alles für seine Kids?« Sie waren nebeneinanderher über den Rasen gegangen und hinter einem Gartenhaus angelangt, wo eine Bank mit Tisch und Stühlen vor einer Wand aus gestapeltem Brennholz in der Herbstsonne stand. Die Stelle war windgeschützt und vom Haus aus nicht einzusehen.

»Bitte!« Er wies auf die Sitzgruppe. »Wollen Sie auch ein Bier?«

»Nein, danke.«

»Was anderes habe ich nicht hier.«

»Ich möchte nur mit Ihnen reden.«

Er zuckte mit den Schultern und verschwand in dem Schuppen. Hagendorf kam mit einer Flasche Bier wieder heraus, die er routiniert an einem Metallpfosten öffnete.

»Ich ermittle im Fall Ihres Neffen Benno Hagendorf. So, wie es aussieht, ist sein Tod auf ein Gewaltverbrechen zurückzuführen.«

»Ja, habe ich schon gehört. Sie waren ja schon beinahe bei jedem hier außer mir.«

»Wenn Sie uns etwas mitteilen wollen, hätten Sie sich jederzeit melden können«, erwiderte Pia. »Als Onkel des Opfers stehen Sie nicht gerade ganz oben auf unserer Liste.«

»Ja, ja. Verstehe. Ist wohl nur auf meinen Geschäftsführer-Narzissmus zurückzuführen, dass ich Sie eher hier erwartet habe.«

Pia zollte der Selbstironie mit einem schwachen Lächeln Beifall, nahm sich aber gleichzeitig vor, sich von den Sprüchen des Mannes nicht einwickeln zu lassen. »Wie war Ihr Verhältnis zu Benno Hagendorf?«

»Gut. Hervorragend. Der Netteste aus der Sippe meines Bruders. Mein Bruder Wolfgang, Bennos Vater, ist ein fieser Hund, müssen Sie wissen. Der terrorisiert seine gesamte Familie. Immer schon. Benno hat sich früh da rausgezogen. Dafür ist er mit seiner Ehefrau vom Regen in die Traufe gekommen.«

»Das müssen Sie näher erläutern.« Pia lehnte sich zurück. So ganz nahm sie ihm die Sympathie für seinen Neffen nicht ab. Es schwang etwas Missgünstiges in seinem Ton mit. Wahrscheinlich war es Rivalität. Hanjo Hagendorf schien zu dem Typus Mann zu gehören, der immer und überall der Platzhirsch sein wollte. Wenn sein Neffe ihm da Konkurrenz gemacht hatte, hätte das durchaus für Spannungen sorgen können, die er aber wohl nicht zugeben würde.

Die Feindseligkeit seinem Bruder gegenüber sprach er hingegen offen aus. »Wolfgang geht es nur darum, Macht auszuüben, und das bei völliger Ahnungslosigkeit. Ich wette, seine Frau Meike und alle seine Kinder sind wesentlich klüger als er. Doch er brüllt sie einfach nieder, macht sie fertig, wenn sie mal aufmucken, und lässt nichts als seine Meinung gelten. Benno und die beiden älteren Schwestern sind alle so früh wie möglich abgehauen, die Mädchen, indem sie geheiratet haben und ausgezogen sind. Mein Bruder ist auch noch stockkonservativ, was das angeht. Grit, die Jüngste, lässt sich wenigstens nicht alles von ihm gefallen, doch als Nesthäkchen hat sie es besonders schwer.« Er runzelte die Stirn und betrachtete die Bierflasche. »Vielleicht sollte ich ihr mal helfen.«

»Wissen Sie von aktuellen Konflikten zwischen Benno und seinem Vater? Hatten die beiden Streit?«

»Meistens war mein Neffe so klug, seinen Vater einfach auflaufen zu lassen. Nur neulich, an Lindas Geburtstag, da hat er Grit gegen ihn verteidigt.« Er runzelte die Stirn. »Es ging so hoch her, dass meine Frau sich weigert, das nächste Fest mit der Familie meines Bruders zusammen zu feiern. Sie meint, unsere Mädchen wären traumatisiert.«

»Was genau ist da passiert?«

»Jedenfalls nichts, was einen Mord rechtfertigen würde.«

»Das zu beurteilen sollten Sie der Polizei überlassen.«

»Benno hat mir nicht gerade sein Herz ausgeschüttet. Wir Hagendorfs reden lieber übers Geschäft als über Gefühle.« Er schnaubte verächtlich, ob über die Unfähigkeit der Hagendorfs oder über Gefühle allgemein, blieb unklar.

»Können Sie sich vorstellen, dass Ihr Bruder seinem Sohn gegenüber handgreiflich geworden ist?«

»Sie meinen, so richtig, mit Todesfolge?«

Pia zuckte mit den Schultern.

»Früher hat Wolfgang seinen Sohn wohl auch mal verprügelt, wenn er schlecht drauf war. Aber das wagt er schon lange nicht mehr. Nein, ich denke nicht, dass er handgreiflich geworden ist.«

»Wie sieht es mit den anderen Familienmitgliedern aus? Der Mutter, den Schwestern? Wie standen sie zu dem Toten?«

»Die Frauen der Familie haben Benno vergöttert. Die hätten ihm niemals etwas angetan.«

»Wer war es dann?«, fragte Pia. »Was meinen Sie?«

»Ich weiß es wirklich nicht. Im Ort heißt es, unser neuer Arzt hätte Dreck am Stecken …«

»Besser, Sie glauben nicht alles, was so erzählt wird«, erwiderte Pia, ärgerlich, wie schnell Verdächtigungen die Runde machten.

»Sowieso nicht. Aber dieser Freiwald … Ich denk nicht, dass der das war. Das ist doch ein Weichei.«

»Ich wette, Sie haben Ihre eigene Theorie.« Pia sah ihm in die Augen.

Er lächelte und schüttelte gleichzeitig den Kopf. »Frau Korittki, das ist doch Ihre Aufgabe. Aber wenn Sie so eindringlich fragen: Ich tippe auf Bennos Schwiegervater oder jemanden aus seinem Büro. *LINTHO!*« Er blies mit einem spöttischen Geräusch die Luft aus. »So nobel der ganze Laden auch aussieht: Die haben dort alle nur Dollarzeichen in den Augen … Wenn Benno einem von denen quergekommen ist, was den Profit angeht, dann gnade ihm Gott.«

»Danke für Ihre Ehrlichkeit«, entgegnete Pia. »Und wenn wir schon dabei sind: Wie sahen die Geschäfte zwischen Ihnen und *LINTHO* beziehungsweise deren Kunden aus?«

»Gelegentlich habe ich mal was für die gemacht. Bennos Vermittlung hätte ich dafür aber eigentlich nicht gebraucht. Ich arbeite gut und günstig. Das spricht sich in den entsprechenden Kreisen herum.«

»Es spricht sich auch anderes herum«, beharrte Pia. »Sie

können es mir gleich erzählen, oder ich muss die Geschäftsbeziehungen zwischen Ihrer GmbH und *LINTHO* beziehungsweise Kunden von *LINTHO* untersuchen lassen.«

»Sie enttäuschen mich, Frau Korittki. So auf den Dorfklatsch zu hören …«

»Überzeugen Sie mich davon, dass es nur Klatsch ist.«

»Ist man erst mal in Misskredit geraten, ist es schwer, jemanden vom Gegenteil zu überzeugen.« Er versuchte es mit einem Hundeblick.

Pia erhob sich. »Dann bleibt mir nichts anderes übrig. Ein Durchsuchungsbeschluss für Ihre Firma ist schnell bei der Hand.«

»Warten Sie! Nun seien Sie doch nicht so.« Er fuhr sich durch das verschwitzte Haar. »Bleibt das vertraulich?«

»Nur, solange es nichts mit Benno Hagendorfs Tod zu tun hat.«

24. Kapitel

Hanjo Hagendorf zierte sich noch eine Weile, doch schließlich antwortete er: »Benno hat mir ab und zu Aufträge vermittelt. Er sagte mir im Vorfeld, wie hoch ich mit dem Preis gehen könnte. Dafür hat er hin und wieder eine kleine Vermittlungsprovision bekommen.«

»Ohne das Wissen seines Schwiegervaters?«

»Der alte Unger hätte es nicht geduldet. Was blieb uns anderes übrig? Die Zeiten sind hart. Wir wollen alle leben. Sie doch auch.«

Pia schüttelte den Kopf. »Eine ganz lahme Rechtfertigung. Sie scheinen nicht gerade am Existenzminimum dahinzuvegetieren.«

»Für mich brauche ich das alles nicht«, behauptete er. »Aber fragen Sie mal meine Frau und meine Kinder.«

»Das interessiert mich eigentlich weniger. Entscheidend ist, ob Ihre gemeinsamen illegalen Unternehmungen ein Mordmotiv darstellen, Herr Hagendorf? Hat Ihr Neffe Ihnen vielleicht gedroht, reinen Tisch zu machen? Ist sein Schwiegervater Ihnen beiden auf die Schliche gekommen?« Letzteres wusste Pia schon von Linda Hagendorf. Allerdings konnte sie sich nicht vorstellen, dass die Entdeckung Unger zu einem Mord, nicht einmal zu einem körperlichen Angriff verleitet hätte. Er hätte Benno einfach anzeigen oder rauswerfen können – Schwiegersohn hin oder her. Bei Bennos Onkel Hanjo war sie sich nicht so sicher.

Hanjo Hagendorf schüttelte langsam den Kopf. »Hübsche Theorie, doch so war es nicht. Ich weiß nicht, wer meinem Neffen das angetan hat, aber seine Geschäfte waren bestimmt nicht der Grund dafür. Mein Gott, so etwas machen doch viele in der Branche ...«

Pia verzog zweifelnd das Gesicht. »Wie sieht es aus mit Kunden, die Benno Hagendorf über den Tisch gezogen hat?«

»Über den Tisch gezogen hat er niemanden. Bei allem, was er tat, hat es keinen Armen getroffen. Im Grunde waren die Bauherren immer sehr zufrieden mit dem, was Benno für sie organisiert hat.«

»Und andere Angestellte von *LINTHO*? Waren die auch glücklich mit dem Verhalten Ihres Neffen?«

»Nun, wenn Sie so fragen: Dieser Karsten Lindemann war es nicht. Haben Sie schon mit dem gesprochen? Er ist mit einer Böttcher verheiratet. Mit Astrid ...«

»Worin bestand der Konflikt zwischen Lindemann und Benno Hagendorf?« Pia wusste zwar bereits so einiges, aber es lohnte sich immer, weitere Meinungen einzuholen.

»Lindemann macht schon seit ein paar Monaten ›Dienst nach Vorschrift‹, wie es so schön heißt. Darüber hat Benno jedenfalls geklagt. Er wollte ihn loswerden, ihm kündigen, und er hatte auch bereits mit ihm darüber gesprochen.«

Pia nickte nur, um ihn nicht zu unterbrechen.

»Deswegen Benno umzubringen wäre allerdings idiotisch, finden Sie nicht? Es sei denn, es wäre zu einem Streit gekommen, und in der Hitze des Gefechts ...«

Was für die meisten Motive zutraf. Ein geplanter Mord schien oft eher unwahrscheinlich zu sein, eher eine tätliche Auseinandersetzung, die aus dem Ruder gelaufen war. Doch dazu passte in diesem Fall das mit dem Oleander nicht. Aber die Vergiftung konnte Pia Hagendorf gegenüber nicht erwähnen. Dabei handelte es sich möglicherweise um Täterwissen.

Hanjo Hagendorf sah ihr in die Augen. »Thomas Unger, Bennos Schwiegervater, ist ganz verrückt, was seine Tochter betrifft. Vielleicht schauen Sie lieber in dieser Richtung nach einem Motiv.«

»Was meinen Sie mit ›verrückt‹? Geht das auch konkreter? Was könnte Unger Ihrer Meinung nach in Bezug auf seine Tochter in Rage gebracht haben?«

»Bennos Affären. Ich glaube, mit Stella hat er es etwas zu weit getrieben. Davon wussten zu viele Leute, als dass man es noch unter den Teppich hätte kehren oder ignorieren können. Und wenn Ungers Tochter …« Er zögerte.

»Was ist mit ihr?«

»Linda ist vielleicht schwanger. Also, das ist jetzt nur eine Vermutung. Benno sagte mir, sie habe wohl eine langwierige Magen-Darm-Grippe. Ihr sei andauernd schlecht – vor allem morgens …« Er zwinkerte. »Ich kenne mich mit Morgenübelkeit und diesen Dingen aus.« Hagendorf setzte die Bierflasche noch einmal an den Hals und trank in großen Zügen.

Pia merkte, dass sie auch durstig war. Sie hatte bisher beinahe nur Kaffee getrunken. Und in der Sonne an diesem windgeschützten Platz war es mollig warm. Der Schuppen schien voll mit kühlem Bier zu sein. Doch sie beherrschte sich. Das wäre ja noch schöner.

»Wo waren Sie zwischen Montagabend von zwanzig Uhr bis ungefähr vier Uhr am Dienstagmorgen, Herr Hagendorf?«, erkundigte sie sich, um sich von den kühlen Getränken in Reichweite abzulenken.

»Wissen Sie denn noch, was Sie an einem x-beliebigen Abend zu Hause getan haben, Frau Korittki?«

»Manchmal schon«, antwortete Pia.

»Also gut. Ich bin gegen halb sieben von der Arbeit nach Hause gekommen. Wir haben mit den Zwillingen zusammen gegessen. Um kurz nach acht ist meine Frau zu ihrem Pilateskurs gefahren. Ich war total fertig und bin früh eingeschlafen. Ich habe nicht mitbekommen, um wie viel Uhr Pamela wiederkam.«

»Alles klar«, sagte Pia. »Danke für Ihre Zeit. Ich finde allein hinaus. Sie können weiter den Betonklotz vaporisieren.«

Er grinste und winkte ihr spöttisch nach, als sie davonging.

Pia stieg die breiten Holzstufen zur einen Meter über dem Garten schwebenden Terrasse hinauf. Die Möbel waren schon mit dunkelgrauen Plastiküberzügen bedeckt, der Größe nach zu urteilen, eine ganze Sitzlandschaft … Ein paar Kübel standen herum: Buchsbaum, eine kleine Kiefer, Astern und Heidekraut. Sie klopfte gegen die offen stehende Terrassentür. Dabei fiel ihr Blick durch die verglaste Ecke des Wohnzimmers auf den Bereich dahinter. Etwas verschämt unter dem Vordach standen weitere Pflanzenkübel.

Pamela Hagendorf kam Pia entgegengeschritten. Sie trug nun hochhackige Stiefel und einen Blazer zu ihrem hellen Wollkleid. »Ich muss gleich los.« Sie blickte über Pias Schulter in Richtung Garten. »Mit Hanjo kann ich wohl nicht so schnell rechnen, oder?«

»Er will noch einen Betonklotz zerkleinern.«

»Das sieht ihm ähnlich.«

»Ich habe auch an Sie noch ein paar Fragen.«

»Echt jetzt? Meine Mädchen wollen zu einer Freundin kutschiert werden.«

»Es dauert nicht lange«, versicherte Pia. »Sie möchten doch deswegen sicherlich nicht am Montag zu mir nach Lübeck fahren müssen?«

»Was? Nein. Dann fragen Sie.«

»Was sind das für Pflanzen dort in den Kübeln?« Sie deutete auf die Büsche unter dem Vordach.

»Ach, die müssen im Gewächshaus überwintern. Ein Gartenbaubetrieb holt sie nächste Woche ab.«

»Was sind das für Pflanzen?«, wiederholte Pia.

»Ich kenne mich nicht so besonders gut aus. Ein sündhaft teurer Olivenbaum und ein paar blühende Sträucher.«

Pia sah sie aus schmalen Augen an. Die Unwissenheit wirkte etwas zu aufgesetzt. »Oleander vielleicht?«

»Ja, könnte sein. Jetzt, wo Sie es sagen …«

Pia drehte sich um, ging hinaus, fotografierte die Büsche und rupfte noch einige Blätter als Proben für das Labor ab.

Pamela Hagendorf machte sich nicht die Mühe, ihr zu folgen. Doch durch die Scheiben hindurch beobachtete sie jede Bewegung.

»War es das?«, fragte sie kühl, als Pia wieder eintrat.

»Fürs Erste. Lassen Sie die Kübel bitte vorerst dort stehen, bis ich noch mal einen Kollegen von der Spurensicherung vorbeischicken konnte.«

»Und was ist, wenn das Gartenbauunternehmen mit dem Lkw kommt?«

»Da fällt Ihnen bestimmt etwas ein.« Sie waren in die helle Diele gelangt. Von oben tönten laufende Schritte und helle Mädchenstimmen.

Pamela Hagendorf legte den Kopf in den Nacken und rief: »Macht euch bitte schon mal fertig. Wir wollen gleich los.«

Solange sie hier standen, war keine vernünftige Unterhaltung möglich. »Können wir uns kurz irgendwo hinsetzen?«, bat Pia.

»Na gut. Kommen Sie mit.«

Sie führte sie in die Küche, wo ein langer Tisch mit acht

Stühlen stand. Als sie sich gegenübersaßen, wollte Pia auch von ihr wissen, wie ihr Verhältnis zu Benno Hagendorf gewesen war.

»Ich mochte ihn«, antwortete Pamela Hagendorf schlicht. »Er war nach Hanjo der Beste aus der Familie Hagendorf. Ich habe mich immer gefragt, wie Meike und Wolfgang so ein Kind produzieren konnten.«

Pia ließ sich von ihr die Familienverhältnisse schildern. Was Pamela berichtete, unterschied sich, was das Verhalten von Bennos Familie anbetraf, nur unwesentlich von dem, was ihr Mann eben erzählt hatte. Auch bei der Frage nach dem Mordmotiv tendierte Pamela Hagendorf in dieselbe Richtung, ließ aber wohlweislich die dubiosen geschäftlichen Verbindungen zwischen ihrem Ehemann und dessen Neffen unerwähnt. Pia fragte sich, wie viel sie überhaupt davon wusste. Dass Frau Hagendorf alles leugnen würde, was auch nur den Anstrich von Illegalität hatte, schien offensichtlich zu sein.

»Was machen Sie beruflich?«, erkundigte sich Pia, um das Bild abzurunden.

»Ich bin Visagistin«, sagte sie. »Für Fotoshootings. Doch seit der Geburt unserer Zwillinge arbeite ich nur noch in Teilzeit. Die Kinderbetreuung zu organisieren ist schwierig, besonders, wenn die Kinder erst einmal in der Schule sind.«

Pia nickte. »Das kenne ich. Mein Sohn ist sieben und gerade in die zweite Klasse gekommen.«

»Und da arbeiten Sie bei der Polizei? Und auch am Wochenende? Das funktioniert?«

»Manchmal ist es gar nicht so einfach«, räumte Pia ein.

»Na ja, wenn man nur ein Kind hat … Und manche Väter ziehen ja auch gut mit«, bemerkte Pamela Hagendorf. »Bei Hanjo kann ich das vergessen. Er ist noch vom alten Schlag.

Wahrscheinlich hätte ich einen jüngeren Mann heiraten sollen. Die fühlen sich eher verantwortlich.«

»Wie groß ist der Altersunterschied zwischen Ihnen?«

»Hanjo ist neunundfünfzig, und ich bin siebenundvierzig. Ich bin recht spät Mutter geworden.« Ihr Blick schweifte ab in Richtung der Hochglanzküchenzeile. »Wenn ich sehe, wie viel Hilfe andere Mütter von den Vätern ihrer Kinder bekommen …« Sie schüttelte resigniert den Kopf.

Pia nickte. Kein Vorteil ohne Nachteil. Sie lächelte unverbindlich und fragte nach dem Alibi für den Montagabend.

Pamela Hagendorf stutzte. »Sie verdächtigen uns? Wir sind todtraurig über Bennos Tod.«

»Reine Routine«, beschwichtigte Pia sie. »Also, wo waren Sie?«

Pamela Hagendorf zog ihr Handy hervor und wischte hektisch von oben nach unten. »Ah, hier ist es: Ich war nachmittags mit den Zwillingen beim Zahnarzt. Hanjo kam so um halb sieben nach Hause. Wir haben hier alle zusammen zu Abend gegessen, und um halb neun hatte ich Pilates. Ich bin danach mit einer Freundin noch etwas trinken gegangen.«

»Sind Sie sich sicher, dass das an dem Montag war?«

»Natürlich. Möchten Sie die Telefonnummer meiner Freundin?«

»Ja, und von dem Studio, wo Sie Pilates machen, am besten auch noch.« Pia lächelte angedeutet. »Nur der Vollständigkeit halber.« Sie erhob sich. Die wichtigsten Fragen stellte sie gern, wenn die Befragten sich entspannten, weil sie dachten, es sei schon alles vorbei. »Erinnern Sie sich noch, wo Ihr Mann an dem Abend war?«, erkundigte sie sich, als sie die Diele schon erreicht hatten.

»Na, hier. Einer von uns muss ja bei den Kindern bleiben.

Einen Babysitter haben wir meistens nur am Wochenende. Ich habe für uns alle einen großen Salat angerichtet, weil Hanjo mittlerweile echt auf sein Gewicht achten muss. Nur sagen darf man es ihm nicht. Die Mädchen haben jedoch vorher schon Chicken und Pommes gegessen. Nicht so wahnsinnig gesund, aber na ja …«

»Haben Sie den Salat aufgegessen?«

»Weshalb fragen Sie?« Sie runzelte die Stirn. »Es war noch was übrig. Ich musste den Rest am nächsten Tag wegwerfen.«

»In die Restmüll- oder die Biotonne?«

»Bio.«

»Wurde die seitdem geleert?«

Pamela Hagendorf blickte sie irritiert an. »Ja, gestern erst. Wieso?«

Das war ärgerlich. Doch wenn Pamela Hagendorf dem Opfer Oleander in ihrem Salat verabreicht hätte, hätte sie ihr nun wahrscheinlich nicht so bereitwillig davon erzählt. »Und wann schlafen Ihre Kinder normalerweise ein?«, erkundigte Pia sich noch.

»Jetzt, in den Ferien? So gegen halb neun, neun … Es sei denn, sie waren beim Sport. Dann manchmal auch früher.«

»Ich danke Ihnen, Frau Hagendorf. Und ich finde selbst hinaus«, sagte Pia nun zum zweiten Mal. Sie war zufrieden mit dem, was sie herausgefunden hatte. Hanjo Hagendorf war noch nicht aus dem Spiel. Nachdem seine Kinder eingeschlafen waren, hätte er das Haus noch einmal verlassen können. Das stellte zwar ein gewisses Risiko für ihn dar, entdeckt zu werden, sollte eine seiner Töchter aufwachen, doch möglich war es.

Als sie durch die Diele kam, polterten zwei Mädchen die Treppe herunter, die etwa sieben oder acht Jahre alt waren. Sie waren dunkelhaarig, mit langen Pferdeschwänzen. Die eine trug rosa Kleidung, die andere mintgrüne. Sie waren anscheinend Zwillinge, wenn auch keine eineiigen.

»Melia, Livia«, rief Pamela Hagendorf. »Wie oft soll ich euch noch sagen, dass das auch leise geht?!«

Pia erstarrte. Die Namen kannte sie doch.

25. Kapitel

Am Nachmittag erhielt Pia in ihrem Büro in Lübeck einen Anruf von Juliane Timmermann.

»Ich war heute mit Dana noch mal in Kaltenbrode unterwegs«, sagte die Kollegin. »Am Samstag trifft man ja ein paar mehr Leute zu Hause an als unter der Woche.«

»Und, wie ist es gelaufen?«, fragte Pia hoffungsvoll. Sie hatte die Nachmittagsstunden damit verbracht, Berichte zu lesen und weitere zu schreiben. Nun ließ sie die Schultern kreisen, um den verspannten Nacken zu lockern.

»Hast du einen Plan von Kaltenbrode vorliegen?«

»Einen Moment.« Pia ging hinüber in den Besprechungsraum, wo sie einen Lageplan des Ortes und seiner Umgebung an die Wand gepinnt hatten. »Jetzt ja.«

»Wir wissen von Grit Hagendorf, dass Benno Hagendorf am Abend seines Todes mit ihr verabredet gewesen ist, um sich mit ihr gemeinsam eine Wohnung in Lübeck anzuschauen. Dana und ich haben noch mal versucht zu rekonstruieren, wie es genau abgelaufen sein kann.«

»Und zwar?« Sie waren das alles schon mehrmals durchgegangen, aber neue Erkenntnisse waren natürlich immer willkommen.

»Benno Hagendorf kam nach der Arbeit in Eutin in Kaltenbrode an und stellte seinen Wagen in der Garage ab. Seine Frau Linda hat ausgesagt, dass sie nicht weiß, wann genau das geschehen ist. Benno Hagendorf hat nicht bei ihr reingeschaut oder sich gemeldet, sondern ist vermutlich von dort aus gleich weitergegangen. Die genaue Uhrzeit, wann das war, kennen wir nicht. Sein Ziel war aber angeblich laut seiner Schwester Grit ein Ort in der Nähe des Elternhauses, um sich mit ihr zu treffen. Grit Hagendorf wollte mit dem Wagen ihrer Mutter nach Lübeck fahren, weil ihre Eltern denken sollten, sie sei damit zur Chorprobe im Nachbarort unterwegs. Doch dann wurde der Chortermin bei ihrer Mutter abgesagt. Grit hatte ihren Angaben zufolge keine Begründung mehr wegzufahren und hat daraufhin ihrem Bruder für die Wohnungsbesichtigung abgesagt.«

»Ja, so hat sie es uns erzählt«, bestätigte Pia. »Konntet ihr das nachprüfen?«

»Ihre Mutter hat das bestätigt und ein Chormitglied ebenfalls.«

»Sehr gut. So weit stimmt das also. Wobei ich nicht ganz nachvollziehen kann, wieso Grit Hagendorf sich so schnell von ihren Plänen hat abbringen lassen. War ihr das mit der Wohnung doch nicht so wichtig? Wenn der Termin geheim bleiben sollte, hätte sie ihren Eltern gegenüber doch behaupten können, dass sie stattdessen zu einer Freundin oder ins Kino fährt.«

»Ja, das irritiert mich auch«, bestätigte Juliane. »Vielleicht traute sie ihrer eigenen Courage nicht mehr so ganz, sich ohne das Wissen ihrer Eltern eine Wohnung zu nehmen.«

»Diesen Eindruck macht sie aber eigentlich nicht auf mich …«, überlegte Pia laut.

»Wir haben jetzt auch die ausgelesenen Handy-Daten des Opfers. Grit Hagendorf hat ihren Bruder um 19.06 Uhr angerufen.«

»Ziemlich kurzfristig«, bemerkte Pia. »Sie waren ja um Viertel nach sieben verabredet.«

»Der Chortermin wurde auch so kurzfristig abgesagt.

Grit Hagendorf sagte doch, sie hätten einen kleinen Parkplatz am Ende der Straße als Treffpunkt vereinbart. Wir haben in allen Häusern in der Umgebung nachgefragt. Und ein vierzehnjähriger Junge will Benno Hagendorf an besagtem Montagabend tatsächlich gesehen haben!«

Pia nickte vor sich hin. »Gute Arbeit. Wer ist es?«

»Er heißt Len Wippert und ist vor etwa einem Jahr mit seiner Familie hierhergezogen. Er meint, dass er gegen zwanzig nach acht Uhr mit seinem Fahrrad nach Hause gefahren ist. Da ist ihm ein Mann aufgefallen, der auf der anderen Straßenseite entlangging. Er kam aus Richtung des Naturschutzgebietes. Seiner Beschreibung nach könnte es Benno Hagendorf gewesen sein.«

»So spät? Die Uhrzeit passt nicht.«

»Wir wissen noch nicht, was Benno Hagendorf getan hat, nachdem seine Schwester ihm abgesagt hat. Die Aussage des Jungen ist doch ein guter Hinweis.«

»Hm.« Pia war nicht überzeugt. »Hat außer dem Jungen, diesem Len Wippert, noch irgendjemand Benno Hagendorf gesehen?«

»Nein. Wir haben die Suche im Ort noch ziemlich weit ausgedehnt, aber wir haben niemanden mehr gefunden.«

Pia schüttelte den Kopf. »Wo war er nur die ganze Zeit über? Der Zeitpunkt des Todes war ja angeblich erst zwischen zwanzig Uhr und vier Uhr morgens. Und wo hat Hagendorf vorher das verdammte Grünzeug zu sich genommen?«

»Vielleicht war er im Naturschutzgebiet. Ein Weg dort führt auch zu dem Steg mit den Hausbooten«, sagte Juliane.

»Ich weiß, zu Arne Freiwald«, bestätigte Pia. »Nachdem seine Schwester ihm abgesagt hat, könnte Hagendorf natürlich auch noch einmal zu dem Arzt gegangen sein, um … ja, was? Seine Beschuldigungen gegen ihn zu wiederholen? Ihm nochmals auf den Zahn zu fühlen? Nach Beweisen zu suchen? Laut der Arzthelferin Tatjana Minskowsky war Benno ja bereits am Freitag in Freiwalds Praxis und hat die Konfrontation mit ihm gesucht.«

»In diese Richtungen haben Dana und ich auch gedacht. Als Arzt kennt sich Freiwald bestimmt mit pflanzlichen Giftstoffen und so aus. Er könnte Hagendorf betäubt und später zur Klippe gefahren haben.«

»Möglich ist das«, meinte Pia. »Für wie zuverlässig hältst du unseren Zeugen, diesen Len Wippert?«

»Er wirkte schon recht überzeugend. Ich wüsste auch nicht, warum er sich so etwas ausdenken sollte.«

»Danke, Juliane. Gute Arbeit. Das bringt uns weiter!«

»Gerne«, erwiderte Juliane kühl.

»Eine Sache noch: Staatsanwalt Jantzen sagte mir, er habe gar nicht um meinen Rückruf gebeten.«

»Ach ja?«

»Kann es sein, dass du dich da vertan hast?«, hakte Pia nach.

»Nein, auf keinen Fall. Dann hat er es vergessen.« Die Antwort kam wie aus der Pistole geschossen.

Pia krauste die Stirn und verabschiedete sich von ihr.

Nachdem das Gespräch beendet war, schaute sie noch ein paar Minuten auf die Karte an der Wand. Die Stelle, wo Benno Hagendorf zuletzt gesehen worden war, befand sich nicht nur in der Nähe eines Weges ins Naturschutzgebiet. Die Straßen, die sich dort kreuzten, führten quasi überallhin in Kaltenbrode.

Benno Hagendorfs Elternhaus lag in unmittelbarer Nähe. Auch Hanjo und Pamela Hagendorfs Haus war nicht weit entfernt. Sogar die Wohnung der Lindemanns war von dort aus gut zu Fuß zu erreichen. Ebenso gelangte man auf einem anderen Weg durch das Naturschutzgebiet zu Stella Böttchers Wohnung in der Nähe des Hafens. Und zu guter Letzt: Helmgard Böttchers Anwesen war zu Fuß in einer Viertelstunde oder weniger zu erreichen. Es gab eine ganze Menge Möglichkeiten, wem Benno Hagendorf an diesem Abend noch begegnet oder wo er hingegangen sein könnte. Beinahe kam es Pia so vor, als hätte er sich absichtlich an diesem Kreuzungspunkt auf der Karte platziert, um ihnen das größtmögliche Rätsel aufzugeben.

Nach dem Wochenende erwartete Pia noch einen ausführlicheren Bericht der Spurensicherung Benno Hagendorfs Tod betreffend. Vielleicht würde der sie endlich ein Stück weiterbringen.

Im Flur im siebten Stock war es still geworden. Nach einem letzten Blick auf die Karte von Kaltenbrode schüttelte sie ratlos den Kopf und ging zurück in ihr Büro. Es war Zeit, für heute Schluss zu machen.

Nach dem Abendessen räumten Marten und Pia die leeren Teller und Schüsseln zurück in die Küche. Felix war schon vorher verschwunden, mit der Begründung, er wolle sein Buch weiterlesen.

»Der Himmel möge verhüten, dass wir dich am Lesen hindern«, hatte Pia gesagt und ihm signalisiert, dass er nach oben gehen durfte, ohne beim Abräumen zu helfen. »Liest er wirklich?«, hatte sie Marten gefragt, nachdem ihr Sohn die Treppe hinaufgestürmt war. »In Lübeck ist das zurzeit eher nicht mehr so angesagt bei ihm.«

Marten sortierte das Geschirr in den Geschirrspüler. »Ich habe ihm ein paar meiner alten Comics gegeben.«

Pia schnaubte amüsiert.

»Na komm, besser, er liest die als nur herumzudaddeln.«

Er schloss die Klappe des Geräts. »Lass die beiden Töpfe stehen. Das erledige ich morgen. Kommst du mit rüber?«

»Heute bin ich sowieso keines klaren Gedankens mehr fähig.« Sie ließ sich auf das Sofa fallen und legte die Füße hoch. »Was für ein Programm schlägst du vor?«

»Kamin und Kopfmassage?« Er setzte sich zu ihr.

»Du verwöhnst mich. Wie soll ich je wieder allein in meiner Wohnung klarkommen?«

»Gar nicht«, antwortete Marten. »Das hat natürlich System.«

»Ich verstehe. Und ich revanchiere mich, sobald dieser vertrackte Fall gelöst ist.«

»Was denkst du, wann das sein wird?«

Sie legte den Kopf auf seine Beine und schloss die Augen, als sie seine warmen Hände auf ihrem Oberkopf spürte. Er begann, sie mit kreisenden Bewegungen zu massieren. »Wenn du das allerdings so gut machst, dann niemals.«

Marten lachte leise auf. »Musst du morgen auch arbeiten?«

»Es wäre besser. Aber nein. Rist meint, der Täter ist schon so gut wie überführt. Wir sollen nicht so viele Überstunden ansammeln.«

»Und was denkst du?«

»Ich habe da so meine Zweifel. Da wir aber die noch ausstehenden Berichte, die uns hoffentlich weiterbringen werden, erst am Montag bekommen, gönne ich meinen Leuten den freien Sonntag. Dann sind sie danach umso motivierter. Und du und Felix, ihr seht mich auch mal wieder bei Tageslicht.«

»Apropos ›Tageslicht‹. Ich hatte an einen Ausflug nach Haithabu gedacht.«

»Das alte Wikingerdorf?«

»Warst du schon einmal dort?«

»Wenn, dann ist das lange her.«

»Felix hat auch Lust dazu.«

Bei diesen Worten fühlte Pia sich ausgeschlossen. Marten und Felix hatten also schon darüber gesprochen. Hatte sie gar nichts mehr mitzureden? Sie öffnete die Augen. »Das ist ganz schön weit bis dahin. Wir können auch einfach zusammen irgendwo an den Strand fahren.«

»Lass uns das morgen beim Frühstück entscheiden.«

Pia runzelte die Stirn. »Da ist noch etwas, Marten.«

»Ach ja?« Er hielt in der Bewegung inne.

Pia richtete sich auf. »Ich habe heute mit zwei Leuten gesprochen, die direkt mit unserem aktuellen Mordopfer verwandt sind.«

»Okay.« Sein Blick war unergründlich.

»In Kaltenbrode. Hanjo und Pamela Hagendorf. Sie haben Zwillinge, Mädchen, die etwa in Felix' Alter sind.«

»Ja und?«

»Die Schwestern sind in seinem Schwimmkurs, nicht wahr? Livia und Melia Hagendorf?«, fragte Pia etwas aufgebrachter als beabsichtigt.

»Ja, das stimmt. Ich hatte dir ja davon erzählt, dass sie Felix anfangs etwas frustriert haben, weil sie Silber machen und er ›nur‹ das Bronzeabzeichen.«

»Seit wann weißt du, dass die Eltern mit meinem Fall zu tun haben?«

»Spätestens, seit du den Namen des Opfers erwähnt hast. Hagendorf ist kein so häufiger Nachname. Ich wusste allerdings nicht, wie nah sie verwandt sind.«

»Und es kam dir nicht in den Sinn, es mir gegenüber zu erwähnen?«

»Pia, du warst die letzten Tage kaum hier. Und wenn, dann warst du mit den Gedanken bei der Arbeit. Ich fand es nicht so wichtig, ehrlich gesagt.«

»Ich möchte nicht, dass Felix mit den Töchtern von Pamela und Hanjo Hagendorf schwimmen geht.«

»Dass die Eltern so sehr in deinen Fall involviert sind, konnte ich nicht ahnen«, entgegnete er. »Befürchtest du etwa, dass ich nicht gut auf Felix achtgebe?«, fragte er in verdächtig ruhigem Tonfall.

Sie sollte an dieser Stelle aufhören. Das ging in die falsche Richtung. Pia hatte keinerlei Zweifel daran, dass Marten gut auf Felix aufpasste. Doch sie fühlte sich hintergangen. Sie hätte die Information gerne von ihm bekommen, anstatt es durch Zufall bei einer Befragung herauszufinden. »Nein. Ich weiß, dass du alles tust, damit er bei dir sicher ist«, räumte sie schließlich ein. »Aber da dir bekannt ist, dass ich nicht will, dass er mit meinen Fällen zu tun bekommt, erwarte ich, dass du solche Zusammentreffen mit mir besprichst.«

»Es war noch nicht die Gelegenheit. Wie gesagt, du warst kaum da.«

Pia schüttelte den Kopf. »Dazu wäre immer Zeit gewesen, Marten.«

»Ja, vermutlich schon. Aber dieser Schwimmkurs ist wichtig. Er ist Felix inzwischen auch so wichtig. Er macht nämlich große Fortschritte und ist stolz auf sich. Ich wollte nicht riskieren, dass du ihn da rausholst.«

Pia seufzte. Sie hatte keinerlei Zweifel an Martens Fähigkeiten. Wenn er ihren Sohn nicht beschützen konnte, dann konnte es niemand. Es ging – verdammt noch mal – ums Prinzip. Sie wollte gefragt werden.

Nach einem Moment des Nachdenkens nickte sie jedoch. »Du hast recht. Ich möchte Felix nicht unnötig irgendwo herausreißen. Noch dazu gegen seinen Willen. Er soll nicht unter meiner Arbeit leiden. Tut mir leid, dass ich so reagiert habe.«

26. Kapitel

So ein klassisches Sonntagsfrühstück machte nicht besonders viel Spaß, wenn man es allein einnehmen musste, befand Arne Freiwald. Genau genommen erinnerte es ihn nur an all das, was er verloren hatte.

Er saß an dem weißen Resopaltisch mit dem fantastischen Blick über die Bucht, den Stella und er immer bewundert hatten. Doch er sah im Wesentlichen nur seinen unberührten Teller, die zwei aufgebackenen Brötchen, das Glas Marmelade und die Margarine, die er profan im Plastikbecher belassen hatte, dazu den nun leeren Platz ihm gegenüber.

Gemeinsam mit Stella hatte er sonntags meist Rühreier mit Speck für sie beide gebraten und mit Krabbensalat, Lachs oder Serrano-Schinken einen Hauch von Luxus in ihre erste Mahlzeit des Tages gebracht. Frisch gepressten Orangensaft hatte es immer gegeben und manchmal Obstsalat, den er für sie zubereitet hatte. Sie liebte es, wenn Mango und frische Beeren darin waren. Dazu hatte es Unmengen von Milchkaffee mit frisch aufgeschäumter Milch gegeben.

Doch das war auch schon alles gewesen. Sie hatten keine Pläne für den Tag oder gar eine gemeinsame Zukunft geschmiedet. Es hatte keine ausgedehnten Ostseespaziergänge gegeben, keinen Besuch bei Stellas Freunden oder einen Kneipenbummel in Lübeck oder Kiel. Trotzdem, er vermisste sie so sehr!

Bisher hatte er seine Wut und Verzweiflung wenigstens auf jemanden projizieren können. Nicht er selbst hatte Schuld, dass Stella ihn verlassen hatte, nicht sie, sondern einzig und allein Benno Hagendorf, der Stella irgendwie verhext zu haben schien. Mit seinem Aussehen wie ein Filmstar aus einer Serie um illegale Autorennen, dem überlegenen Charme und dem Nimbus des Stararchitekten. Arne schnaubte. Doch nun war Hagendorf tot. Da nützte ihm das alles herzlich wenig.

Wider Erwarten verschaffte dieser Gedanke Arne aber keinerlei Genugtuung. Im Gegenteil. Stella weigerte sich weiterhin, ihn auch nur zu sprechen. Und die Polizei hatte ihn auf dem Kieker, Benno Hagendorf oder vielleicht sogar Stella etwas angetan zu haben. Das hatte er am vergangenen Tag genau gespürt. Doch er hatte wohl wenig dazu beigetragen, diese Zweifel zu zerstreuen. Sein Kopf war wie von einer Wattewolke erfüllt gewesen. Und wozu auch die Mühe? Ihm war das alles inzwischen gleichgültig. Was für einen Sinn hatte es denn noch? Wozu sollte er sich abmühen? Seine Zukunft lag freudlos und leer vor ihm.

Außerdem hegte er Zweifel, ob das Leben als praktischer Arzt in einer kleinen Praxis, quasi am Ende der Welt, wirklich etwas für ihn war. Jedenfalls ohne eine Partnerin wie Stella an seiner Seite. Wollte er hier den Rest seines Lebens verbringen? Womöglich allein?

In seinem Hinterkopf spukte ungebeten das Wort »Depression« herum. Diese Diagnose hatte er in seinem Berufsalltag schon wer weiß wie oft gestellt. Manchmal wurde sie erleichtert aufgenommen, meistens jedoch erst einmal empört zurückgewiesen. Gehörte er etwa zur zweiten Kategorie? Konnte er sich diese Krankheit nicht eingestehen? Nein, er war gesund. Nur die Umstände waren erbärmlich.

Arne zwang sich, wenigstens ein halbes Brötchen zu essen, und spülte es mit schwarzem Kaffee herunter. Die Milch war ihm über die Woche schlecht geworden. Danach verstaute er die Lebensmittel wieder im Kühlschrank und das Geschirr in der schmalen Spülmaschine.

Er musste hier raus und sich den Wind um die Nase wehen lassen. Die frische Luft würde ihn hoffentlich auf andere Gedanken bringen. Die Steilküste, an der er immer so gern entlanggelaufen war, war allerdings tabu.

An seiner Garderobe fehlten ein paar Stücke. Bei der Hausdurchsuchung hatten die Polizisten doch tatsächlich einige seiner Sachen mitgenommen. Er hatte eine Aufstellung der Dinge erhalten, doch sich kaum die Mühe gemacht, sie zu kontrollieren. Zu sehr war er in sein eigenes Leid vertieft gewesen, als dass es ihm noch viel ausgemacht hätte.

Er zog sich einen Parka über und stülpte sich eine blaue Mütze auf die dunkelblonden Locken. Sein Schal war verschwunden, ebenso seine Fleecejacke. Verdammt!, das waren Sachen, die er täglich trug. Den restlichen Inhalt seines Kleiderschranks kannte er nicht gut genug, um zu beurteilen, was jetzt fehlte. Eine Unverschämtheit …

Doch die Polizei würde nichts finden, was ihn mit diesen Verbrechen in Verbindung brachte. Arne hatte nichts zu befürchten. Seine Gedanken streiften die blonde Polizistin, die ihn gestern vernommen hatte. Hübsch war sie gewesen, doch zu spröde und kühl für seinen Geschmack. Anders als Stella, die so gerne lachte.

Draußen pfiff der Wind über das Deck des Hausbootes. Seine Behausung war den Elementen in einer Art und Weise ausgesetzt, die er so nie zuvor kennengelernt hatte. Der Sommer hier war bei schönem Wetter ein Traum gewesen. Aber da hatte Stella den Traum ja auch mit ihm geteilt.

Arne betrat den Steg, an dem die vier Hausboote vertäut lagen. Er warf einen Blick zurück und stutzte.

Neben der Eingangstür liefen braunrote Schlieren an der hellgrauen Wand des Hausbootes hinunter. Was sie verursacht hatte, war leicht zu ersehen. Unterhalb der Wand lagen zermatschte, teils schon schimmelige Tomaten. Den Vorwurf, noch genießbare Nahrung zerstört zu haben, konnte man dem ungebetenen Besucher nicht machen, dachte Arne verwirrt. Doch was sollte das?

Sicher war, dass jemand die alten Tomaten mit voller Absicht gegen die Wand seines Bootes geworfen hatte. Der- oder diejenige hatte das Zeug mitgebracht und seinen Steg betreten, um eine Botschaft zu hinterlassen. Arnes Gehirn versuchte sofort, das ungeschriebene Wort, den stummen Vorwurf darin, zu entziffern: *VERSCHWINDE!* Oder gar *MÖRDER?*

Pias Montagmorgen begann nicht weniger unerfreulich. Manfred Rist verlangte einen genauen Bericht über den Stand der Ermittlungen.

Nachdem er sich alles angehört hatte, erinnerte er sie an die an diesem Tag anstehende Pressekonferenz. »Wir brauchen endlich etwas, was wir vorweisen können«, hatte er mit grimmiger Miene gesagt. »Du nimmst diesen Arne Freiwald vor der Konferenz schon mal vorläufig fest. Ich rede mit dem Staatsanwalt, und morgen früh haben wir einen Haftprüfungstermin vor Gericht.«

Pia hatte protestiert, dass die Beweise gegen Arne Freiwald nicht ausreichten und der Richter ihn sofort wieder gehen lassen würde, bei dem Wenigen, was sie vorlegen konnten. Außerdem glaube sie nicht, dass der Arzt der Schuldige im Fall »Benno Hagendorf« sei, hatte sie beteuert. Für den Mord oder Totschlag gebe es keinen Beweis. Und bei dem

Überfall auf Stella Böttcher sei das einzige Indiz ein einzelnes Haar, das weiß Gott wie an das Futter von Stella Böttchers Mantel geraten sein konnte.

»Aber die Durchsuchung von Hausboot und Praxis ist noch nicht abschließend ausgewertet, oder?«, insistierte Rist, der immerhin genau zugehört hatte.

»Da erwarten wir heute oder morgen Vormittag die endgültigen Ergebnisse«, antwortete Pia.

»Gerlach sagte mir, dass sie ein paar Kleidungsstücke mitgenommen haben, die zu Faserspuren an der Leiche passen könnten.«

»Die dazu passen *könnten*, ja … Aber das ist noch nicht sicher«, betonte Pia.

»Was ist los? Was soll das Zaudern? Warum willst du keine Festnahme?«

»Weil ich Arne Freiwald nicht für den Täter halte«, erklärte Pia ruhig. »Noch nicht. Und es gibt ein paar weitere Verdächtige.«

»Es kann aber nicht schaden, die Leute da draußen zu beruhigen, indem wir jemanden in Untersuchungshaft nehmen.«

»Nein, das würde nur einem wahrscheinlich Unschuldigen schaden. Freiwald ist neu in dem kleinen Ort. Wenn er wegen Mordverdachts festgenommen wird, hängt ihm das ewig an, auch wenn er es gar nicht getan hat.«

Rist sah sie prüfend an. »Ist dir der Herr Doktor etwa sympathisch, Pia?«

Sie runzelte ärgerlich die Stirn. »Nicht sonderlich, nein. Aber seit wann nehmen wir einfach mal eben jemanden fest, von dessen Schuld wir nicht überzeugt sind, geschweige denn, gegen den wir noch nicht genug belastbare Beweise haben?«

»Es kommt eben auf die Umstände an.«

»Wir dürfen uns von der Presse und der öffentlichen Meinung nicht unter Druck setzen lassen.«

»Wie war das noch einmal mit seinem Alibi?«, hakte Rist statt einer Erwiderung nach.

»Hat er nicht«, räumte Pia ein.

»Und wenn dieser Herr Dr. Freiwald sich absetzt?«

»Unwahrscheinlich. Er hat zu viel zu verlieren.«

»Na, dann nimmst du das Risiko sicherlich auf deine Kappe«, erwiderte Rist und blickte auf seine Uhr. »Ich gebe euch noch den heutigen Tag, um weitere Bäume anzubellen. Wenn ihr bis morgen nichts Neues vorweisen könnt, holt ihr Freiwald ab, und wir behalten ihn gleich hier.«

»Ich werde heute sowieso noch mal mit ihm sprechen«, sagte Pia. »Sein Hausboot ist in der Nacht von Samstag auf Sonntag mit Tomaten beworfen worden.«

»Was hat das nun wieder zu bedeuten?«

»Dass jemand damit nur Möwen oder Fische füttern wollte, ist eher unwahrscheinlich. Freiwald hält es für eine Warnung oder einfach für den Ausdruck von Hass auf einen Fremden. Es geht also schon los mit den Vorverurteilungen.«

»Für mich sieht es so aus, als hielten die Kaltenbroder ihn für schuldig. Aus Gründen! Und genau das glaube ich auch, Pia.«

»Es geht hier aber nicht um das, was wir glauben, sondern um das, was wir beweisen können.«

Er winkte ab. »Morgen!«, rief er ihr hinterher, als sie den Raum verließ. »Und bete lieber, dass der Kerl dann noch da ist.«

Der Anruf von Pias Kollegen Schelling kam unvermutet schon kurz vor der Mittagszeit. »Ich habe gute Neuigkeiten«, sagte der Kriminaltechniker. »Es gibt eine Leitspur: Eine Menge Fasern auf Hagendorfs Leiche sind identisch mit den Fasern aus Arne Freiwalds Fleecejacke, die deine Leute aus seinem Hausboot mitgenommen haben.«

»Ist sicher, dass die Fasern genau aus dieser einen Jacke stammen?«, fragte Pia. Sollte sie sich so getäuscht haben? Behielt Rist am Ende recht mit seiner Einschätzung, dass der Arzt der Täter war?

»Ob es genau diese Jacke war, kann man im Labor nicht feststellen. Es sind aber definitiv die gleichen Kunstfasern, aus denen die Jacken aus dieser Charge hergestellt worden sind. Allerdings handelt es sich um ein in Massen produziertes Kleidungsstück eines bekannten Outdoorbekleidungsherstellers. Recht hochpreisig und hauptsächlich in Outdoorläden, Sportabteilungen und im Internet erhältlich.«

»Du hast ja schon gut recherchiert.«

»Der Farbton der Jacke, ein bestimmtes Olivgrün, ist angeblich momentan der angesagteste Ton für Outdoorbekleidung im ganzen Universum. Du siehst, ich habe mit jemandem vom Marketing telefoniert. Nichts für ungut, aber mich erinnert diese Farbe ja immer an Kinderkacke.«

Pia musste trotz der unwillkommenen Neuigkeit schmunzeln. »Daher kommt der Name der Farbe ›Khaki‹ ja vermutlich auch.« Immerhin bedeutete das Untersuchungsergebnis, dass sie die Hausdurchsuchung bei Freiwald nicht umsonst durchgeführt hatten. Möglicherweise waren sie dadurch einen Schritt weiter. Auch wenn es ihr nicht passte: Wenn Arne Freiwald wider Erwarten schuldig war, dann hatte sie das zu akzeptieren.

»Die Wahrscheinlichkeit, dass es sich bei der Übereinstimmung der Fasern um einen Zufall handelt, ist wohl relativ gering«, sagte Schelling.

»Aber ein guter Anwalt kann natürlich immer argumentieren, dass jemand anders die gleiche Jacke anhatte oder die Fasern vor dem Mord auf eine harmlose Art und Weise an Benno Hagendorfs Kleidung gelangt sein können.«

»Ein Geständnis, erlangt aufgrund dieser Fakten, ist allemal besser. Aber das ist eure Aufgabe.«

»Ja, du hast recht.« Pia war mit den Gedanken schon bei ihren nächsten Schritten. Sie würde weiterhin auch anderen Spuren nachgehen. Freiwald war ein Außenseiter in Kaltenbrode, auf den sich schnell möglicher Hass und üble Nachrede konzentrieren konnten. Er hatte zwar kein Alibi, doch Pia sah nicht so recht sein Motiv, Benno Hagendorf zu ermorden. Eifersucht? Ein Streit um Stella? Als würde sie zu ihm zurückkehren, wenn er ihren Liebhaber zur Rede stellte oder gar umbrachte …

Nun gut, wenn die Hormone verrücktspielten, blieb die Logik meistens auf der Strecke. Oder aber, es stand Kalkül hinter der zweiten Tat. Was, wenn Benno Hagendorf einen Beweis für Freiwalds Angriff auf Stella erlangt hatte? Wenn er ihn damit konfrontiert und ihm gedroht hatte, ihn auffliegen zu lassen? Doch wäre Hagendorf dann nicht eher zu Stella oder gleich zur Polizei gegangen? Es sei denn, sein Ziel wäre eine Erpressung gewesen …

Benno Hagendorf war an dem Abend, als Stella überfallen worden war, ebenfalls in dem Restaurant gewesen, in dem sie gekellnert hatte. Was hatte er danach getan? Auch er besaß kein sonderlich belastbares Alibi für die Nacht des Überfalls. Linda Hagendorf hatte gesagt, ihr Mann sei nach dem Besuch im *Gödeke* gleich zu Hause gewesen. Oder gab es da doch noch einen gewissen zeitlichen Spielraum? Was, wenn Benno

Hagendorf Arne Freiwald an dem Abend im Naturschutzgebiet gesehen hatte? Vielleicht war er zu dessen Hausboot gelaufen, und Freiwald war, entgegen seiner Angaben, nicht dort gewesen? Pia vermerkte im Geiste, dass sie diesem Umstand noch mehr Aufmerksamkeit schenken mussten. Hatte jemand aus Kaltenbrode den Täter im oder in der Nähe des Naturschutzgebietes bemerkt?

Benno Hagendorf könnte an dem Abend seines Todes, nachdem seine Schwester Grit ihn versetzt hatte, auch zu Freiwalds Hausboot gegangen sein. Oder die beiden Männer waren sich zufällig an der Klippe begegnet. Sie könnten erneut in Streit geraten sein. Hatte Benno Hagendorf Freiwald des Überfalls auf Stella beschuldigt und seine Beweise gleich dazu präsentiert? Dass der Arzt daraufhin ausgerastet war, lag im Bereich des Vorstellbaren. Die beiden Indizien, die jetzt gegen ihn vorlagen, wogen jedenfalls schwer. Doch wie passte die dem Mord vorausgegangene Vergiftung Hagendorfs mit Oleander in diese Theorie?

27. Kapitel

Während der Dienstbesprechung mit ihrem Team ließ Pia die neuen Ergebnisse zusammentragen und verteilte anschließend die anstehenden Aufgaben für diesen und teilweise auch für den morgigen Tag.

Sie wollte wissen, wer in Kaltenbrode und Umgebung ebenfalls eine olivgrüne Fleecejacke dieses Herstellers gekauft hatte. Um von Online-Anbietern diesbezüglich Informationen zu erhalten, benötigten sie einen richterlichen Beschluss. Den zu bekommen sollte kein Problem sein. Erfahrungsgemäß konnte es aber dauern, bis sie die gewünschten Auskünfte erhielten. In den Geschäften, die die Jacke anboten, war es noch mühsamer bis unmöglich, doch sie mussten es versuchen.

Ihre zweite Spur waren die Oleanderteile, die in Benno Hagendorfs Verdauungssystem gefunden worden waren und die zu Übelkeit und Erbrechen, wahrscheinlich auch zu Bewusstlosigkeit geführt hatten. Es handelte sich um winzige Blattreste, also waren diese ihm wahrscheinlich in einem Salat oder einem Smoothie, in Gemüse oder einer Suppe verabreicht worden, nicht als Extrakt in einem Getränk …

»Er hat die Person, bei der er gegessen hat, einigermaßen gut gekannt, nehme ich an. Die Wahrscheinlichkeit, dass der Täter in seiner eigenen Familie zu finden ist, hat sich damit erhöht«, sagte Pia. Sie erzählte von ihrem Oleanderfund auf Pamela und Hanjo Hagendorfs Terrasse. »Wobei der Garten nicht sehr abgeschlossen ist. Jeder, der sich ein bisschen dort auskennt, könnte sich da Oleanderblätter besorgt haben. Außerdem gibt es zig verschiedene Oleandersorten. Das Labor muss die Proben, die ich mitgebracht habe, erst vergleichen.«

»Haben wir auch offizielle Proben?«, fragte Juliane. »Solche, die wir als Beweismittel verwenden können?«

»Ich habe die Spurensicherung zu den Hagendorfs hingeschickt.«

»Und was ist mit meinem Fund hinter dem Gewächshaus von Helmgard Böttcher? Sind in dem Brenngut Oleanderrückstände gefunden worden?«, erkundigte sich Broders.

»Auch die Proben werden offiziell untersucht. Da das meiste davon verbrannt war und wir noch gar nicht wissen, ob sich Oleander in der Asche befunden hat, ist es noch um einiges schwieriger.« Und teurer, dachte Pia. Sie würde sich für die Laborkosten vor Rist verantworten müssen.

Broders zog ein enttäuschtes Gesicht. Sie hörte ihn etwas von »… unter Lebensgefahr« murmeln.

»Sprich: Es kann länger dauern«, stellte Dana nüchtern fest.

»Umso wichtiger, dass wir bis dahin alle anderen Möglichkeiten ausschöpfen, an Beweise zu gelangen«, erklärte Pia.

Während die Kollegen vom K1 ihren diversen Aufgaben nachgingen, fuhr Pia mit Louis trotz des fortgeschrittenen Nachmittags ein weiteres Mal nach Kaltenbrode. »Wir sprechen noch mal mit allen unseren Tatverdächtigen«, sagte sie. »Jetzt dürften die meisten wenigstens so langsam nach Hause kommen. Solange wir auf die unterschiedlichen Ergebnisse warten, können wir nichts Besseres tun. Wenn wir den Druck auf die Leute erhöhen, ergibt sich vielleicht noch etwas Neues.«

Es war das erste Mal, dass Arne Freiwald in seiner Praxis pünktlich Feierabend machen konnte. Genau genommen war er sogar überpünktlich, doch das Wartezimmer und seine zwei Behandlungsräume waren leer. Tatjana hatte er schon vor zehn Minuten nach Hause geschickt. Ellen war wegen akuter Magen-Darm-Probleme nicht zur Arbeit erschienen.

Als er die Praxistür im dritten Stock sorgfältig zusperrte, hörte er, dass unten die Haustür geöffnet wurde und wieder ins Schloss fiel. Doch jetzt noch mit einem Patienten zu rechnen war zu optimistisch, vor allem angesichts der Tatsache, dass sich am Vormittag nur drei, am Nachmittag ein einziger zu ihm verirrt hatten. Und es waren alles Leute gewesen, die nicht in Kaltenbrode wohnten. In den umliegenden Ortschaften hatte man vermutlich noch nicht so recht mitbekommen, welch ungeheurer Verdacht gegen ihn kursierte.

Die faulen Tomaten waren nichts im Vergleich dazu gewesen, wie es sich anfühlte, in der Praxis und auch im Supermarkt und an der Tankstelle ignoriert oder nur mit sehr knappen Worten bedient zu werden.

Das Getuschel hinter seinem Rücken war jedoch am schlimmsten. Gegen offen vorgetragene Vorwürfe konnte er sich zur Not wehren, aber nicht gegen diese latente Feindseligkeit.

Schwere Schritte näherten sich dem dritten Stock, wo Arne Freiwald immer noch auf dem Absatz vor der Praxistür stand. Die meisten Patienten benutzten wohl den Fahrstuhl. Es war für ihn ein wichtiger Punkt für die Übernahme der Praxis gewesen, dass der Zugang barrierefrei war. Vielleicht benutzte jemand die Treppe, der im ersten oder zweiten Stock zur Physiotherapie oder zur Schülerhilfe wollte? Er hörte leises, leichtes Atmen und sah eine Hand in einem schwarzen Lederhandschuh, die das Geländer hochfuhr. Die zweite Tür hier im dritten und damit letzten Stock gehörte zu einer Logopädiepraxis.

Bei einem Blick durch den Geländerschacht sah er einen breiten Nacken, graues, kurzes Haar. Kurz darauf stand Wolfgang Hagendorf vor ihm. Dass er nicht als Patient kam und ihn um einen ärztlichen Rat bitten wollte, war Freiwald sofort klar. Oliver Behr hatte ihn mal auf dem jährlich stattfindenden kleinen Weinfest in Kaltenbrode mit Wolfgang Hagendorf bekannt gemacht.

»Schon Feierabend, Herr Doktor?«

»Es war nicht so besonders viel los heute, Herr Hagendorf.«

»Hä? An einem Montag?«

»Ja, etwas ungewöhnlich«, stimmte er zu. »Würden Sie mich jetzt bitte vorbeilassen?«

»Warum so eilig?« Hagendorf baute sich breit vor ihm auf.

»Wenn Sie einen Termin bei mir wollen, können Sie morgen früh in die freie Sprechstunde kommen.«

»Ich denke, von den Leuten aus Kaltenbrode will nie wieder jemand einen Termin bei Ihnen.«

»Ach, Sie sprechen jetzt für den gesamten Ort?«, fragte Freiwald kühl, auch wenn ihm das Herz wie verrückt gegen die Rippen schlug.

»Hören Sie!« Hagendorf legte ihm eine Hand auf die Brust.

Freiwald ging einen Schritt zurück und hob abwehrend die Hände. Eine eher defensive Geste, die er sofort bereute. Er war etwas größer als Hagendorf senior, doch der war mindestens dreißig Kilo schwerer als er. Und das war nicht nur Fett …

»Mein Junge ist tot. Ermordet! Die Polizei scheint eins und zwei noch nicht zusammenzuzählen, aber wir hier können das.«

»Sie sollten ganz vorsichtig sein mit Ihren Anschuldigungen«, erwiderte Freiwald so beherrscht wie möglich. Er hoffte, dass er drohend klang und nicht zu eingeschüchtert. Doch womit wollte er diesem Mann drohen? Mit übler Nachrede? Er hatte ja nicht einmal einen Zeugen. Er war ganz allein hier mit einem Vater, dem der Schmerz und der Zorn über den Tod des Sohnes ins Gesicht geschrieben standen, eine verzerrte, hochrote Grimasse mit vor Wut schmalen Augen.

Er kann jeden Moment vor meiner Praxistür einen Herzinfarkt erleiden, schoss es Freiwald durch den Kopf. Vermutlich wäre er daran dann auch noch schuld. Wenigstens war ein Defibrillator in der Nähe.

»Über Vorsicht bin ich längst hinweg«, gab Hagendorf leise zurück. »Es heißt, dass Sie die kleine Böttcher angefallen haben. Nicht, dass mir die Frau besonders am Herzen liegt, aber wenn einer durch unseren Ort läuft und Frauen vergewaltigt, dann geht uns das alle was an.«

»Ich habe nichts dergleichen getan!«, rief Freiwald.

»Das sagen sie alle. Doch wenn es Beweise gibt … Bei dem Mord an meinem Jungen hat die Polizei wohl noch keine Beweise. Aber es ist nur eine Frage der Zeit …«

»Seien Sie versichert: Ich habe Ihrem Sohn kein Haar gekrümmt. Warum sollte ich auch?«

Falsche Antwort! Hagendorf trat näher und beugte sich zu ihm vor. »Weil mein Benno Ihnen die kleine Böttcher ausgespannt hat. Es geht doch immer um Frauen. Und Benno konnte jede haben …«

»Ich habe Stellas Entscheidung akzeptiert. Und ich kann mich auch nicht gerade beklagen, was Frauen angeht.«

»Sie!« Er stach ihm mit dem Zeigefinger in die Brust. Inzwischen hatte Arne die Praxistür im Rücken und konnte nicht weiter zurückweichen. »Meinen Sie etwa Ihre Helferin, Tatjana Minskowsky? Wissen Sie, was die über Sie erzählt?«

»Nein.« Aber er hatte eine schlimme Vorahnung. Tatjana hatte schließlich auch der Polizei brühwarm von Bennos Auftauchen in der Praxis berichtet. Da würde sie im Ort wohl kaum den Mund halten. Und sie war nicht die Einzige, die ihm vielleicht grollte. Vivien ja auch. Sie hatte aus ihrer Wut und Enttäuschung keinen Hehl gemacht, und Tatjana hatte er ebenfalls mal abgewiesen, als die ihn auf ein Glas Wein zu sich nach Hause eingeladen hatte.

Sogar die verheiratete Pamela Hagendorf, seines Wissens Wolfgangs Schwägerin, hatte offen mit ihm geflirtet, als sie wegen eines Hautmals am Oberschenkel, das sich als harmlos herausgestellt hatte, in seiner Praxis gewesen war. Er war nicht auf ihre Anspielungen und die scheinbar unschuldigen kleinen Berührungen eingegangen. War das nun die Rache dafür?

»Na, Sie wissen aber, was die Tatjana mit angehört hat. Mein Benno hatte was gegen Sie in der Hand. Und Sie haben ihn deswegen zum Schweigen gebracht«, stieß er hervor, und sein nach Bier und Knoblauch riechender Atem stieg Freiwald in die Nase. »Geben Sie es doch wenigstens zu wie ein Mann!«

»Verschwinden Sie, sofort!«, befahl Freiwald so laut, wie er konnte, ohne dass sich seine Stimme überschlug. Er hoffte, dass noch jemand im Haus war und ihn hörte, sollte es noch unangenehmer werden.

Hagendorfs Rechte in dem Lederhandschuh packte ihn am Hals. »Eines verspreche ich dir: Damit kommst du nicht ungeschoren davon!«

Freiwald wollte den Mann wegstoßen, doch genauso gut hätte er versuchen können, eine Betonwand zu bewegen. Der

Druck auf seinen Hals ließ nicht nach. »Lassen Sie mich los, oder ich rufe die Polizei«, stieß er krächzend hervor. Er holte aus, so gut es ging, und versetzte Hagendorf einen Boxhieb in den Bauch. Es fühlte sich an, als boxte er in einen Medizinball. Seine Fingerknöchel schmerzten.

Doch Wolfgang Hagendorf zog nur erstaunt die Augenbrauen in die Höhe. Immerhin ließ er ihn kurz darauf los. »Das war nur eine Warnung«, stieß er verächtlich hervor. »Nichts für ungut, Doktor. Stellen Sie sich lieber der Polizei. Gestehen Sie! Falls Sie das nicht tun: Wir sind viele. Und das nächste Mal wird es unangenehm.« Damit drehte er sich um und ging die Treppe hinunter.

Erst als die Haustür unten krachend ins Schloss fiel, wagte Arne es durchzuatmen. Er betastete seinen Hals und räusperte sich. Okay, er war noch einmal ohne größere Verletzungen davongekommen. Doch was würde als Nächstes geschehen? Seine nahe Zukunft schob sich wie eine bedrohlich dunkle Wolke auf ihn zu. Und er konnte nichts dagegen tun. Seine Praxis war dem Untergang geweiht ohne Patienten. Das heute war bestimmt nur der Anfang gewesen. Der Anfang vom Ende. Die Menschen hassten ihn nun, hielten ihn für einen Vergewaltiger, gar einen Mörder.

Er spürte Wolfgang Hagendorfs Wut immer noch wie einen üblen Atem, der ihn umwehte. Es verursachte ihm Beklemmungen. Sein Brustkorb war eng, und er krümmte sich leicht nach vorn. Außerdem war ihm übel. Das ist nur der Schock, sagte er sich. Doch es nützte nichts. Es ging ihm kein Stückchen besser.

Die Leute in Kaltenbrode hatten ihm nie wirklich vertraut. Und nun hassten sie ihn. Das war keine Basis für einen Hausarzt in einem kleinen Ort. Er hatte alles falsch gemacht, hier, mit den Frauen und in seinem Leben. Und nun war er vom Schicksal, von seinem eigenen Unvermögen geschlagen. Es war so schwer auszuhalten, dieses Gefühl der absoluten Machtlosigkeit.

Was sollte er jetzt tun? Er konnte nur noch nach Hause fahren. Doch das Hausboot war nicht sein richtiges Zuhause. Nicht ohne Stella. Er musste sie unbedingt anrufen, mit ihr reden … Sie musste zu ihm zurückkommen. Einen kurzen Moment spürte er Hoffnung. Doch dann fiel ihm der Hass in Wolfgang Hagendorfs Blick wieder ein. Die Tomaten an der Außenwand seines Bootes, das leere Wartezimmer, Tatjanas verächtliches Lächeln …

War er hier überhaupt noch seines Lebens sicher? Sein Hausboot besaß nur ein lächerlich einfaches Schloss. Und die Nachbarboote waren um diese Jahreszeit kaum mehr an Touristen vermietet. Er war in der Nacht ganz allein dort unten am Wasser …

28. Kapitel

Am nächsten Morgen um kurz vor acht erwartete Pia bereits ein erstes Ergebnis ihrer Recherchen. Ein Geschäft in Kaltenbrode hatte sechsundzwanzig Modelle der Jacke verkauft, die in Arne Freiwalds Hausboot sichergestellt worden war. Der Geschäftsinhaber kannte Benno Hagendorf noch aus der gemeinsamen Schulzeit. Und er hatte Juliane Timmermann bereitwillig erzählt, dass Linda Hagendorf vor zwei Wochen die gleiche Jacke in dem genannten Farbton bei ihm persönlich für ihren Mann gekauft hatte. Wenn Benno Hagendorf dieses Modell ebenfalls besessen hatte, war die Beweiskraft der Fasern auf seiner Leiche gleich null. Die Fleecefasern waren möglicherweise auf seine Jacke geraten, als die Sachen nebeneinander im Schrank gehangen oder gelegen hatten.

Sie saßen zu dritt in Pias und Broders' Büro, Juliane auf der Fensterbank, und ließen die Neuigkeit erst einmal auf sich wirken.

»Im ersten Moment war ich ganz euphorisch«, sagte Juliane. »Endlich eine neue Spur! Mein erster Gedanke war, dass Linda Hagendorf oder ihr Vater etwas mit Benno Hagendorfs Tod zu tun haben könnten, und dann …«

»… ging dir auf, dass wir damit keinen Schritt weiter sind«, ergänzte Broders ihren Satz.

»Verdammtes Pech!« Pia seufzte. »Erinnerte der Mann sich an weitere Leute, denen er diese anscheinend so wahnsinnig begehrte Jacke verkauft hat?«

Juliane schüttelte den Kopf. »Normalerweise ist er gar

nicht zum Verkaufen im Geschäft, wie er mir erzählte. Er hatte nur zufällig Linda Hagendorf hereinkommen sehen, und da er von ihr beziehungsweise ihrer Firma sein Haus hat entwerfen und bauen lassen, wollte er sie persönlich bedienen. Die Angestellte, die normalerweise für den Verkauf zuständig ist, erinnerte sich nicht mehr, wer die Jacke gekauft hat.«

»Der Geschäftsinhaber hat ein Haus von der Firma *LINTHO* bauen lassen?«, fragte Broders. »Ist das nur ein Zufall?«

»Wahrscheinlich schon.« Pia legte den Kopf in den Nacken. »Er selbst könnte natürlich auch voller Fleecefasern seiner Outdoorjacke gewesen sein und die sonst wohin verschleppt haben. Sogar an die Leiche von Benno Hagendorf, falls er ihn erschlagen hat, weil ihm die Farbe seiner neuen Marmorfensterbänke nicht gefiel. Aber ich denke, das führt uns zu weit weg von der Realität. Wir müssen mit Linda Hagendorf sprechen, auch wenn uns das Vorhandensein dieser Fasern vor Gericht als Beweis nur um die Ohren fliegen wird. Wer will mit zu Frau Hagendorf fahren?« Sie schaute ihre Kollegen nacheinander an.

Juliane erhob sich. »Ich habe noch eine Menge Arbeit auf dem Tisch.«

Als sie den Raum verlassen hatte, grinste Broders. »Du wirst mich nicht los.«

»Habe ich gesagt, dass ich das will? Ich wollte ihr nur die Gelegenheit geben, mit rauszufahren. Aber wenn sie ihren Schreibtisch vorzieht …«

Sie fuhren zuerst zur Firma *LINTHO*, die ohnehin auf dem Weg nach Kaltenbrode lag. Pia wollte nicht vorher anrufen, sondern Linda Hagendorf lieber überraschen.

Doch in Eutin war Linda nicht. Sie hatte sich einen Tag freigenommen, wie die Assistentin mit eisiger Miene sagte.

»Erzählen Sie ihr nicht, dass wir hier waren«, forderte Broders sie auf.

Sie nickte, schien aber im Geiste schon zum Telefonhörer zu greifen, um ihre Chefin zu benachrichtigen.

Als Pia und Broders auf das Wohnhaus in Kaltenbrode zugingen, kam ihnen Thomas Unger, Lindas Vater, im Vorgarten entgegen. »Frau Grieger hat schon Bescheid gesagt, dass Sie auf dem Weg sind. Muss das heute wirklich sein?«, fügte er hinzu.

»Wir haben nur ein paar wenige Fragen, dann sind wir schon wieder weg«, antwortete Pia. »Es ist wichtig.«

Unger blickte sie unzufrieden an. »Na gut. Ich muss aber los.«

»Einen Moment bitte«, erwiderte Pia. »Da wir schon mal miteinander reden: Besitzen Sie Kleidungsstücke in der Farbe Oliv?«

Er tat so, als schüttelte es ihn ein wenig. »Nicht mein Stil. Einen hundert Jahre alten Lodenmantel vielleicht, auf dem Dachboden. Aber ansonsten? Nicht, dass ich wüsste.«

Pia musterte aufmerksam sein Gesicht, dann seine schlanke Gestalt in Jeans und dunkelblauem Jackett über einem gestreiften Hemd. Wenn er für den Mord an seinem Schwiegersohn eine olivfarbene Fleecejacke getragen hätte, würde er das gewiss nicht zugeben. Und die Jacke wäre längst in einem weit abgelegenen Altkleidercontainer gelandet. Doch sie hatte seine Reaktion auf die Frage sehen wollen. War er beunruhigt gewesen? Nein, eher hatte sie so etwas wie Interesse in seinen Augen aufleuchten sehen.

Linda Hagendorf ließ sie bereitwilliger eintreten, als das Benehmen ihres Vaters hatte erwarten lassen.

»Ich habe gehört, dass Sie Bennos gesamte Familie näher in Augenschein genommen haben«, sagte sie, als sie sich im Wintergarten gegenübersaßen. Das Vormittagslicht, das durch das Glasdach fiel, ließ ihr fein geschnittenes Gesicht beinahe durchscheinend aussehen. Sie hatte bläuliche Schatten unter den hellen Augen, und ihr rotblondes Haar umgab ihren Kopf wie ein Heiligenschein.

»Wir sprechen mit jedem, der etwas zur Klärung der Ereignisse beitragen kann«, versicherte Broders.

»Sie meinen, zu dem Mord an meinem Mann?«

»Mord, Totschlag, ein Unfall? Wir wissen es noch nicht definitiv. Aber ja, wir gehen von Fremdeinwirkung aus.«

»Jemand hat ihn umgebracht«, stieß Linda Hagendorf verbittert hervor. »Das ist mir in den letzten Tagen erst so richtig klar geworden. Sie sagten, er sei wahrscheinlich schon bewusstlos gewesen, als er von der Klippe stürzte.«

»Er wurde anscheinend vergiftet. Haben Sie eine Idee, wie er ein Gift zu sich genommen haben könnte?«, wollte Pia wissen.

»Was für ein Gift?«

»Das können wir Ihnen leider nicht sagen.«

»Benno war ein Fitness- und Gesundheitsfanatiker. Er hat immer mal irgendwelche Mittelchen eingenommen. Hauptsächlich, weil er sich fit und schlank die besten Chancen bei den Frauen ausrechnete. Was wohl auch so war. Aber seit er dreißig geworden ist, hat er mit seinem Gewicht gekämpft und regelmäßig Diät gehalten. Dass ich …«, sie sah an ihrem feingliedrigen Körper hinunter, »einfach so schlank geblieben bin, hat ihn nicht gefreut, sondern genervt. Na ja, die Schwangerschaft wird das sicher bald ändern.« Sie lächelte schwach.

»Hat er viel Salat und grünes Gemüse gegessen?«

»Na klar. Der Kühlschrank musste immer voll mit Grünzeug sein.«

»Wir wissen immer noch nicht, wo sich Ihr Mann am Montagabend aufgehalten hat, nachdem er seinen Wagen in die Garage gestellt hatte, bis zu dem Moment, als er zur Steilküste kam. Er war zu Fuß in Kaltenbrode unterwegs. Wo könnte er Ihrer Meinung nach gewesen sein?«, erkundigte sich Pia.

»Seine ganze Sippe wohnt doch hier im Ort. Er könnte bei jedem von denen gewesen sein. Oder er war bei dieser Böttcher.«

»Stella Böttcher?«, hakte Broders nach.

»Natürlich. Nicht bei der alten Helmgard. Stella wohnt am Hafen. Es ist nicht weit.«

»Wir würden gern einen Blick in den Kleiderschrank Ihres Mannes werfen«, bemerkte Pia.

»Was?« Sie fasste sich an die dünne rotgoldene Halskette.

»Es ist wichtig«, sagte Pia.

»Na gut. Ich habe ja nichts zu verbergen.«

Oben angekommen, sah Pia den Inhalt des Schrankes durch, fand aber keine olivfarbene Fleecejacke.

»Wonach suchen Sie denn? Vielleicht kann ich helfen.«

Pia sagte es ihr.

»Ach, die Jacke! Ich habe sie Benno neulich aus dem Ort mitgebracht, weil der Geschäftsführer auf mich zugeschossen kam, kaum dass ich seinen Laden betreten hatte. Ich fühlte mich genötigt, irgendwas zu kaufen, weil er sich ein Haus von uns hat bauen lassen.«

»Warum ausgerechnet die Jacke?«

»Sie war teuer und sah so aus, als würde sie Benno passen. Ich habe nicht sonderlich darauf geachtet, ehrlich gesagt.«

»Wo ist sie jetzt?«

»Im Wäscheraum.«

Sie folgten Linda Hagendorf in einen gut ausgestatteten Hauswirtschaftsraum. In einem Wäschekorb lag als einziges Stück eine olivgrüne Fleecejacke, wie sie sie suchten.

»Ich hatte sie gerade frisch gewaschen und wollte sie hochbringen. Aber dann ist Benno ... Nun, ich habe sie einfach hier liegen lassen.«

»Sie ist doch quasi neu, oder?« Pia betrachtete das strapaziert aussehende Stück. Es sah so aus, als wäre es bereits mehrmals zu heiß gewaschen worden. Sie entdeckte eine Flasche Bleiche auf dem Regal über der Waschmaschine. Damit wäre das gute Stück wahrscheinlich schon nach einer Wäsche in diesen Zustand geraten. Doch warum sollte jemand Fleece bleichen? Um irgendwelche belastenden Spuren zu zerstören?

»Scheint nicht die Qualität zu sein, die sie mir im Laden versprochen haben«, meinte Linda Hagendorf mit einem Schulterzucken.

»Warum haben Sie die Jacke so behandelt?«, erkundigte sich Pia. »Sie sieht für eine Wäsche sehr mitgenommen aus.«

»Ich weiß es nicht.« Frau Hagendorf schüttelte langsam den Kopf. »So was passiert mir immer wieder. In Haushaltsdingen bin ich eine Niete.« Sie schaute Pia mit ihren geröteten Augen direkt an.

»Wir werden die Jacke mitnehmen«, erklärte Broders.

»Tun Sie das. Ich habe dafür keine Verwendung mehr. Die käme ohnehin zum Roten Kreuz.«

Pias Telefon vibrierte. Sie sah, dass es Rist war, und verließ den Raum. »Moin, Manfred, was ist los?«

»Schlechte Neuigkeiten. Euer Arzt, dieser Arne Freiwald, ist auf dem Weg ins Krankenhaus. Seine Reinigungskraft hat ihn auf seinem Hausboot gefunden.«

»Wie ist sein Zustand?«

»Er war bewusstlos. Es soll ernst sein.«

»Woher weißt du das?«

»Die Rettungskräfte haben aufgrund der unklaren Lage auch eine Streife angefordert. Und die haben wiederum mich informiert. Viel mehr weiß ich auch nicht. Aber es steht wohl nicht gut um ihn.«

»Was genau soll das heißen? Was ist passiert? Ach, verdammt!«, stieß Pia hervor. »In welches Krankenhaus fahren sie ihn?«

»Nach Neustadt. Hältst du es für denkbar, dass er sich das selbst angetan hat?«

»Möglich ist das. Die Ermittlungen haben ihm doch sehr zu schaffen gemacht. Oder jemand anders hat seine Drohung von Samstagnacht wahr werden lassen … Gibt es keine erkennbare Fremdeinwirkung?«

»Frag das die Ärzte. Ich muss Schluss machen, Pia. Wir sprechen uns nachher.«

Sie stand einen Moment reglos im Flur vor dem Hauswirtschaftsraum. Linda Hagendorf schritt mit gleichgültiger Miene an ihr vorüber.

Broders folgte mit einer Tüte in der Hand. Vermutlich befand sich die Jacke darin. »Was ist denn nun schon wieder los?«

»Ich erzähle es dir gleich. Geh schon mal vor«, forderte Pia ihn auf. Sie musste die neue Nachricht kurz überdenken, bevor sie Linda Hagendorf wieder gegenübertrat. Ihr war flau, und hinter ihrer Stirn pochte es. Was war passiert? Wie ging es Arne Freiwald jetzt? Würde er durchkommen? Oder würden sie bald einen weiteren Toten zu beklagen haben?

Am vergangenen Tag hatte Rist sie gedrängt, Freiwald schnellstmöglich zu verhaften. Hätte sie das getan, säße der

Arzt jetzt wahrscheinlich gesund und unversehrt in Untersuchungshaft. Doch sie hatte sich dagegen ausgesprochen. Sie war ihrem vermeintlichen Instinkt gefolgt. Und hierhin hatte er sie geführt.

29. Kapitel

Sie verabschiedeten sich zügig von Linda Hagendorf, ohne ihr zu sagen, was passiert war. Pia setzte ihren Kollegen über die neue Lage ins Bild. Broders war nicht minder erschrocken als sie. Sie fuhr ihn zu Arne Freiwalds Hausboot. Auf dem Parkplatz mit dem Schiffskran, von dem man zu dem Steg mit den Hausbooten gelangte, stand ein Streifenwagen. Pia ließ Broders aussteigen und machte sich anschließend sofort auf den Weg nach Neustadt. Sie hatten verabredet, dass sie ihn später, falls sich keine andere Rückfahrmöglichkeit ergab, wieder in Kaltenbrode abholen würde.

In der Klinik fand sie nach einigen Nachfragen die richtige Station. »Ich bin wegen eines Patienten hier, der heute erst eingeliefert wurde. Sein Name ist Dr. Arne Freiwald. Er …«

»Sind Sie seine Ehefrau?«, fiel die Frau hinter dem Tresen ihr ins Wort.

»Nein. Ich bin …«

»Seine Schwester, Mutter, Tochter vielleicht?«, leierte sie weiter herunter.

»Nein, ich bin von der Kriminalpolizei. Ich muss den behandelnden Arzt sprechen.«

»Kriminalpolizei? Und ich bin die Queen. Ts. Die Leute werden auch immer fantasievoller.«

Pia legte ihren Polizeiausweis auf den Tresen und schob ihn der Frau entgegen. »Ich ermittle in einem Mordfall. Der neu eingelieferte Patient ist darin involviert. Gegebenenfalls muss ich ihn unter Polizeischutz stellen.«

Nun riss die Frau die von den Brillengläsern ohnehin schon stark vergrößert wirkenden Augen auf. Sie studierte den Ausweis mit misstrauisch geschürzten Lippen. »So, so. Ich hoffe, der Mann ist nicht gefährlich.« Sie musterte Pia mit neu erwachtem Interesse. Ihre Vorgehensweise verschaffte Pia jedoch endlich die erforderliche Kooperationsbereitschaft.

»Dr. Freiwald ist vielleicht in Lebensgefahr. Also, wer ist der behandelnde Arzt, und wo finde ich ihn?« Freiwalds Doktortitel zu erwähnen konnte auch nicht schaden.

Die Klinikangestellte griff zum Telefon und wandte sich ab, während sie sprach.

Nach ein paar Minuten Wartezeit kam tatsächlich eine Ärztin in einem grünen Kittel auf Pia zugeeilt. »Sind Sie die Dame von der Polizei? Ich bin Dr. Thomsen. Darf ich Ihren Ausweis sehen?« Nachdem sie diesen studiert hatte, meinte sie: »Alles klar. Sie wissen schon, dass ich Ihnen eigentlich nichts sagen darf?«

»Eigentlich« war das entscheidende Wort. »Ja, das ist mir bekannt, Frau Dr. Thomsen. Ich fürchte nur, dass Herr Freiwald keine nahen Angehörigen in der Gegend hat, die sich um ihn kümmern können. Außerdem ist er in den Mordfall verwickelt, in dem meine Kollegen und ich ermitteln. Ich leite die Ermittlung.«

»Das, was da in Kaltenbrode passiert ist?«, fragte die Ärztin. »Ich habe es in der Zeitung gelesen. Schrecklich …«

»Wenn ich Herrn Freiwald kurz sprechen könnte, kann ich besser einschätzen, ob er in Gefahr ist und Personenschutz benötigt.«

»Oh, das wäre hier …« Sie blickte sich über die Schulter um, »aber höchst unwillkommen.«

»Ein weiteres Verbrechen doch sicherlich auch.«

»Da haben sie recht. Leider können Sie noch nicht zu ihm. Was wollen Sie über Herrn Freiwald wissen?«

»Wie ist sein Zustand?«

»Er ist bei Bewusstsein, aber er ist nach wie vor sehr schwach. Er muss sich ausruhen. Wir haben ihm wegen akuter Vergiftungssymptome den Magen auspumpen müssen.«

»Was hat die Vergiftung verursacht?«

»Auf seinem Tisch sollen Arzneischachteln für einen bunten Medikamentencocktail gelegen haben.«

»Und wie ernst ist es?«

»Es war knapp. Die Hilfe kam gerade noch rechtzeitig. Mit etwas Glück wird er wieder vollständig gesund werden.«

»Wie genau wurde er gefunden?«

»Da müssen Sie die Rettungssanitäter fragen, die ihn hergebracht haben. Ich bin nur für die ärztliche Behandlung zuständig. Und wir behalten den Patienten genau im Blick. Wir gehen erst mal von einem Suizidversuch aus.« Sie legte den Kopf schief. »Es sei denn, Sie wissen mehr als wir …«

»Durchaus möglich, dass er die Medikamente freiwillig genommen hat«, wiegelte Pia ab. »Ebenfalls möglich ist jedoch, dass sie ihm gegen seinen Willen verabreicht wurden. Haben Sie Spuren von Gewalteinwirkung an ihm gefunden?«

Frau Dr. Thomsen schüttelte den Kopf.

Pia gab auch ihr ihre Karte. »Sagen Sie mir bitte Bescheid, sobald ich mit dem Patienten sprechen kann. Ich werde einen Kollegen herschicken, der sich vor dem Zimmer postiert, nur zur Sicherheit.«

»Wenn Sie das für nötig halten …«

»*Better safe than sorry*«, antwortete Pia lapidar. Sie hoffte nur, dass sie jemanden für diese Aufgabe loseisen konnte. Bevor sie nicht mit Freiwald gesprochen hatte, war die Lage schwer einzuschätzen.

»Einen Moment noch.« Die Ärztin berührte sie leicht am Arm. »Einer seiner Angehörigen sollte Bescheid wissen. Noch ist Herr Freiwald nicht über den Berg. Und wer weiß, was ihm sonst noch für Dummheiten einfallen? Können Sie vielleicht …«

»Ich werde seine Praxismitarbeiter und seine Ex-Freundin informieren«, antwortete Pia. »Aber vermutlich weiß inzwischen sowieso ganz Kaltenbrode Bescheid.«

Pia fand die Rettungssanitäter, die Arne Freiwald nach Neustadt gebracht hatten, in der Nähe eines Kaffeeautomaten im Erdgeschoss. Eine Frau Anfang fünfzig und ein Mann Ende zwanzig in orangefarbenen Uniformen hielten jeweils einen Becher Kaffee in der Hand.

Sie waren von der Rettungsleitstelle verständigt worden, erzählten sie. Der Anruf war von einer Frau erfolgt, die bei Freiwald putzte und einen Schlüssel zu seinem Hausboot besaß. Er hatte bei ihrer Ankunft bewusstlos im Flur gelegen.

Die beiden Sanitäter hatten ihn reanimieren müssen. Sie hatten es eindeutig als einen Suizidversuch eingestuft, den leeren Medikamentenpackungen auf dem Tisch nach zu urteilen.

»Haben Sie die Medikamente hergebracht?«

»Klar. Das könnte ja für die weitere Behandlung wichtig sein.«

Pia nickte. Doch Fingerspuren eines möglichen Täters könnten dadurch auch zerstört worden sein. »Haben Sie so etwas wie einen Abschiedsbrief gesehen?«, fragte sie. Normalerweise fand man heutzutage eher elektronische Nachrichten auf dem Handy oder Computer, aber sie wollte sichergehen.

Die Frau blickte ihren Kollegen an. »Ich habe nicht darauf geachtet. Auf den ersten Blick würde ich sagen, nein. Doch ich war mehr damit beschäftigt, den Patienten zu retten.«

»Verständlich. Und Sie?«, wandte Pia sich an den Mann.

Er runzelte die Stirn, als versuchte er, sich die Auffindesituation wieder vor Augen zu rufen. »Mag sein, dass da was auf dem Küchentresen war. Auf jeden Fall lagen da ein paar Papiere herum. Ich habe sie mir aber nicht genauer angeschaut.«

»Hat Herr Freiwald noch irgendetwas gesagt?«

»Nein, das konnte er nicht. Es ging ihm zu schlecht«, antwortete die Rettungssanitäterin.

»Wie schnell war Polizei vor Ort?«, hakte Pia noch nach.

»Eine Streife kam kurz nach uns am Hausboot an. Vielleicht wissen die auch was über einen Abschiedsbrief.«

»Ich kannte einen der Polizisten«, bemerkte der Mann und zerknüllte seinen leeren Kaffeebecher. »Wir waren auf derselben Schule. Er heißt Finn Klaasen.«

»Klaasen? Ich danke Ihnen«, gab Pia zurück. »Sie haben mir sehr geholfen.«

Broders stand mit Carina Thole und Finn Klaasen, den zwei Kollegen in Uniform, vor Arne Freiwalds Hausboot. Klaasen hatte die Daumen in die Schlaufen seiner Uniformhose geschoben, seine Kollegin stand mit in die Hüften gestützten Händen vor dem Steg. Die Kriminaltechniker hatten sie vom Boot verbannt, ihnen jedoch einen Asservatenbeutel mit einem Zettel gereicht.

Sie blickten auf die krakelige Schrift auf dem weißen DIN-A4-Blatt im Beutel: *Ich war es nicht!*

»Meint ihr, das sind seine letzten Worte?«, fragte Klaasen ein wenig ratlos. »Ist das sein Abschiedsbrief?«

»Also, ich würde meinen Angehörigen etwas mehr hinterlassen«, meinte Carina Thole. »Was Persönliches und was Tröstliches …«

»Etwas mehr … Worte. Das wäre schon nicht schlecht«, bestätigte Broders. War das wirklich alles, was Arne Freiwald seiner Nachwelt noch hatte mitteilen wollen?

Keinerlei Erklärung für sein Handeln, keine Abschiedsworte?

»Es kommt mir nur komisch vor. Gibt es eine Gegenprobe für die Handschrift?«, erkundigte sich Carina Thole.

Broders nickte. »In seiner Praxis sicherlich.«

Die uniformierte Kollegin beugte sich tiefer über das Blatt. »Es sieht so ungelenk aus. Keine normale Handschrift, nicht einmal für einen Arzt …«

»Das zu beurteilen sollten wir lieber den Experten überlassen«, befand Klaasen.

Broders legte den Kopf schief. »Aber interessant ist es schon: Dieses ›n‹ von ›nicht‹. Als hätte er auf das Papier gedrückt wie sonst was.«

»Wie unter Zwang«, bestätigte Carina Thole nachdenklich.

»Er hatte bestimmt schon Krämpfe und wollte nur noch schnell richtigstellen, dass er es nicht war«, schlug Finn Klaasen vor. Auch die Uniformierten wussten in groben Zügen über die Ermittlungen Bescheid. Gut möglich, dass sie an den Haustürbefragungen nach dem Auffinden von Benno Hagendorfs Leiche beteiligt gewesen waren.

»Die Kollegen machen hoffentlich genug Fotos?«, fragte die uniformierte Polizistin.

Klaasen schnaubte. »Die machen doch den ganzen Tag nichts anderes.«

»Suchen die auch den Stift? Mit dem er das geschrieben hat?«

Finn Klaasen zuckte mit den Schultern. »Wenn er schon Krämpfe hatte, als er das geschrieben hat, dann hatte er bestimmt nicht mehr die Zeit, seinen Stift ordentlich wegzupacken.«

»Wäre ihm wohl auch egal gewesen«, meinte Carina Thole.

Sie waren kurz mit den Rettungssanitätern auf dem Boot gewesen und hatten einen Blick auf das Chaos dort geworfen, hatten sie Broders erzählt. Dort hatten nicht nur geöffnete Medikamentenpackungen auf dem Tisch und dem Tresen gelegen, ebenso waren Unmengen an benutztem Geschirr sowie Kleidungsstücke und Decken auf Sofa und Fußboden verteilt gewesen. Über allem hatte der Geruch nach Erbrochenem gehangen.

»Die Spurensicherung wird alles einpacken«, sagte Broders. »Was sie noch an Medikamenten finden, Freiwalds Smartphone und Computer, die leeren Gläser und Tassen ... Anschließend machen die den Laden hier dicht und versiegeln ihn. Von euch erwarte ich einen Bericht.«

»Aye, aye, Captain.« Carina Thole salutierte andeutungsweise.

»Das ist kein Spaß hier«, murmelte Broders, merkte aber, wie sich seine Laune ein wenig hob. »Und eine Mitfahrgelegenheit bei einem Kollegen wäre auch von Vorteil.«

Nach einem Telefonat mit Broders, bei dem sie sich gegenseitig über die neuesten Entwicklungen ins Bild gesetzt hatten, fuhr Pia zurück nach Lübeck. Sie musste Broders nicht in Kaltenbrode abholen. Ein anderer Kollege würde ihn mit nach Lübeck nehmen.

Sie fühlte sich entmutigt, geschlagen und zutiefst frustriert von dem, was Arne Freiwald passiert war. Damit hatte sie im Leben nicht gerechnet! Sie hatte das Gefühl, noch einmal auf Anfang katapultiert worden zu sein. Es war schon eine Woche vergangen, seit man Benno Hagendorfs Leiche am Fuße des Steilufers gefunden hatte. Und sie? Wusste nichts und hatte nichts!

Ihr Tatverdächtiger war leblos aufgefunden worden und kämpfte im Krankenhaus mit dem Tod. Entweder hatte er sich das Leben nehmen wollen, oder jemand anders hatte versucht, einen Mordversuch als Suizid zu tarnen. Nur wer? Sie hatte überhaupt keine Ahnung …

So ratlos war sie in ihrer Polizeilaufbahn selten gewesen. Hatte sie beides verloren? Ihren Kampfgeist und das richtige Gespür? Versagte sie gerade, sowohl beruflich als auch privat?

Eigentlich hatte Pia noch ein paar Tage der Herbstferien mit Felix und Marten verbringen wollen. Stattdessen steckte sie immer noch mitten im schlimmsten Dickicht der Ermittlungen. Ein Tatverdächtiger, der sicher in U-Haft sitzen könnte, wäre beinahe ums Leben gekommen.

Sie hatte versagt. Und nun musste sie irgendwie die Scherben dieser Ermittlung neu zusammensetzen. Das würde ihr nur gemeinsam mit ihrem Team gelingen. Sie hatte eine Besprechung angesetzt, die sie gleich noch vorbereiten wollte. Außerdem musste sie sich mit Rist abstimmen, wie sie auf diese neue Entwicklung reagieren würden.

Schon jetzt stand Pia die selbstgefällige Miene vor Augen, die er aufsetzen würde, wenn ihm klar wurde, dass er bezüglich Arne Freiwald wahrscheinlich recht und sie unrecht gehabt hatte. Herzlichen Glückwunsch auch dazu.

30. Kapitel

Vielstimmiges Gemurmel und angespannte Gesichter begrüßten Pia, als sie nach der Unterredung mit ihrem Vorgesetzten in den Besprechungsraum trat. Inzwischen wussten alle über das Bescheid, was in Kaltenbrode vorgefallen war. Pia hatte zuvor noch einmal im Krankenhaus angerufen, in der Hoffnung, ihrem Team etwas Positives verkünden zu können. Doch Arne Freiwalds Zustand wurde nach wie vor als »sehr ernst« bezeichnet.

Nach einer kurzen, eher fruchtlosen Diskussion lenkte Pia die Aufmerksamkeit wieder auf die Liste mit allen Tatverdächtigen, die auf ihrem Whiteboard aufgeführt waren. Sie gingen bei jedem die möglichen Motive, das Alibi und die Indizien noch einmal durch.

Was den Fall so unübersichtlich machte, war, dass sie es im Grunde mit zwei Verbrechen zu tun hatten, bei denen noch nicht ganz sicher war, ob sie ursächlich miteinander zusammenhingen. Benno Hagendorfs Tod betreffend waren die Tatverdächtigen Dr. Arne Freiwald, Linda Hagendorf, ihr Vater Thomas Unger, Wolfgang Hagendorf, Hanjo Hagendorf, Stellas Vater Simon Böttcher und eventuell sogar ihr Bruder Carl Böttcher. Außerdem zählten Helmgard Böttcher und ihr Lebensgefährte Eduard Seiler dazu sowie Karsten Lindemann als der Arbeitskollege, dem Benno Hagendorf hatte kündigen wollen.

Im Fall der versuchten Vergewaltigung gehörte auch Benno Hagendorf zu den Verdächtigen. Falls er schuldig war oder für schuldig gehalten worden war, hätte er gerade der Böttcher-Familie ein Motiv für den Mord an ihm geliefert.

Außerdem war da Dr. Arne Freiwald. Sein Motiv war, dass er mit Stella Böttcher zusammen gewesen war und sie anscheinend sehr geliebt hatte. Sie hatte ihn wegen ihrer Beziehung mit dem verheirateten Benno Hagendorf wieder verlassen. Bei dem Arzt passte alles: Er hätte Stella an jenem Samstagabend im Naturschutzgebiet auflauern können, weil sie ihn zurückgewiesen hatte. Ein klassischer Fall von verschmähter Liebe und Kränkung. Es war zwar schwer vorstellbar, dass Freiwald sie deswegen hatte vergewaltigen wollen, doch eine Vergewaltigung hatte ja auch gar nicht stattgefunden.

War der Überfall seine Rache an ihr gewesen? Hatte er während der Tat von der geplanten Vergewaltigung Abstand genommen? Da er Stella Böttcher nicht hatte halten können, war es nicht auszuschließen, dass Arne Freiwald aus Eifersucht auch Benno Hagendorf ermordet hatte. Oder weil dieser aus irgendeinem Grund geahnt oder gewusst hatte, wer Stellas Angreifer war.

Hatte Benno Hagendorf Arne Freiwald gedroht, den Überfall auf Stella Böttcher publik zu machen? Das würde hervorragend zu Tatjana Minskowskys Aussage passen, dass Benno Hagendorf nach der üblichen Sprechzeit in der Praxis erschienen war und mit Freiwald gestritten hatte. Sie hatte ausgesagt, dass Benno Hagendorf dem Arzt damit gedroht habe, dass es Zeugen gäbe. Hinzu kam: Arne Freiwald hatte für beide Tatabende beziehungsweise -nächte kein Alibi vorzuweisen.

»Aber hätte er sich nicht wenigstens für den Mord an Benno Hagendorf ein Alibi besorgt?«, fragte Dana in die

Runde. »Er ist doch ein intelligenter Mann. Die Tat setzt eine gewisse Planung voraus. Und Freiwald konnte sich doch ausrechnen, dass er verdächtigt werden würde.«

»Sich ein falsches Alibi zu beschaffen ist aber gar nicht so einfach«, wandte Juliane ein. »Besonders für jemanden, der relativ neu in einem Ort ist. Freiwald hat noch keine Freunde in Kaltenbrode, die er um einen Gefallen bitten und auf die er sich verlassen kann.«

»Trotzdem erscheint mir so ein Vorgehen dumm«, konterte Dana. »Das passt doch nicht zu Arne Freiwald.«

»Mir ist bei Verbrechen schon so einiges untergekommen, was noch dümmer war«, sagte Broders.

Die anderen nickten, und auch Dana räumte ein, dass unkluges Verhalten allein Freiwald nicht als Tatverdächtigen ausschloss. Die Tatsache, dass er sich anscheinend selbst hatte vergiften wollen, schien ebenfalls diese Theorie zu untermauern. Medikamente dafür zu nehmen war natürlich das Vorgehen, was man von einem Arzt erwartete. Es passte beinahe zu gut, fand Pia.

Doch hätte Freiwald nicht wissen müssen, wie er die Medikamente richtig dosieren musste? Oder war der Suizidversuch nur eine Art verzweifelter Hilferuf gewesen? Immerhin hatte Arne Freiwald wohl mit großer Wahrscheinlichkeit davon ausgehen können, dass seine Reinigungskraft ihn früher oder später auf dem Hausboot finden würde. Bei Benno Hagendorf war ein Pflanzengift verwendet worden, obwohl einem Arzt wohl jede Menge anderer Substanzen zur Verfügung gestanden hätte. Hatte Freiwald damit von sich ablenken wollen?

Bei Linda Hagendorf wäre als Mordmotiv das klassische Motiv der ehelichen Untreue denkbar. Erschwerend kam hinzu, dass sie über einen längeren Zeitraum betrogen worden war. Und das war quasi ein offenes Geheimnis gewesen. Sie war schwanger, was die Situation für sie vielleicht noch unerträglicher gemacht haben könnte.

Auch Thomas Unger, der seine Tochter anscheinend sehr liebte, hatte ein Motiv. Der Schwiegersohn betrog nicht nur sein geliebtes Kind, das außerdem schwanger mit seinem Enkelkind war. Benno Hagendorf schien ihn ebenso in seinem Geschäft hintergangen zu haben, indem er seinem Onkel Aufträge zuschanzte, die dieser über normale Ausschreibungen nicht erlangt hätte. Ein doppelter Betrug also …

Thomas Unger hatte, was sein Alibi anging, nachweislich gelogen. Linda Hagendorf war angeblich allein zu Hause gewesen, wofür es keine Zeugen gab. Hätten die beiden die Mittel gehabt, Benno umzubringen? Sich Oleander zu beschaffen wäre wohl kein so schwieriges Unterfangen. Zumal Linda es ihrem Mann leicht hätte verabreichen können. Wer sagte ihnen, dass Benno Hagendorf an jenem Montagabend nicht doch noch eine gewisse Zeit zu Hause gewesen war? Immerhin hatte am Morgen nach seinem Tod auch sein Wagen in der heimischen Garage gestanden.

Bei der Vorstellung, dass Wolfgang Hagendorf seinen Sohn ermordet haben sollte, entbrannte eine Diskussion zwischen den Kollegen. Familientyrann hin oder her, was sollte das Motiv gewesen sein? Wäre ein heftiger Streit über Benno Hagendorfs Hilfe bei Grits Wohnungssuche und ihrem Auszug aus dem Elternhaus ein denkbares Motiv? Für eskalierte Gewalt mit Todesfolge vielleicht, aber eine geplante Vergiftung war schwer vorstellbar, befanden die Kollegen.

Auch bei Hanjo Hagendorf war die Motivlage nicht eindeutig. Ging es um das Geschäft, die illegal zugeschanzten Aufträge? Oder hatte Benno Hagendorf etwa auch seiner angeheirateten Tante Pamela Avancen gemacht? Vom Lebensalter her lag sie in etwa genauso nah an Benno Hagendorf wie an ihrem Ehemann. Und sie war eine attraktive Frau. Eine gegenseitige Anziehung war nicht unwahrscheinlich. Besonders, wenn Pamela und Benno beide den Reiz einer »gefährlichen Affäre« genossen hätten. Pia traute Hanjo Hagendorf durchaus zu, dass er aufgrund einer solchen Demütigung einen Mord hätte planen können.

Das Ergebnis aus dem Labor, ob es sich bei dem Oleander in den Kübeln um denselben handelte, der Benno Hagendorf zum Verhängnis geworden war, stand noch aus. Doch hätte Hanjo Hagendorf im Falle seiner Schuld die Pflanzen in den Terrassenkübeln nicht sofort vernichtet und entsorgt? Pia war sich sicher, dass er über die dazu nötige Kraft und die notwendigen Gerätschaften verfügte, auch ohne ein Feuer anzuzünden …

Mit Stellas Vater Simon Böttcher und auch ihrem erwachsenen Bruder Carl hatten sie sich noch viel zu wenig beschäftigt, wurde Pia während der Besprechung schlagartig klar. Sie kamen für den Überfall auf Stella eher nicht infrage. Sie könnten jedoch sehr wohl Rache an Benno Hagendorf geübt haben, wenn sie ihn der versuchten Vergewaltigung ihrer Tochter beziehungsweise Schwester für schuldig hielten. Doch aus welchem Grund sollten sie das tun? Hatte Stella ihnen gegenüber diesbezüglich etwas angedeutet? Oder reichte es, dass Benno ein Hagendorf war und sie zur Familie Böttcher gehörten?

»Wir müssen dringend mit den beiden Böttcher-Männern sprechen«, sagte Pia. »Simon Böttcher hat kein Alibi, und bei Stellas Bruder haben wir noch nicht einmal Erkundigungen eingezogen. Sie haben ein Motiv und hätten sich wohl auch die Mittel dazu verschaffen können. An körperlicher Kraft mangelt es wohl ebenfalls nicht.«

»Ich übernehme das«, erklärte Juliane. »Wenn Louis mitkommt …«

»Also gut.« Pia nickte. »Stimmt das untereinander ab. Was denkt ihr über Helmgard Böttcher und ihren Lebensgefährten?«, fragte sie in die Runde. »Broders, fass bitte für uns zusammen, was bisher gegen die beiden vorliegt.«

Alle Blicke richteten sich auf Pias Kollegen.

Broders schilderte, was er bei seinen Gesprächen, vor allem mit Eduard Seiler, erfahren hatte und was die alte Kriminalakte des Mannes hergab.

»Die beiden lieben Stella anscheinend beinahe abgöttisch«, sagte er zum Ende. »Sie haben das Motiv, einem vermeintlichen Vergewaltiger etwas anzutun, besonders wenn es sich dabei um einen Hagendorf handelt. Sie haben kein Alibi, außer dem, das sie sich gegenseitig geben. Und von den verbrannten Resten der Gartenabfälle hinter ihrem Gewächshaus steht die Analyse ebenfalls noch aus. Es könnte Oleander darunter gewesen sein, den sie kurzerhand mittels eines kleinen Lagerfeuers vernichten wollten. Aber wir wissen es noch nicht.«

»Sie sind verdächtig, ohne Frage«, sagte Pia. »Aus ihrer Abneigung gegen die Hagendorfs machen sie keinen Hehl.«

»Was war denn mal die Ursache dieser Familienfehde?«, hakte Juliane nach. »Ist das inzwischen bekannt?«

»Eine gute Frage. Darüber reden sie nicht. Wenigstens nicht vor uns«, antwortete Pia. »Alles, was wir bisher erfahren haben, sind Anschuldigungen über unfaires Verhalten und üble Nachrede der jeweils anderen Familie …« Sie blickte zu Dana hinüber. »Du wohnst doch in der Gegend. Hast du eine Idee, wie wir herausfinden können, was wirklich dahintersteckt? Ich glaube zwar nicht, dass es für den aktuellen Fall von Bedeutung ist, doch sicherer wäre es, wenn wir Bescheid wüssten.«

»Ich denke darüber nach. Vielleicht fällt mir jemand ein«, antwortete Dana und machte sich eine Notiz.

»Bleibt noch Karsten Lindemann«, bemerkte Pia. »Er ist mit Helmgard Böttchers Tochter Astrid verheiratet. Der Frau, die – zufällig oder auch nicht – den toten Benno Hagendorf bei ihrem Morgenausritt am Steilufer entdeckt hat.«

»Mal abgesehen davon, dass er zum Böttcher-Clan gehört, ist interessant, dass er in Thomas Ungers Firma *LINTHO* arbeitet«, sagte Broders. »Sein Vorgesetzter war Benno Hagendorf. Ob ihm das gefallen hat?«

»Mir gefällt auch so einiges nicht«, erwiderte Juliane. »Aber ein kaltblütig geplanter Mord?«

»Außerdem dürfte es Lindemann schwergefallen sein, Hagendorf Oleander zu verabreichen. Während der Bürozeiten, am Nachmittag, als sie noch beide bei *LINTHO* waren, wäre es zu früh dafür gewesen – das Gift wirkt schnell. Und aus welchem Grund hätten sie sich später privat treffen sollen?«, fragte Pia in die Runde.

»Wegen der drohenden Kündigung?«, schlug Broders vor. »Vielleicht wollte Lindemann Hagendorf umstimmen? Vielleicht drohte er ihm, dass er ansonsten seine Geschäftspraktiken mit seinem Onkel publik macht?«

»Dann hätte doch eher Benno Hagendorf Lindemann umgebracht«, wandte Juliane ein.

»Ich halte Karsten Lindemann auch nicht für einen wahrscheinlichen Kandidaten«, stimmte Pia ihr zu. »Außerdem geben er und seine Frau sich ebenfalls gegenseitig ein Alibi – auch wenn es nicht wirklich belastbar ist.«

Sie diskutierten noch eine Weile, kamen aber nicht so recht weiter.

Pia blickte auf die Uhr. Sie verteilte die als Nächstes anstehenden Aufgaben, als Schelling nach kurzem Klopfen in den Raum trat.

Er reichte Pia einige Papiere. »Ich denke, das wollt ihr sofort wissen«, meinte er lapidar.

»Was ist das?«, fragte Pia. So konnten es gleich alle erfahren.

»Der Oleander, den du bei Hanjo und Pamela Hagendorf sichergestellt hast, ist nach einer ersten Untersuchung identisch mit der Sorte, die Benno Hagendorfs Vergiftung verursacht hat. Die Sorte heißt ›Papa Gambetta‹. Wichtig zu wissen ist vielleicht, dass es angeblich Hunderte Sorten Oleander gibt.«

»Oh, wow!«, murmelte Pia, die heute nicht mehr mit hilfreichen Nachrichten gerechnet hatte. »Wie sicher ist das?«

»Das Labor hat es nur einmal festgestellt, aber noch nicht nachgeprüft. Sie werden mindestens eine weitere Untersuchung vornehmen, sobald sie mehr Material zur Verfügung haben. Dann können sie euch vielleicht auch noch Genaueres sagen. Aber wie es scheint, eilt es ja ein bisschen.« Er warf einen Blick auf das Whiteboard.

Pia nickte. »Stimmt. Wie eigentlich immer.«

»Ach, übrigens: Du hattest ja nur ein paar Blätter mitgebracht, Pia. Stellt ihr das Zeug denn jetzt sicher?«

»Das ist bereits geschehen.« Pia hoffte, dass das auch wie angeordnet vonstatten gegangen war. Damit waren Hanjo und Pamela Hagendorf im Falle ihrer Verwicklung in den Mord natürlich vorgewarnt, dass die Polizei über die Vergiftung Bescheid wusste. Die Pflanzen nicht sofort sicherstellen zu lassen war aber auch keine Alternative gewesen. Immerhin hatte Pamela Hagendorf sowieso mitbekommen, dass Pia den Oleander bei ihrem letzten Besuch registriert hatte. »Danke, dass ihr das so zügig bearbeitet habt, Schelling. Das ist eine große Hilfe!«

»Da nich' für«, sagte der Kollege. Doch Pia wusste, dass er und seine Kollegen sich für das schnelle Ergebnis im K6 ins Zeug gelegt hatten. Sie wäre ihm am liebsten um den Hals gefallen, verabschiedete Schelling jedoch mit einem freundlichen Nicken. Sie würde den Kollegen demnächst mal auf ein Bier oder Ähnliches einladen. Das war das Mindeste.

»Hanjo und Pamela Hagendorf«, bemerkte Broders, als die Tür hinter Schelling zugefallen war. »Verabreichen ihrem Neffen anscheinend giftigen Oleander ... Wer hätte das gedacht?«

»Es ist noch kein Beweis, lediglich ein Hinweis«, dämpfte Pia das anhebende Stimmengemurmel. »Und wie gesagt, das Grundstück der Familie ist relativ frei zugänglich. Streng genommen hätte auch jemand anders sich an dem Oleander bedienen können. Trotzdem: Wer fährt gleich mit mir zu den Hagendorfs nach Kaltenbrode?«

Beinahe alle waren bereit, ihren Feierabend zu opfern. Pia entschied sich, Broders und Dana Bremer mitzunehmen. Sie würden allerdings mit mehreren Autos fahren müssen. Dana wohnte in der Nähe und konnte von dort aus nach Hause gelangen. Broders musste wieder zurück nach Lübeck fahren, und Pia hoffte, dass sie rechtzeitig bei Marten wäre, um Felix noch ins Bett zu bringen.

31. Kapitel

Es dämmerte bereits, als sie zu dritt auf Pamela und Hanjo Hagendorfs Haus zugingen. Pia war sich wohl bewusst, dass sie zu einem für die Familie ungünstigen Zeitpunkt kamen. Bestimmt standen gerade die Zubereitung oder das gemeinsame Abendessen mit den Kindern bevor.

Pia läutete. Dana hatte sich neben sie gestellt, Broders schräg hinter sie.

Hanjo Hagendorf öffnete schwungvoll die Haustür. Im ersten Moment schien er verwirrt zu sein. Doch er fing sich sofort. »Sie schon wieder, Frau Korittki. Und diesmal mit Gefolgschaft. Was führt Sie zu uns?«

»Der Tod Ihres Neffen und eine Frau, die beinahe vergewaltigt wurde«, sagte Pia.

»Schon klar. Aber hätten Sie nicht vorher anrufen können? Es passt gerade nicht besonders gut, wissen Sie? Wir sitzen hier nicht den ganzen Tag und warten darauf, dass die Polizei uns beehrt.«

»Das glaube ich Ihnen gern. Aber es geht nicht anders.« Sie trat einen Schritt vor.

»Wir sind auf dem Sprung.«

Pia musterte seine Jogginghose und das legere T-Shirt. »Was auch immer es ist, wo Sie gerade hinwollen …« Pia schätzte, es war seine Couch. »Das muss leider eine halbe Stunde warten. Ist Ihre Frau auch zu Hause?«

Er grinste frech und rief über die Schulter in die Diele: »Pamela, bist du zu Hause? Hier ist wieder die Polizei.«

Seine Frau tauchte hinter ihm auf. Im Gegensatz zu ihm war sie wie zum Ausgehen gekleidet, in eine helle Marlene-Hose und eine smaragdgrüne Bluse mit Schleife vor der Brust. Sie runzelte die Stirn, als sie sah, wer gekommen war. »Ach herrje. Wir wollen gleich weg.« Offenbar fand sie die Situation nicht im Geringsten spaßig.

»Je eher Sie uns eintreten lassen, desto schneller lassen wir Sie wieder in Ruhe«, erwiderte Pia kühl. Falls wir nicht einen von Ihnen gleich mit nach Lübeck nehmen, setzte sie im Geiste hinzu. Man durfte ja noch hoffen …

»Sollen wir wirklich?«, fragte Hagendorf mit einem Blick zu seiner Frau.

»Hanjo, nun mach nicht so ein Theater«, sagte Pamela in genervtem Tonfall.

Endlich ging er ein Stück zur Seite und ließ sie mit einer ironischen Geste der Galanterie eintreten.

Dana würde Pamela Hagendorf in der Küche Gesellschaft leisten, wo sie gerade das Abendessen zubereitete, wie sie sagte. Broders und Pia gingen mit Hanjo Hagendorf in sein Arbeitszimmer im ersten Stock.

Es sah aus wie der Raum eines Mannes, der kein Arbeitszimmer braucht, weil er immerzu draußen werkelt. Alle vertikalen Flächen waren mit Papieren und Ordnern belegt, die offenbar seit Wochen niemand mehr angeschaut, geschweige denn zur Hand genommen hatte. Immerhin gab es drei Stühle, die er lässig freiräumte, damit sie sich setzen konnten.

Pamela Hagendorf hatte sie gebeten, hier hinaufzugehen, weil die Zwillinge im Wohnzimmer fernsahen.

»Bitte, dann lassen Sie uns aber gleich zur Sache kommen«, meinte Hagendorf.

»Was haben Sie heute Abend denn noch vor?«

»Gehört das zu Ihren Ermittlungen?«

»Im Zweifelsfall ja.«

»Also gut. Wir sind eingeladen. Einer von Pamelas Golfpartnern feiert seinen Fünfzigsten. Ich habe eigentlich keine Lust, schon wegen Bennos Tod. Aber was soll's? Es gibt vergnügliche Feiern und solche, wo man sich blicken lassen muss.«

»Das muss manchmal ganz schön stressig sein«, erwiderte Broders, Verständnis heuchelnd.

»Natürlich ist es das. Aber man lebt nur einmal, oder?«

»Wie machen Sie das, mit den kleinen Kindern?«, erkundigte sich Pia. Sie selbst war nach ihren Arbeitstagen oft froh, wenn sie mit Felix einfach einen ruhigen Abend verbringen konnte. An Golfspielen oder ähnlich zeitaufwendige Hobbys, geschweige denn viele Einladungen war nicht zu denken.

»Also, ich weiß ja nicht, was das zur Sache tut, doch unsere Mädchen sind immer gut betreut. Pamela hat eine ganze Liste mit Babysittern, die sie im Zweifelsfall abtelefoniert. Der Job ist begehrt. Die müssen Livia und Melia ja nur ins Bett bugsieren und können dann hier auf unsere Kosten Chips essen und Internetfernsehen auf dem 75-Zoll-Flatscreen schauen. Wir haben von Anfang an gesagt, dass wir nicht wie diese Eltern werden wollen, die für die Kiddies ihr komplettes Leben umkrempeln.«

»Und wer kommt heute zu Ihren Kindern?«, hakte Pia nach, mehr um zu testen, wie sehr Hanjo in die Familienorganisation einbezogen war. Was das mit ihrem Fall zu tun hatte? Sie war sich nicht sicher. Sie wollte ein Gefühl für die beiden Hagendorfs bekommen, bevor sie zu den entscheidenden Punkten kam.

»Äh, ich glaube, Vivien, meine Nichte zweiten Grades.

Aber ich bin mir nicht sicher.« Hanjo Hagendorf grinste wie ein Schuljunge. »Solche Dinge müssen Sie Pamela fragen.«

Pia nickte. Es war also so, wie seine Frau es schon angedeutet hatte.

»War es wirklich nötig, unsere Kübelpflanzen abzuholen?«, wollte Hagendorf unvermittelt wissen. »Den Nachbarn sind beinahe die Augen aus dem Kopf gefallen.«

»Sie bekommen sie zurück, sobald unsere Untersuchungen abgeschlossen sind. Ich habe aber noch einmal eine Frage zu Ihrem Alibi, Herr Hagendorf. Für den besagten Montagabend, an dem Ihr Neffe ermordet wurde. Möchten Sie uns dazu noch etwas sagen?«

»Ach, das.« Er machte eine wegwerfende Geste. »Habe auch schon gemerkt, dass ich mich wohl im Datum getäuscht habe. Oder Pam hat sich geirrt.«

»Nein, hat sie nicht. Das haben wir bereits nachgeprüft«, erwiderte Broders.

»Na gut. An dem Abend war Pamela also mal wieder unterwegs. Aber der Rest stimmt. Ich war die ganze Zeit über hier und habe eine Serie geschaut.«

»Kann das sonst noch jemand bezeugen?«, fragte Pia.

»Die Mädchen haben ausnahmsweise rechtzeitig geschlafen. Also nein.«

»Eben sagten Sie uns, Sie beide seien beinahe ständig auf Achse, weil Ihr Nachwuchs nichts an Ihrem Lebensstil ändern soll.«

»Ja und? Ab und zu bin ich natürlich trotzdem abends mal hier. Leider ausgerechnet auch, als Benno ermordet worden ist. Wenn ich das Schwein in die Finger bekomme ...«

»Helfen Sie uns, wenn Sie irgendwas wissen«, forderte Pia ihn auf.

»Das habe ich doch schon. Ich sagte Ihnen ja, dieser Karsten Lindemann hätte ein Motiv. Und ebenso Bennos Schwiegervater.«

Pia nickte. »Sie erwähnten auch Arne Freiwald.«

»Ja, aber in dem habe ich mich ja wohl nicht getäuscht, oder? Der besitzt nicht den nötigen Mumm ... Ist natürlich nicht nett, so etwas jetzt zu sagen, wo er im Krankenhaus liegt.«

»Von wem wissen Sie das?«

»Das geht so herum.«

»Und wer genau hat es Ihnen erzählt?«

»Viv hat angerufen. Sie meinte erst, sie könne heute nicht zu uns kommen. Arne liege im Krankenhaus und sie stehe unter Schock.« Er schnaubte.

Pia überlegte. »Viv. Vivien Hagendorf?«

Er nickte gleichgültig.

»Wieso unter Schock?«, hakte Broders nach.

Ach ...« Er schüttelte den Kopf. »Sie hatte wohl keine Lust mehr herzukommen. Sie meinte, er sei schließlich ein Freund von ihr. Pfff. Ein feiner Freund ...«

Pia runzelte die Stirn. »Wieso sagen Sie das?«

»Ein Freund bittet doch erst mal um Hilfe, bevor er sich einfach so umzubringen versucht.«

»So sicher sind wir gar nicht, dass es ein Suizid war«, behauptete Broders.

»Ich habe mit alldem nichts zu tun!«, rief Hagendorf plötzlich aus.

»Sie besitzen kein Alibi für den Montagabend und haben sowohl die Mittel als auch ein Motiv für den Mord an Ihrem Neffen«, sagte Broders in liebenswürdigem Tonfall. Pia wusste, wenn er so sprach, bedeutete das für sein Gegenüber Alarmstufe Rot.

Auch Hagendorf schien gute Instinkte zu haben. Seine Haltung wirkte auf einmal angespannt. »Ich war es aber nicht. Ich habe meinem Neffen nichts zuleide getan. Was für einen Grund sollte ich auch gehabt haben?«

»Eifersucht? Ihr Neffe hat angeblich nichts anbrennen lassen, um es mal salopp auszudrücken. Und Sie haben eine recht junge, attraktive Frau«, provozierte Pia ihn.

Hagendorfs Gesicht verzog sich. »Unsinn! Lassen Sie Pam da raus.«

»Nicht zu vergessen Ihre illegalen Geschäfte mit *LINTHO*«, ergänzte Broders. »Vielleicht wollte Ihr Neffe reinen Tisch machen?«

»Nein, das hätte ihm doch viel mehr geschadet als mir.«

»Am Abend seines Todes hat Benno Hagendorf nur ein paar Straßen weiter auf seine Schwester gewartet, die aber nicht kam, sondern ihn versetzte. Danach verliert sich seine Spur. Wo sonst sollte Ihr Neffe hingelaufen sein, wenn nicht zu Ihnen? Ihr Haus liegt auf seinem Weg.«

»Was? Keine Ahnung! In Kaltenbrode wohnen viele Leute, die er kannte. Hier liegt alles ›auf dem Weg‹. Warum sollte Benno ausgerechnet zu uns kommen?«

»Wo sollte er sonst hingehen?«

»Das weiß ich doch auch nicht! Aber ich habe ihn nicht gesehen. Ich kann Ihnen nicht helfen. Ach, ich wünschte …«

Pia sah Hagendorf aufmerksam an. Was wünschte er sich? Auch Broders wusste, wann er schweigen musste. Benno Hagendorf hatte den Oleander möglicherweise in einem Salat zu sich genommen, in dem er nicht weiter auffiel. Es musste etwas gewesen sein, das den bitteren Geschmack verdeckte. Und er hatte vermutlich bei Leuten gegessen, die er gut kannte, denen er vertraute. Eher bei jemandem aus der eigenen Familie, den Hagendorfs als bei den Böttchers. Mit einer

Ausnahme natürlich: Stella Böttcher. Auch ihr sollten sie an diesem Abend noch einen Besuch abstatten …

Zu Pias Erstaunen stützte Hanjo nun den Kopf in die Hände, barg das Gesicht in ihnen. Er stöhnte einmal leise auf. Als er wieder aufsah, wirkten seine Züge wie eingefallen. »Also gut, also gut. Ich gebe es zu: Ich war an dem Abend nicht hier, wie ich es Ihnen gesagt habe. Der Gedanke, dass Benno vor meiner Tür stand und mich nicht angetroffen hat, obwohl er meine Hilfe brauchte, macht mich ganz verrückt.«

»Warum sollte er Ihre Hilfe gebraucht haben? Wobei?«

»Er kam schon als kleiner Junge zu mir, wenn er … wenn er Unterstützung brauchte. Und auch als Jugendlicher. Wolfgang, sein Vater, hat ihn immer nur runtergemacht.«

»Doch Sie waren an dem Abend nicht zu Hause?«, fragte Broders wieder in liebenswürdigem Tonfall.

»Nein, war ich nicht. Aber ich habe ein Alibi! Können Sie mir das nicht einfach so glauben?«

»Warum sollten wir, nachdem Sie uns schon einmal angelogen haben?«, entgegnete Broders. »Streng genommen sogar zweimal.«

»Ich habe Sie nicht angelogen, weil ich ein Mörder bin. Ich hab's getan, weil ich niemanden verpfeife. Niemals! Weil man das nicht tut. Verstehen Sie nicht? Wenn das herauskommt, bin ich hier gesellschaftlich erledigt.«

»Wir gehen so diskret vor, wie es uns möglich ist«, versprach Pia.

»Ich spiele Poker. Privat. Um Geld. Nicht wenig Geld. Das ist illegal …«

»Wer kann das bezeugen?« Pia war enttäuscht. Es klang seltsamerweise glaubhaft. Sie hatte schon viele Lügner gesehen, doch Hanjo Hagendorf wirkte in diesem Moment nicht wie einer. Wenn es sich so verhielt, wie er sagte, waren Hanjo und Pamela Hagendorf aus dem Schneider.

»Müssen Sie das unbedingt gegenchecken? Ich bin dann echt unten durch.«

Ihn so verzweifelt zu sehen hatte etwas Groteskes. Der selbstbewusst – um nicht zu sagen: großspurig – auftretende Hanjo Hagendorf schien um seinen guten Ruf äußerst besorgt zu sein. Die Meinung seiner Nachbarn war ihm wichtiger als alles andere. Dafür hatte er sogar riskiert, ihnen ein falsches Alibi in einem Mordfall zu präsentieren.

»Möchten Sie uns diejenigen nennen, die Ihr Alibi bezeugen, sodass wir es – diskret – nachprüfen können, oder ziehen Sie es vor, mit uns nach Lübeck zu fahren?«, erkundigte sich Broders.

Hagendorf griff nach Zettel und Stift und schrieb zwei Namen mit Telefonnummern darauf. Er reichte den Notizzettel Pia, doch als sie danach greifen wollte, zog er ihn wieder ein Stück zurück. »Ich verlasse mich darauf, dass diese Männer keinen Ärger bekommen.«

»Versprechen kann ich Ihnen nichts. Aber mich interessiert an dieser Geschichte erst mal nur Ihr Alibi. Ich will den Mörder Ihres Neffen ermitteln und festnehmen. Falls Sie das tröstet …«

Er reichte ihr widerstrebend den Zettel.

Pia warf einen Blick auf die ihr unbekannten Namen. Sie war gespannt, ob Hanjo Hagendorf ihnen diesmal die Wahrheit gesagt hatte.

32. Kapitel

Nachdem Hagendorf ihnen versichert hatte, dass er sein Haus heute nicht mehr verlassen würde, gingen sie ins Erdgeschoss zu seiner Frau Pamela.

Sie räumte gerade die Kochutensilien weg und wischte die Flächen ab. In dem beleuchteten Ofen sah Pia zwei Bleche mit Ofengemüse.

Pamela Hagendorf warf einen Blick auf die Küchenuhr an der Wand und nahm die Küchenschürze ab, die sie sich umgebunden hatte. »Die Raubtierfütterung beginnt in zwanzig Minuten.«

»Möchten Sie hier mit uns sprechen?«, fragte Pia. Es roch aromatisch nach bratenden Paprika, Möhren, Kartoffeln und Rosmarin … Pia schluckte. Sie hatte Dana schon gesagt, dass sie sie dabeihaben wollte, während Broders sich so diskret wie möglich aufmachen und Hanjo Hagendorfs Alibi überprüfen sollte. Sollte es bestätigt werden, konnten sie ihn erst mal wieder vom Haken lassen.

»Meinetwegen hier. Wir können uns da hinübersetzen.« Sie deutete auf den Tresen, der sich an die Küchenarbeitsplatte anschloss.

»Ihr Alibi, die Nacht von Benno Hagendorfs Tod betreffend, wurde uns bestätigt«, begann Pia. »Ihr Pilateskurs ging bis zehn Uhr. Danach waren Sie noch mit zwei weiteren Kursteilnehmerinnen etwas trinken.«

»Natürlich«, antwortete die Frau selbstsicher. »Um halb zwölf war ich wieder hier.«

»Mit dem Alibi Ihres Mannes ist es nicht ganz so einfach.«

Sie schaute aus dem Fenster. »Ich weiß. Er hat es Ihnen also gesagt. Wir hatten schon Diskussionen deswegen.«

»Was für Diskussionen?«

»Es kommt doch eh immer alles heraus, nicht wahr? Jedes noch so kleine Geheimnis.«

»Da ist was dran. Und woher wussten Sie es?«

»Es war kein Geheimnis. Ich wusste Bescheid. Hanjo hätte Ihnen gleich die Wahrheit sagen sollen«, antwortete sie, »statt andere noch in seine Geschichten mit hineinzuziehen.«

»Wann genau kam Ihr Mann hier an?«

»Gegen zwölf Uhr.«

»Wenn Sie beide bis halb zwölf beziehungsweise bis Mitternacht nicht hier waren, wer war dann so lange bei Ihren Kindern?« Auf diese Weise fänden sie einen weiteren Zeugen oder eine Zeugin für die Ankunftszeit der Hagendorfs in ihrem Haus.

Sie seufzte. »Hanjos Nichte. Man muss sie meistens nur anrufen, dann kommt sie kurzfristig her. Armes Mädchen.«

»Sprechen Sie von Vivien Hagendorf? Warum nennen Sie sie ein ›armes Mädchen‹?« Soweit Pia sie kennengelernt hatte, war Vivien Hagendorf eine erwachsene Frau mit einem anspruchsvollen Job und einem eigenen Haus.

»Auf dem Land erwarten die meisten Leute immer noch, dass eine Frau spätestens mit Anfang dreißig heiratet und Kinder in die Welt setzt. Vivien spürt diese Erwartungshaltung der anderen natürlich auch. Die Leute halten mit ihren Ansichten nicht gerade hinterm Berg. Doch sie hat leider ziemlich viel Pech mit Männern. Sie war zum Beispiel einige Wochen mit dem neuen Arzt zusammen, diesem Freiwald, der nun wohl auch noch versucht hat, sich umzubringen. Schrecklich, das alles …«

Pia nickte. Sie wusste von Vivien Hagendorf und Arne Freiwald von dieser Verbindung.

»Hanjo hat Vivien gebeten, Ihnen nichts vom Babysitten zu sagen. Damit hat er sie in Gewissenskonflikte gestürzt. Sehr unschön, das Ganze. Aber gewöhnlich tun die Leute, was Hanjo von ihnen will. Bitte sehen Sie es Vivien nach.«

Pia krauste die Stirn. Vivien Hagendorf hatte die Fürsprache ihrer angeheirateten Tante sicher nicht nötig, auch wenn sie gelogen hatte, was ihren Aufenthaltsort am Mordabend anging.

»War Dr. Freiwald nicht mit Stella Böttcher zusammen?«, fragte Dana. Offenbar wollte sie Pamela Hagendorf ein wenig provozieren, in der Hoffnung, mehr zu erfahren.

Pamela Hagendorf schnaubte. »Ja, die kam aber erst danach an die Reihe. Typisch Mann. Die können ja besser gucken als denken. Doch Vivien war wegen der Trennung ziemlich geknickt. Sie hatte schon heimlich von Heirat und Kindern geträumt, das habe ich ihr angemerkt. Mit einem Arzt als zukünftigem Ehemann hätte sie wohl einigen der Hagendorfs den Wind aus den Segeln genommen. Für uns war es allerdings ganz gut, dass der Herr Doktor sich umentschieden hat.« Sie lächelte andeutungsweise. »So hatte Vivien wieder mehr Zeit zum Sitten.«

Pia blickte sie zweifelnd an. Sie konnte nicht sagen, ob die Frau es ironisch meinte oder ob diese Bemerkung ihr voller Ernst war.

Pamela Hagendorf zuckte lässig mit den Schultern. »Ich habe natürlich versucht, Vivien zu trösten. Ich habe ihr gesagt, dass ich ja auch erst recht spät den Richtigen gefunden habe. Und nun habe ich Livia und Melia.« Sie setzte eine zufriedene Miene auf.

Ein neues, mögliches Szenario tauchte vor Pias innerem

Auge auf. War Benno Hagendorf trotzdem irgendwann an diesem Abend hier gewesen, und zwar, bevor Hanjo und Pamela das Haus verlassen hatten? Hatte einer von ihnen, oder womöglich beide gemeinsam, das Opfer mit dem Oleander betäubt, es irgendwo im oder am Haus versteckt und es später, nach ihrer Rückkehr, zum Steilufer gefahren, um es umzubringen?

Das Vorgehen wäre nahezu perfekt, besonders im Hinblick auf Hanjo Hagendorfs zunächst falsches Alibi, das er dann doch recht bereitwillig revidiert hatte. Aber es wäre auch äußerst riskant gewesen, weil sie ihr Opfer einige Stunden vor Vivien Hagendorf hätten verbergen müssen.

Sie würden die Autos beider Hagendorfs untersuchen lassen müssen, auch wenn es dafür schon reichlich spät war. Doch Spurenmaterial wie Fasern oder Hautschuppen vollständig zu entfernen war schwierig. Pia hoffte, dass ihre Beweise für einen richterlichen Beschluss ausreichen würden.

»Haben Sie Benno Hagendorf eigentlich an dem Abend seines Todes gesehen?«, fragte sie, als wäre es nur eine Nebensächlichkeit. »Wir wissen, dass er sich hier ganz in der Nähe aufgehalten hat.«

»Nein, leider nicht.«

»Wann kam denn der Babysitter?«

»Vivien war so um Viertel nach acht hier. Da waren Hanjo und ich ja schon weg. Aber sie hat einen Schlüssel. Ich hatte die Zwillinge recht früh ins Bett geschickt, doch sie durften noch lesen. Als Vivien kam, war oben aber schon alles ruhig, erzählte sie mir später.«

Pia nickte. Dana schrieb etwas in ihren Block. »Warum sagen Sie uns das alles erst jetzt?«, fragte Pia.

»Hanjo hatte mich darum gebeten«, behauptete Pamela Hagendorf erneut.

»Es war die Nacht, in der Ihr Neffe ermordet wurde«, bemerkte Pia eindringlich.

Die Frau atmete schwer. »Ich dachte, es spielt keine Rolle. Wir haben nichts mit seinem Tod zu tun. Benno war einer von uns …«

Die Tür flog auf, und ihre Töchter stürmten die Küche.

Livia und Melia waren hochgewachsen und kräftig, und sie hatten breite Schultern und große Hände und Füße. Wie Hundewelpen der Rasse Neufundländer oder Bernhardiner. Sie kamen ganz nach ihrem stämmigen Papa. Es war seltsam, sein eckiges Gesicht in dieser jungen, jedoch schon äußerst selbstbewussten Variante zu sehen.

»Wir haben sooo'n Hunger!«, rief die eine. »Ist das Essen jetzt fertig?«

»Was gibt's denn? Was, nur Gemüse?«, fragte die andere nach einem Blick in den Ofen.

»Ich will Chicken!«

»Kommt Papa auch?«

Pia erhob sich. Der Moment war vorbei. »Bitte bleiben Sie beide in Kaltenbrode«, sagte sie. »Wir müssen einiges von dem, was Sie uns erzählt haben, nachprüfen.« Sie rechnete mit sofortigem Protest, doch Frau Hagendorf nickte gleichgültig.

»Ich werde Vivien und meinen Golffreunden dann für heute absagen. Kein Problem.«

»Tun Sie das bitte.« Genau genommen hatte Pia keine Handhabe, ›Hausarrest‹ zu verhängen. Doch die Kinder freut es sicher, wenn ihre Eltern mal einen Abend bei ihnen verbringen, rechtfertigte sie diesen Eingriff in das Privatleben der Hagendorfs vor sich selbst. Ein Elternteil hatte gelogen, der andere der Polizei dieses wichtige Detail verschwiegen.

Die Familie Hagendorf ging ihr dermaßen gegen den Strich! Sie musste unbedingt mit Marten reden. Sie vertraute ihm und war sich sicher, dass er Felix mit seinem Leben schützen würde. Sie wollte ihrem Sohn auch nicht das Schwimmtraining verbieten. Dennoch hatte sie ein ungutes Gefühl bei dem Gedanken, dass die Hagendorfs wussten, dass Felix ihr Sohn war und wo sie ihn antreffen konnten.

Als Nächstes klingelten Dana und Pia bei Vivien Hagendorf.

Als sie ihnen öffnete, hatte sie einen Handtuchturban um den Kopf geschlungen und blickte sie überrascht an. »Oh, ist was passiert?«

»Ich vermute, Sie wissen bereits, dass sich Herr Freiwald im Krankenhaus befindet«, sagte Pia. »Dürfen wir kurz reinkommen?«

»Ja. Ich weiß es schon.« Sie winkte sie herein. Im Gegensatz zum letzten Mal führte sie Pia und ihre Kollegin heute ins Wohnzimmer. Der Raum war überraschend hoch und licht. Im hinteren Teil des Hauses war die Decke zum oberen Stockwerk herausgenommen worden. Man blickte durch die weiß lackierten Balken bis unter die Dachschräge. Es roch nach frischer Farbe. Die Wände strahlten in einem hellen Fliederton.

Vivien Hagendorf deutete auf eine bequem aussehende Eckcouch. »Setzen Sie sich doch bitte. Wie geht es Herrn Freiwald jetzt?«, fragte sie sichtlich beunruhigt, nachdem sie bei ihnen Platz genommen hatte.

»Als ich das letzte Mal mit dem Krankenhaus telefoniert habe, war die Lage leider noch ernst«, gab Pia zu.

»Oh nein!« Sie ballte die Hände zu Fäusten und bettete das Kinn darauf. Ihr Blick wanderte durch die Terrassentür nach draußen, als suchte sie zwischen Büschen und Beeten nach Hilfe.

»Es tut mir leid.«

Sie wandte sich wieder Pia zu. »Was ist eigentlich genau passiert?«

»Eine Medikamentenvergiftung, heißt es.«

»Hat er das absichtlich getan?«

»Wir wissen es nicht. Halten Sie das für möglich?«

»Er war ziemlich besessen von Stella«, sagte Vivien Hagendorf. »Das war schon ungesund. Wenn sie ihn wirklich zum Teufel geschickt hat … Da wäre alles möglich. Arne ist meiner Meinung nach psychisch nicht so wahnsinnig stabil. Als ich mit ihm zusammen war, hatte er oft Zweifel, hat alles hinterfragt und neigte zum Grübeln.«

»Vielleicht können Sie ja froh sein, dass Sie ihn los sind«, erwiderte Pia absichtlich hart, um die Frau am Reden zu halten.

»Vielleicht.« Sie schüttelte traurig den Kopf. »Aber wahrscheinlich war das ein Teil der Anziehung, die Arne auf mich ausübte: dass er allein nicht so recht lebensfähig zu sein schien. Ich wollte ihm helfen, ihn irgendwie retten. Nennt sich wohl ›Helfersyndrom‹ oder so. Verrückt, nicht?«

»Nein, gar nicht«, antwortete Dana. Sie stand auf und trat an die Terrassentür. »Einen wirklich schönen Garten haben Sie. Und riesengroß.«

»Ja, damals hat man die Grundstücke noch für Selbstversorger konzipiert.«

»Darf ich mich draußen ein wenig umschauen?«, fragte Pias Kollegin. »Ich träume schon lange von einem solchen Garten.«

»Natürlich. Wie Sie wollen.«

Dana verließ den Raum. Pia gratulierte ihr im Stillen dazu, auf diese Weise in Ruhe nach weiteren Oleanderpflanzen Ausschau halten zu können.

»Sie haben viel aus diesem Haus gemacht«, bemerkte Pia, damit Vivien Hagendorf sich ein wenig entspannte.

»Oh, danke«, antwortete sie leicht verlegen. »Ich habe in all das hier so viel Arbeit reingesteckt.«

»Das Wohnzimmer haben Sie doch erst kürzlich renoviert, oder?«, erkundigte sich Pia. Der Farbgeruch hing noch immer wie ein dezentes Parfüm in der Luft.

»Ja, der Fußboden und der Anstrich sind neu. Den Durchbruch nach oben habe ich schon machen lassen, als ich wieder hier eingezogen bin.«

»Haben Sie das etwa selbst gestrichen?« Es wäre sicher nicht leicht, bis oben unter die Schrägen zu kommen.

Vivien Hagendorf zögerte, als wäre es ihr peinlich. »Nein, ich hatte eine Malerfirma hier.«

»Das muss Ihnen doch nicht unangenehm sein.«

»Ach …« Sie winkte ab. »Sie wissen ja, wie die Hagendorfs und die Böttchers zueinander stehen. Ich habe für viel Geld den Malerbetrieb Meischner beauftragt, und wissen Sie, wen die mitgeschickt haben? Eduard Seiler, den Lebensgefährten der alten Böttcher!«

»Er ist oder war Maler von Beruf?«

»Nein, er kam nur als Aushilfe. Der hat beim Räumen und Abkleben und so geholfen. Aber ich mochte den nicht hierhaben …« Sie runzelte die Stirn. Obwohl Pia Vivien Hagendorf für recht vernünftig hielt, schien die Feindschaft zwischen den Familien auch sie vollständig infiziert zu haben. »Dieser Seiler ist kriminell. Wissen Sie das?«, fragte sie.

»Wir kennen seine Kriminalakte. Aber dass er sich etwas hat zuschulden kommen lassen, ist lange her.«

»Und wenn er Stella nun rächen wollte?«, fragte sie aufgebracht. »Wenn er dachte, dass Benno sie überfallen hat? Oder Arne? Was, wenn Helmgard Böttcher hinter alldem steckt und diesen Seiler angestachelt hat? Der frisst ihr doch aus der Hand.«

»Wir ermitteln in alle Richtungen.«

»Entschuldigung. Natürlich. Man macht sich nur so seine Gedanken, wenn man nachts im Bett liegt und nicht schlafen kann …« Vivien rieb sich die Stirn.

»Haben Hanjo oder Pamela Hagendorf Sie eigentlich schon angerufen?«, erkundigte sich Pia.

»Wegen der Zwillinge und heute Abend? Ja, sie haben mir Bescheid gegeben, dass ich doch nicht zu kommen brauche. Das ist mir ehrlich gesagt auch ganz recht. Dann muss ich mich später nicht so hetzen.«

»Wie ist Ihr Verhältnis zu den beiden?«

»Wir kommen ganz gut klar. Sie freuen sich, wenn ich auf die Mädchen aufpasse, und ich …« Sie grinste schief. »Und ich freue mich, wenn ich gebraucht werde, schätze ich.«

»Sie waren auch an dem Montagabend dort, als Ihr Cousin Benno gestorben ist.«

»Oh, Sie wissen es also?« Vivien sah weg.

»Hanjo Hagendorf hat es vorhin zugegeben.«

»Ja, es stimmt. Hanjo hatte mich gebeten, es nicht zu erwähnen, solange Sie mich nicht ausdrücklich danach fragen.« Eine unschöne Röte stieg in ihrem Gesicht auf.

»Ich hatte Sie neulich ausdrücklich gefragt. Und da sagten Sie mir, dass Sie an dem besagten Abend und in der Nacht zu Hause gewesen sind.«

»Das bin ich normalerweise ja auch immer. Und ich war nur von Viertel nach acht bis halb zwölf dort. Die Kinder schliefen schon, als ich kam.«

»Ihre falsche Angabe hat die Ermittlungen möglicherweise behindert.«

»Es war dumm von mir«, räumte Vivien Hagendorf ein.

»Eine solche Falschaussage ist strafbar.«

Sie errötete noch mehr. »Ich hätte es nicht tun sollen. Aber gegen Hanjo stellt man sich nicht so einfach. Jedenfalls nicht, wenn man in Kaltenbrode wohnt. Er kann einem das Leben hier zur Hölle machen. Und ich würde gerne hierbleiben.«

»Inwiefern ›zur Hölle machen‹?«

»Da habe ich mich vielleicht falsch ausgedrückt«, gab sie mit gesenktem Blick zu. »Aber wenn mich meine Verwandtschaft in Zukunft meidet, weil sie der Meinung ist, dass ich mich ihnen gegenüber illoyal verhalten habe, dann stehe ich hier ganz schön auf verlorenem Posten.«

»Sie müssen mir jetzt die Wahrheit sagen, Frau Hagendorf. Ich muss wissen, um wie viel Uhr wer im Haus von Hanjo und Pamela Hagendorf gegangen und wann er wieder zurückgekommen ist.«

33. Kapitel

»Hanjo rief mich um kurz vor acht aus seinem Auto an. Es war ziemlich kurzfristig. Ich saß hier schon gemütlich vor dem Fernseher, aber wie gesagt: So leicht schlägt man den beiden ja nichts ab«, erklärte Vivien Hagendorf. »Als ich um Viertel nach acht dort war, war es in den Zimmern der Zwillinge bereits still, und Pamela war wohl gerade weg zu ihrem Pilateskurs.«

»Und Sie blieben dort bis um wie viel Uhr?«, fragte Pia erneut, nur um sicherzugehen.

»Bis ungefähr halb zwölf. Da kam Pam ja wieder, und ich konnte nach Hause gehen.«

»Und die Zwillinge?«

»Es war ein ruhiger Abend. Nur einmal wurde eine von ihnen wach, Melia, und hat nach ihrer Mutter gerufen. Ich bin hoch ins Kinderzimmer, habe die Kleine beruhigt, und sie ist gleich wieder eingeschlafen. Mit Livia wäre es nicht so einfach gewesen. Sie mag mich nicht …«

»Das war es schon?«

»Ja. Ich habe dann weiter ferngesehen.«

»Ist Ihnen später auf dem Heimweg noch etwas aufgefallen?«

»Nein. Gar nichts. Alles war wie immer. Was sollte mir aufgefallen sein?«

»Haben Sie Ihren Onkel Hanjo Hagendorf in dieser Nacht noch gesehen?«

»Auch nicht … Leider«, setzte sie hinzu.

»Wieso ›leider‹?«, hakte Pia nach.

»Na, falls er unter Verdacht steht, meine ich …«

»Halten Sie es für möglich, dass er seinem Neffen Benno etwas angetan hat?«

»Natürlich nicht«, antwortete sie ohne Überzeugung. Pia meinte, sogar so etwas wie Angst in ihrer Stimme mitschwingen zu hören.

Dana und sie standen wieder auf der Straße vor Vivien Hagendorfs Haus, als Pias Telefon vibrierte. Broders teilte ihr mit, dass Hanjo Hagendorfs Alibi bestätigt worden war.

»Schade … an sich«, sagte Pia, nachdem sie das Gespräch beendet und Dana über seinen Inhalt in Kenntnis gesetzt hatte. »Wieder ein Verdächtiger weniger. Es sei denn, unser sauberes Paar hat es gemeinsam getan.«

»Was meinst du damit?«, fragte Dana.

»Pamela und Hanjo zusammen – nach seiner Verabredung zum Spielen. Um zwanzig nach acht hat dieser Len Benno Hagendorf ja angeblich noch gesehen.« Pia erläuterte ihr, wie die Hagendorfs zusammen nach Viviens Aufenthalt in ihrem Haus vorgegangen sein könnten. Doch ein zu zweit durchgeführter Mord war eher unwahrscheinlich. So eine Tat barg ein hohes Risiko für beide, und es fehlte ein gemeinsames Motiv.

»Oleanderpflanzen besitzt Vivien Hagendorf anscheinend nicht.« Dana schaute enttäuscht drein. »Ich habe mich überall auf dem Grundstück mit einer Taschenlampe umschaut.«

»Sie könnte einen Topf mit Oleander in den Keller oder einen Nebenraum gestellt haben«, gab Pia zu bedenken. »Oder sie hat das Zeug bei ihrem Onkel gepflückt … Sie hatte reichlich Gelegenheit, so oft, wie sie die Zwillinge hütet.«

»Aber was sollte ihr Motiv sein?«, wandte Dana ein.

»Gute Frage … Wenn Arne Freiwald ermordet worden wäre oder Stella Böttcher, sähe die Sache anders aus«, überlegte Pia laut.

»Stimmt.«

»Aber wir suchen doch den Mörder von Benno Hagendorf«, sagte Pia.

»Was hat der Mann nur getan, dass ihn jemand erst beinahe vergiftet und danach eine Klippe runterstößt und dann erschlägt?«, fragte Dana.

»Möglicherweise hat er zu nächtlicher Stunde Stella Böttcher im Naturschutzgebiet überfallen.«

»Glaubst du das?«

»Ich weiß es nicht«, antwortete Pia. »Aber das ist auch gleichgültig, solange jemand anders es geglaubt hat.«

Nachdem Broders Pia erreicht und die Ergebnisse seiner Befragungen übermittelt hatte, überlegte er, was er nun tun sollte. Ihm war nicht danach, nach Hause zu fahren. Dort ging es doch sowieso nur um die Hochzeit, von der er nicht wusste, ob er überhaupt dazu eingeladen werden würde. Und einer der Leute aus der Pokerrunde, mit denen er gesprochen hatte, hatte etwas gesagt, was ihn beschäftigte. Als er erwähnt hatte, dass die Hagendorfs ja wohl nicht so gut auf die Böttchers zu sprechen waren, hatte der Mann aufgelacht und geantwortet, dass es ja wohl eher umgekehrt sei, und das aus gutem Grund.

»Aus gutem Grund?«, hatte Broders wie beiläufig gefragt.

»Ach, nichts«, hatte der Mann leicht nervös erwidert und abgewinkt. Eines war klar gewesen: Solange er es nicht musste, würde er nichts weiter über diese Angelegenheit sagen.

Broders blieb im Auto sitzen und wartete. Als ihm der Rücken schmerzte und er dringend zur Toilette musste, fühlte er sich an alte Zeiten erinnert. Wann hatte er das letzte Mal jemanden observiert?

Endlich verließ der Mann, auf den er wartete, die Kneipe. Er zündete sich erst einmal neben dem Eingang eine Zigarette an.

Broders stieg aus und ging zu ihm hinüber.

»Sie lassen wohl nicht so leicht locker? Wollen Sie auch eine?« Er hielt ihm die Schachtel hin.

Nichts schaffte auf die Schnelle so viel Vertrauen, wie gemeinsam eine Zigarette zu rauchen. Broders nickte und griff zu. »Mich interessiert wirklich, was Sie über die beiden Familien wissen«, sagte er nach dem ersten Zug und unterdrückte ein Husten. »Warum sie so verfeindet sind.«

Er lächelte. »Das hat aber nichts mit Ihrem Mordfall zu tun.«

»Wie können Sie sich da so sicher sein?«

»Diese alte Geschichte?« Der Mann schnaubte. »Die Hagendorfs und die Böttchers sind übrigens viel enger, als man denken sollte … Sie rauchen schon länger nicht mehr?«, fragte er dann amüsiert.

»Von wem wissen Sie das über die Familien?«

»Meine Schwester hat mal für einen Pflegedienst gearbeitet. Eine Patientin hat Geschichten erzählt aus der Zeit, als sie bei den Eltern von der Helmgard Böttcher in Stellung war.«

»Ich würde gern mit Ihrer Schwester darüber sprechen.«

Der Mann wiegte den Kopf. »Ich weiß nicht, ob der Gerlinde das recht ist.«

»Wie oder wo kann ich sie denn erreichen?«, hakte Broders nach.

»Sie geben sowieso nicht auf, oder?«

»Nein, das habe ich nicht vor.«

Es hatte Broders noch ein bisschen Überredungskunst und ein Telefonat gekostet. Doch nun war er morgen Vormittag um halb elf mit Gerlinde König verabredet, um etwas Licht in die Familienverhältnisse der Hagendorfs und der Böttchers zu bringen. Er hatte keine Ahnung, ob sie das bei ihrer Ermittlung weiterbrachte, doch er würde Pia den kleinen Ausflug schon schmackhaft machen.

Pia hielt auf Martens Grundstück und schaute durch die Windschutzscheibe auf die Fassade des alten Bauernhauses. Es sah schön aus, nach einem richtigen Zuhause für eine Familie. Doch bis auf ein Licht im Eingangsbereich war alles dunkel. Wahrscheinlich waren Marten und Felix im Wohnzimmer im rückwärtigen Teil des Hauses.

Sie stieg aus und ging auf den Eingang zu. Pia atmete tief durch, um im Feierabend bei Sohn und Freund anzukommen. Doch als sie aufschloss und in die Diele trat, empfing sie Stille. Sie rief nach Felix und Marten – keine Antwort. Okay, es war Viertel vor acht. Die zwei würden sicherlich gleich kommen.

Pia war enttäuscht, auch wenn sie wusste, dass es albern war. Sie ließ die beiden seit Tagen allein, um ihrer Arbeit nachzugehen. Da konnte sie nicht erwarten, dass sie sie »Gewehr bei Fuß« zu Hause erwarteten, sobald sie sich in ihrem Job loseisen konnte.

Um sich nicht so allein zu fühlen, schaltete sie verschiedene Lampen und das Radio in der Küche ein. Die schlichte Schönheit der Räume und die samtige Dunkelheit, die das Haus umgab, konnten Pias innere Unruhe jedoch nicht besänftigen.

Sie schaute in den Kühlschrank und ins Gefrierfach, ob es etwas gab, was sie schon mal für das Abendbrot vorbereiten konnte. Dann fiel ihr ein, wie spät es schon war. Felix und Marten hatten möglicherweise schon etwas gegessen, wenn sie nach Hause kamen. Pia versuchte, Marten telefonisch zu erreichen, doch er meldete sich nicht. Bevor sie ihm auf die Box hätte sprechen können, drückte Pia das Gespräch weg.

Wann genau fand dieser Schwimmkurs eigentlich immer statt? Jeden Tag oder nur dreimal in der Woche? Sie hätte besser aufpassen sollen, als Marten es ihr erzählt hatte. Wenn sie am Nachmittag dort gewesen waren, dann hatten Felix und Marten wahrscheinlich auch Hanjo oder Pamela Hagendorf mit den Zwillingen getroffen. War Livias Haar eben nicht noch etwas feucht gewesen, als sie und Melia in die Küche geplatzt waren? Warum beunruhigte sie der Gedanke so maßlos? War sie nur vorsichtig oder etwa eifersüchtig?

Solange Felix wach war, gelang es Pia, sich ihre Besorgnis nicht anmerken zu lassen. Hoffte sie zumindest.

Doch sobald ihr Sohn friedlich schlief, fragte Marten: »Was ist los, Pia?«

»Was meinst du? Nichts ist los.«

Er schaute ihr in die Augen. »Du wirkst ziemlich angespannt. Hattest du einen schlechten Tag?«

Sie ließ sich in den Sessel fallen. Zusammen mit Marten auf dem Sofa zu sitzen erschien ihr gerade nicht ratsam. »Kaltenbrode sieht aus wie ein harmloser, netter Ort an der Ostsee. Und ich habe es innerhalb kurzer Zeit mit einer versuchten Vergewaltigung, einem perfiden Mord und womöglich noch einem zweiten Mordversuch zu tun, der vielleicht nur als Suizid getarnt wurde! Und weißt du, was? Ich habe immer noch keine Ahnung, wer es war.«

»So ist das in unserem Job. Also, in deinem im Moment mehr als in meinem …«

»Ich hätte das in zwei bis drei Tagen aufklären müssen. Das Opfer und der Täter kannten einander wahrscheinlich.«

»Kann ich etwas tun, damit es dir besser geht?«, fragte er unvermittelt.

Sie starrte ihn verblüfft an. »Nicht mehr zu diesem Schwimmkurs gehen«, entschlüpfte es ihr.

Nun schaute er sie mit gerunzelter Stirn an. »Ich weiß, dass du dir Sorgen machst, aber ich finde diese Vorsichtsmaßnahme ein wenig übertrieben. Du hast es doch eben von Felix gehört: Er hat viel Spaß, und er macht jedes Mal große Fortschritte. Wir wollen doch beide, dass er gut und sicher schwimmen lernt. So nah an der Ostsee, wie wir hier wohnen …«

»Aber da sind die Zwillinge Hagendorf, Melia und Livia. Ich darf es dir eigentlich nicht erzählen, doch die Eltern gelten nun als dringend tatverdächtig.«

Marten pfiff leise durch die Zähne. »Wie sicher ist das?«

Pia setzte ihn grob über ihre bisherigen Erkenntnisse ins Bild. Marten war ebenfalls Polizist. Sie konnte ihm vertrauen.

Er hörte ihr konzentriert zu. Doch zu ihrer Enttäuschung sagte er: »Ich verstehe, dass du sie verdächtigst. Aber Felix wird dadurch, dass er mit den Mädchen schwimmen lernt, nicht in Gefahr geraten.«

»Der Name Korittki ist nicht gerade häufig. Die Hagendorfs wissen, dass ich die Ermittlungen leite. Und Felix' Nachname kann in ihrer Gegenwart immer mal zufällig fallen. Dann müssen sie nur noch eins und eins zusammenzählen und wissen, dass er mein Sohn ist.«

»Um dann was zu tun?«, fragte Marten.

»Ich weiß es nicht!« Pia hob die Hände. »Hanjo Hagendorf fühlt sich kurz vor allmächtig. Sie könnten versuchen, Einfluss auf die Ermittlungen zu nehmen, indem sie mir drohen, Felix etwas anzutun.«

»Dazu müssten sie ihn erst mal in ihre Gewalt bekommen, Pia.«

»Wer weiß, was die anstellen, wenn sie merken, dass ich sie wegen Mordes verhaften will?«

»Daran würde die Entführung von Felix doch aber nichts ändern. Ihr ermittelt als Team, alle Kollegen sind involviert.«

»Niemand kann genau wissen, was in deren Köpfen so vor sich geht. Ich möchte es jedenfalls nicht darauf ankommen lassen.«

Marten kam zu ihr herüber, hockte sich vor den Sessel, sodass er ihr direkt in die Augen schauen konnte. »Traust du mir wirklich so wenig zu, dass du befürchtest, ich könnte unseren Sohn nicht beschützen?« Seine Stimme klang rau. Er war offenbar wütend und zugleich verletzt.

Doch sie war auch wütend – und sie hatte Angst. Die Angst einer Mutter um ihr Kind war elementar. Verstand er das denn nicht? Fühlte er nicht das Gleiche für Felix? Sie wusste nicht einmal, warum sie darüber diskutieren mussten. Er sollte ihre Vorsichtsmaßnahmen widerspruchslos akzeptieren.

Doch wie würde sie reagieren, wenn sie mit Felix zum Schwimmen ginge und damit aufhören sollte? Wenn sie seine Freude erlebte und seine Fortschritte sähe? Würde sie auch denken, dass sie die Situation im Griff hatte? Dass das Risiko zu vernachlässigen war? Gut möglich. Ertrug sie es vielleicht nur nicht, nicht in der Schwimmhalle und bei diesem Entwicklungsschritt ihres Sohnes dabei zu sein?

Die Sekunden vergingen. Marten sah sie ruhig an.

»Ich muss darüber schlafen«, stieß Pia mit brüchiger Stimme hervor. »Lass uns morgen weiterreden.«

34. Kapitel

Der nächste Morgen verlief erstaunlich friedlich, beinahe heiter. Felix war früh aufgewacht, sodass sie gemeinsam frühstücken konnten. Pia war froh, dass sie ihren Sohn vor der Arbeit noch zu Gesicht bekam.

Erst als er wieder in seinem Zimmer verschwunden war, sagte Marten: »Ich werde Felix noch nicht beim Schwimmen abmelden. Heute ist sowieso kein Training. Erst morgen wieder. Wir haben noch etwas Zeit für eine Entscheidung.«

»Dann sprechen wir heute Abend noch mal«, erwiderte Pia.

»Wie du meinst. Aber denk bitte noch einmal darüber nach«, antwortete er gelassen. »Wer weiß, wie weit ihr heute mit den Ermittlungen kommt?«

Pia atmete tief durch und verbiss sich eine ungeduldige Antwort. Sie war gerade dabei, das Beste, was ihr seit langer Zeit passiert war, kaputtzumachen. Das war ihr durchaus bewusst. Sie musste sich wieder unter Kontrolle bekommen. »Drück mir die Daumen.« Sie versuchte sich an einem Lächeln, während sie ihre Jacke überzog. Draußen regnete es in Strömen.

»Das tue ich sowieso immer.«

»Was unternehmt ihr denn heute?«

»Heute Vormittag müssen wir hierbleiben. Es kommt noch mal jemand, der sich deiner Dachfenster im Atelier annimmt. Sie sollen sich ja mit einer Fernbedienung öffnen und schließen lassen.«

»Wie kommen die denn da hoch? Brauchen wir ein Gerüst?« Pia versuchte, etwas Normalität in ihr Gespräch zu bringen. Es konnte doch nicht sein, dass die Hagendorfs und der Schwimmkurs ihr gesamtes Privatleben durcheinanderbrachten.

Marten ging bereitwillig darauf ein. »Ich hatte hier schon Gerüste, Leitern und – darauf würde Felix stehen – Stelzen. Mal sehen, wie sie das machen.«

»Viel Spaß jedenfalls euch beiden.«

Sie küssten sich zum Abschied. Es war beinahe wie immer. Doch Pia machte sich nichts vor. Die Frage des Schwimmtrainings stand nach wie vor zwischen ihnen und würde sie auf eine harte Probe stellen.

Sie fuhr durch dichten Regen und ebenso dichten Verkehr nach Lübeck. Stürmisch war es außerdem. Die von den Lkw-Reifen aufgewirbelte Gischt wehte über die Autobahn und erschwerte die Sicht zusätzlich.

Pia war froh, als sie endlich im siebten Stock des Polizeihochhauses ankam. So war das also, wenn man nicht in der Innenstadt von Lübeck wohnte. Schon der Weg zur Arbeit kostete viel Zeit. Als Erstes rief sie in Neustadt in der Klinik an und erkundigte sich nach Freiwalds Zustand, der angeblich unverändert war. Erst danach ging sie rüber in den Besprechungsraum.

Sie begrüßte ihre Kollegen zur Frühbesprechung und blickte dabei in müde Gesichter. Einzig Louis sah aus wie frisch einer Shampoo-Reklame entsprungen. Nacheinander berichteten sie, was sie jeweils am gestrigen Tag noch Neues herausgefunden hatten.

»Wir brauchen einen Durchsuchungsbeschluss für Hanjo

und Pamela Hagendorfs Haus und Fahrzeuge. Er hat uns ein falsches Alibi gegeben. Zusammen mit den Oleanderbüschen der beiden dürfte das dem Richter wohl ausreichen«, sagte Pia, als alle Informationen ausgetauscht waren.

»Aber nun hat er doch ein anderes Alibi«, wandte Louis ein. »Die Pokerrunde.«

»Die beiden Hagendorfs könnten unser Opfer außer Gefecht gesetzt haben, als sie wieder zu Hause waren, und es nachts zur Klippe gefahren und ermordet haben.«

»Und wo war Benno Hagendorf in der Zwischenzeit?«

»Vielleicht ist er nur umhergewandert, weil ihm so viel im Kopf herumging. Oder er war in einer Kneipe in einem Nachbarort, wo man ihn nicht kannte? Möglich, dass er gerade niemanden sehen wollte …«

»Ich kümmere mich um den richterlichen Beschluss«, sagte Broders. »Danach spreche ich mit einer Gerlinde König über schmutzige Familiengeheimnisse.«

Das entlockte Pia ein schwaches Lächeln. »Und wer ist Gerlinde König?«

Broders berichtete vor versammelter Runde, was er am gestrigen Abend nach der Überprüfung von Hanjo Hagendorfs Pokerrunde herausgefunden hatte.

»Ich werde mit Schelling reden und hören, ob es schon weitere Ergebnisse bei der Spurensicherung gibt«, erklärte Juliane.

»Gut. Bitte ruft mich an, wenn ihr etwas Neues erfahrt.« Pia verteilte die weiteren Aufgaben und zog sich dann in ihr Büro zurück, das sie sich mit Broders teilte.

Sobald sie zur Ruhe kam, kehrten ihre Gedanken wieder zu dem Streit mit Marten zurück. Doch an der familiären Situation konnte sie gerade nichts ändern. Es hatte keinen Zweck, das am Telefon klären zu wollen. Außerdem hatte die

Besprechung ihre Befürchtungen Hanjo und Pamela Hagendorf betreffend eher verschärft als relativiert. Nur die Lösung des Falles würde die Lage entspannen. Pia las sich die Berichte ihrer Leute noch einmal durch, hatte aber Mühe, sich zu konzentrieren.

Broders kam zurück und verkündete, dass der Durchsuchungsbeschluss in ein paar Stunden vorliegen sollte.

»Aber was ist mit dir los?« Er setzte sich Pia gegenüber. »Soll ich dir einen schönen Milchkaffee machen?«

»Oh, Himmel, so schlecht sehe ich aus? Ein Kaffee als ultimative Maßnahme, um mir und damit auch dir den Tag zu retten?«

Er legte den Kopf schief. »Ist bei dir zu Hause alles in Ordnung?«

»Du meinst, bei Marten im Haus?«

»Ihr verbringt doch die Ferien dort, du und Felix?«

»Ja.« Sie schaute aus dem Fenster. »Aber wer weiß, wie lange noch.« Pia fühlte Beklemmung in sich aufsteigen. »Ich habe gestern Abend und auch heute Morgen vielleicht ein bisschen überreagiert. Doch ich bin mir nicht sicher.«

»Willst du darüber reden?«

»Wenn du mir erzählst, wie es um Elias' Hochzeitspläne steht«, sagte Pia.

»Oh, hör damit auf!« Entsetzt riss Broders die Augen auf.

»Marten begleitet Felix zu einem Schwimmkurs. Felix soll sicher schwimmen lernen, und er möchte gerne sein Bronzeabzeichen machen.«

»Du weißt aber, dass du so ein Abzeichen dann unbedingt und umgehend an seine Badehose nähen musst?«, fragte Broders augenzwinkernd. »Jeder zweite Erwachsene hat ein schweres psychisches Trauma, weil seine Eltern das damals versäumt haben.«

Pia war nicht nach Späßen zumute. »Mein Problem ist, dass die Zwillinge der Hagendorfs auch an Felix' Schwimmkurs teilnehmen.«

»Das ist ja mal ein Zufall!«

»Na ja, die Kinder sind etwa im gleichen Alter. Es gibt dort oben nicht so ein breites Angebot …«

»Und wo liegt dein Problem?«

»Siehst du es nicht, Broders?«

»Nicht direkt.«

»Die Eltern sind unsere Hauptverdächtigen!«

»Moment, Moment. Wir sollten uns nicht zu sehr auf die einschießen. Es gibt noch weitere Optionen.«

Pia seufzte. »Ich finde, viele Optionen haben wir gerade nicht mehr.«

»Gestern habe ich mir ja noch Hanjo Hagendorfs Alibi bestätigen lassen. Obwohl du nun wohl annimmst, dass er den Mord trotzdem hätte bewerkstelligen können.« Nun klang Broders missgestimmt.

»Hätte er auch«, beharrte Pia.

»Das halte ich für eher unwahrscheinlich.«

Sie rieb sich die Stirn. »Ich weiß.«

»Ich hoffe, nachher noch mehr über die beiden Familien zu erfahren«, sagte Broders. »Das könnte uns weiterbringen.«

»Wann sprichst du mit dieser Gerlinde König?«

»Ich bin um fünfzehn Uhr im *Gödeke Michels* mit ihr verabredet. Eigentlich hatte ich vor, sie heute Vormittag schon aufzusuchen, aber sie hat den Termin verschoben.«

»Ihr trefft euch jetzt in dem Restaurant, in dem Stella Böttcher arbeitet?«

»So viel Auswahl gibt's dort ja nicht. Und sie wollte nicht, dass ich zu ihr nach Hause komme.«

»Wenn du dir etwas davon versprichst …«

Broders erhob sich. »Oh ja, das tue ich«, erwiderte er missgestimmt.

Als er den Raum verlassen hatte, schüttelte Pia resigniert den Kopf. Noch ein Mann, der sauer auf sie war.

Entgegen Pias Planungen konnten sie sich erst um vierzehn Uhr in Lübeck loseisen. Broders und sie waren gerade auf die Autobahn gefahren, als Pia einen Anruf erhielt.

»Ein Fahrzeug aus Hagendorfs Baufirma könnte ein Volltreffer sein«, sagte Schelling.

»Was meinst du mit ›Volltreffer‹?« Pias Herz schlug schneller.

»Spuren von Erbrochenem in den Rillen auf der Ladefläche des Pick-ups. Jemand hat offensichtlich versucht, es wegzuwischen. Und es sind auch wieder ein paar verdächtige Faserspuren dabei. Anscheinend aus demselben Material wie die, die Benno Hagendorfs Leiche anhafteten. Aber bei alldem fehlt natürlich noch die Bestätigung durch das Labor.«

»Was ist das für ein Fahrzeug?«

»Ein VW Amarok. Zugelassen ist er auf Hagendorfs Hoch- und Tiefbaufirma. Aber ein Angestellter hat uns gerade gesagt, dass der Chef, also Hanjo Hagendorf, am Tatabend damit nach Hause gefahren ist.«

»Gute Arbeit, Schelling! Ihr seid grandios!«

»War nicht so schwer«, wehrte der ab.

»War Hanjo Hagendorf eben noch in seiner Firma?«

»Nein, er ist nach Hause gefahren. Sagte, er habe Bürokram zu erledigen.«

»Okay. Ich schicke sofort ein oder zwei Streifenwagen zu

Hagendorfs Haus in Kaltenbrode. Broders und ich sind noch auf der Autobahn. Höhe Pansdorf.«

»Fahrt bei dem Wetter nicht zu schnell ...«

»Ich möchte sofort zu den Hagendorfs. Kannst du deinen *Gödeke Michels*-Termin noch etwas nach hinten verschieben, Broders?«, fragte Pia, nachdem sie das Gespräch mit Schelling beendet hatte.

»Ja, das sollte kein Problem sein.« Auch er griff zu seinem Telefon. »Ich lass dich doch nicht allein in die Höhle des Löwen gehen.«

Auf der Straße vor dem Haus standen bereits die Streifenwagen mit den Kollegen und warteten auf weitere Instruktionen. Hagendorf hatte Pia und Broders hineingebeten.

»Mein VW Amarok? Sie müssen sich täuschen!« Hanjo Hagendorfs Erstaunen wirkte echt. Aber vielleicht staunte er auch nur, dass trotz einer Putzaktion noch Spuren im Fahrzeug vorhanden gewesen waren.

»Ich halte es für unwahrscheinlich, dass meine Kollegen vom K6 sich täuschen«, erwiderte Pia. »Aber selbstverständlich wird das alles im Labor noch einmal eingehend überprüft werden.«

Hanjo sank auf einen der Esszimmerstühle. »Da will mich jemand reinreiten!«, behauptete er.

»Stimmt es, dass Sie am Mordabend mit dem Amarok nach Hause gefahren sind?«

»Könnte durchaus sein. Mein eigener Wagen war irgendwann in dieser Zeit in der Werkstatt. Andauernd gibt es irgendwelche Rückrufaktionen wegen des Beifahrer-Airbags.«

»Dann lässt sich der Zeitraum ja gut eingrenzen«, bemerkte Broders, der alles mitschrieb.

»Wo haben Sie den Amarok abgestellt?«, erkundigte sich Pia mit Blick aus dem Fenster.

»Jetzt erinnere ich mich wieder. Das war tatsächlich am Montag. Ich hatte bei der Gelegenheit Material für den Pool aus der Firma mitgebracht. Daher habe ich den Wagen um das Haus herum zur Baustelle gefahren und dort gleich ausgeladen. Danach stand der Amarok hinter dem Haus.«

»Zeigen Sie uns die Stelle bitte«, forderte Pia ihn auf.

Aus dem Augenwinkel sah sie, dass Broders die Stirn runzelte. Doch Hanjo Hagendorf stand bereitwillig auf und ging durchs Wohnzimmer zur Terrassentür. Er deutete über das Holzdeck in Richtung des Schuppens, wo Pia schon mal mit ihm gesprochen hatte. »Ich bin seitlich am Haus entlanggefahren. Dort hinten habe ich ausgeladen und hier, unterhalb der Terrasse, geparkt. Ich hatte etwas Sorge, dass ich den Rasen kaputtmache. Aber der Untergrund war fest genug. Es ist kaum etwas zu sehen …«

»Ich würde mir das draußen gern einmal genauer anschauen«, sagte Pia.

Nun runzelte auch Hagendorf die Stirn. Doch er öffnete die Terrassentür und ging Pia voraus zum Geländer der Terrasse.

»Standen Sie ungefähr hier?«

»Wieso ist das wichtig?«, wollte er wissen.

Pia blickte hinunter. Die Ladefläche hatte sich wahrscheinlich direkt unterhalb der Holzplanken befunden. Das Geländer bestand nur aus zwei Querstangen. Es wäre ein Leichtes, einen bewusstlosen Menschen hindurchzurollen, direkt auf die Ladefläche eines Pick-ups. »Treten Sie bitte zurück«, forderte sie Hagendorf auf. »Die Spurensicherung muss hier auch noch mal ran.«

»Sie glauben doch nicht …«

»Dass Ihr Neffe von hier aus auf die Ladefläche befördert wurde? Doch, das halte ich für wahrscheinlich.«

»Frau Korittki!« Er klang ehrlich entsetzt. Der ironische Charme war wie weggeblasen. »Wir haben nichts mit dem Tod meines Neffen zu tun. Ich mochte ihn! Ich hätte ihm niemals etwas angetan.«

»Und Ihre Frau?« Auch eine einigermaßen kräftige Frau hätte einen Bewusstlosen auf die Ladefläche des Amarok befördern können.

»Für Pam gilt selbstverständlich das Gleiche. Was sind das für bodenlose Anschuldigungen? Ich werde mich bei Ihrem Vorgesetzten über Sie beschweren!«

»Das können Sie tun, sobald wir Sie nach Lübeck ins Kommissariat gebracht haben.«

»Wieso mich? Jeder hätte den Amarok fahren können.«

»Jeder? Wieso das?«

»Es ist ein Firmenfahrzeug. Damit kutschieren alle möglichen Leute herum. Zu Baustellen, Behörden, Architekturbüros oder Baufachmärkten. Der Schlüssel liegt immer in der Mittelkonsole. Das wissen alle meine Mitarbeiter, ehemalige Mitarbeiter ebenfalls. Halb Kaltenbrode weiß darüber Bescheid …«

»Ist das nicht zu riskant?«

»Wir sind hier quasi auf dem Dorf, Frau Korittki.«

Pia tauschte mit Broders, der hinzugetreten war, einen Blick. Auch das mit dem Wagen musste zeitnah überprüft werden. »Lag der Schlüssel dort auch in der Nacht, als Ihr Neffe ermordet wurde?«, vergewisserte sie sich.

»Natürlich. Solche Dinge brauchen ihren festen Platz. Wieso sollte ich den Schlüssel woanders hintun? Noch dazu hinter meinem Haus? Auf meinem Grundstück?« Er war auf Pias Geheiß ein paar Schritte zurückgetreten. Doch sein Blick hing unverwandt an der Stelle, wo er angeblich den Pick-up geparkt hatte. »Und da ist noch etwas. Aber Sie glauben es mir bestimmt nicht.«

»Stellen Sie mich auf die Probe«, erwiderte Pia.

»Ich erinnere mich jetzt wieder.« Er setzte eine konzentrierte Miene auf. »Am nächsten Morgen habe ich mich ein bisschen gewundert. Der Amarok schien mir etwas anders zu stehen, als ich ihn am Abend zuvor abgestellt hatte.«

»Woran haben Sie das festgemacht?«

»Ich bin abends mit einem Schwung um die Kurve gefahren und stehen geblieben. Als ich am nächsten Morgen zurücksetzte, musste ich einmal vor- und zurückfahren, bevor ich hinausgekommen bin«, behauptete Hanjo Hagendorf.

»Interessant …«, sagte Pia.

»Jeder von meinen Mitarbeitern und auch eine Menge anderer Leute hätten sich den Amarok über Nacht hier wegholen können.«

»Hätte einer von denen ein Motiv, Ihren Neffen umzubringen?«, erkundigte sich Pia.

»Was weiß denn ich?!«

Nun passte bei Hanjo Hagendorf alles, was für eine Mordermittlung zielführend war: Motiv, Mittel, Gelegenheit. Nun ja, die Gelegenheit war etwas dürftig bemessen.

Sein Motiv: Benno Hagendorf und er waren gemeinsam in illegale Geschäfte verwickelt gewesen. Vielleicht war es um Geld und drohende Strafverfolgung gegangen. Möglicherweise war Hanjo Hagendorf auch eifersüchtig gewesen in Bezug auf seine hübsche Frau Pamela. War Benno Hagendorf wirklich der Aufreißer gewesen, als den ihn alle darstellten? So ganz überzeugt war Pia noch nicht.

Hanjo Hagendorf hatte aber auch die Mittel für den Mord gehabt. Da waren die richtige Sorte Oleander auf seinem Grundstück und das Fahrzeug, in dem sie die belastenden Spuren sichergestellt hatten. Und er kannte sich sicher bestens in der Gegend aus. Wusste, an welcher Stelle er mit dem Auto nah an ein einsames Stück der Steilküste heranfahren konnte.

Um die Gelegenheit zu umreißen, die Tat durchzuführen, musste Pia allerdings etwas Fantasie aufwenden. Vielleicht hatte er es nach seiner Rückkehr von der Pokerrunde getan? Das Zeitfenster von Bennos Ermordung schloss das nicht aus. Was wiederum zu der Frage führte, wo Benno Hagendorf sich zuvor so lange aufgehalten hatte. Das von Broders verifizierte Alibi schloss ebenfalls nicht aus, dass seine Frau zu später Stunde etwas mitbekommen, ihm dann vielleicht sogar geholfen hatte.

Pia schilderte Rist am Telefon die neue Lage und kam mit ihm überein, dass zu diesem Zeitpunkt wohl noch keine Fluchtgefahr bestand. Sie würde weiterhin zwei Streifenwagen postieren, einen auf der Vorderseite, den anderen auf der Rückseite des Grundstücks, und beide Hagendorfs noch einmal auffordern, ihr Haus bis auf Weiteres nicht zu verlassen.

Pamela Hagendorf sollte auch bald nach Hause kommen. Sie war angeblich trotz Pias Aufforderung, daheim zu bleiben, kurz mit den Kindern einkaufen gefahren. In der Zwischenzeit würde Pia mit ihren Leuten noch ein paar Alternativen auf ihre Wahrscheinlichkeit hin abklopfen. Außerdem brauchten sie für eine Festnahme und den anschließenden Haftprüfungstermin eine verlässlichere Auskunft der Spurensicherung als den ersten, vorläufigen Bericht.

Zufriedenheit, mit ihrer Einschätzung der Hagendorfs richtiggelegen zu haben, wollte sich allerdings nicht einstellen. Nicht einmal, wenn Pia dabei an Felix, Marten und den verflixten Schwimmkurs dachte.

35. Kapitel

»Oh, Mama, du bist schon da!« Felix kam freudestrahlend die Treppe heruntergepoltert. Er sprang ihr von der letzten Stufe in den Arm, und Pia schwang ihn im Kreis herum.

»Ich habe uns Kuchen mitgebracht.«

»Was denn für einen?«, rief er sofort.

»Für dich Apfel- und für Marten und mich Himbeerkuchen. Ich muss aber danach noch mal weg zur Arbeit.«

»Ich mach euch Kaffee und mir Milchschaum«, rief Felix, ohne den letzten Satz weiter zu beachten.

»Kannst du das denn schon?«

»Marten hat es mir vorhin beigebracht.«

Pia sah ihrem Sohn hinterher, wie er zu dem Kaffeevollautomaten lief, bei dem man im Wesentlichen nur auf zwei Knöpfe drücken musste, um hervorragenden Kaffee zu erhalten. Jedenfalls, wenn nichts dazwischenkam und die Maschine erst einmal Wasser, Kaffeebohnen, eine Leerung, einen Entkalkungsvorgang oder eine Inspektion verlangte.

Sie verspürte ja ein klein wenig ein schlechtes Gewissen. Broders sprach währenddessen mit Gerlinde König im *Gödeke Michels*. Er hatte ihr gesagt, er müsse das allein tun. Die Frau sei am Telefon recht nervös gewesen und hatte auf ein Gespräch unter vier Augen bestanden. Stella Böttcher, mit der Pia sich ebenfalls noch unterhalten wollte, hatte erst später für sie Zeit. So hatte Pia kurzerhand eine Pause in Martens Haus eingeschoben. Wenn die Dinge sich so entwickelten, wie sie es hoffte und erwartete, würde es an diesem Abend noch eine Festnahme geben, und danach würde eine lange Nacht im Kommissariat auf sie warten.

»Hey, toll, dass du da bist!« Marten zog Pia an sich und küsste sie.

Sie erwiderte den Kuss. »Ich fürchte, ich muss noch mal weg«, erwiderte sie dann. »Aber im Moment habe ich ein bisschen Zeit, und die wollte ich unbedingt mit euch verbringen.«

»Mama hat Kuchen mitgebracht!«, rief Felix aus der Küche. »Der Apfelkuchen ist meiner! Und ich koche Kaffee für euch!«

Als sie später am Tisch saßen, das Kuchentablett leer und Felix im Garten war, fragte Marten: »Wie läuft es bei deinen Ermittlungen? Möchtest du darüber reden?«

»Es könnte sein, dass wir kurz vor dem Durchbruch stehen«, antwortete Pia. »Deswegen kann ich auch nur kurz hierbleiben. Aber gerade bleibt mir nicht viel zu tun. Wir warten auf die Ergebnisse der Spurensicherung. Und Broders hat ein Rendezvous mit einer Frau, die vielleicht etwas Licht in die alte Feindschaft zwischen den beteiligten Familien bringen kann. Doch die möchte nur mit ihm allein sprechen.«

»Denkst du, die beiden Verbrechen haben einen familiären Streit als Grund?«

Pia schüttelte ratlos den Kopf. »Liebe, Eifersucht, Geldgier … Ich kann es noch nicht mit Sicherheit sagen. Fest steht nur, dass zwei Familien in die Verbrechen verstrickt sind, die einander verabscheuen, ja hassen. Aber das allein ist normalerweise ja kein Mordmotiv. Was mich schon die ganze Zeit stört, ist, dass wir es mit zwei ganz unterschiedlichen Verbrechen zu tun haben. Und wir wissen weder, von wem und warum Stella Böttcher überfallen wurde, noch, wer ihren Freund Benno Hagendorf ermordet hat.«

»Dass du dich fragst, warum Stella Böttcher überfallen wurde, finde ich spannend«, bemerkte Marten. »Wenn einer Frau nachts im Dunkeln auf dem Heimweg auf diese Art und Weise aufgelauert und sie angegriffen wird, liegt normalerweise ja ein Sexualverbrechen vor. Warum hast du daran Zweifel?«

Pia hob unbehaglich die Schultern. »Zum einen, weil anscheinend keine Vergewaltigung stattgefunden hat. Stella Böttcher wurde geschlagen, getreten, ihre Kleidung zerrissen, ein paar Spuren wurden hinterlassen ... Aber das war es.«

»›Spuren wurden hinterlassen‹? Du denkst, diese Spuren könnten absichtlich gelegt worden sein?«

»Heute weiß doch schon beinahe jedes Kind etwas darüber, wie Fasern, Haare und Hautschuppen Verbrecher überführen. Ein Haar, das bei dem Opfer gefunden wurde, stammt von Arne Freiwald, mit dem Stella Böttcher früher zusammen gewesen ist. Er hatte allen Grund, enttäuscht und eifersüchtig zu sein, weil sie sich für Benno Hagendorf entschieden hat. Noch dazu einen verheirateten Mann ... Es scheint so offensichtlich zu sein: Ein großer Mann überfällt sie – Freiwald ist hochgewachsen. Er wohnt direkt an dem Weg, den sein Opfer nachts nach Hause nimmt. Ich frage mich, warum die Kollegen ihn nicht gleich festgenommen haben.«

»Und wer könnte ein Interesse daran gehabt haben, Freiwald die Tat anzulasten? Benno Hagendorf?«

»Ich halte es für unwahrscheinlich. Den Verdacht mit einem fremden Haar auf jemand anders zu lenken, hätte im Vorfeld enorme Planung erfordert. Zu dem Streit zwischen Stella und Benno im *Gödeke Michels* kam es eher spontan.«

»Was denkst du, was passiert ist?«

»Keine meiner Theorien überzeugt mich wirklich.« Pia

blickte zur Seite und sah gerade noch, wie Felix am Küchenfenster vorbeistakste. »Wieso ist er auf einmal so groß? Ist da ein Absatz vor dem Fenster?«

Felix blieb stehen, um seiner Mutter umständlich zuzuwinken. Er kam ins Schwanken und fiel um.

Pia lief ans Fenster. Ihr Sohn sortierte sich unter einem Paar Holzstangen, stand auf und grinste sie an. Offensichtlich hatte er sich nicht wehgetan. »Wo hat er denn die Stelzen her?«, fragte sie verblüfft.

»Ich habe ihm erzählt, wie die Maler in deinem Atelier die hohe Decke gestrichen haben. Mit Malerstelzen. Da wollte Felix auch welche haben ... Wir waren vorhin zusammen in Eutin und haben spontan Kinderstelzen für ihn gekauft. Ich durfte dir aber noch nichts verraten.«

»Damit ich ihn vor dem Fenster sehe und mich wundere, wie groß er geworden ist?« Pia lächelte. »Ich ...« Ihr Telefon vibrierte. »Entschuldige bitte.« Sie wandte sich ab. »Korittki.«

»Dr. Thomsen hier. Sie waren bei mir im Krankenhaus.«

»Stimmt. Wegen Arne Freiwald. Ist etwas passiert? Wie geht es ihm?«, fragte Pia und spürte, wie ihr Herz einen Schlag aussetzte. Hoffentlich überbrachte die Ärztin keine schlechten Nachrichten!

»Es geht ihm besser. Er ist seit ein paar Stunden wieder bei Bewusstsein.«

»Das ist gut.« Pia seufzte erleichtert.

»Er möchte dringend mit Ihnen sprechen.«

»Ist das schon möglich?«

»Von mir aus ja«, antwortete die Ärztin. »Er meint, es sei wichtig. Ich wollte Ihnen zumindest Bescheid geben.«

»Ich kann in gut zwanzig Minuten da sein. Passt das?«

»Ja. Melden Sie sich direkt auf der Station und lassen Sie mich ausrufen.«

»Wer war das?«, erkundigte sich Marten, nachdem Pia das Gespräch beendet hatte.

»Eine Ärztin aus der Klinik in Neustadt. Arne Freiwald will angeblich dringend mit der Polizei reden.«

»Musst du persönlich hinfahren? Kannst du nicht jemanden schicken?«, schlug Marten vor.

»Nein, ich möchte selbst fahren. Und die werden sicher auch nicht mehr als eine Person zu ihm lassen. Anschließend suche ich noch einmal Vivien Hagendorf auf. Ich habe das Gefühl, dass sie jemanden deckt.«

»Ich muss dich ja nicht bitten, vorsichtig zu sein«, sagte Marten eindringlich.

»Nein, musst du nicht«, antwortete sie. »Außerdem werde ich von einer Kollegin begleitet.« Sie küsste ihn zum Abschied. »Bleib du bitte bei Felix, egal, was passiert.«

Als Pia in Neustadt an der Klinik ankam, war es schon beinahe dunkel. Grauschwarze Regenwolken schoben sich bedrohlich nah über das Dach des Klinikgebäudes. Sie stellte ihren Wagen auf dem Besucherparkplatz ab und lief auf den Haupteingang zu. Schon klatschten erste Regentropfen neben ihr auf das Pflaster. Pia fuhr mit dem Fahrstuhl nach oben und ließ Dr. Thomsen verständigen.

»Ich bringe Sie zu ihm«, sagte die Ärztin nach einer kurzen Begrüßung. »Er ist noch etwas schwach. Ich gebe Ihnen fünf Minuten, nicht länger. Er soll sich bitte kurzfassen.«

Sie stieß die Tür zu einem Einzelzimmer auf.

Pia bekam einen Schreck, als sie bemerkte, wie schlecht Arne Freiwald aussah. Sein ohnehin schon schmales Gesicht war eingefallen. Er war blass, hatte dunkle Ringe unter den Augen, doch sein Blick war klar.

»Fünf Minuten«, wiederholte Dr. Thomsen. »Lassen Sie es langsam angehen, Herr Dr. Freiwald. Keine Aufregungen. Sie müssen sich noch erholen.«

»Ich habe es verstanden.« Er ließ das Kopfteil seines Bettes ein Stück hochfahren.

Pia zog sich einen Stuhl heran und setzte sich.

»Danke, dass Sie gekommen sind«, meinte Freiwald, als sich die Tür hinter der Ärztin geschlossen hatte.

»Was möchten Sie mir mitteilen?« Für lange Vorreden war offensichtlich keine Zeit.

»Sie brauchen nicht nach meinem Mörder zu suchen. Ich habe das Zeug freiwillig geschluckt.«

»Das macht Ihnen Sorgen?« Pia lächelte schwach. »Dass Sie wertvolle polizeiliche Kapazitäten vergeuden?«

Freiwald nickte. »So in etwa. Ich war ein Idiot. Ich weiß nicht, was in mich gefahren ist. Ich dachte wohl, dass ich erledigt bin, dass alle mich nur noch als Vergewaltiger und Mörder sehen …«

»Das kann doch nicht alles gewesen sein.« Pia sah ihm direkt in die Augen. »Das ist kein Grund, sich gleich umzubringen.«

»Meine Praxis war am Montag beinahe leer. Niemand aus Kaltenbrode will mehr zu mir kommen. Ich bin erledigt.«

»Das klärt sich doch alles auf. Dann kehren die Patienten zurück. Sie werden schon sehen …«

Er blickte in Richtung Fenster. In seinen Augen standen Tränen. »Hauptsächlich war es aber wegen Stella. Sie hat mir alles bedeutet. Sie zu verlieren …« Er brach ab.

»Keine Frau ist es wert, sich ihretwegen umzubringen. Das gilt übrigens auch für Männer.« Pias Gedanken streiften Lars und ihre Hochzeitspläne. Sie erinnerte sich daran, wie sie sich gefühlt hatte, als sie erfahren hatte, dass er tot war.

Wie tief ihre Verzweiflung gewesen war … Doch an Selbstmord hatte sie nicht gedacht. Sie hatte ja Felix gehabt. Es war wohl sowieso nicht vergleichbar.

»Ich weiß. Das sollten Sie übrigens auch Vivien noch sagen … Es tut mir so leid.«

»Was?«

»Sie hat unsere Trennung furchtbar schwergenommen. Ich konnte es nicht so ganz nachvollziehen … Bis Stella von mir nichts mehr wissen wollte.« Er presste die Lippen zusammen.

Die Zeit reichte nicht mehr aus, um Fragen zu Freiwalds Schuld oder Nicht-Schuld, der Vergewaltigung und dem Mord zu stellen. »Möchten Sie mir noch irgendetwas sagen, was uns weiterhilft?«, erkundigte sich Pia nur.

Er schaute weiterhin an ihr vorbei. Schüttelte matt den Kopf. »Es ist mir furchtbar unangenehm. Alles. Ich werde von hier fortgehen.«

Dr. Thomsen betrat wieder das Zimmer. »Die Zeit ist um. Tut mir leid.«

Pia erhob sich. »Dann lasse ich Sie jetzt in Ruhe. Wir müssen aber auf jeden Fall noch einmal reden«, sagte sie zu Freiwald.

»Ich laufe Ihnen nicht weg«, antwortete er gleichgültig.

»Kommen Sie bitte.« Die Ärztin schob Pia freundlich, aber bestimmt aus dem Raum.

»Bitte informieren Sie uns vor seiner Entlassung rechtzeitig«, forderte Pia sie auf, als sie auf dem Flur standen.

»Wenn Sie es so wollen. Ist er verdächtig? Ich dachte, der Patient sei in Gefahr.«

»Ehrlich gesagt wissen wir es noch nicht genau.«

36. Kapitel

Pia traf sich mit Dana Bremer vor Vivien Hagendorfs Haus. Auf der Rückfahrt von Neustadt hatte sie kurz mit Broders telefoniert. Er hatte angedeutet, dass das Gespräch mit Frau König recht interessant gewesen sei, sie in ihren Ermittlungen jedoch nicht weitergebracht habe. Pia hatte ihn gebeten, sich nach Möglichkeit noch nach dem Ablageort für Fahrzeugschlüssel in Hagendorfs Firma zu erkundigen.

Die meisten Fenster des alten Siedlungshauses waren dunkel. Nur durch die hellgelben Plisseestores des Küchenfensters schimmerte es ein wenig heller, so, als würde tief im Inneren des Hauses eine einzelne Lampe brennen. Die Lampe, die ein Bewohner beim Weggehen anlässt, um einem potenziellen Einbrecher zu signalisieren, dass niemand zu Hause ist …

Pia berichtete Dana von Hanjo Hagendorfs Befragung und informierte sie kurz über das, was sich sonst noch Neues ergeben hatte. Dann gingen sie zur Haustür. Sie läuteten einmal, zweimal, ein drittes Mal.

»Sie ist nicht da«, sagte Dana.

»Oder sie geht nicht an die Tür. Freiwillig oder unfreiwillig«, ergänzte Pia.

»Du meinst …« Dana trat ein paar Schritte zurück und betrachtete die Fassade erneut.

»Lass uns einmal ums Haus herumgehen.« Pia wandte sich nach links. Sie schaute, soweit es ihr möglich war, in die Fenster im Erdgeschoss und blickte auch durch das Seitenfenster in die Garage. Dann kam sie zur Terrasse auf der Rückseite des Hauses. Sie erahnte das schmale, sich weit nach hinten ausdehnende Grundstück mehr, als dass sie es erkennen konnte. »Frau Hagendorf?«, rief Pia mehrmals. »Frau Hagendorf, sind Sie zu Hause?«

Dana, die rechts herumgegangen war, trat wieder zu ihr. »Es scheint wirklich niemand da zu sein. Im Wohnzimmer brennt eine Stehlampe, doch Vivien Hagendorf ist nirgends zu sehen. Und oben ist auch alles dunkel.«

»In der Garage steht ein Auto. Sie ist also nicht mit dem Wagen weggefahren.« Pia zog ihr Telefon hervor und versuchte, Vivien Hagendorf auf diese Weise zu erreichen. Der Überraschungseffekt, auf den sie bis eben noch gesetzt hatte, war ihr nun gleichgültig. Sie machte sich mit einem Mal Sorgen um die Frau. Als sie nicht ans Telefon ging, sprach Pia ihr eine Nachricht auf die Mailbox, mit der Bitte, sich sofort zu melden.

»Sie geht auch nicht ans Telefon?«, vermutete Dana, die sich noch ein paar Schritte weiter auf das dunkle Grundstück vorgewagt hatte.

»Ja.«

»Denkst du, sie hat sich auch etwas angetan?«

»Ich habe keine Ahnung, was passiert ist. Arne Freiwald machte mir gegenüber eben so eine Andeutung, wie schwer Vivien Hagendorf die Trennung von ihm genommen habe. Aber es ist schon ein paar Wochen her, dass er sie verlassen hat.«

»Na ja, es kann dauern, bis jemand so etwas richtig realisiert. Und was ist, wenn sein Suizidversuch sie so aus dem Konzept gebracht hat?«

Pia zuckte mit den Schultern. Abgrundtief verzweifelt über das, was jüngst mit Arne Freiwald geschehen war, hatte Vivien bei ihrem letzten Gespräch nicht gewirkt. Oder hatte sie sich nur nichts anmerken lassen? »Ich befürchte eher, dass sie dem Täter in die Quere gekommen ist. Sie war an dem Abend, als der Mord geschah, im Haus von Hanjo und Pamela Hagendorf. Die beiden sind unsere Hauptverdächtigen. Was ist, wenn sie etwas mitbekommen hat, was ihnen inzwischen gefährlich werden kann?«

»Dann fahren wir jetzt zu den Hagendorfs?«

»Ich habe zwar jeweils eine Streife vor und hinter deren Haus postiert. Pamela und Hanjo Hagendorf sollten zu Hause bleiben. Doch vielleicht haben die Kollegen Vivien Hagendorf zu ihnen hineingehen lassen …«

Das verwaiste Haus von Vivien Hagendorf beunruhigte Pia mehr, als sie Dana gegenüber zugeben wollte. Sie fürchtete, dass sie seine Bewohnerin nicht bei ihrem Onkel und ihrer Tante antreffen würden. Da war ein neues Detail, das hartnäckig um Pias Aufmerksamkeit rang. Und es brachte alle bisherigen Annahmen durcheinander.

Helmgard Böttcher fürchtete die Dunkelheit nicht. Sie registrierte sie kaum, weil sie schon so viele Jahre blind war. Etwas älter als zwanzig Jahre war sie damals gewesen. Wenn sie direkt in die Sonne oder in eine Lampe schaute, konnte sie noch ein wenig Hell von dem sonst allgegenwärtigen Dunkel unterscheiden. Das war es. Doch ihr Gehör, ihr Tastsinn, sogar ihr Geruchssinn und … eine Art siebter Sinn halfen ihr, sich in ihrer Welt zurechtzufinden.

Eddie war eben losgefahren, um einem Freund bei der Reparatur seiner Waschmaschine zu helfen. Er würde frühestens in einer Stunde zurückkommen. Wahrscheinlicher war, dass die beiden Männer sich nach getaner Arbeit mit einem Bier belohnten. Oder auch zweien.

Die Armbanduhr sagte Helmgard bei leichtem Antippen mit einer gleichgültigen Stimme, dass es neunzehn Uhr und einundvierzig Minuten war. Sie könnte ihr Hörbuch weiter hören, doch vorher wollte sie sich ein Glas Wein aus der Küche holen. Die Autorin verstand es meisterhaft, mit Sprache umzugehen und Figuren zu beschreiben. Doch leider endeten ihre Romane stets in einem deprimierenden Desaster, als wäre ein Happy End unter ihrer Würde. Das ließ sich nur mit einem leichten Schwips ertragen.

Als Helmgard gerade ein Glas aus dem Oberschrank nehmen wollte, läutete es an der Haustür. Hatte Eddie seinen Schlüssel vergessen? Schaute Stella noch einmal bei ihr herein?

Während sie die Fingerspitzen an Möbeln und Wänden entlanggleiten ließ, ging Helmgard in die Diele. In ihrem Haus benutzte sie den Stock eher selten. Ich kenne die Wege blind, sagte sie sich mit einem ironischen Lächeln.

Beim Öffnen der Haustür wehte ein Schwall kühler Abendluft herein. Sie hatte keine Ahnung, wer vor ihr stand. Kaltenbrode war zurzeit nicht der sicherste Ort der Welt, fiel ihr eine Sekunde zu spät ein. Zumindest, wenn man berücksichtigte, was Benno und Stella hier passiert war. Warum sagte der Besucher denn nichts, damit sie sich gleich orientieren konnte?

»Ja, bitte?«, fragte sie so selbstbewusst wie möglich.

»Ich bin es, Vivien. Vivien Hagendorf.« Ihre Stimme klang gepresst, nach mühsam unterdrückter Nervosität. »Darf ich einen Moment hereinkommen. Ich wollte dich etwas fragen.«

»Vivien, ist etwas passiert?« Helmgard war irritiert. Die Feindschaft, die zwischen den Böttchers und den Hagendorfs bestand, auch noch auf Kinder und Kindeskinder zu übertragen, wollte sie eigentlich vermeiden. Zumindest hatte Helmgard sich das vorgenommen. Doch mit der Nichte von Wolfgang und Hanjo Hagendorf hatte sie normalerweise nichts zu tun. Viviens Stimme klang allerdings so, als wäre sie in einer echten Notlage.

»Vielleicht wunderst du dich«, sagte die Frau vor ihrer Tür zögerlich. »Aber ich weiß etwas, was vielleicht wichtig ist …« Sie brach ab.

»Komm herein. Wir gehen ins Wohnzimmer. Willst du auch ein Glas Wein? Ist ein guter Primitivo.«

»Ich möchte dir keine Mühe machen.«

»Unsinn. Ein Glas mehr zu holen macht mir keine Mühe. Setz dich schon mal. Das Wohnzimmer ist dort drüben.« Sie wies mit der Hand in die betreffende Richtung.

Schritte in Schuhen mit weichen Sohlen folgten ihr. »Ist Eduard auch da?«

»Nein, wieso?«

»Nur so.«

Helmgard hörte, wie ihr Überraschungsgast ins Wohnzimmer ging, und holte zwei Gläser aus der Küche. Sie in einer Hand tragend, folgte sie Vivien in den Nebenraum. Vorsichtig stellte sie sie auf dem Couchtisch ab. Die bereits geöffnete Flasche stand auf der Anrichte. Helmgard holte sie ebenfalls, setzte sich und schenkte konzentriert ein, ohne zur Kontrolle einen Finger in eines der Gläser zu stecken, wie sie es bei Eddie und sich manchmal tat. Sie weigerte sich, einen elektronischen Füllstandsmesser zu benutzen, sondern konzentrierte sich stattdessen auf ihr Gehör und Gefühl.

Vivien saß ihr gegenüber, bewegte sich leicht auf dem alten Sofa hin und her, sodass die Federn knarzten, und schwieg.

»Alles in Ordnung?«, fragte Helmgard.

Vivien räusperte sich. »Oh, ja. Natürlich. Danke.«

Helmgard trank einen Schluck. Genießerisch schloss sie die Augen. Der gute, kräftige Wein tat sofort seine Wirkung. »Also, was möchtest du mir sagen?«, kam sie zur Sache. Ihre Besucherin schien ja nicht auf Small Talk aus zu sein.

»Ich weiß vielleicht, wer Stella überfallen hat.«

»Und damit kommst du zu mir?«

»Ich ... traue der Polizei nicht.«

Verärgert runzelte Helmgard die Stirn. Was sollte das? Sie hatte schon ab und zu gehört, dass Vivien Hagendorf manchmal seltsame Anwandlungen haben sollte. Bisher hatte sie das als Dorfklatsch abgetan. Wollte die Frau ihr nun irgendwelche Verschwörungstheorien auftischen? Dazu war ihr ihre Zeit zu schade. »Die Polizei ist aber der richtige Ansprechpartner.«

»Ich weiß. Ich will vorher nur sichergehen, dass das, was ich zu berichten habe, wirklich von Belang ist.«

»Und wie kann ich dir dabei helfen?«

»Eigentlich will ich mit Eddie sprechen.«

»Ich weiß nicht, wo er ist«, antwortete Helmgard vorsichtig. Sie hörte ein Geräusch. Es war nicht das Absetzen des Glases auf der Holzoberfläche des Tisches. Eher klang es wie ein Klicken von etwas Metallischem.

»Wo, verdammt, ist Eddie?«

Vor dem Haus von Pamela und Hanjo Hagendorf stand wie erwartet ein Streifenwagen. Die Kollegen sagten Pia, dass niemand das Haus verlassen oder betreten habe. Auf der Rückseite des Grundstücks war es ebenso gewesen, erfuhren sie bei einer kurzen Nachfrage per Funk. Um sicher auszuschließen, dass in der Dunkelheit doch jemand unbemerkt das Grundstück von der Gartenseite aus betreten hatte und durch die Terrassentür eingelassen worden war, klingelten sie und fragten nach Vivien Hagendorf.

Sie sei nicht da, behauptete Pamela Hagendorf.

Dafür gab es keinen Beweis, doch für eine Hausdurchsuchung fehlte Pia momentan noch die Handhabe. »Wo könnte sie sein?«, erkundigte sie sich stattdessen.

Die Frau rieb sich die Stirn und schüttelte den Kopf, als wäre ihr eine komplizierte mathematische Aufgabe gestellt worden. »Ich weiß es nicht. Vielleicht ist sie bei einer Freundin? Nicht, dass mir auf Anhieb eine einfällt. Oder vielleicht besucht sie eine ihrer Cousinen, Paula oder Insa? Ihre Eltern?«

Pia dankte ihr. Sie bat sie, sich umgehend zu melden, wenn sie etwas über Viviens Verbleib erfuhr.

»Du klapperst alle Mitglieder der Familie Hagendorf ab«, trug Pia ihrer Begleiterin auf. »Hast du die Adressen?«

Dana nickte.

»Zuerst Viviens Eltern, dann Bennos Eltern und Grit, danach Bennos verheiratete Schwestern … Aber sei um Himmels willen vorsichtig. Geh nirgendwo ins Haus, insistiere nicht. Checke nur kurz ab, ob sie wissen, wo Vivien steckt. Wenn du etwas Ungewöhnliches bemerkst, rufst du mich sofort an. Keine Alleingänge!«

»Verstehe.«

»Schick mir bitte vor jedem Besuch eine kurze Textnachricht, damit ich weiß, wo du bist«, fügte Pia hinzu.

»Alles klar. Und was machst du?«

»Das Gleiche, nur bei den Böttchers.«

»Textest du mir auch, wo du bist?«

Pia lächelte kurz. »Gleiches Recht für alle. Also los.«

Sie blickte Dana hinterher, die schnurstracks zu ihrem Wagen ging.

»Ich weiß nicht, wo Eddie ist«, log Helmgard. »Aber er kann jeden Moment kommen.«

»Ich glaube dir nicht«, erwiderte Vivien mit einer neuen Härte in der Stimme.

»Du solltest besser gehen«, erklärte Helmgard bestimmt.

»Nein. Erst sagst du mir, wo Eddie ist.«

Noch weniger als die Härte gefiel Helmgard die nervöse Aufregung, die nun von Vivien ausging. Die Federn des Sofas knirschten erneut. Sie spürte einen Lufthauch und nahm Viviens Geruch, ein moschusartiges Parfüm und Schweiß – Stressschweiß? –, jetzt deutlicher wahr. Sie war ihr näher gekommen.

Helmgard tastete nach ihrem Smartphone in der Rocktasche. Es reagierte auf Sprachbefehle. Doch solange diese Frau ihr so nahe war, wagte sie nicht, es zu benutzen. Sie erhob sich. »Ich kann mir aber denken, wo Eddie wahrscheinlich ist. Komm, ich werde dich zu ihm bringen.«

»Blödsinn!« Vivien schnaubte. Ihre Kleidung raschelte. Die Stimme erklang nun aus nächster Nähe. Sie war ebenfalls aufgestanden und zu ihr getreten.

Helmgard umrundete das Sofa, so schnell sie es wagte, ohne einen Sturz zu riskieren. Doch wenn sie stürzte, schwer stürzte, würde ihre Smartwatch es registrieren. Wenn sie sich danach bewegte, würde die Uhr sie fragen, ob der Rettungsdienst kontaktiert werden sollte. Falls sie sich nicht bewegte, würde die Smartwatch nach einer Minute von allein einen Notruf absetzen und danach ihren Notfallkontakt, also Eddie, verständigen. All das schoss Helmgard in diesem Moment durch den Kopf. Würde ihr diese Funktion ihrer Uhr in der jetzigen Situation etwas nützen?

»Was machst du da? Wo ist dein Handy?« Viviens Hand umklammerte ihren rechten Arm. Sie gab nicht mehr vor, dass dies nur ein nachbarschaftlicher Besuch war. Stattdessen zog sie Helmgard das Smartphone aus der Rocktasche. Ein kurzes Gerangel entstand, als Helmgard sich wehrte. Dann fiel das Telefon aufs Parkett.

Nun löste Vivien mit einem höhnischen Auflachen das Armband ihrer Uhr. Auch die Smartwatch war weg.

Nur nicht entmutigen lassen! Diese elektronischen Hilfsmittel funktionierten doch eh nicht, wenn man sie brauchte. Helmgard stieß Vivien mit aller Kraft von sich, in Richtung der Lampe auf dem Couchtisch. Aus dem Schrei und dem Geschepper, die folgten, schloss Helmgard, dass sie ein paar Sekunden gewonnen hatte. Hoffentlich war die Glühlampe kaputtgegangen! Helmgard konnte es nicht mit Sicherheit sagen. Bei Dunkelheit fand sie sich in der vertrauten Umgebung sicher besser zurecht als ihre Angreiferin. Das Licht in Diele und Küche hatte sie gewohnheitsgemäß gelöscht, bevor sie ins Wohnzimmer gekommen war. Doch sie fürchtete, dass weder Viviens Sturz noch Dunkelheit ihr genug Zeit verschaffen würden, um sich in Sicherheit zu bringen.

37. Kapitel

In ihrem Auto angekommen, rief Pia noch einmal Broders an. Ein Gedanke war aus ihrem Unterbewusstsein an die Oberfläche gestiegen und ließ sie nicht mehr los. Sie musste darüber reden. Pia erwischte ihren Kollegen, als der wohl ebenfalls gerade in sein Auto steigen wollte.

»Ich habe eine Idee«, sagte sie ohne lange Vorrede. »Hilf mir bitte mal eben beim Denken. Vielleicht ist es auch völlig daneben.«

»Sag schon.«

»Was hältst du von Vivien Hagendorf? Wir haben sie bisher zu wenig beachtet.«

»Richtig. Weil sie im Mordfall ›Benno Hagendorf‹ kein erkennbares Motiv hat.«

»Vielleicht doch. Zunächst mal: Alles andere passt! Sie hat für keines der Verbrechen ein Alibi. An dem Abend, an dem Benno Hagendorf starb, war sie bei ihrem Onkel babysitten, ja. Doch die Kinder haben geschlafen; sie war unbeobachtet, könnte sogar weggegangen sein. Sie hatte die Mittel: Zugang zu dem Oleander, mit dem Benno außer Gefecht gesetzt wurde. Und praktischerweise stammt er nicht einmal aus ihrem eigenen Garten. Sie hatte das Fahrzeug zur Verfügung, mit dem Benno Hagendorf höchstwahrscheinlich zum Steilufer transportiert wurde …«

»Aber was ist ihr Motiv, Pia?«

»Rache an Stella zu nehmen. Rache an Freiwald …«

»Eine Frau als Vergewaltiger?«

»Stella Böttcher wurde nicht vergewaltigt. Es sah nur nach einem Vergewaltigungsversuch aus. Sie wurde zusammengeschlagen.«

»Denkst du wirklich?«

»Was hältst du hiervon: Vivien hat Stella Böttcher gehasst, weil die ihr Arne Freiwald ausgespannt hat. Gleichzeitig konnte sie mit dem Überfall auf Stella auch noch Rache an ihrem Ex-Geliebten Freiwald üben, der sie für Stella verlassen hat. Dem Mann, den sie angeblich bald heiraten und mit dem sie Kinder haben wollte. Es sollte so aussehen, als hätte *er* Stella überfallen. Allein der Verdacht würde ihn und auch seine Praxis ruinieren. Etwas bleibt ja bekanntlich immer hängen. Sie könnte sich dafür sogar Spurenmaterial – das Haar – von ihm besorgt haben, das sie bei Stella platziert hat.«

»Und warum dann der Mord an Benno Hagendorf?«

»Was das Motiv angeht, bin ich mir noch nicht sicher. Benno war ihr Cousin zweiten Grades. Sie sind beide Hagendorfs. Doch in der Nacht der Vergewaltigung war Benno in Kaltenbrode unterwegs. Und am Abend seines Todes wurde er sogar in der Nähe von Vivien Hagendorfs Straße gesehen. Sie könnten sich zufällig getroffen haben. Irgendwo draußen oder eher noch in Hanjos und Pamelas Haus. Vielleicht wusste Benno etwas über den Überfall auf Stella, brachte es plötzlich mit Vivien in Verbindung und wurde ihr damit gefährlich.«

Einen Moment herrschte Stille.

»Broders? Bist du noch da?«

»Verdammt, Pia. Das klingt verrückt. Und du hast eines bei deiner Theorie vergessen: Stella Böttchers Angreifer war mindestens einen Meter neunzig, eher zwei Meter groß. Sie war sich da ganz sicher. Vivien Hagendorf misst kaum einen Meter sechzig, hast du gesagt.«

»Ich weiß. Sie stand deswegen überhaupt nicht zur Debatte. Doch dann bin ich auf eine Idee gekommen. Felix ist heute Nachmittag auf Stelzen herumgelaufen. Marten hat sie ihm gekauft.«

»Stelzen?« Broders' Zweifel waren ihm anzuhören, und es klang ja auch, nüchtern betrachtet, geradezu absurd! Aber …

»Und bei Vivien Böttcher im Haus waren die Maler. Sie haben im Wohnzimmer die hohen Deckenbalken gestrichen. Es gibt für solche Arbeiten doch so etwas wie Malerstelzen … Vielleicht brachten die Vivien auf eine Idee. Bei dem Überfall auf Stella Böttcher hätten ihre Stelzen auch höchstens vierzig Zentimeter hoch sein müssen.«

»Das klingt verrückt.«

»Mit denen hat man beide Hände frei.«

»Denkst du das wirklich?«

»Da war auch noch dieser seltsame Abdruck im Boden, mit dem wir nichts anfangen konnten. Erinnerst du dich? Und denk an die staksigen Bewegungen des Angreifers, die Stella Böttcher erwähnte.«

Broders schnaufte. »Oh, Mann, Pia. Dann hätte Vivien Hagendorf uns aber ganz schön vorgeführt. Und was nun?«

»Wir müssen sie so schnell wie möglich finden. Nicht nur, weil sie verschwunden ist, sondern jetzt auch als Tatverdächtige. Sag du unseren Leuten Bescheid. Ich schicke zur Sicherheit noch eine Streife zu Stella Böttcher. Die sollen unbedingt auf sie aufpassen.«

»Und was machst du?«

»Ich fahre zu Helmgard Böttcher und Eduard Seiler.«

»Was willst du denn dort?«

»Vivien hat sich beklagt, dass Eduard Seiler mit dabei war und bei ihr gearbeitet hat, als die Malerfirma Meischner in ihrem Haus gestrichen hat. Er könnte wegen der Stelzen die gleichen Schlüsse ziehen wie ich und Vivien damit gefährlich werden.«

»Wieso sollte sie erst jetzt hinter ihm her sein?«

»Das weiß ich noch nicht. Aber ich muss ihn warnen.«

Konzentrier dich! Helmgard trat auf die Terrasse. Sie spürte die vertrauten, leicht unebenen Platten unter ihren Füßen. Die Abendluft war kühl, und es wehte ein leichter Wind.

Hinter sich vernahm Helmgard scheppernde und rumpelnde Geräusche, als müsste Vivien sich noch von Tisch und Stehlampe befreien und aufrappeln. Sie hatte bei ihrem Sturz überrascht aufgeschrien. Hoffentlich hat sie sich ordentlich wehgetan! Hoffentlich ist sie verletzt!, dachte Helmgard. Das würde ihr einen gewissen Vorsprung verschaffen. Und den brauchte sie, wenn sie es bis zu ihrem Nachbarn Joseph schaffen wollte.

Helmgard verstand nicht ganz, was eigentlich los war. Vivien suchte Eddie, so viel war klar. Ihr wollte sie anscheinend erst mal nichts antun, sonst wäre das längst geschehen. Schließlich hatte sie Vivien arglos die Tür geöffnet. Doch es war nur eine Frage der Zeit … Sobald Vivien wusste, wo sie Eddie finden konnte, würde ihr Leben wohl nichts mehr wert sein.

Sie erreichte den Rand der Terrasse, fand die zwei Stufen, die zum Weg hinunterführten, und tastete sich hinunter. Jetzt vermisste sie ihren Stock. Konzentrier dich, Helmgard! Sie lauschte auf das Klappern ihrer Windmühlen. Ein Glück, dass es nicht windstill war! Sie wandte sich in Richtung der Mühle, die an den Rosenbeeten stand. Hinter dem beinahe zwei Meter hohen Rhododendron daneben wäre sie schnell außer Sichtweite.

Sie wusste, dass es bewölkt war und sie beinahe Neumond hatten, denn sie hatte vor einer Stunde noch den Wetterbericht im Lokalradio gehört. Also war es sicherlich hier draußen beinahe stockfinster. Doch Vivien hatte bestimmt noch ihr eigenes Handy, mit dem sie leuchten konnte. Helmgard war erblindet, bevor Smartphones erfunden worden waren. Sie wusste nicht, wie weit der Lichtschein eines so kleinen Gerätes reichte.

Sie bog gerade in den Sandweg hinter dem Rhododendron ein, als sie Viviens Schritte auf der Terrasse hörte.

»Wo, verdammt, bist du, Helmgard? Du entkommst mir nicht, du blinde Kuh!«, schrie die Frau aufgebracht.

Ließe diese vor Wut überschnappende Stimme nicht vermuten, dass Vivien zu allem fähig war, auch dazu, zu töten, wäre es beinahe komisch gewesen. Helmgard blieb reglos stehen. Wo war die nächste Windmühle, die ein dunkles Klock-Klock-Klock verursachte? Die Mühle stand dort, wo sich die Wege zwischen Gewächshäusern, Quellstein, Grundstücksgrenze und Kompost im Westen kreuzten. Dorthin musste sie als Nächstes gehen.

Zum ersten Mal verfluchte Helmgard ihren riesigen Garten. Die viele Arbeit, die damit verbunden war, hatte ihr nie etwas ausgemacht. Sie liebte die Pflanzen und die Zeit, die sie ihretwegen an der frischen Luft verbrachte. Der Garten und die Beschäftigung darin waren ihr Lebensinhalt. Doch bis zu der Lücke in der Hecke, durch die sie auf das Grundstück ihres Nachbarn Joseph gelangen würde, waren es noch gut zweihundert Schritte. Und sie musste ihren Weg ohne Blindenstock finden und mit – sie wagte kaum, den Gedanken zuzulassen – einer Frau im Nacken, die sie höchstwahrscheinlich töten wollte.

Elf Windmühlen, die unterschiedlich klangen, hatte Eddie

hier für sie aufgestellt. Von Beginn an hatten sie ihnen Namen gegeben, wie »Mühle am Kreuzweg« oder die »Rosenbeet-Mühle«. Damit bezeichneten sie die Plätze im Garten auch untereinander, denn es waren markante Punkte, und den Standort der Windmühlen veränderten sie nie.

Doch unter Stress war es schwieriger, die Geräusche auseinanderzuhalten, die Entfernungen und vor allem die Richtungen richtig einzuschätzen. Ihre Schritte zu zählen hatte Helmgard völlig vergessen.

War das dort hinten wirklich die Mühle am Kräuterbeet? Die Windmühle neben der Bank klang verdammt ähnlich. Und was sollte sie tun, wenn der Wind einschlief?

Hinter sich hörte sie schnelle Schritte auf gekiestem Untergrund. Noch weit weg, in die falsche Richtung entschwindend, doch das konnte sich jederzeit ändern.

Sollte sie sich nicht besser verstecken? Es war nicht einfach, sich vor jemandem zu verbergen, wenn man selbst nichts sehen konnte. Ihre beste Chance war immer noch ihr Nachbar Joseph, achtzig Jahre alt, aber durchaus fit. Beherzt und ohne Zögern den Notruf zu wählen und alle Türen sicher zu verschließen, das traute Helmgard ihrem Nachbarn durchaus zu, der sein Berufsleben bei der Handelsmarine verbracht hatte.

Sie betrat einen schmalen Pfad. Rechts erwartete sie, das Laub der Hainbuchenhecke zu fühlen, doch stattdessen waren da Johannisbeersträucher. Sie blieb stehen und horchte noch einmal. Das Klappern, von dem sie annahm, dass die Mühle am Kompost es verursachte – von da waren es zum Durchgang zu Joseph nur noch ein paar Schritte –, verunsicherte sie auf einmal. Es erklang weiterhin von halb schräg links. Doch war es wirklich die Kompost-Mühle? Nein, sie vernahm nun die Mühle an der Sonnenuhr im Staudenbeet. Verdammt! Sie hatte die Orientierung verloren!

Von Vivien hörte sie inzwischen gar nichts mehr. Was alles bedeuten konnte: dass sie aufgegeben hatte … oder dass sie direkt hinter ihr stand und gleich zuschlagen würde.

Ausgerechnet eine Hagendorf war hinter ihr her! Es erschien Helmgard wie ein hämischer Streich des Schicksals. Die Hagendorfs durften nicht über die Böttchers triumphieren. Nicht nach allem, was damals geschehen war. Niemals!

Mach dich nicht verrückt, du hattest immer Nerven wie Drahtseile, ermahnte Helmgard sich. Wie bei ihrem Ausflug mit Eddie zu dem Wasserfall während eines Urlaubs in Österreich, als sie plötzlich nur noch Gischt und rutschige Steine unter ihren Füßen gespürt hatte. Da war sie einfach ganz ruhig stehen geblieben. Bis Eddie gekommen war und sie angefahren hatte, wie sie nur so leichtsinnig sein konnte, einfach loszulaufen.

Sie fühlte nun die Blätter und harten Zweige der Hainbuchenhecke. In der Mitte der Hecke gab es den Bogen mit einem Durchgang, der auf die Wiese mit den Obstbäumen führte. Helmgard meinte, bereits den süßlichen, leicht fauligen Geruch von Fallobst – Äpfeln – durch die Hecke hindurch wahrzunehmen. Den Geruch hatte sie wohl fälschlicherweise für den des Komposts gehalten, den sie suchte. Doch irgendwo war sie falsch abgebogen. Nun lag sie etwa fünfzig Meter daneben. Aber sie konnte von hier aus den Durchgang zur Obstwiese finden. Und von da aus würde sie sich wieder an der Kompost-Mühle orientieren und so zum Kompost gelangen. Und damit zu Joseph …

Konzentriert tastete Helmgard sich vorwärts, durchschritt mit zu beiden Seiten ausgestreckten Händen den Heckenbogen, fühlte das weiche Gras der Obstwiese unter ihren Füßen. Beinahe euphorisch ging sie weiter. Es war nicht mehr weit. Gleich würde sie die nächste Mühle hören. Da bemerkte sie es. Sämtliches Klappern war verstummt. Das konnte doch nicht wahr sein! An keinem Ort auf ihrem Grundstück war es vollkommen still. Der Wind ließ die Blätter und Gräser leise rascheln. Doch die Mühlen in ihrer Nähe bewegten sich nicht mehr.

38. Kapitel

Pia stand vor Helmgard Böttchers Gutshaus. Es bot ein friedliches Bild. Kegelförmige Außenleuchten erhellten in regelmäßigen Abständen die Fassade, angenehm symmetrisch angebracht, wie ihr Kollege Broders es schätzte. Doch hinter den Fenstern des Wohnhauses schien alles dunkel zu sein. Vielleicht waren Helmgard Böttcher und Eduard Seiler gar nicht zu Hause?

Rasch lief sie die Stufen zum Eingang hinauf. Sie klingelte, klopfte ungeduldig gegen das Holz der alten Tür, doch niemand öffnete. Am Türknauf zu rütteln brachte auch nichts. Pia lief an dem seitlichen Nebengebäude vorbei und umrundete halb das Haus. Sie traf auf einen hohen Bretterzaun, an dem ein Fahrrad lehnte. Ein seltsamer Platz für ein Rad … Es sei denn, es sollte vom Hof und auch von der Straße aus nicht zu sehen sein. Es handelte sich um ein türkisfarbenes Tourenrad neueren Datums mit großen Satteltaschen. Pia trat näher. Der Rahmen- und Sattelhöhe nach zu urteilen, gehörte das Rad einer eher kleinen Person. Vivien Hagendorf? Ihre Sorge verstärkte sich.

Pia lief zurück zum Wagen. Sie setzte schnell einen Text für Dana ab, wo sie sich befand und wie die Lage war. Dann öffnete sie den Kofferraum, zog ihre Schutzweste über, kontrollierte ihre Dienstpistole und nahm nach kurzer Überlegung die starke Taschenlampe mit.

Von der Vordertür ausgehend, nahm sie nun den Weg andersherum um das Gebäude. Pia fand noch eine verschlossene

Nebeneingangstür und dann, an der Rückseite des Wohnhauses, die Terrassentür, die weit offen stand.

Sie trat näher. Pia überlegte, ob sie nach den Bewohnern des Hauses rufen sollte. Doch die Dunkelheit in den Wohnräumen ließ sie davon absehen. Falls sich Vivien Hagendorf in der Nähe befand, sollte sie nicht gleich wissen, dass sie hier war.

Leise trat Pia ein. Nach ein paar Schritten knirschte Glas unter ihren Schuhsohlen. Sie vernahm den Geruch von Rotwein und … War das ein Hauch von Schweiß? Pia leuchtete mit ihrer Taschenlampe in den Raum. Eine Stehlampe lag am Boden, ein zusammengebrochener Beistelltisch, zerbrochene Weingläser, ein verschobener Teppich … All das deutete auf einen Unfall oder eher noch auf einen Kampf hin. Sie hatte sich nicht getäuscht. Helmgard Böttcher und Eduard Seiler waren in Gefahr. Sie musste sofort handeln.

Wenn die Mühlen nicht mehr klapperten, obwohl noch Wind ging, konnte das nur bedeuten, dass Vivien sie außer Betrieb gesetzt hatte. Es war einfach, die Stäbe aus dem Boden zu ziehen und die Mühlen hinzulegen. Dann blieb Helmgard zur akustischen Orientierung nur noch der Quellstein. Der lag jedoch in entgegengesetzter Richtung zu Josephs Garten, nahe den Gewächshäusern. Wenn sie nicht zu ihrem Nachbarn fand, würde sie sich dort verstecken.

In den Glashäusern kannte sie sich aus wie sonst niemand. Helmgard wusste, wo man das Licht ausschaltete, wo die Arbeitsgeräte standen: Hacken, Spaten, die Sense … Es war zumindest eine Chance.

Das Wasser, das über den Quellstein lief, war schwach an seinem plätschernden Geräusch zu erkennen. Die Kletterrosen »New Dawn« am Spalier neben dem Eingang verströmten bis in den Oktober hinein ihren Geruch nach Äpfeln. Sie war dem Eingang schon ganz nah.

Helmgard streckte die Hand nach vorn, ertastete die glatte, kühle Oberflache von Glas. Zu Beginn ihrer Blindheit war es ihr schwergefallen, sich vorzustellen, dass sich hinter so einer soliden, ebenen Oberfläche, kühl und hart, noch etwas befand. Dabei konnte es sich um Fensterglas, beispielsweise eine Schaufensterscheibe, handeln. Sehende blickten da einfach hindurch.

Sie fand den Türgriff und betrat leise ihr Gewächshaus.

Drinnen war es auch um diese Uhrzeit noch wärmer als draußen. Der intensive Geruch nach Erde, Grün und Moder war ihr vertraut. Doch er konnte den anderen Geruch, dezent, eigentlich kaum wahrnehmbar, den Hauch von Moschus und Schweiß, nicht ganz überdecken.

Lass dir nichts anmerken, dachte Helmgard, obwohl ihr Viviens mutmaßliche Gegenwart den Atem stocken ließ. Sie erwartete sie bereits. Doch wo zwischen all den Pflanzen lauerte sie?

Helmgard wollte schon umkehren, doch dann wurde ihr klar, dass der Geruch nicht intensiv genug war. Vivien konnte sich nicht in unmittelbarer Nähe zu ihr befinden. Auch hörte sie kein Atmen, keinerlei Rascheln von Kleidung, keine Schritte von weichen Sohlen auf feuchtem Boden oder Betonplatten. Ihre Verfolgerin war auf ihrer Suche nach ihr hier zwar durchgegangen, aber sie schien sich nicht mehr in unmittelbarer Nähe zu befinden.

An dieses Gewächshaus war an der Stirnseite ein zweites Glashaus angebaut worden. Ihr Ehemann Fritz hatte das noch veranlasst. Und damit sie nicht den weiten Weg außen herum gehen musste, wenn sie dort hinüberwollte, gab es eine extra eingesetzte Verbindungstür. Das zweite Glashaus hatte seinen Haupteingang jedoch auf der anderen Seite, in der Nähe des Feuerplatzes.

Helmgard überlegte. Wenn sie ihren Instinkten und Wahrnehmungen trauen konnte, befand sich Vivien nicht mehr in diesem Glashaus. Vielleicht durchsuchte sie gerade das Glasgebäude auf der anderen Seite. Wenn sie sich dazu Licht eingeschaltet hatte, würde das schnell gehen. Sobald sie sah, dass sich Helmgard nicht dort drinnen befand, würde sie womöglich zurückkehren.

Was würde diese Frau tun, wenn sie sie zu fassen bekäme? Wollte sie sie nur zwingen, Eddies Aufenthaltsort preiszugeben? Würde sie sie anschließend niederschlagen? Töten? Vivien schien hinter Eddie her zu sein, sonst hätte sie sie längst umgebracht. Doch sie würde ihn nicht bekommen! Helmgard dachte fieberhaft nach. Sie hatte vielleicht noch eine Chance, aber nur, wenn sie sich beeilte.

Pia durchsuchte das gesamte Haus. Die anderen Räume schienen von dem, was sich im Wohnzimmer zugetragen hatte, nicht in Mitleidenschaft gezogen worden zu sein. Nichts deutete auf ein gewaltsames Eindringen hin. Die Bewohner hatten Vivien Hagendorf offenbar arglos eingelassen. Wenn ihre Theorie über die Täterschaft zutraf …

Und was hatte sich dann ereignet? War Eduard Seiler hier? Waren er und Helmgard Böttcher in den Garten geflüchtet? Hatte Vivien Hagendorf sie gezwungen, mit ihr das Haus zu verlassen … um was zu tun? Sie zu töten und einen Unfall zu inszenieren?

Bei dem Gedanken daran, wie diese Frau wahrscheinlich Stella Böttcher überfallen hatte, wie sie ihren Cousin Benno

Hagendorf mit Oleander außer Gefecht gesetzt und anschließend am Steilufer getötet hatte, fühlte Pia Besorgnis und Wut in sich aufwallen. Sie musste sie aufhalten, bevor noch mehr geschah. Doch es dauerte zu lange, bis Hilfe eintraf. Zeit, die Eduard und Helmgard womöglich nicht mehr hatten.

Sie verließ das Haus über die Terrassentür und lief die Wege des ausgedehnten Gartens ab. Es war gerade hell genug, dass Pia sie ohne Taschenlampe ausmachen konnte. Doch wo steckten Helmgard und Eduard? Wo war Vivien Hagendorf?

Helmgard tastete sich nach rechts, wo sich in der Ecke der Wasseranschluss für die Beregnungsanlage befand. Eddie hatte sie so konzipiert, dass Helmgard sie selbst steuern konnte. Ebenso kannte sie sich mit dem Sicherungskasten aus. Sie öffnete ihn und tastete, bis sie fand, was sie suchte. Dahinter befand sich ein Regal mit Arbeitsgeräten. Sie fand mit zittrigen Händen die kleine elektrische Heckenschere. Helmgard benutzte sie gern und oft, auch wenn Eduard es nicht mochte, wenn sie damit hantierte.

Sie stöpselte den Stecker ein, wie sie es schon oft getan hatte. Das Kabel war sehr lang, damit sie damit beinahe überall im Gewächshaus hingelangen konnte.

Nachdem sie den Stecker so leise wie möglich eingesteckt hatte, hörte sie, wie die Verbindungstür geöffnet wurde. Kam Vivien jetzt zurück? Konnte sie sie hier stehen sehen? Helmgard war sich ziemlich sicher, dass das Licht nicht brannte. Der Kippschalter war bei ihrem Eintreten zumindest unten gewesen, und sie hatte keinerlei Lichtveränderung wahrgenommen. Doch falls Vivien eine Lampe dabeihatte oder die Leuchtfunktion ihres Handys aktiviert hatte …

Wie sollte sie wissen, wann es so weit war?

Helmgard stand reglos da, lauschte angestrengt. Ihr war beinahe schlecht vor Angst. Wie sollte sie mitbekommen, wo Vivien sich gerade befand? Ihr Plan war vollkommen verrückt. Das würde nie und nimmer klappen. Eher würde diese Frau ihre eigene Waffe gegen sie richten. Sie war sich sicher, dass Vivien eine hatte. Bei dem Gedanken daran zog sich alles in ihr zusammen.

In der Mitte des Gewächshauses stand ein Elefantenohr mit seinen großen, festen Blättern, die weit in den Mittelgang hineinragten. Und genau dieses Geräusch, wenn eine Schulter oder ein Arm daran entlangstreifte, meinte sie nun zu hören. Sie hatte nur diese eine Chance. Helmgard schaltete die Beregnungsanlage ein. Sie hörte Vivien fluchen. Wie lange würde die Frau brauchen, bis sie bei ihr war? Nur wenige Sekunden!

Helmgard setzte die Heckenschere in Gang und legte sie vorsichtig zu Boden, dorthin, wo sich normalerweise zuerst die Feuchtigkeit sammelte. Sie meinte, ein Britzeln zu hören, doch sofort sprang die Sicherung heraus. Das Geräusch der elektrischen Schere erstarb. Zugleich vernahm sie einen wütenden Schrei und kurz darauf schnelle Schritte. Mist. Das hatte nicht geklappt. Sie wusste, dass Vivien nun auf sie zugerannt kam, und hob schützend die Arme vors Gesicht.

Der Schrei kam von rechts, aus Richtung der Gewächshäuser. Er klang durch das Glas gedämpft … und doch nach unglaublicher Wut. Pia lief hin, so schnell sie konnte, und riss die Tür auf.

Drinnen war alles dunkel. Nach der frischen Abendluft draußen war der Geruch nach Moder und süßlich duftenden Pflanzen beinahe überwältigend. Ein gleichmäßiges Surren und die enorme Feuchtigkeit irritierten sie, bis sie begriff, dass die Beregnungsanlage lief.

Rechts von sich sah sie zwei Gestalten. Sie leuchtete mit der starken Taschenlampe dorthin und sah Vivien Hagendorf und Helmgard Böttcher im Schein des Lichtkegels am Boden miteinander ringen. Es war ein ungleicher Kampf, kurz vor der Entscheidung. Vivien kniete auf ihrem Opfer, führte ein Messer drohend nah am Gesicht ihres Opfers entlang.

»Polizei, Hände hoch, sodass ich sie sehen kann!«, befahl Pia.

»Wo ist Eddie?«, schrie Vivien Hagendorf, ohne von Helmgard Böttcher abzulassen. Sie führte das Messer nah an Helmgards Hals. »Hexe! Sag mir, wo dein Mann ist!«

Die silberne Klinge glänzte im Schein der Taschenlampe. Mit drei Sätzen war Pia bei Vivien und riss sie an den Schultern zurück. Diese fauchte wütend auf und stürzte sich nun mit unbändiger Kraft auf Pia.

Sie hatte keine Zeit gehabt, Pistole oder Pfefferspray zu ziehen, sondern war einzig darauf bedacht gewesen, die alte Frau zu retten. Nun sah Pia die Klinge vor ihrem Auge aufblitzen. Sie drückte den Arm ihrer Angreiferin zur Seite, spürte flüchtig einen Schmerz am Oberarm. Dann gelang es ihr, die sich heftig wehrende Frau auf den Bauch zu drehen und ihr das Knie in den Rücken zu drücken. Die Handschließen schnappten zu.

»Wer ist da? Sind Sie das, Frau Korittki?«, fragte Helmgard Böttcher. Sie klang erstaunlich gelassen. »Ich glaube, ich verdanke Ihnen mein Leben.«

39. Kapitel

Pia fuhr vor Martens Haus und hielt an. Sie drehte den Zündschlüssel, sodass der Motor erstarb. Doch dann blieb sie regungslos hinter dem Steuer sitzen. Der Krümmer gab ein klickendes Geräusch von sich. Ansonsten war es bis auf ihren eigenen Atem still um sie herum.

Das Bild, das sich ihr bot, strahlte Frieden und Normalität aus. Ein Zuhause für eine Familie, dachte Pia einmal mehr. Felix schlief hoffentlich schon seit mehreren Stunden glücklich und zufrieden in seinem Bett oder auch in ihrem … Marten schien noch wach zu sein, wie sie an dem Lichtschein erkannte, der aus dem Fenster seines Arbeitszimmers nach draußen fiel.

Es war bereits nach Mitternacht, realisierte sie erst jetzt. Die Zeit war rasend schnell vergangen, seit sie am Abend an Helmgard Böttchers Haus eingetroffen war. Dem Streifenwagen, der Vivien Hagendorf nach Lübeck in Polizeizentralgewahrsam gebracht hatte, war Pia vorausgefahren. Ihr war klar gewesen, dass sie noch etwas brauchte, eine Art Ritual, um diesen Tag richtig abzuschließen. Sie hatte sich zumindest ein paar Notizen für ihren Bericht machen wollen, bevor die ersten Eindrücke verflogen waren. Sie hatte gewusst, sie würde erst zur Ruhe kommen, wenn sie mit einem Kollegen über das Geschehene gesprochen hatte. Am liebsten mit Broders oder Dana.

Und tatsächlich waren beide zugegen gewesen. Dana war sogar noch zu Helmgard Böttchers Gutshaus gekommen, als sie über den Polizeifunk erfahren hatte, was dort vor sich ging.

Doch irgendwann waren sie alle so erschöpft und müde, dass sie nur noch nach Hause wollten. Pia spielte kurz mit dem Gedanken, in ihrer Wohnung in der Adlerstraße zu übernachten und am nächsten Morgen in aller Frühe zurück an die Ostsee zu fahren. Doch falls Felix in der Nacht oder frühmorgens aufwachte, sollte er sie nicht vermissen.

Also war sie nun hier und zum Umfallen müde. Alle Muskeln taten ihr weh, und die Verletzung am Arm, die noch in Helmgards Haus von einem Sanitäter versorgt worden war, brannte.

Sie hievte sich aus dem Auto und trottete zur Eingangstür. Als sie sie aufstieß, stand Marten schon in der Diele. Obwohl sie ihm zwischendurch Bescheid gegeben hatte, was los war und dass sie später kommen würde, schaute er sie besorgt an.

»Es ist vorbei«, sagte Pia nur. »Wir haben unsere Täterin.«

Er schloss sie in die Arme. Sie legte den Kopf an seine Schulter, und er drückte Küsse auf ihr Haar. »Herzlichen Glückwunsch! Du hast es geschafft! Ich bin so froh, dass du da bist.«

Pia hob den Kopf. »Ist hier alles in Ordnung?«

»Ja, alles bestens. Felix schläft seit etwa neun Uhr. Er war auch ziemlich fertig, aber ich habe ihn nicht vorher ins Bett bekommen.«

»Danke, dass du dich so toll kümmerst.« Sie folgte ihm ins Wohnzimmer.

»Ist doch selbstverständlich«, antwortete er eine Spur verlegen. »Ich genieße es. Setz dich. Möchtest du etwas essen und trinken?«

Pia ließ sich auf das Sofa fallen. »Nur was zu trinken bitte.

Ich habe keinen Hunger. Wir haben vor Fett triefende Pizza von einem Bringdienst gegessen. Und ich hatte so viel Kaffee und Wasser. Ich möchte jetzt irgendwas mit einem anderen Geschmack!«

Marten verschwand in der Küche und kam mit zwei Gläsern mit einer gelben Flüssigkeit zurück. »Selbst gemachtes Gingerale«, sagte er ein wenig stolz.

»Oh, wie komme ich zu der Ehre?«

»Felix hat darauf bestanden. Ich hatte ihm mittags ein Gingerale bestellt, als wir zusammen etwas essen waren, und er war davon begeistert. Und ich Idiot habe vollkommen unbedacht gesagt, dass man es auch selbst machen kann. Als Nächstes habe ich Rezepte gegoogelt, stand anschließend mit ihm im Dorfladen und habe Ingwer, Zitronen und Rohrzucker gekauft.«

»Schmeckt super«, bemerkte Pia, nachdem sie ein paar große Schlucke getrunken hatte. Marten setzte sich zu ihr und schlang einen Arm um sie. Pia zuckte zurück.

»Was ist?«

»Mein Arm tut ein bisschen weh.«

»Was ist damit passiert?«

»Nur ein kleines Missgeschick mit einem Taschenmesser.«

»Hast du die Wunde versorgen lassen?«, fragte er.

»Ja. Und es ist auch gar nicht so schlimm, wie es sich anhört.«

»Willst du darüber reden?«

»Natürlich möchte ich damit angeben, wie ich eine Mörderin erfolgreich zur Strecke gebracht habe!« Pia lächelte ironisch. Doch sie wurde sofort wieder ernst. »Im Grunde habe ich nicht viel getan. Eine blinde Frau – Helmgard Böttcher – hat eine fast vierzig Jahre jüngere Täterin so gut wie überwältigt, nachdem die sie verfolgt und angegriffen hatte.

Ich musste der Angreiferin nur noch Handschellen anlegen und sie abführen.«

»Scheint mir eine spannende Persönlichkeit zu sein, diese Frau Böttcher.«

Pia schloss kurz die Augen, genoss die Wärme und die Nähe zu Marten auf dem gemütlichen Sofa. Den geschützten Raum, wo niemand einem anderen Oleanderblätter verabreichte, ihn eine Klippe hinunterstieß und ihm einen Stein auf den Schädel schlug. Und sie musste auch mit Marten über die Erlebnisse der letzten Stunden reden, wenn sie heute Nacht zur Ruhe kommen wollte. Sie würde ihm erzählen, was passiert war, danach nur noch ins Bett fallen und dort in seinem Arm in einen tiefen Schlaf fallen.

»Ich kann es kaum glauben«, sagte Stella Böttcher. »Ausgerechnet Vivien Hagendorf soll mich angegriffen haben? Mithilfe von Malerstelzen?«

Sie saßen in Helmgard Böttchers Wohnzimmer, in dem beinahe nichts mehr an das erinnerte, was sich hier vor zwei Tagen abends zugetragen hatte. Der Beistelltisch und die Lampe waren verschwunden, die Scherben eingesammelt, der Teppich vom Rotwein gereinigt.

»Wenn es nicht so schrecklich wäre, was sie getan hat, könnte sie einem fast leidtun«, bemerkte Helmgard mit starrem Blick.

»Wieso sagst du das?«, fragte Stella. »Ich werde ihr das niemals verzeihen! Niemals!«

»Sie hat ihr Leben ruiniert. Sie wird ins Gefängnis gehen müssen. Für sehr viele Jahre.«

»Und Benno bleibt für alle Ewigkeit tot!«, brach es aus Stella hervor. Sie schluchzte auf.

Helmgard tastete sich vor und legte ihr eine Hand auf den Arm. »Du hast recht, mein Kind. Ich dachte nur, dass dieser ganze Hass zwischen unseren Familien … Vielleicht hat das auch zu dem beigetragen, was passiert ist.«

»Vivien und Benno sind Großcousin und Großcousine gewesen! Beide Hagendorfs! Was sollte die alte Familienfehde zwischen ihnen und uns Böttchers damit zu tun haben?«

»Vivien scheint ihn ja nur deswegen getötet zu haben, weil sie fürchtete, er würde sie verraten. Der Überfall auf dich … Es war eine Verdeckungstat.«

»Mir tut sie kein bisschen leid!« Stella putzte sich die Nase und steckte das zerknüllte Papiertaschentuch in ihre Tasche. »Aber … woher weißt du das?«

»Die nette Polizistin, die mir das Leben gerettet hat, war gestern noch mal hier. Sie hat meine Aussage zu vorgestern Abend aufgenommen und mir das eine oder andere auch erzählt.«

Stella seufzte. »Ich soll in den nächsten Tagen zu ihnen nach Lübeck kommen.«

Helmgard nickte. »Die werden sich bei dir melden, sagte mir Frau Korittki. Vivien hasst dich, Stella. Weil du ihr unseren neuen Doktor ausgespannt hast, diesen Freiwald. Und weil du ihn dann einfach hast fallen lassen … wegen Benno, der auch noch verheiratet war. Vivien wollte sich an dir und gleichzeitig an Dr. Freiwald rächen. Zumindest hat Frau Korittki das angedeutet. Aber Vivien hat der Polizei gegenüber wohl auch immer wieder betont, wie sehr es sie wütend gemacht hat, dass ausgerechnet eine Böttcher ihr das angetan hat.«

»Die ist ja verrückt geworden …«, erwiderte Stella kopfschüttelnd.

»Ich weiß nicht, ob ›verrückt‹ der richtige Ausdruck ist. Außer Kontrolle vor Schmerz und verletztem Stolz. Vivien hat sich da in etwas hineingesteigert, etwas Dunkles, das unsere Familien betrifft, und diese Dunkelheit hat schon vor langer Zeit begonnen.«

Stella fuhr auf. Helmgard spürte wohl den Zorn ihrer Enkeltochter. Und auch die Qual, die ihm zugrunde lag. »Was war es eigentlich, das unsere Familien dazu gebracht hat, einander so zu hassen?«, fragte sie mit rauer Stimme. »Du hast es mir nie erzählt.«

Helmgard seufzte tief. »Es geht und ging wohl hauptsächlich von mir aus«, gab sie nach einem langen Moment des Schweigens zu. Der Blick ihrer blinden Augen war in weite Ferne gerichtet.

»Was? Warum denn bloß?«

»Bitte hör dir meine Geschichte an. Nur wenige Menschen kennen heute noch die ganze Wahrheit. Eddie ist einer von ihnen. Dein Großvater Fritz Böttcher kannte sie auch.«

»Okay. Dann erzähl bitte …«, forderte Stella sie auf. Ihre Stimme klang verständnislos, ja feindselig, sie hörte es selbst.

Helmgard atmete tief durch. »Als ich sechzehn Jahre alt war, hat mir mein Onkel in der Milchkammer aufgelauert und mich vergewaltigt. Sein Name war Bernward Hagendorf. Er war der Vater von Wolfgang und Hanjo Hagendorf. Und eben auch der deines Vaters Simon. Dein Großvater, Stella.«

»Dein … eigener Onkel?«, fragte Stella ungläubig.

»So war es. Er war der Bruder meines Vaters.«

»Stimmt, du bist ja eine geborene Hagendorf! Daran habe ich jahrelang nicht mehr gedacht.«

Helmgard nickte. »Ja. Mein Onkel war damals Mitte dreißig und stark wie ein Ochse. Ein grober Kerl! Ich hatte keine Chance gegen ihn. Aber was danach geschah, war beinahe noch schlimmer als die Vergewaltigung.« Ihre mit Altersflecken überzogenen Hände ballten sich zu Fäusten. »Obwohl offensichtlich war, was passiert war, und er sich vor meinen Eltern nicht wirklich herausreden konnte, wurde *mein* Wort angezweifelt, nicht das seine. Er hat behauptet, ich hätte ihn provoziert und mich ihm quasi an den Hals geworfen.« Ihr Gesicht verzog sich vor Ekel.

»Das … ist ja schrecklich, Großmutter! Hat dir denn niemand geholfen? Konntest du zu keinem Menschen gehen?«

»Nein, nicht wirklich. Ich war zu dumm und zu ängstlich damals, um mich an die Behörden zu wenden. Meine Eltern redeten mir solche Schuldgefühle ein und bestanden darauf, ich müsse auf Teufel komm raus die Familienehre retten … Es wurde alles vertuscht. Totgeschwiegen.«

»Wie das?«

Helmgard zuckte mit den Schultern. »Sie taten einfach so, als wäre es nie passiert. Dabei stellte sich bald heraus, dass ich schwanger geworden war. Mein Onkel stritt ab, dass das ›Balg‹, wie er das Kind nannte, von ihm sein könne. Meine Eltern haben daraufhin nur alle Hebel in Bewegung gesetzt, um irgendwie den Schein von Anstand und Moral zu wahren.«

Helmgard lächelte bitter vor sich hin und sprach dann weiter. »Ich habe – mit gerade mal sechzehn Jahren und im fünften Monat schwanger – Fritz Böttcher heiraten müssen. Für eine Eheschließung mit sechzehn Jahren kann und konnte man schon damals eine Erlaubnis bekommen, besonders wenn die Braut schwanger ist. Ich hatte Fritz erst einmal in meinem Leben gesehen, als er meine Eltern besucht hatte. Er war eigentlich ein eingefleischter Junggeselle und viel älter als ich. Meine Mitgift war jedoch so hoch, da konnte er wohl nicht widerstehen. Und meine Eltern haben es mir ewig vorgehalten, was ich sie gekostet habe. Nach der erzwungenen Eheschließung habe ich aber völlig mit ihnen gebrochen.«

»Das klingt wie eine Geschichte aus dem vorletzten Jahrhundert«, sagte Stella kopfschüttelnd.

»Aber so ist es gewesen. Das war Ende der Sechzigerjahre in Ostholstein auf dem Land.«

»Wie ging es weiter … mit dieser Ehe?«

»Fritz war kein schlechter Mensch. Aber wir passten überhaupt nicht zueinander. Er hat meinen Sohn Simon, deinen Vater, auch immer mit einem gewissen Argwohn und mit kühler Distanz behandelt. Ich dachte, es läge daran, dass er nicht sein Kind war. Doch als Astrid, deine Tante, geboren wurde, war es nicht viel anders. Fritz gab im Wirtshaus eine Runde auf sein Töchterchen aus, wie man es so machte, und dann vergrub er sich wieder in seine Bücher.«

»Du hättest dich scheiden lassen können«, wagte Stella einzuwenden.

»Ja, hätte ich. Aber mit knapp zwanzig Jahren stellte sich heraus, dass ich mein Augenlicht verlieren würde. Es ging dann sogar noch viel schneller, als die Ärzte es prognostiziert hatten.«

»Oh, das tut mir leid, Großmutter! Daran habe ich nicht gedacht«, sagte Stella schnell. »Wenn man dich hier so erlebt, vergisst man manchmal, dass du blind bist.«

»Und mit zwei Kindern und ohne einen einträglichen Beruf …« Helmgard schüttelte den Kopf. »Ich habe es einfach nicht gewagt, Fritz zu verlassen. Und … Das ist jetzt nicht sehr rühmlich, aber ich liebe dieses Haus und meinen Garten. Ich konnte mir nicht vorstellen, mit meinen zwei Kindern in einer kleinen Zweizimmerwohnung in der Stadt zu leben. Astrid war so eine Pferdenärrin … Fritz hatte ihr ein

Pony geschenkt. Mit materiellen Dingen, wenn schon nicht mit Zuneigung, war er großzügig.«

»Astrid ist ja heute noch vollkommen pferdeverrückt.«

Helmgard lächelte. »Ja. Sie hat in ihrer Jugend im Kreis Ostholstein alles an Pokalen und Schleifen eingeheimst, was auf den Springturnieren zu holen war.«

Die alte Dame wurde sofort wieder ernst. »Trotzdem haben meine Kinder natürlich gemerkt, dass etwas nicht stimmte mit unserer Familie. Ich mied außerdem den Kontakt zu meiner ursprünglichen Familie, den Hagendorfs, wie die Pest. Als mein Onkel Bernward gestorben ist, dieser Mistkerl, habe ich eine Flasche Champagner aufgemacht.«

»Verständlich«, kommentierte Stella.

»Im Laufe der Jahre ist mir erst so richtig klar geworden, dass das, was mir mit sechzehn Jahren passiert ist, niemals meine Schuld gewesen ist. Dass man mich nicht nur vergewaltigt, sondern auch bitter verraten hatte. Die Hagendorfs – meine eigene Familie! – haben meine Jugend, meine Unerfahrenheit, meinen Familiensinn und meine Ohnmacht schamlos ausgenutzt und mich verraten und verkauft, nur um den schönen Schein zu wahren.« Tränen rannen über Helmgards Gesicht. Sie wischte sie nicht weg. »Da begann ich, den Hagendorfs das Leben in Kaltenbrode so schwer zu machen wie möglich, und sie taten das Gleiche mit mir und den restlichen Böttchers. Das hat sich bis heute nicht geändert.«

»Es tut mir alles so leid«, sagte Stella nach einer Weile. Sie hatte ihre Großmutter noch nie zuvor weinen sehen, und es tat ihr im Herzen weh, das nun zu erleben. »Aber man kann nicht alle Hagendorfs für das, was einer von ihnen getan hat, in Sippenhaft nehmen. Benno war definitiv anders, Großmutter. Vivien nicht«, räumte sie ein, »aber Benno schon. Und Grit …«

»Über Bennos Charakter lässt sich vortrefflich streiten, liebe Stella. Aber lassen wir das. Du hast recht: die arme Grit, ja. Sie wirkt immer so eingeschüchtert und ängstlich, sagt Eddie. Wie geht es ihr?«

»Sie hat ihren Eltern gesagt, dass sie ausziehen wird. Sie wollte an dem Montagabend, an dem Benno starb, eigentlich mit ihm zu einer Wohnungsbesichtigung nach Lübeck fahren, musste die Verabredung dann aber absagen. Ich habe mich gestern Morgen vor dem Supermarkt einmal länger mit ihr unterhalten. Da kam sie auf mich zu, um mir ihr Beileid zu Bennos Tod auszudrücken. Das hat mich gefreut. Für alle anderen aus ihrer Familie bin ich ja nur die schamlose Geliebte, die sich in Bennos Ehe drängen wollte ... Grit macht sich die allergrößten Vorwürfe, weil sie Benno an dem Abend abgesagt hat. Aus Feigheit vor ihren Eltern, wie sie meint ...«

»Grit Hagendorf ist gewiss nicht feige«, stellte Helmgard nach einem Moment des Nachdenkens fest.

»Nein. Sie wird ihren Weg bestimmt machen ...«

Einen Moment schwiegen sie einträchtig. Draußen hörten sie, wie Eddie sein Motorrad startete.

»Das alte Ding läuft wieder?«, wollte Stella erstaunt wissen.

»Ich habe es nicht übers Herz gebracht, ihn noch länger am Fahren zu hindern. Er hat mir hoch und heilig versprochen, immer sehr vorsichtig zu sein. Weißt du, Eddie ist das Beste, was mir je passiert ist. Ich will ihn nicht verlieren«, ergänzte sie etwas leiser.

»Ob Vivien eigentlich von deiner Vergewaltigung durch ihren Großonkel wusste?«, kam Stella noch einmal auf das ursprüngliche Thema zurück.

»Ich denke nicht. Wieso sollte sie?«, entgegnete Helmgard abwehrend. »Es ist alles schon so lange her ...«

»Du bist nicht die Einzige, der bekannt ist, was damals passiert ist. Einige Hagendorfs könnten ebenfalls noch etwas wissen. Vielleicht hat Vivien es von ihrem Vater gehört, und der wiederum hat es von seinem Vater oder seinem Onkel erfahren? Ich frage mich, ob sie deswegen auf diese Art und Weise auf mich losgegangen ist. Weil so ein Vorgehen quasi in der Familie liegt.«

»Nein, das glaube ich auf keinen Fall. So ein Verhalten liegt nicht in den Genen. Es ist eine Entscheidung.«

»Und Vivien hatte die Entscheidung getroffen, mir das anzutun, um mich zu vernichten.«

»Der Angriff hat dich nicht vernichtet, und er wird dich auch in Zukunft nicht vernichten«, entgegnete Helmgard streng. »Sie wollte sich an dir rächen, sie war eifersüchtig und voller Hass, aber sie wollte dich nicht töten.«

»Bist du etwa nun auf ihrer Seite?«, fragte Stella verletzt.

»Natürlich nicht. Du bist mein Ein und Alles. Aber um etliche Ecken herum sind wir alle, die Böttchers und die Hagendorfs, miteinander verwandt. Vergiss das nicht!«

»Du hast recht«, stimmte Stella nach einer Weile zu. »Ich bin nur froh, dass der Überfall auf mich aufgeklärt worden ist. Nicht zu wissen, wer mir das angetan hat, das war schlimm!«

40. Kapitel

Pia steckte ihr Telefon zurück in die Tasche. Das wäre erledigt. Mehr konnte sie im Moment nicht tun. Jetzt blieb ihr nur noch, abzuwarten. In vier Wochen hatte sie ihren ersten Therapietermin, dank Vitamin B, wie sie sehr wohl wusste. Und ab heute Mittag konnte sie endlich ihren Urlaub mit Felix und Marten fortsetzen.

»Du bist noch hier und nicht in Acapulco?« Broders war in ihr gemeinsames Büro getreten.

»Wie du siehst. Aber du grinst ja so, als hättest du gerade eine Reise nach Acapulco gewonnen.«

»So ähnlich!« Er zog eine kleine cremefarbene Karte aus der Tasche.

»Was ist das?«

»Das ist eine *Safe-the-Date*-Karte für die Hochzeit. Die Feier soll im Mai nächsten Jahres steigen, aber Elias meint, ich solle mir den Termin unbedingt schon mal frei halten.« Broders' Augen leuchteten, auch wenn er seine Freude vor ihr zu verbergen suchte.

»Das ist wunderbar. Hast du geglaubt …«

»Ich war ein Idiot.« Er zwinkerte ihr zu. »Die dachten, dass ich keine Lust auf die Feier habe, weil ich immer so abweisend war. Und ich war so genervt von den Planungen, weil ich mich ausgeschlossen gefühlt habe. Es war ein einziges großes Missverständnis.«

Pia lächelte erleichtert. »Endlich mal wieder gute Neuigkeiten. Wurde aber auch Zeit.«

»Und bei dir?«

»Ich hoffe, es wird alles gut. Ich habe mich nicht sehr fair Marten gegenüber verhalten, glaube ich. Ich bin mir nicht sicher … Aber wir haben ja jetzt noch ein paar freie Tage, um das zu klären.« Ihr Blick fiel auf ihren mit Papieren übersäten Schreibtisch. »Ich muss dir jetzt allerdings den Hagendorf-Fall übergeben. Bei den letzten Vernehmungen bin ich nicht mehr dabei.«

»Wie war es gestern mit Vivien Hagendorf?«

»Oh, es war aufschlussreich. Setz dich doch. Das erzähle ich dir noch.« Pia nahm ebenfalls Platz. »Sie wollte letztlich darüber reden.«

»Was genau hat sie gesagt?«

»Sie hat Stella Böttcher im Naturschutzgebiet überfallen, und sie hat Benno Hagendorf ermordet. Letzteres tut ihr leid, der Überfall auf Stella nicht.«

Broders nickte konzentriert.

Pia erzählte ihm von Vivien Hagendorfs Plan, Stella Böttcher zu überfallen und es wie eine versuchte Vergewaltigung aussehen zu lassen. »Sie wollte sich damit einerseits an Arne Freiwald rächen, der sie für die andere Frau verlassen hatte, andererseits jedoch auch an Stella Böttcher, die ihr den Freund ausgespannt hatte. Dass sich Stella danach ihrerseits von Freiwald trennte, für den verheirateten Benno Hagendorf, das hatte Viviens Ansicht nach dem Fass den Boden ausgeschlagen. Sie wollte Stella nicht nur erschrecken und ihr wehtun. Sie wollte sie mit einer vorgeblichen Vergewaltigung demütigen, so wie sie ihrer Meinung nach von der anderen Frau gedemütigt worden war.«

»Dass eine Frau einer anderen so etwas antun will«, murmelte Broders. »Schwer zu begreifen.«

Pia nickte. »Ihr Vorhaben stellte Vivien Hagendorf vor

etliche Probleme, hat sie uns erzählt. Sie wollte Stella überfallen, aber diese sollte denken, Arne Freiwald hätte sie angegriffen. Doch Vivien ist mindestens dreißig Zentimeter kleiner als Arne Freiwald.«

Pia schwieg einen Moment, bevor sie weitersprach. »Der Zufall wollte es, dass bei der Renovierung ihres Hauses zwei der Maler Malerstelzen benutzt haben. Die Männer hatten sich ihren Worten zufolge so geschickt und ausdauernd auf den Dingern bewegt, dass Vivien auf die Idee kam, sie könne sich dieses Detail zunutze machen. Sie ist wohl sehr sportlich und hat als Kind und Jugendliche erfolgreich im Verein Geräteturnen und Artistik gemacht«, sagte Pia. »Sie hat mit den Stelzen bei sich im Haus geübt, bis sie sich zutraute, damit im Dunkeln Stella in den Weg zu treten und sie mit einem Krocketschläger mit dem ersten Hieb bewusstlos zu schlagen.«

»Das war ihr ja nicht ganz gelungen, nicht wahr? Stella Böttcher hatte eine ganze Reihe von Verletzungen.«

»Ja. Vivien Hagendorf hat sie nicht auf Anhieb richtig getroffen. Vielleicht auch wegen der Stelzen. Stella Böttcher war nicht sofort bewusstlos. Sie sollte eigentlich nur einmal kurz den ›großen Mann‹ sehen, der sie angreift, doch sie hat etwas mehr von der Attacke mitbekommen. Trotzdem kam anfangs niemand auf die Idee, dass es kein großer Mann war. Vivien Hagendorfs Vorgehen war einfach zu ausgefallen.«

»Woher hatte sie die Malerstelzen?«

»Die Firma hatte ein Paar bei ihr vergessen. Dabei hatte Vivien wohl aber nachgeholfen, indem sie es bei Abschluss der Arbeiten versteckt hat. Doch dazu komme ich noch … Erst einmal schien für Vivien Hagendorf alles nach Plan verlaufen zu sein. Sie hatte vorher jedoch schon mehrmals im Naturschutzgebiet auf Stella gewartet, als diese in dem Restaurant kellnern war. Sie konnte ja nicht wissen, wann Stella

Böttcher auf ihrem Rückweg zu Fuß ging und wann nicht. Vivien Hagendorf fuhr jedes Mal mit dem Rad dorthin, die Stelzen und den Krocketschläger hatte sie in den Satteltaschen dabei.«

»Ganz schön riskant«, bemerkte Broders.

»Ja. Sie war darauf bedacht, nicht gesehen zu werden. Immerhin, es war dunkel, und es war jeweils schon sehr spät. Doch Benno hat sie angeblich mit dem voll beladenen Fahrrad dort gesehen – am Abend des Überfalls, als er auf dem Weg vom *Gödeke* nach Hause war.

Aber kommen wir zu dem Montagabend, an dem er starb: Nachdem er von seiner Schwester Grit versetzt worden war, ist Benno Hagendorf noch in Kaltenbrode herumgewandert, weil er keine Lust hatte, schon nach Hause zu gehen. Vivien kam ihm in der Nähe ihres Hauses auf ihrem Rad entgegen. Er hat sie angesprochen und ihr gesagt, er habe jemanden an dem Samstag des Überfalls auf Stella mit so einem Rad herumfahren sehen, als er auf dem Heimweg war. Ob sie das war und ob ihr vielleicht etwas im Naturschutzgebiet aufgefallen sei? Er hoffte wohl, sie könnte für die Polizei eine wertvolle Zeugin sein …«

Pia seufzte. »Vivien Hagendorf sagte uns, sie habe es mit der Angst zu tun bekommen, als er meinte, er habe ihr Rad an der Beleuchtung wiedererkannt. Es ist ein spezielles 3-LED-Fahrradlicht, mit dem sie das Fahrrad mal nachgerüstet hatte. Sie dachte, wenn ihm das aufgefallen war, dann müsse er auch gesehen haben, wie schwer das Rad an dem Samstagabend des Überfalls beladen gewesen sei …«

Broders nickte nachdenklich, schwieg jedoch.

»Jedenfalls schlug sie ihm vor, in Ruhe darüber zu reden. Sie sagte ihm, dass sie auf dem Weg zum Haus von Hanjo und Pamela sei. Hanjo hätte sie gefragt, ob sie spontan auf die Kinder aufpassen würde. Dass sie babysitten sollte, war Vivien sehr recht, wie sie uns erzählte. Sie wollte Benno nicht bei sich im Haus haben. Schon wegen der noch gut sichtbaren Malerarbeiten und vor allem wegen der Malerstelzen, die bei ihr im Keller standen. Sie sagte Benno, er könne ja etwas später kurz bei Hanjo und Pamela vorbeikommen. Sie habe vielleicht tatsächlich etwas beobachtet ... Benno Hagendorf war neugierig und wohl noch vollkommen arglos und stimmte zu.«

»Trotzdem, verdammt risikoreich, das Ganze!«, sagte Broders.

»Ich weiß nicht, ob sie zu diesem Zeitpunkt schon den Plan gefasst hatte, ihn zu ermorden. Ich glaube es aber nicht. Vivien Hagendorf wollte erst einmal herausfinden, wie viel er am Abend des Überfalls auf Stella überhaupt gesehen hatte. Doch während sie auf ihn wartete, wuchs ihre Angst. Sie teilte ihm etwas von Pamelas Salat ab und versetzte seine Portion auch schon mit Oleanderblättern. Sie wusste, dass alle Teile dieser Pflanzen hochgiftig sind. Sie wollte wohl erst mal Zeit gewinnen und dachte da noch, sie könnte es Pamela oder Hanjo in die Schuhe schieben, falls Benno etwas passieren sollte. Als er während des Gesprächs der Wahrheit gefährlich nahe kam, hatte er laut Vivien Hagendorf den Salat bereits gegessen. Er sei nach seinem Arbeitstag wie ausgehungert gewesen, hat sie uns erzählt. Das schien sie noch zu amüsieren. Es war schrecklich.«

Pia starrte einen Moment auf die Unterlagen. Sie atmete tief durch und fuhr dann fort: »Benno wurde schlecht, und er bekam Kopfschmerzen. Vivien, die ja immer befürchten musste, dass eines der Kinder aufwachen und herunterkommen könnte, schlug ihm vor, hinaus auf die Terrasse zu gehen, um frische Luft zu schnappen. Dann würde er sich bestimmt gleich besser fühlen. Als sie kurz darauf draußen nach ihm sah, lag er bewusstlos vor dem Geländer.«

»Alles Weitere kann ich mir denken«, sagte Broders düster. »Sie hat ihn von der Terrasse auf die Ladefläche von Hanjos Pick-up gerollt, den sie dazu allerdings noch etwas näher heranfahren musste. Sie wusste, wo Hanjo die Wagenschlüssel aufbewahrte und dass der Wagen Allradantrieb hat, sie also damit ganz nah an das Steilufer heranfahren konnte. Und es war ihr sicher sehr recht, dass es nicht ihr Auto war, mit dem sie ihr Opfer transportiert hat.«

Pia nickte. »Ja. Vivien Hagendorf rechnete sich ihren Angaben zufolge aus, dass sie eine halbe Stunde brauchen würde, um Benno ans Steilufer zu schaffen – um ihn ›unschädlich zu machen‹, wie sie es nannte – und dann zurückzukehren, um die Reste des vergifteten Salats in der Toilette hinunterzuspülen, Schale und Besteck gründlich abzuwaschen und auf Pamelas und Hanjos Rückkehr zu warten.«

»Sie hat euch das alles so genau erzählt?«, fragte Broders überrascht.

»Ja. Sie hält sich anscheinend für unglaublich klug und geschickt. Doch offiziell erklärte sie uns, dass sie ein detailliertes Geständnis ablegen wolle, um die Aufklärung zu erleichtern und weiteren Schaden von ihrer Familie abzuwenden.« Pia schnaubte.

»Und warum der Angriff auf Helmgard Böttcher?«

»Sie sagte, sie begreife selbst nicht mehr, weshalb sie so überreagiert habe. Sie fühlte sich von Eduard Seiler und der Polizei in die Ecke gedrängt.«

»Wir sind schuld?«

»Sind wir das nicht immer? Eduard Seiler ist früher am Mittwochabend zu Vivien gefahren und hat sie gefragt, ob seine Kollegen zufällig ein Paar Malerstelzen bei ihr vergessen hätten. Er arbeitet ja hin und wieder für diese Malerfirma. Vivien hatte die Stelzen gründlich gereinigt und auch die ursprüngliche Größe wieder eingestellt. Doch dann fiel ihr siedend heiß ein, dass die Stelzen nun klinisch rein waren und sich dementsprechend auch keine Farbspritzer mehr darauf befanden. Das würde doch auffallen, fürchtete sie … Deshalb behauptete sie Seiler gegenüber, bei ihr sei nichts liegen geblieben. Aber er glaubte ihr angeblich nicht so recht. Er sagte, er werde sich noch bei einem weiteren Kunden erkundigen. Man werde dann ja sehen …«

Broders runzelte die Stirn. »Und deswegen fuhr sie später an dem Abend zu Helmgard Böttcher und bedrohte *sie?*«

»Inzwischen stand für Vivien Hagendorf zu viel auf dem Spiel. Die Malerstelzen waren die noch fehlende Verbindung zu ihrem Überfall auf Stella Böttcher. Der Überfall wiederum stellte das Motiv dar, Benno Hagendorf, der zu viel wusste, zu ermorden.«

Pia berichtete, dass Vivien Hagendorf mit ihrem Fahrrad zu Helmgard Böttchers Hof gefahren war. Sie hoffte, Eduard Seiler dort anzutreffen und ›die Sache zu klären‹, wie sie es nannte. »Wie genau, bleibt unserer Fantasie überlassen«, fügte Pia hinzu. »Doch dort angekommen, geriet sie angeblich in Panik. Sie fürchtete, dass Eduard Seiler inzwischen wieder zu Hause war und seiner Frau alles brühwarm erzählen könnte. Und dass Helmgard Böttcher, der man so schnell nichts vormacht, eins und eins zusammenzählen würde. Also klingelte sie … Den Rest kennst du bereits.«

Einen Moment saßen sie schweigend da.

»Und die Spuren?«, hakte Broders nach ein paar Sekunden nach. »Die Fasern an Benno Hagendorfs Leiche und das Haar am Innenfutter von Stellas Mantel?«

»Arne Freiwalds Haar hat Vivien absichtlich an der Innenseite des Mantels platziert, angeblich hatte sie gleich mehrere dort hinterlassen. Sie hatte noch ein paar Haare von ihm in einer Bürste gefunden, die Freiwald während ihrer Beziehung bei ihr hatte liegen lassen. So sagte sie jedenfalls. Es ging ihr ja vor allem darum, dass der Arzt des Überfalls beschuldigt wird.«

»Wie perfide ...«

»Ja, nicht wahr? Unsere Leitspur, die olivfarbenen Fleecefasern, stammen aber wohl tatsächlich von Benno Hagendorfs eigener Outdoorjacke. Der Jacke, die seine Frau ihm gekauft und später quasi kaputt gewaschen hat. Arne Freiwald und Benno Hagendorf haben die gleiche Outdoorjacke besessen. So etwas kommt vor.«

Broders nickte bedächtig. Dabei schob er die Karte von Elias auf der Tischplatte hin und her. Ruckartig hob er den Kopf. »Danke, Pia. Nun sind mir einige letzte Details klarer. Aber du musst jetzt los. Du hast schon viel zu viel Zeit mit dieser Ermittlung verbracht anstatt mit Felix und Marten.«

»Kommst du, Mama?«, rief Felix von unten. »Wir müssen los!«

»Ich bin schon da.« Pia lief die Treppe hinunter. Ihr Sohn stand mit seinem Rucksack mit den Schwimmsachen im Eingangsbereich. Er grinste wie ein Honigkuchenpferd.

»Freust du dich so aufs Schwimmen?«, fragte sie. Wie hatte sie nur daran denken können, ihm den Kurs zu verbieten? Das schlechte Gewissen deswegen würde sie sicher noch den Rest des Herbstes begleiten – mindestens.

»Marten wartet schon im Auto. Komm jetzt ...«

Sie fuhren nach Weißenhäuserstrand zur Schwimmhalle. Auf dem Weg über den Parkplatz hüpfte Felix vor ihnen her.

»Was ist los?«, wollte Pia leise von Marten wissen. »Ist er der DLRG beigetreten und zu Mr Baywatch gewählt worden?«

»Nicht, dass ich wüsste.«

Drinnen erwartete sie eine streng aussehende Trainerin in Sportklamotten mit einem Basecap auf dem Kopf. War das die berüchtigte Helga? Zwei jüngere, viel netter wirkende Frauen standen mit Block und Tasche neben ihr.

Ein hochgewachsenes, kräftiges Mädchen, Melia Hagendorf, erkannte Pia, winkte Felix hektisch zu sich. Da wurde er auch schon aufgerufen.

»Felix Korittki, bist du da?«

Felix hob den Arm und hüpfte auf der Stelle auf und ab. »Jaaa. Und meine Eltern auch!«

Die Trainerin warf einen Blick zu Marten und Pia und nickte ihnen kurz zu. Seit wann nannte Felix sie und Marten seine »Eltern«?

»Felix, du hast erfolgreich dein Schwimmabzeichen in Bronze bestanden. Herzlichen Glückwunsch!«, hörte Pia die Schwimmtrainerin sagen. Die junge Frau neben ihr überreichte ihm lächelnd eine Urkunde und einen Aufnäher. Sie schüttelte ihm die freie Hand. Die anderen Kinder applaudierten. Viel mehr von der Verteilung der Schwimmabzeichen bekam Pia nicht mehr mit, denn Felix kam auf sie zugerannt und flog ihr in die Arme.

»Siehst du! Ich habe es schon gestern geschafft. Aber wir wollten dich damit überraschen, Marten und ich!«

»Die Überraschung ist euch gelungen, mein Schatz!« Sie drückte ihn an sich und küsste ihn, was ihm vor den anderen Kindern ein bisschen peinlich zu sein schien. »Herzlichen Glückwunsch! Toll gemacht! Ich bin so stolz auf dich!«

Ein Kind nach dem anderen wurde aufgerufen und erhielt seine Urkunde und ein kurzes Feedback: Seepferdchen, Bronze, Silber und für ein paar ältere Kinder auch Gold.

»Silber und Gold mach ich auch bald!«, verkündete Felix. »Die Helga meint, das dauert nicht mehr lange.«

»Das glaube ich auch. So toll, wie du geübt hast. Und sogar das Tauchen hast du geschafft«, sagte Pia. »Das finde ich so super.«

»War dann doch babyeierleicht«, behauptete Felix. Die Gruppe Kinder und Eltern löste sich langsam auf. »Und nun gibt's die Belohnung.«

»Was ist denn die Belohnung?«, fragte Pia.

»Wir gehen baden, nur so zum Spaß. Marten hat dir heimlich deine Schwimmsachen eingepackt, Mama. Du solltest doch noch nichts merken.«

»Also gut.« Pia versuchte, etwas Begeisterung für einen Ausflug in ein Hallenbad aufzubringen. Felix war so voller Freude, ihr das Erlernte zu zeigen, dass sie ihre Unlust sofort bereute.

»Und das hier nähst du mir auf die Badehose, ja?« Er drückte ihr das Stoffabzeichen in die Hand.

»Ganz sicher. Gleich, wenn wir zu Hause sind«, versprach sie. Ein Trauma, wie Broders es angedeutet hatte, wollte sie keinesfalls riskieren. Es reichte, wenn sie selbst …

»Ich hoffe, du bist uns nicht böse«, raunte Marten ihr zu, als sie ihre Eintrittskarten lösten.

»Nein. Und die Überraschung ist euch gelungen. Ich bin so froh, dass Felix seine Angst vor tiefem Wasser überwunden hat. Damit fühle ich mich ein Stück sicherer, wenn ich mit ihm an der Ostsee bin.«

»Ich wünsche mir, dass du dich immer sicher fühlst«, sagte Marten und sah ihr in die Augen. »Nach allem, was passiert ist.«

»Ich möchte mich bei dir noch mal entschuldigen«, antwortete Pia. Es schien ihr der passende Moment zu sein.

»Weswegen?«, fragte er. Und zu Felix: »Du kannst schon in die Sammelumkleide vorgehen. Aber warte da auf uns. Wir kommen gleich nach.«

»Weil ich zuerst nicht wollte, dass Felix den Schwimmkurs mit dir fortsetzt …«

»Du warst wegen der Ermittlung besorgt. Es ist okay.«

»Kann schon sein. Es ist nur …«

Marten blickte ihr ernst in die Augen. »Was ist nur?«

»Ich brauche Hilfe«, stieß Pia hervor. »Das ist mir in den letzten Wochen klar geworden. Das mit dem Retreat im Kloster war ein netter Gedanke, aber es hat nicht ausgereicht, all das hinter mir zu lassen.«

»Wie sollte es auch? Im Kloster Naumar bist du ja gleich über den nächsten Mordfall gestolpert.«

»Nur weil ich unserem Polizeipsychologen nicht vertraue, heißt das nicht, dass eine Therapie grundsätzlich eine schlechte Idee ist.«

»Du willst doch eine Therapie machen?«

»Ich bin noch nicht wieder vollkommen in Ordnung. Jedenfalls nicht so wie vor der Entführung. Ich habe manchmal Flashbacks, und neulich hatte ich auch wieder eine kurze Panikattacke.«

»Das tut mir leid.«

»Muss es nicht. Ich habe mich bei einer Therapeutin angemeldet, die mir empfohlen worden ist.«

»Das hört sich gut an. Wenn es das ist, was du willst«, fügte er hinzu.

»Ich will wieder gesund werden. Und noch etwas …«

»Ja?« Marten klang beunruhigt.

»Ich hasse diesen Schwimmbadgeruch. Aber ich muss dir

trotzdem noch mehr danken. Dafür, dass du sich so um Felix gekümmert hast, während ich Verbrechern nachgejagt bin.«

Marten sah ihr in die Augen. »Ich finde, das ist selbstverständlich. Aber trotzdem, danke.«

Ein paar Leute kamen den Gang heruntergeschlendert. Unter anderem Hanjo Hagendorf.

»Oh, Frau Korittki!« Er musterte erst Pia, dann mit abschätzendem Blick auch Marten.

»Hallo, Herr Hagendorf«, grüßte Pia ihn.

»Ich wollte noch …« Er blickte auf Marten und schüttelte leicht den Kopf. »Herzlichen Glückwunsch zum Schwimmabzeichen!«, sagte er dann.

»Ihren Töchtern ebenso«, antwortete Pia. »Und nichts für ungut.«

»Das war doch Ihr Job. Gute Arbeit, Frau Hauptkommissarin. Sie haben uns alle überrascht!« Hagendorf grinste ein wenig schmierig und ging in Richtung der Umkleiden.

Über Martens Kopf erschien ein großes Fragezeichen.

»Das ist der Vater der Zwillinge. Ich hatte dir doch erzählt, dass Eltern aus diesem Kurs in meinen Fall involviert sind und eine Weile sogar als unsere Hauptverdächtigen galten«, erklärte Pia ihm in gedämpftem Tonfall.

»Nun kann ich dich besser verstehen.« Marten blickte Hanjo Hagendorf aus schmalen Augen nach.

Pia knuffte ihn in die Seite. »Na, dann los. Wer als Erstes im Wasser ist!«

»Wenn der Teufel alt wird, will er Mönch werden« Sprichwort

Eva Almstädt
OSTSEEKREUZ
Pia Korittkis
siebzehnter Fall

416 Seiten
ISBN 978-3-404-18573-3

Kommissarin Pia Korittki nimmt sich eine Auszeit in einem Ostsee-Kloster. Das ruhige, beschauliche Leben mit den Mönchen und einigen wenigen Gästen soll ihr helfen, sich von einem traumatischen Erlebnis zu erholen. Doch die Ruhe wird jäh durch das Läuten der Totenglocke gestört. Ein Novize hat einen der Mönche leblos in der Kirchenbank kniend gefunden. Schnell ist klar, dass Bruder Zacharias ermordet wurde. Pia will sich aus den Ermittlungen heraushalten, doch als auch noch ein Gast spurlos verschwindet, muss sie handeln – und macht in einem Kellerraum eine schreckliche Entdeckung ...

Lübbe

Je kleiner das Dorf, desto größer die Geheimnisse

Eva Almstädt
AKTE NORDSEE - DAS SCHWEIGENDE DORF
Kriminalroman
EVT 31.05.2024
ISBN 978-3-404-19316-5

Anwältin Fentje Jacobsen, die ihre Kanzlei auf dem Schafshof ihrer Großeltern betreibt, erhält mitten in der Nacht einen Anruf. Der Mann am anderen Ende erklärt, dass er ihre Hilfe brauche, denn er werde demnächst des Mordes verdächtigt werden. Danach legt er auf. Kurz darauf hört Fentje, dass in einem Nachbarort zwei Tote gefunden wurden: Ihr neuer Klient ist selbst einem Verbrechen zum Opfer gefallen und wurde auf grausame Weise in seinem Haus stranguliert. Obwohl sie kein gültiges Mandat hat, beginnt Fentje mit dem Journalisten Niklas John Nachforschungen anzustellen. Doch als sie in dem kleinen Dorf zu tief graben, wird es auch für sie lebensgefährlich ...

Lübbe